The Hitchhiker's Guide to the Galaxy

은하수를 여행하는 히치하이커를 위한 안내서 6

그런데 한 가지 더And Another Thing…

초판 1쇄 발행 2010년 1월 5일
초판 8쇄 발행 2024년 11월 1일

지은이   이오인 콜퍼
옮긴이   김선형

펴낸이   김준성
펴낸곳   책세상
등록   1975년 5월 21일 제2017-000226호
주소   서울시 마포구 동교로23길 27, 3층(03992)
전화   02-704-1251
팩스   02-719-1258
이메일   editor@chaeksesang.com
광고·제휴 문의   creator@chaeksesang.com
홈페이지   chaeksesang.com
페이스북   /chaeksesang   **트위터**   @chaeksesang
인스타그램   @chaeksesang   **네이버포스트** bkworldpub

ISBN   978-89-7013-747-6 04840
           978-89-7013-343-0 (세트)

은하수를 여행하는 히치하이커를 위한 안내서

6

그런데 한 가지 더   *And Another Thing…*

이오인 콜퍼 지음 | 김선형 옮김

책세상

옮긴이 **김선형**은 서울대학교 영문학 박사이며, 세종대학교 영문과 초빙교수를 역임한 바 있다. 스스로
가 책을 읽고 글을 쓰는 일 외에는 별로 쓸모가 없는 사람이라는 걸 어느 날 깨달은 뒤로 그나마 최대
한 잘해보려고 꽤나 노력한 덕분에 그간 토니 모리슨의 《빌러비드》, 실비아 플라스의 《실비아 플라스
의 일기》, 스콧 피츠제럴드의 《벤자민 버튼의 시간은 거꾸로 간다》 등 엄청나게 훌륭한 책들을 번역하
는 행운을 누렸다. 특히 그중에서도 《은하수를 여행하는 히치하이커를 위한 안내서》를 만나게 된 건 제
발 무지무지하게 재미있는 책을 번역하게 해달라는 간절한 기도가 응답을 받은 거라 믿어 의심치 않는
다. 그런데 덤으로 이오인 콜퍼의 멋진 트리뷰트 《그런데 한 가지 더》까지 번역하게 됐으니 그저 "프루
디!"를 외칠 뿐. 자, 아서 덴트와 우주의 방랑자들, 이젠 진짜로 안녕히. 하지만 또 '한 가지 더'를 외치고
돌아온다면 언제든 환영할 거예요.

내 모든 사고방식을 박살내주고, 다른 차원으로 보내준

더글러스 애덤스에게 감사하며

들어가기 전에

당신이 《은하수를 여행하는 히치하이커를 위한 안내서》를 한 권 소장하고 있다면, 이 서브-에서 책의 그 제목만큼은 절대 V-보드에 입력해 검색하지 않을 가능성이 높다. 일단 책을 소장하고 있으니, 당신은 어사 마이너의 대단한 출판사들이 내놓은 모든 책들 중에서 아마 최고로 훌륭한 이 책에 대해 이미 다 알고 있을 거라는 추정이 가능하기 때문이다. 그러나 '추정'은 지난 수천 년 동안 '은하계 간 갈등의 원인'을 투표로 조사할 때마다 이등을 차지한 항목이다. 일등은 예외 없이 "커다란 무기들로 무장하고 땅을 갈취하는 개자식들"에게 돌아갔고, 삼등은 대개 "다른 지각 있는 존재의 반쪽을 탐내기"와 "단순한 손짓의 오독"이 돌아가며 경합하곤 했다. 누군가에게는 "와우! 이 파스타 진짜 환상적인데!"가 다른 이에게는 "너희 엄마는 뱃사람만 보면 덮어놓고 붙어먹냐"가 되기 마련이니까.

그러니까 예를 들어서, 당신이 포트 브라스타에 내려 다음 우주선으로 갈아타기 위해 여덟 시간을 기다려야 하는데, '가글 블래스터' 임플란트 시술을 하기에는 주머니의 크레디트가 모자란다고 해보자. 그때 갑자기 손에 들고 있는, 남들이 다 굉장하다고 칭찬하는 책에 대해 아는 바가 거의 없다는 사실을 깨닫고, 순전히 두뇌에 안개가 낀 것 같은 지루함 때문에 《은하수를 여행하는 히치하이커를 위한 안내서》의 검색창에 '은하수를 여행하는 히치하이커를 위한 안내서'를 입력해보기로 한다. 그러면 이 경솔한 타자질은 어떤 결과를 낳게 될까?

먼저 애니메이션 아이콘이 플래시로 나타나 세 가지 결과가 나왔다고 알려준다. 이게 혼란스러운 게, 누가 봐도 거기에는 다섯 개의 결과가 보통 때와 다름없는 순서로 나타나 있기 때문이다.

《안내서》주석 : 이건 물론, 당신이 이해하는바 보통 때와 다름없는 숫자의 순서다. 즉 숫자의 가치를 형태의 예술적 성취도에 따라 평가하는 폴팡간의 괄태충들처럼 단순한 모작에서 영감에 충만한 역작으로 가는 순서가 아니라, 작은 것에서 큰 것 순서일 뿐이다. 폴팡간 슈퍼마켓의 영수증은 아름다운 리본으로 되어 있지만, 그 동네 경제는 적어도 일주일에 한 번씩은 붕괴한다.

다섯 개의 결과는 하나같이 장문의 항목으로, 몇 시간에 걸친 비디오와 오디오 파일 들, 그리고 꽤나 유명한 배우들이 등장하는 재연 드라마 몇 가지를 포함하고 있다.

하지만 이 책은 그 항목들에 대한 이야기가 아니다.

당신의 신장을 다시 저당 잡히라든가 포름랭글러의 길이를 늘이라든가 하는 광고들을 다 무시하고 계속 스크롤을 내려가다 보면, 아주 작은 글자체로 쓰인 다음과 같은 문장에 다다르게 될 것이다. **이 책을 좋아하는 사람들이 더 읽어볼 만한 책은……** 아이콘을 이 링크에 대고 슬쩍 문질러보면, 연결된 오디오도 없고 하다못해 동호회 친구들한테 샌드위치를 쏘고 자기 방에서 찍은 학생 비디오조차 붙어 있지 않은, 그저 텍스트뿐인 부록이 나올 것이다.

이 책은 바로 그 부록의 이야기다.

그런데 이거 한 가지 더

폭풍우는 이제 확실히 한풀 꺾였고, 마구잡이로 쳐대던 천둥은 아득한 산 너머에서 그르렁거리는 소리로 바뀌었다. 마치 논쟁에서 패배했다는 사실을 시인하고 나서 이십 분쯤 지난 후에 "**그런데 한 가지 더**……" 하고 뒷북을 치는 사람처럼 말이다.

—더글러스 애덤스《안녕히, 그리고 물고기는 고마웠어요》

친구들, 우리는 또다시 이곳을 뒤흔들어 열광의 도가니로 만들기 위해 시간과 공간을 넘어왔다.

—〈터네이셔스D〉

이제 진짜 들어가기 전에

우리가 아는 바에 따르면…… 은하 제국 정부는, 어느 날 보석 박힌 게 한 바구니를 얻기 위해 촌스러운 은하계 서부의 소용돌이 끝부분에 초공간 고속도로가 필요하다고 결정했다. 표면적으로는 아득한 미래에 발생할 교통 정체를 미연에 방지하기 위해서라는 이유로 다양한 경로를 통해 황급하게 추진된 이 결정은, 사실상 정부 플라자에서 허구한 날 남의 등이나 쳐 먹고사는 장관들의 사촌 몇 명한테 일자리를 마련해주기 위한 것이었다. 불행하게도 지구가 이 고속도로가 지나가는 길을 막고 있었고, 열핵무기들을 살짝 사용해서 방해가 되는 행성을 제거하라는 명을 받고 무자비한 보고인들이 공병으로 파병되었다.

두 명의 생존자들이 보고인의 우주선에 히치하이크하는 데 성공한다. 아서 덴트, 영국의 지방 라디오 방송국의 젊은 직원인 그의 그날 아침 계획에는 고향 행성이 자신의 슬리퍼 아래에서 가루가 되어 날아가는 건 들어 있지 않았다. 인류 총 투표를 할 수 있었다면, 전 인류의 희망을 안고 우주로 날아갈 사람으로 아서 덴트가 뽑혔을 가능성은 몹시 낮다. 아서의 대학 졸업앨범에는 사실 그가 "어깨에 다람쥐 한 마리만 데리고 스코틀랜드 고원의 동굴에서 혼자 살게 될 가능성이 제일 높은 사람"으로 소개되어 있다. 운 좋게도 아서의 베텔게우스 행성인 친구이자 저명한 행성 간 여행 안내서《은하수를 여행하는 히치하이커를 위한 안내서》의 이동 조사원인 포드 프리펙트는 그보다는 훨씬 낙관주의자였다. 아서의 눈에는 구름밖에 보이지 않아도 포드는 구름 너머 태양이 만들어내는 은빛 테두리를 보는 사람이었으니, 두 사람은 함께 몹시 신중한 우주 여행자가 되었을 터이다. 단, 그들의 여행이 진짜로 구름에 은제 테두리가 달려 있는 주니펠라 행성으로 이어지지 않았을 때의 이야기지만. 그랬다면 아서는 의심의 여지없이 우주선을 몰고 곧장 제일 컴컴한 구름으로 돌진했을 테고, 포드는 거의 틀림없이 은을 훔치려고 시도했다가 테두리 속에 있는 천연가스의 무시무시한 대폭발을 초래하고 말았을 터이다. 폭발은 구경꾼에게는 어여쁜 광경이겠지만, 영웅적인 결말로는 한 가지 결정적인 결함이 있다. 사지 멀쩡하게 살아남은 영웅이 없다는 것.

살아남은 또 한 명의 지구인은 트리시아 맥밀런, 쿨하고 우주적인 이름을 쓰자면 트릴리언이었다. 그녀는 맹렬한 야심을 가진 천체물리학자 겸 기자 초년생으로 늘 지구에서의 삶 너머에 무언가가 있다고 믿어왔다. 이런 확신에도 불구하고, 트릴리언은 막상 머리가 두 개 달린 무법자 은하계 대통령인 자포드 비블브락스에게 휩쓸리다시피 우주로 날아가게 되자 경악하지 않을 수 없었다.

비블브락스 대통령에 대해 달리 더 할 말이 뭐가 있을까. 그저 그가 이미 티셔츠에 이름을 올렸고, 우주경매 유비드(동영상 사이트 유튜브와 인터넷 경매사이트 이베이를 합친 듯한 사이트 이름이다―옮긴이주)에서 상품을 하나 살 때마다 티셔츠가 공짜로 오는 바람에 그의 이름이 은하계 전역에 퍼졌다는 사실?

자포드가 자포드에게 예스!를 외치다가 아마 가장 유명한 티셔츠 슬로건이었을 것이다. 심지어 자포드 전담팀 정신과 의사들마저 그게 실제로 무슨 뜻인지 이해하지 못했지만 말이다. 두 번째로 인기 있는 슬로건은 아마 **비블브락스. 그가 우주 어딘가에 있다는 것만으로도 기뻐하라**였을 것이다.

누가 티셔츠에 뭐라고 새기는 수고까지 할 때는 백 퍼센트 진실이 아니라고 볼 수 없다는 게 우주적 격언이다. 그러니까 완전히 거짓이라고는 할 수 없다는 게 그럭저럭 꽤나 분명한 사실이라는 말씀. 그 결과, 자포드 비블브락스가 어느 행성에 도착하자 사람들은 그가 무슨 질문을 하든 '예스!'라고 대답했고 그가 떠나자 우주 어딘가에 그가 있음에 기뻐했다고 한다.

이렇게 전통적 영웅이라기에는 좀 덜 떨어진 주인공들은 황당무계하게도 서로에게 이끌려 일련의 모험을 떠나는데, 이게 대체로 시간과 공간을 휘저으며 놀러 다니고, 양자(量子) 소파에 앉아 빈둥거리고, 기체 컴퓨터들과 수다를 떠는 등, 전반적으로 우주 어느 구석에서도 의미나 보람을 찾지 못하는 일들로 점철되어 있다.

아서 덴트는 결국 예전에 지구가 있던 공간의 구멍으로 돌아오는데, 그 구멍은 기가 막히게 지구와 비슷하게 생기고 또 비슷한 척하는 지구 크기의 행성으로 메워져 있었다. 사실 이 행성은 '어떤' 지구로서, 그저 아서의 지구가 아니었을 뿐이다. 어쨌든 '이' 아서의 지구는 아니었다는 말씀이다. 고향 행성이 복수 구역 한가운데에 있었기 때문에, 우리가 걱정했던 아서는 정신을 차려 보니 차원 축을 따라 뒤섞여서 보고인들에게 파괴되지 않은 어떤 지구에 도달해 있었던 것이다. 이 일로 '우리' 아서는 꽤나 멋진 하루를 보냈고, 여느 때의 비관적인 기분도 영혼의 짝인 펜처치를 만나면서 훨씬 좋아졌다. 다행히도 아서와 펜처치 앞에, 로스앤젤레스에서 BBC 방송국 직원으로 일할지도 모르는 대체우주의 아서들이 나타나서 이런 목가적 분위기가 중간에서 뚝 끊기는 일도 일어나지 않았다.

아서와 그의 참사랑은 함께 별들을 여행했지만, 초공간 점프를 하던 중 펜처치가 이야기를 하다 말고 사라져버렸다. 아서는 체액을 팔아 일등석 표를 사 가면서 펜처치를 찾아 우주를 헤맨다. 마침내 그는 라무엘라 행성에 좌초해 그곳에서 샌드위치가 꽤나 근사한 물건이라고 믿는 원시부족들에게 샌드위치를 파는 샌드위치 장수가 되어 먹고살게 되었다.

그의 평안을 어지럽힌 건 포드 프리펙트가 보낸 택배 상자였다. 그 속에는 능글능글한 범차원적 검은 새의 모습을 한《은하수를 여행하는 히치하이커를 위한 안내서》제2형이 들어 있었다. 이제 기자로서 성공한 트릴리언에게도 자기 나름대로 아서에게 보낼 소포가 있었다. 알파 켄타우리 야간항공편 좌석 2D를 기부금으로 내고 임신한 딸 랜덤 덴트였다.

아서는 탐탁지 않은 마음으로 부모 역할을 떠맡았지만, 반항적인 십대를 다루는 일은 완전히 그의 능력 밖이었다. 랜덤은 《안내서》 제2형을 훔쳐 지구로 항로를 잡는다. 그곳으로 가면 마침내 고향에 온 기분을 느낄 수 있을 것 같아서였다. 아서와 포드가 그 뒤를 따라가 보니, 트릴리언은 벌써 그 행성에 와 있었다.

바로 그때 제2형의 목적이 밝혀진다. 우르릉 쾅쾅 파괴되길 거부하는 지구에 짜증이 난 보고인이 새를 교사해 도망자들을 다시 행성으로 유인한 뒤, 모든 차원에서 지구를 파괴하고 원래의 명령을 완수하려 했던 것이다.

아서와 포드는 목이 부러질 듯한 속도의 절반으로 달려 런던의 클럽 베타로 가는데, 가는 길에 거위 간과 파란 스웨이드 구두를 샀을 뿐 한 번도 쉬지 않았다. 아까 말한 차원 축/복수 구역 덕분에, 그들은 같은 공간-시간에 공존하는 트릴리언과 트리시아 맥밀런을 보게 되는데, 감정적인 랜덤은 두 사람을 동시에 보고 비명을 질러댄다.

헷갈린다고? 아서도 그랬지만, 그렇게 오래 헷갈리고 있지는 않았다. 일단 대기권 하층부에 녹색 살인 광선이 진동하는 걸 보자마자, 그날 겪은 온갖 꼬물꼬물 귀찮은 일들이 꼬물거리는 힘을 잃고 말았다.

프로스테트닉 보곤 옐츠는 임무를 훌륭하게 완수했다. 아서, 포드에 이어 트릴리언까지 다시 지구로 불러들였을 뿐 아니라, 그레불론 대장을 속여 자기 대신 지구를 파괴하게 만들었으니 말이다. 덕분에 선단 대원들은 군수품 사무실에서 몇 보고 시간씩 서류 작업을 하는 수고를 덜었다.

아서와 친구들은 런던의 클럽 베타에 무기력하게 앉아서, 지구에서 궁극적 전쟁이 벌어지는 걸 그저 구경할 수밖에 없었다. 참전할 수도 없었다. 비자발적 발작과 골물질의 액화를 참전이라고 할 수 있다면 또 모르겠지만. 이번 경우에 파괴 무기는 보고인의 유도탄이 아니라 살인 광선이었지만, 행성 파괴 장치로 말하자면 당하는 입장에서는 이거나 저거나 큰 차이가 없기도 하고 해서……

1

강의실 밖에서 자주 빈둥거리는 맥시메갈론 대학의 경비원 보조에 따르면, 우주는 백육십억 살 먹었다고 한다. 이런 추정 진리는 그보다 더 오래된(쯧쯧쯧) 몰스킨 노트를 가지고 있다고 주장하는 일단의 베텔게우스의 비트 시인들한테 조롱감이 되고 있다. 그들 말로는, 자기네들이 소장하고 있는 웸뱀 빅뱅 두루마리에 의하면 제일 적게 잡아도 최소한 백칠십억 년은 되었다는 거다. 어느 인간 십대 신동은 한때 달의 암석 밀도와 사상의 지평선 위에 놓인 두 사춘기 여성들 사이의 거리가 연루된 복잡한 연산에 근거해 백사십억을 부른 적이 있다. 아스가르트의 이류 신들 중 하나는 백팔십억 년쯤 전에 일종의 대형 비슷한 우주적 사건이 일어났다는 얘기를 어딘가 무슨 책에서 읽은 것 같다고 말했지만, 요즘은 아무도 저 위에서 내려오는 포고문들을 믿지 않는 분위기다. 최소한 신들의 탄생이 초래한 하야 사태, 즉 훗날 '토르게이트'(천둥의 신 토르와 정치 스캔들을 칭하는 '게이트'를 써서 토르게이트라고 부른 것—옮긴이주)라 알려진 그 일 이후로는 그렇게 됐다.

그러나 수십억 년이라고 할 수는 있겠다. 딱 십억 년이니까. 그리고 해변의 그 노인은 적어도 그 백만 개의 백만 년 중에 하나 정도는 자기 손가락으로 헤아려봤을 것 같은 몰골이었다. 피부는 상아빛 양피지 같았고, 옆모습은 바들바들 떨리는 대문자 에스 같았다.

노인은 한때 고양이를 키웠던 기억이 있었다. 기억이라는 게 수조 개의 시냅스를 건너온 뉴런의 형상 이상으로 믿을 만하다면 말이지만. 기억이란 사람의 손가락으로 만질 수 있는 게 아니다. 저옹이 박힌 발가락을 쓸며 흐르는 파도를 느끼듯 그렇게 느낄 수도 없다. 그러나 육체적 감정이라는 게 뇌에서 나오는 많은 전기 메시지에 불과하지 않은가? 그럼 그건 왜 믿는단 말이지? 불어오는 나비 폭풍 한가운데 하왈루시아 방풍벽처럼 껴안고 매달릴 만한 게 우주에 없단 말일까? 물론 하왈루시아 방풍벽은 빼고 말이다.

빌어먹을 나비들 같으니라고. 노인은 생각했다. 날갯짓이 대륙을 건너간다는 둥 그런 게 밝혀진 이후로, 수백만에 달하는 못된 인시류(鱗翅類)들이 일제 연대해서 해를 끼치고 있어.

설마 그런 게 진짜일 리가 있나 하고 노인은 생각했다. 나비 폭풍?

그렇지만 더 많은 뉴런들이 더 많은 시냅스들을 통해 쏟아져 나오더니 불가능성 이론을 속삭여 말했다. 어떤 일이 절대 일어나지 않게 되어 있다면, 그 일은 최대한 빨리 일어나지 않겠다고 결연히 거절할 거라고.

나비 폭풍. 그런 건 그저 시간 문제였다.

노인이 이 현상에서 간신히 초점을 잡아 빼자마자 또 다른 참사가 뇌리에 떠오르더니 거칠고 구부정한 실체를 갖추기 시작했다.

신뢰할 만한 게 있기나 한가? 위로를 얻을 만한 무언가가?

지는 해들이 잔물결 위로 초승달 같은 빛을 뿌렸고, 구름들을 반들반들 윤나게 닦았고, 종려나무 잎사귀에 은빛 줄무늬를 그었으며, 베란다 식탁 위의 본차이나 주전자를 반짝거리게 만들었다.

아, 그래. 노인은 생각했다. 홍차. 불안하고 어쩌면 허상에 불과할 우주의 중심에는 언제나 홍차가 있을 거야.

노인은 폐기된 로봇 다리로 만든 지팡이로 모래에다 두 개의 자연수를 쓰고, 파도가 숫자들을 지워버리는 광경을 지켜보았다.

한순간 42라는 숫자가 있는가 싶더니 다음 순간 없어졌다. 어쩌면 그 숫자들은 처음부터 거기 없었는지도 모른다. 어쩌면 그런 건 어차피 중요치 않을지도 모른다.

그런 생각에 무슨 이유에선지 노인은 허리가 구부러지도록 낄낄 웃으며 베란다로 터벅터벅 걸어 들어갔다. 그가 등나무 의자에 앉자 뼈와 나무가 심하게 끽끽거리는 소리를 냈고, 그 소리가 주위 환경과 완벽한 공명을 이루었다. 그는 안드로이드를 불러 비스킷을 좀 갖다달라고 했다.

안드로이드는 '리치 티'를 가져다주었다.

훌륭한 선택이었다.

몇 초 후 갑자기 공중에 금속 새가 나타나는 바람에, 비스킷을 홍차에 찍어먹는 일에 열중하고 있던 노인은 집중력이 흐려졌다. 그는 커다란 반월 모양의 비스킷을 홍차 속에 떨어뜨리고 말았다.

"아, 미치겠네, 좀." 노인이 투덜거렸다. "이 기술을 연마하는 데 얼마나 오래 걸렸는지 알아? 홍차에 비스킷 찍어 먹기 하고 샌드위치들 말이야. 사람한테 뭐가 더 남기나 했나?"

새는 요지부동이었다.

"요지부동의 새라." 노인은 나직하게 말했다. 자기가 말해놓고 그 소리가 마음에 드는 듯했다. 철없는 소년 시절 나무에서 떨어진 이후, 제대로 쓰지 못하는 나쁜 쪽 눈을 감고 그는 그 생물을 자세히 관찰했다.

새는 공중에 떠 있었다. 금속 깃털은 주홍빛으로 은은히 빛났고, 날개들은 파닥거리며 아주 작은 돌풍을 일으키고 있었다.

"건전지." 새의 말소리는 어쩐지 노인이 언젠가 런던의 글로브 극장에서 본 〈오셀로〉의 주인공 배우를 연상시켰다. 한 단어로부터 얼마나 많은 걸 알아낼 수 있는지 참 놀랍기도 하지.

"정말 '건전지'라고 했어?" 노인은 그냥 확인 차 말했다. 만에 하나 철부지라든가 바가지라고 했을 수도 있으니까. 청력이 옛날 같지 않아서, 특히 첫 음절이 잘 들리지 않았다.

"건전지." 새가 다시 말했다. 느닷없이 현실이 쩍 갈라지더니 박살 난 거울처럼 산산조각 났다. 바닷가는 사라지고, 물결은 얼어붙어 쩍쩍 갈라지더니 증발해버렸다. 마지막으로 사라진 것이 '리치티'였다.

"빌어먹을." 손가락에 붙은 마지막 비스킷 부스러기마저 흩어지자 노인은 이렇게 툭 내뱉고는, 갑자기 사방을 에워싼 하늘의 방에서 쿠션에 몸을 기대어 앉았다. 곧 누가 올 것이다. 그는 확신이 있었다. 오랜 추억의 어두컴컴한 동굴 속에서, 포드와 프리펙트라는 이름들이 회색 박쥐들처럼 나타나 임박한 재앙을 연상시켰다.

우주가 해체될 때마다, 포드 프리펙트는 그리 멀리 뒤처져 있지 않았다. 포드 프리펙트와 빌어먹을 그 책. 제목이 뭐더라? 아, 맞아. 《피치포커의 자존심은 오류다》.

그거, 아니면 뭐 굉장히 비슷한 건데.

노인은 포드 프리펙트가 뭐라고 할지 똑똑히 알고 있었다.

밝은 면을 봐, 친구. 적어도 불도저 앞에 드러누워 있는 건 아니잖아, 응? 적어도 보고인의 에어락에서 밖으로 튕겨나가는 건 아니잖아. 하늘의 방도 사실, 썩 허름하지는 않아. 훨씬 나쁠 수도 있잖아. 이보다 훨씬 더 나쁠 수도 있어.

"이보다 훨씬 더 나빠질 거야." 노인은 우울한 확신을 품고 말했다. 경험상 상황은 대체로 더 나빠지기 마련이었다. 그리고 아주 가끔씩 상황이 실제로 나아지는 것 같으면, 그것은 처참한 악화일로의 극적인 서막에 불과했다.

아, 이 하늘의 방은 겉보기에는 그리 해로워 보이지 않지만, 저 일렁이는 벽 너머에는 어떤 무시무시한 공포가 기다리고 있을까? 무시무시하지 않은 건 아마 하나도 없을 거야. 이 점에 대해서도 노인은 확신이 있었다.

그는 물렁물렁한 벽면을 손가락으로 꾹 찔러보고 타피오카 푸딩을 생각했다. 하마터면 그는 웃음을 지을 뻔했지만, 이튼 기숙학교 시절 힘자랑하던 반장 녀석이 자기 슬리퍼를 타피오카로 채워놓은 후로 자기가 그것을 별로 좋아하지 않게 되었다는 사실이 생각났다.

"블리스터즈 스마이스, 비열한 개자식." 그는 속삭여 말했다.

구름에 잠시 손가락으로 뚫은 구멍이 생겼고 그 사이로 저 너머 높은 이중 창문이 얼핏 보였다. 창문 밖에, 저건 설마 살인 광선인가?

노인은 아무래도 그럴 것 같다는 불길한 예감이 들었다.

그렇게 세월을 보냈는데. 그는 생각했다. **그렇게 오랜 세월을 보냈는데, 아무 일도 일어나지 않아.**

포드 프리펙트는 꿈같은 삶을 살고 있었다. '꿈'의 실현에는 '한 웨이블'의 슈퍼 자이언트 별 다섯 개짜리 울트라 럭셔리 내추럴 향락 리조트의 숙소와, 눈 뜨고 있는 동안 이국적인 칵테일을 영구 손상 수준으로 마셔대고, 다양한 종족의 이국적 여성들과 관계를 맺는 게 포함되어 있었다.

그리고 제일 좋은 부분은, 이런 자기만족적 '아마도' 생명 단축 패키지의 비용이 다인-오-차지 신용 카드로 다 해결된다는 점이었다. 최근《안내서》사무실을 방문했을 때 살짝 창의적인 컴퓨터 손질을 해준 덕분에, 크레디트 한도가 무한대였다.

한창 잘나가던 시절 지금보다 젊은 포드 프리펙트에게 백지 한

장을 건네주고 무엇보다 소중한 장래 희망을 세세히 써보라고 했다면, 저 위에서 딱 하나 고쳤을 만한 단어는 부사 '아마도'였으리라. 십중팔구.

한 웨이블 리조트가 얼마나 음탕하게 호사스러운가 하면, 브레퀸다인 남자라면 모래성 호텔의 악명 높은 바이브로 특실에서 하룻밤을 보내기 위해 자기 어머니라도 팔 거라는 얘기가 오갈 정도였다. 듣기만큼 충격적인 일은 아닌 게, 브레퀸다에서는 부모들도 용인된 통화(通貨)라서 피부 손질 잘되고 치아 상태도 좋은 칠십 대라면 중급 패밀리 모터캐리지 정도는 살 수 있었다.

포드는 아마 모래성 호텔에서 체류할 돈을 대겠다고 부모를 팔지는 않았겠지만, 자기 값어치보다 훨씬 큰 문제를 일으키는 두개골 두 개짜리 사촌이 있었다.

밤이면 밤마다 포드는 플래시베이터를 타고 펜트하우스로 올라가서 문에 대고 꾸르륵거리며 입장 허가를 받았고, 그 후에야 간신히 잠깐 시간을 내서 핏발선 눈으로 거울 속의 자기 모습을 보고는 그대로 세면대에 코를 박고 쓰러지곤 했다.

이게 마지막 밤이야. 그는 밤마다 맹세했다. 틀림없이 내 몸이 반항을 일으켜서 저절로 붕괴하고 말 거야.

《안내서》에는 어떤 부고가 실릴까? 포드는 그게 궁금했다. 짧을 거야, 그건 확실해. 한두 단어. 어쩌면 까마득한 옛날, 자신이 지구를 묘사하는 데 썼던 두 마디와 똑같은 단어일지 모르겠다.

대체로 무해함.

지구. 뭔가 그가 생각하면 안 될 꽤나 슬픈 일이 지구에 일어나지 않았던가? 왜 어떤 건 기억나는데 어떤 건 영원한 안개로 덮인 네 폴로지아의 안개 자욱한 평원에서 맞은 아침처럼 흐릿할까?

대체로 이런 감상적인 시점에서 삼차 가글 블래스터가, 과다하게 쥐어짜인 포드의 뇌에서 마지막 의식 한 방울을 짜냈고, 그는 두 번 낄낄 웃고 로데오 닭처럼 꽥꽥거리더니 제일 가까운 화장실 변기로 거의 완벽한 앞구르기를 했다.

그런데 매일 아침 (운이 좋으면) 세면대에서 고개를 들 때마다 포드는 기적처럼 새로운 원기가 샘솟는 걸 느꼈다. 숙취도 없고, 용처럼 고약한 입냄새도 없고, 심지어 전날 밤의 과다음주를 입증해 줄 각막의 터진 혈관도 찾아볼 수 없었다.

"넌 정말 프루디한 친구야, 포드 프리펙트." 그는 어김없이 스스로에게 이렇게 말했다. "그럼, 그렇고말고."

여기서 뭔가 수상한 일이 벌어지고 있어. 흔히 듣기 힘든 잠재의식의 소리가 이렇게 우겼다.

수상하다고?

안녕히, 그리고 고마웠어요…….

돌고래들 어쩌고 그런 게 있지 않았나? 물고기는 아니고, 그런데 똑같은…… 거주지에 살았는데.

생각을 해, 이 바보야! 생각해! 백번은 더 죽었어야 해. 그동안 먹은 칵테일로 치면 너뿐 아니라 대체우주의 너 자신 몇 명쯤은 피클로 만들고도 남았을 거야. 어떻게 넌 아직도 살아 있는 거지?

"살아 있는데다 프루디하기까지 하단 말이지." 포드는 거울 속의 자기 모습을 보고 거푸 윙크를 날렸다. 또한 자신의 붉은 머리에 얼마나 윤기가 철철 흐르는지 보고 찬탄을 금치 못했다. 광대뼈는 또 얼마나 도드라졌는지. 게다가 턱도 커지고 있는 것 같았다. 진짜 깎은 듯한 턱선이었다.

"여기 있으니 좋기만 하네 뭐." 그는 거울 속에 비친 자기 모습을 보고 말했다. "포토-거머리 랩이며 발광 콜로노-레밍 트리트먼트 덕에 확실히 체질이 개선되고 있는 것 같아. 아무래도 한동안 더 머물러주는 게 포드 프리펙트에 대한 예의지."

그래서 그는 그렇게 했다.

마지막 날, 포드는 수중마사지 값을 신용 카드로 그었다. 마사지사는 열한 개의 촉수와 수천 개의 빨판을 가진 다모그라니아 폼폼 오징어로, 포드의 등을 시원하게 두들겨주고 채찍질하듯 후려치는 안마기법으로 모공을 깨끗하게 청소해주었다. 폼폼 오징어들은 스파 산업에서 이런 일을 하기에는 아까운 인재였지만, 높은 연봉과 플랑크톤이 풍부한 풀, 그리고 음악계의 스카우트들을 만나서 잘하면 레코드 계약을 따낼 수도 있다는 점에 현혹되어 헤아릴 수도 없이 많은 박사학위들을 내팽개치고 이 길로 나서곤 했다.

"신인 발굴 같은 거 해본 적 있어요?" 오징어는 이렇게 물었지만, 그리 큰 희망을 품는 눈치는 아니었다.

"아니." 포드가 대답했다. 플렉시글라스 헬멧으로부터 거품이 보글보글 흘러내렸고, 얼굴은 암석 인광의 쾌적한 빛을 받아 오렌지색으로 빛나고 있었다. "한때 파란 스웨이드 구두 한 켤레를 가졌던 적이 있긴 하지. 그것도 꽤나 대단한 걸로. 아직도 하나 갖고 있어. 또 한 켤레는 짝퉁이라 연보라에 가까워."

오징어는 그가 말하는 동안 지나가던 플랑크톤 한 마리를 오물오물 잡아먹었는데, 그 덕분에 대화가 약간 산만하게 끊어졌다.

"잘 모르겠는데 혹시……?"

"혹시 뭐?"

"내가 말을 끝마쳤는지."

"그냥 말을 하다 말았는데."

"반짝이가 하나 있어서. 점심거리인 줄 알았지요."

"반짝이를 먹어?"

"아니. 진짜 반짝이 말고요."

"다행이네. 반짝이는 반쭉이 새끼라 독이 있거든."

"알아요. 내 말은 그저…….”

"반짝이 더 먹겠다고?"

"바로 그거예요. 신인 스카우트나 매니저가 아닌 거 확실하죠?"

"확실히 아니야."

"아, 돌겠네, 진짜." 오징어가 약간 전문적이지 못하게 욕을 했다. "여기서 이 년 일했거든요. '자네 빨판에서 신인 스카우트와 매니저들이 쏟아져 나올 거라고…….' 약속이 그랬어요. 그런데 한 사람도 못 봤어요. 빌어먹을 한 놈도 못 봤다니까요. 전엔 상급 장난감 피리를 공부했는데 말이죠."

포드가 이런 미끼를 그냥 지나칠 리가 없었다. "상급 장난감 피리? 장난감 피리 연구가 얼마나 상급까지 있는데?"

오징어는 자존심이 상했다. "한꺼번에 수천 개를 연주할 수 있으면 꽤 상급인 거죠, 뭐. 저는 사중주단에 있었어요. 상상할 수 있겠어요?"

포드는 한번 해보기로 했다. 눈을 감고, 등에 떨어지는 빨판들의 철썩-퍽 소리를 만끽하며, 완벽한 수저(水底) 화음을 만들어내는 수천 개의 장난감 피리들을 상상해보았다.

얼마 후 오징어는 대여섯 개의 촉수로 포드를 에워싸고 부드럽게 훌떡 뒤집었다. 포드는 한쪽 눈을 뜨고 오징어의 배지를 읽었다.

저는 바르주입니다. 이름표에 그렇게 쓰여 있었다. 마음대로 활용해주세요.

그 밑에는 작은 활자로 이렇게 씌어 있었다.

저는 고무 알레르기가 있습니다.

"그런데, 바르주. 어떤 곡들을 연주한 거야?"

마사지사는 대답하기 전에 촉수들로 펌프질부터 했고, 세찬 물살이 피어올랐다.

"주로 옛날 노래들이죠. 리메이크요. 핫블랙 데지아토 들어봤어요?"

그 이름 틀림없이 들어봤는데. 포드는 퍼뜩 깨달았지만, 기억을 정확하게 짚어낼 수가 없었다. 어째 날마다 매사가 흐릿해지고 있었다.

"핫블랙 데지아토. 죽은 지 좀 된 사람 아니야?"

바르주는 고개를 모로 꼬더니, 생각에 잠겼다. 오징어 주둥이가 멍하니 벌어져, 쏜살같이 지나치는 플랑크톤들도 못 보고 있었다.

"어이, 기억이 안 나면 걱정 안 해도 돼. 여기서는 나도 기억력에 문제가 좀 있거든. 내가 여기 얼마나 오래 있었는지, 인생의 목적이 뭔지, 어느 발에다 신발을 신어야 하는지, 그런 거."

오징어는 대답을 하지 않았고, 촉수들은 포드의 몸뚱어리를 낡은 동아줄처럼 묵직하게 휘감고 있었다.

포드는 바르주가 돌연사한 건 아니길 바랐다. 그런데 오징어가 진짜로 에너지 단계로 넘어가 버렸으면, 빨판들이 흡입력을 잃는 걸까, 아니면 죽도록 빨아들이는 모드로 전환하는 걸까? 포드는 몸에 들러붙은 빨판 제거 수술을 받느라 남은 휴가를 다 쓰고 싶지는 않았다.

그때 바르주가 눈을 껌벅거렸다.

"어이, 친구." 포드가 한숨을 쉬었다. 헬멧에서 거품이 나선형을 그리며 보글보글 올라왔다. "돌아와줘서 기뻐. 한순간 나는 그만……."

"건전지." 오징어가 'ㄴ' 자를 발음할 때마다 부리를 찰칵찰칵 부딪치며 말했다. "건전지."

전에는 눈치 못 챘는데. 포드가 생각했다. 하지만 저 오징어는 새하고 굉장히 닮았네.

그러더니 수중마사지 동굴이 해체되고, 포드 프리펙트는 어느새 파란 하늘로 만들어진 방 안에 있는 자신을 발견했다.

익숙한 모습이 반대편 구석에 앉아 있었다.

"아." 포드가 말했다. 기억이 났다.

《안내서》주석 : 기억은 일반적으로 두뇌의 의식과 잠재의식을 관장하는 부분들의 대화가 연루된 2단계의 과정이다. 잠재의식은 연관된 기억을 던져서 절차를 개시한다. 이로서 자축의 엔도르핀을 대량 방출하게 된다.

"잘했어, 친구." 의식이 말한다. "그 기억이 지금 당장 몹시 쓸모가 있는데, 아까는 어디다 뒀는지 생각이 나질 않더라고."

"너하고 나 말이야." 한 번이라도 공을 인정받은 걸 몹시 기뻐하면서 잠재의식이 말한다. "우리는 같이 가는 거니까. "

그러자 의식이 미결서류함에 든 기억을 살펴보고 최악의 사태에 대비하라는 전갈을 괄약근으로 내려 보낸다.

"넌 왜 나한테 이런 걸 상기시키는 거냐?" 의식이 잠재의식에게 푸념을 한다. "이건 끔찍해. 지독해. 이런 건 기억하고 싶지 않았어. 이딴 걸 내가 왜 두뇌 저 뒤쪽에 처박아놓았을 거 같아?"

"널 도와주는 건 이번이 마지막이야." 잠재의식이 투덜거리며 몹쓸 생각들이 자리 잡은 어두컴컴한 구역으로 후퇴해버린다. "너 따위는 필요 없어" 라고 스스로에게 말하면서. "네가 버린 이런 것들로 난 또 다른 인격을 만들어낼 수 있단 말이야." 그리하여 소년기 폭력, 방치, 낮은 자존감, 그리고 편견의 핵을 품은 정신분열증의 씨앗들이 뿌려지는 것이다. 다행히도, 베텔게우스인들은 잠재의식이라는 게 별로 없어서, 그때 그건 괜찮았다.

"아." 포드가 다시 말했다. "젠장." 바로 뒤에 곧장 따라나온 말이었다.

그는 살금살금 하늘의 방바닥을 밟으면서, 한쪽 다리가 한순간 살짝 깜박거리는 걸 보고 화들짝 놀랐다.

내가 현실이 아니구나. 그는 깨달았다. 이것만으로도 변함없이 들떠 있는 그의 기분을 바늘로 찔러 터뜨리기에는 충분했지만, 그는 회복이 빨랐다. 이 방 안에 있는 또 한 사람은 아직 정신을 차리지 못한 눈치였다.

"밝은 면을 봐, 친구. 적어도 불도저 앞에 드러누워 있는 건 아니잖아, 응? 적어도 보고인의 에어락에서 밖으로 튕겨나가는 건 아니잖아. 하늘의 방도 사실, 썩 허름하지는 않아. 훨씬 나쁠 수도 있잖아. 이보다 훨씬 더 나쁠 수도 있어."

그리고 지금 돌아가는 상황에 대한 내 짐작이 옳다면 금세 더 나빠질 거야. 포드는 이렇게 생각했지만, 굳이 입 밖으로 소리를 내어 말하지는 않았다. 아서를 보니 오늘 하루 나쁜 소식은 들을 만큼 들은 얼굴이었다.

행성 간 뉴스 리포터 트릴리언 아스트라는 일생일대의 인터뷰를 위해 오디토리움으로 들어가기 전 화장실에서 몇 분간 불안한 시간을 보냈다.

찬란한 기자 경력을 자랑하는 트릴리언은 한때 특수 분장을 하고 메가브랜티스 성단의 보고인 사무원으로 잠복근무를 했다. 오리온 베타 성단의 광산 침략자들이 마드라나이트 광산을 노략질할 당시 동상으로 왼쪽 발을 잃었고, 좀 더 최근에는 무모하게도 치아를 반듯하게 하는 주문의 효과를 의심하는 만용을 부렸다가 치과 교정 주의자들의 습격을 받은 적도 있었다.

은하계는 트릴리언의 이름을 알고 있었다. 경력의 정점에 서 있을 당시, 그녀는 알파 켄타우리 행성에서 빌트보들 제6행성에 이르기까지 떳떳하지 못한 정치가들과 영화산업계의 거물들, 그리고 임신한 독신 연예인들에게 공포의 대상이었지만, 오늘은 자기 어깨를 짓누르는 유령 같은 공포를 느끼고 있었다.

은하계 대통령 랜덤 덴트. 그녀의 딸. 맥시메갈론 대학에서 오천억 시청자들에게 생방송으로 시뮬캐스트.

그녀는 불안했다. 아니, 그보다 더했다. 겁에 질렸다. 트릴리언이 딸을 못 본 지…….

세상에. 그녀는 퍼뜩 깨달았다. **정확히 언제 마지막으로 랜덤을 봤는지 기억도 못 하겠네.**

트릴리언은 의례를 치르며 마음을 가라앉히려 애썼다.

"늙은 새 치고는 꽤 쓸 만해 보이는데." 그녀는 거울에게 말했다.

"정말 그렇게 탱각해, 자기?" 거울이 말했다. 자기 센서 앞에서 퍼레이드를 하고 있는 대상이 굉장히 못마땅한 말투가 분명했다. "그게 쓸 만한 거면, 자기 진짜 기준이 낮다."

트릴리언이 털을 바짝 곤추세우고 덤볐다. "감히 어디서 까불어. 넌 내가 본 걸 못 봤잖아. 네가 나처럼 별별 꼬락서니를 다 겪어봤으면, 아마 이 정도면 꽤 쓸 만하다는 데 동의할걸."

거울의 한숨 소리가 프레임에 설치된 여덟 개의 젤 스피커에 잔물결을 일으켰다.

"역사 수업은 그만하면 됐어, 자기. 난 과거는 계산에 넣지 않아. 그냥 현재에 대해 논평할 뿐이지. 그리고 지금은, 내가 솔직히 말할게, 자기는 제3사이클에 든 엑센트리카 갈룸비츠 같아. 그리고 내 말을 믿어, 자기. 그 늙은 창녀의 제3사이클이라는 건 대체로 액체와 가스였다고. 내가 자기였으면, 좋은 타월하고 목욕 가운을 사서 그냥……."

트릴리언은 팔을 뻗어 주먹으로 거울의 무음(無音) 버튼을 쿵쾅쿵쾅 두드렸다.

언제부터 거울들한테 성격 따위가 생긴 거야? 그녀는 몹시, 몹시 특별한 문들과 최고급 안드로이드들한테만 시리우스 사이버네틱스 주식회사의 진품 인간 성격 기능이 장착되어 있던 시절을 기억하고 있었다.

트릴리언은 거울의 말을 듣고 싶지는 않았지만, 솔직히 맞는 말이라고 인정할 수밖에 없었는지 모른다.

그녀는 정말 나이 들어 보였다. 쪼글쪼글 늙었다.

그야 내가 뒈지게 늙었으니까 그렇지. 지구 나이로 백다섯 살이란 말이야. 그나마 남은 게 그렇다고.

세월이 흐르면서 트리시아 맥밀런은 서브-에서 기자라는 일에 긁혀 야금야금 부서져 없어졌고, 머지않아 트릴리언만 남았다. 이것은 그저 은유적 진술에 불과한 게 아니다. 트릴리언 아스트라는 언제나 방송국을 위해 모든 걸 희생할 각오를 하고 있었다. 친구들, 가족, 각종 신체 부위들.

광부들의 적의로 오리온 베타에서 한쪽 발을 잃었다. 상피 조직의 칠십 퍼센트는 카프락스의 감마 동굴들의 최전선에서 플라스마 스플래시에 타서 벗겨졌다. 왼손과 팔은 도르델리스 전쟁 당시 사막용 무한궤도차에 짓이겨졌고, 오른쪽 눈은 가그라카카에서 벌어진 왕고팡고 티니밥 얼음 커페이드에서 작고 뾰족한 막대에 걸린 깃발에 찍혀 뽑혔다.

그래서 트리시아 맥밀런에게 남은 건 원래의 두뇌(신경세포-플루이드는 첨가했지만)와, 강화된 한쪽 눈, 뺨 한두 개(하나는 엉덩이, 하나는 얼굴), 각양각색의 소소한 뼈들, 그리고 인간의 혈액 2와 1/2리터. 나머지 3리터는 기술적으로 혈액이 아니라 하스트로밀 계에 고유한 작은 포유류인 은색 세 치 혀 악마들(Silver-Tongued Devils, silver-tongued란 입담이 매끄러워 설득력이 있다는 뜻의 숙어이기도 하다. 그 뜻을 살리기 위해 세 치 혀라고 옮긴다─옮긴이주)의 벌집에서 채집한 눈물이었다. 이들은 경첩이 달린 은색 세 치 혀부터, 구멍을 파고 지하생활을 할 때 공중 케이블에 장착해서 비디오 시그널 리셉션을 강화하는 데 쓸 수 있는 생각 파동들까지, 존재의 어느 한 부분도 버릴 것이 없어서 무자비하게 착취당하고 있었다. 신이 존재하지 않는다는 증거로 바벨 피시를 예로 드는 바로 그 철학자들은 하필이면 재수 없게도 STD(Sexually Transmitted Disease, 즉 성행위로 감염되는 질병이라는 뜻으로 흔히 쓰이는 이니셜이다─옮긴이주)라는 이니셜을 갖게 된 이 동물을 사탄이 존재한다는 증거로 들기도 한다. 심지어 약에 절어 해롱거리는 감자라도 이것이 처음에 했던 주장을 전복한다는 걸 알 수 있는데 말이다. 하지만 그런 작자들이 콧방귀나 뀌겠는가? 정신과 의사들은 모순을 사랑한다.

아이러니하게도, 트릴리언은 STD 보호주의자들의 시위를 취재하러 하스트로밀에 갔다가 은색 세 치 혀 행렬 대차에 치었다. 더욱 아이러니하게도 그 대차는 은색 세 치 혀 가죽으로 만들어진 것이었고, 이런 아이러니를 그녀는 '은색 세치 혀를 보호하라' 티셔츠를 입고 은색 세 치 혀 수혈을 받음으로써 절정으로 치닫게 만들었다. 이 사건은 훗날 트릴리언 자신에 의해, 이 모든 국지적 아이러니 과다는 시위에 참가했던 열한 명의 공감과잉 환자들(empath : 사이코패스psychopath와 공감empathy을 섞은 말장난―옮긴이주)의 죽음을 초래했다는 기사로 보도되었다. 이미 우울증에 걸려 있던 것으로 알려진 공감과잉 환자를 추산하면 열둘이었다.

트릴리언은 뺨의 플라스킨을 뭉그적거렸다. 매끄러웠지만 너무 팽팽하게 당겨져 있었다. 정산하던 남자는 좀 쓰다 보면 얼굴이 늘어질 거라고 했다. 그러나 끝내 그렇지 않았다. 상태가 안 좋은 날이면, 트릴리언은 자기 얼굴이 꼭 풍선에 구겨 넣은 해골 같다는 생각을 했다.

방송국 이사는 언젠가 그녀를 "길고 검은 곱슬머리에 희한하게 조그만 손잡이 같은 코에 우스꽝스러울 정도로 갈색 눈을 한, 늘씬하고 가무잡잡한 휴머노이드"라고 묘사한 바 있다.

이젠 더 이상 아니었다.

오늘이 바로 그런, 상태 안 좋은 날이었다.

랜덤, 이렇게 오랜 세월이 지난 후에야.

딸의 눈을 들여다볼 때마다, 꼭 죄책감이 잔뜩 고인 웅덩이를 들여다보는 기분이었다.

트릴리언은 손바닥으로 거울을 찰싹 때렸다.

"아야! 이봐요!" 무음 모드를 묵살하고 거울이 말했다.

트릴리언은 못 들은 척했다.

정신을 가다듬을 필요가 있었다. 한때는 은하계 최고로 존경받는 기자였고, 그건 대단한 성취였다. 그녀는 후회를 시커먼 뱃속 밑바닥에 있는 상자에 억지로 처넣고 자기 일을 하러 갔다.

트릴리언은 미용사가 손질한 인조머리칼 헬멧 한 가닥을 손으로 뽑고, 어깨를 사각형으로 만들고, 바너드 스타 근처에 있는 저중력 불임 위성 클리닉에서 잉태한 딸을 인터뷰하러 오디토리움으로 걸어 들어갔다.

트릴리언은 부르르 떨었다. 입덧만도 끔찍했는데 저중력까지 거들었지.

랜덤은 소속감을 느끼지 못하고 괴로워할 자격이 차고 넘쳤다. 아버지는 시험관이었고, 그나마 가졌던 고향 행성은 몇 개나 되는 차원에 걸쳐 파괴되었다. 어머니는 자기를 한 번 슬쩍 쳐다보고는, 집에서 아주 멀고 먼 곳들로 아주 오래고 오랜 시간 동안 다녀야 하는 경력을 열렬하게 쫓기로 결심했다.

랜덤이 약간 쌀쌀맞게 구는 것도 놀랄 일은 아니었다.

랜덤 덴트 대통령은 무대 위에 공중부양하고 있는 에그 체어(덴마크의 디자이너 아르네 야콥센이 1958년 디자인한 달걀 모양의 의자—옮긴이주)에 다리를 꼬고 앉아, 조용히 주문을 읊고 있었다.

"앞니 뒤에 덧니 뒤에 송곳니 뒤에 소구치라. 이이이이이빨 제자리를 찾네."

막은 아직 올라가지 않았지만, 묵직한 소재 너머로 사람들이 분주히 웅성거리는 소리가 들렸다. 막은 홀로그래픽이 아니라 벨벳이었다. 랜덤이 우겨서 대학 측이 투덜거리며 부담한 것이었다. 반(反)진보 진영은 결코 아니었지만, 은하계에 아직 전통의 자리가 남아 있다는 게 대통령의 신념이었다.

그녀는 어머니가 단상으로 인도받아 올라오자 부드럽게 미소를 지었다. 멀리서 보면 두 사람의 역할이 바뀌어서 트릴리언이 대통령의 딸이라고 해도 이해해줄 만 했지만, 가까이 다가서서 보면 진실은 명백했다. 성형수술의 광채가 트릴리언의 얼굴 전체에 뚜렷하게 쓰여 있었다.

딸을 보고 일순 기자의 발걸음이 흐트러졌지만, 그녀는 곧 멋지게 수습했다.

"얼굴이 좋아 보이십니다, 대통령님." 그녀는 전형적인 기자의 억양, 그러니까 ZZ9 구역과 아스가르트 어디쯤으로 추정되는 말투로 말했다.

"어머니도 좋아 보이시네요." 랜덤이 말했다.

트릴리언은 두 번째 에그 체어에 자리를 잡고 앉아 메모를 살폈다.

"랜덤 프리퀀트 플라이어 덴트 대통령님. 아직도 지나치게 긴 이이름을 쓰세요?"

랜덤은 앙탈을 부리지 않은 지 수십 년 된 사람 특유의 차분한 미소를 지었다. "그럼, 당신, 트릴리언 아스트라. 아직도 이 잘못된 이름을 쓰시나요?"

트릴리언은 팽팽한 미소를 지었다. 인터뷰가 수월하게 돌아갈 것 같지가 않았다.

"왜 지금이니, 랜덤? 지난 이십 년 동안 우리가 제대로 만난 건 열 번도 되지 않아. 그런데 왜 내 경력이 기울기 시작한 지금이야? 뉴베텔의 미인 대회나 취재하던 내가 평생 최고의 인터뷰를 하게 됐는데."

랜덤은 다시 미소를 지었다. 야외 활동을 많이 한 듯한 얼굴에 부드러운 주름이 잡혔다. 군데군데 회색이 비치는 머리카락은 햇살과 소금물로 뻣뻣해져 있었다.

"격조했다는 건 알고 있어요, 어머니. 너무 오래되었지요." 그녀가 목에 두른 작은 공 모양의 털을 쓰다듬자 공이 나직하게 야옹거렸다. 트릴리언은 작은 이빨과 꼬리를 보고 심장이 툭 떨어지는 기분이 되었다.

"그 녀석 애기는 들었어. 네 곁을 떠나지 않는 친구라지. 일종의 작은 거빌(게르빌루스쥐. 애완용으로 기르는 사막 생쥐—옮긴이주)이 네, 그렇지? 귀엽다."

"그냥 귀여운 거빌이 아니에요, 어머니. 퍼틀은 내 반려자라고요. 플레이부즈고요. 다 자랐지요. 지식의 샘물이고, 모든 걸 텔레파시로 전송해줘요." 그러더니 그녀는 폭탄을 투하했다. 트릴리언의 기자 경력을 한방에 끝내버리는 말. "우리는 어제 결혼했어요."

트릴리언의 피부는 일 분 전보다 더 팽팽해졌다. "결혼했다고?"

"보시다시피 정신적인 유대관계죠. 내가 배를 간질여주면 퍼틀이 좋아하긴 하지만."

정신 똑바로 차려. 트릴리언은 스스로에게 말했다. **넌 프로잖아.**

"이거 정리 좀 해보자. 그러니까 너는 **텔레파시로**……저……퍼틀하고 교감한다는 거지?"

"물론이죠. 교감이야말로 가족을 엮어주는 끈이니까요. 그런 얘기 못 들어 보셨어요?"

이 시점에서, 트릴리언은 기자 노릇을 그만두고 엄마 노릇을 하기 시작했다.

"앙갚음한답시고 말대꾸는 이제 좀 그만하시고, 아가씨. 지금 우리는 아가씨 인생을 얘기하는 거란 말이야. 너는 은하계 대통령 랜덤 덴트야. 네가 지구의 부족들을 통일시켰잖아. 최초의 외계인 공식 영접식을 주관했고." 트릴리언은 이제 벌떡 일어나 있었다. "경제 드라이브를 진두지휘해서 우주까지 치솟게 만들었고. 외계인 평등권도 네가 중재했잖아."

"그리고 이젠 나 스스로를 위한 게 필요해요."

트릴리언은 진짜 퍼틀보다 육 인치 앞에 있는 상상 속의 퍼틀을 잡고 목을 졸랐다.

"그래도 거빌은 안 돼. 빌어먹을 거빌은 절대 안 된다고. 어떻게 거빌이 나한테 손자들을 낳아 주느냐고?"

"우리는, 아이들은 원치 않아요." 랜덤이 명랑하게 말했다. "여행을 하고 싶어요."

"대체 그게 무슨 소리니? 그건 설치류야."

"그이는," 하고 랜덤이 날 세운 목소리로 말했다. "어머니도 잘 아시다시피, 플레이부즈예요. 그리고 저는, 어머니가 세상 누구보다 우리 관계를 잘 이해해줄 거라 생각했는데요. 불굴의 트릴리언 아스트라. 자기 딸만 빼고 온 세상 사람들이 우러러보는 개선장군."

트릴리언은 어둠 속에서 반짝이는 빛 한 조각을 감지했다고 생각했다. "잠깐, 뭐라고? 이게 나 때문이야? 나한테 앙갚음하겠다고 네 인생을 망치려는 거냐고? 그것참 제대로 배배 꼬인 복수 칵테일이네, 랜덤."

랜덤은 남편이 킬킬 웃을 때까지 간질였다. "황당한 소리 하지 마세요, 어머니. 어머니 사위를 은하계에 소개해달라고 여기까지 불러들였잖아요. 이건 어머니의 찬란한 기자 경력에 정점을 찍어줄 테고, 우리를 하나의 가족으로 엮어줄 거예요."

트릴리언은 그때 똑똑히 깨달았다. 랜덤이 준비한 최후의 일격이 얼마나 천재적인지. 그녀가 이 결합을 완전 삼차원 스펙트로-비전으로 공표하면, 완전히 웃음거리가 될 터였다. 그러지 않으면, 딸은 영영 남이 될 테고, 이 정황을 이용해 한 번 더 임기를 연장할 정도로 사람들 동정을 넉넉히 쥐어짤 수 있을 터였다. 최소한 플레이부즈들은 그녀에게 표를 던질 텐데, 그게 수천억에 달했다.

트릴리언의 몸이 발작적으로 경련을 일으켰다. 결혼을 했다고!

"됐어, 랜덤. 네 결혼을 홍보하는 데 날 이용할 수는 없어. 여기서 나가자마자, 네 아빠를 수소문해서 넌 좀 어떻게 해보라고 헤야겠다."

랜덤이 온몸을 흔들면서 웃어대는 바람에, 그녀의 남편은 겁을 잔뜩 먹었다. "아서! 그 사람이 갈등을 피해서 얼마나 멀리까지 도 망칠 수 있는지 알기나 해요?" 그녀는 잠시 말을 멈추더니 고개를 모로 꼬았다. "퍼틀의 생각이지만, 나도 동의하거든요. 어머니가 이일을 공표해야 한다고 생각해요. 은하계가 빅뉴스를 기대하고 있잖아요."

"절대 안 해. 네 손에 놀아나지는 않을 거야."

"차라리 방송국 손에 놀아나시려고요. 어차피 지금도 방송국의 로봇이잖아요. 여기서도 어머니한테서 나는 웅웅 소리가 다 들려요. 회로 냄새도 나고요. 어머니 몸에 뭐 하나 진짜인 게 있나요? 내가 인간 엄마한테 연락할 수 있게 해줄래요? 우리 엄마 척추가 어디 묻혀 있는지는 아시겠네."

트릴리언은 예의 차리던 겉치레가 싹 불타 없어졌다는 사실에 안심이 되다시피 했다.

"엿이나 먹어, 랜덤."

대통령이 고개를 끄덕였다. "그래, 퍼틀. 원래 저런 분이셔. 내가 읽어내기 힘든 사람이라는 게 지금도 놀라워? 내가 두뇌에 쳐둔 그 무수한 보호장벽들이?"

트릴리언은 이젠 거의 새된 비명을 지르고 있었다. "빌어먹을 요 요한테 말을 하고 있잖아!"

퍼틀이 이 말에 반응을 보이는 눈치였다.

《안내서》 주석 : 플레이부즈는 귀가 없지만, 진동에 극히 민감하며 극한의 상황에서는 실제로 폭발할 수도 있다. 아스가르트의 신이자 한때 로큰롤의 신이었던 토르는 플레이부즈 폭발의 기록을 보유하고 있다. 그가 스코른쉘루스 델타의 궤도를 도는 수레를 타고 신곡 〈망치로 흠씬 맞아볼래?〉(천둥의 신 토르가 망치를 든 모습으로 묘사되는 것을 빗댄 패러디—옮긴이주)를 발표했을 때였다. 이 기록의 이전 보유자는 은하계 록 밴드 '재앙 지대'로, 그들은 플레이부즈들이 정전기 페스티벌을 즐기고 있던 화산 분화구에 스피커 폭탄을 떨어뜨렸다.

퍼틀이 털을 빳빳하게 곤추세우며 입을 벌리자 입이 부리처럼 보였다.

"건전지." 퍼틀이 철사와 발톱 같은 목소리로 말했다.

"뭐라고?" 트릴리언이 말했다. "방금 내가 플레이부즈의 말소리를 들은 거야? 세상에, 그거야말로 뉴스거리네."

"건전지." 퍼틀이 다시 말했다. 이번엔 목소리가 어쩐지 급박하게 들렸다.

벨벳 커튼이 서서히 올라갔지만, 그 뒤에 청중은 없었다. 그저 하늘과 휴머노이드 형상 둘로 이루어진 오디토리움뿐이었다.

랜덤과 트릴리언이 벌떡 일어나서 입을 쩍 벌렸다. 각종 성형수술과 임플란트에도 불구하고 가족의 닮은 점이 뚜렷하게 드러났다.

"무슨 일이 벌어지고 있는 거예요?" 대통령이 말했다. 그녀의 목소리가 갑자기 높아졌다. "어머니, 무슨 일이에요? 기자들은 다 어디 갔어요?"

"겁먹지 마." 트릴리언이 떨리는 목소리를 누르려고 애쓰며 말했다. "여기서 무슨 일인가 벌어지고 있어."

"무슨 일이 벌어지고 있다고요?" 랜덤이 바락바락 악을 썼다. "그게 다예요? 현장에서 그렇게 오래 뛰고선 기껏 생각해낸다는 게 '무슨 일인가 벌어지고 있어'라고? 이건 납치 시도야, 그게 맞아. 우리는 어딘가로 트랜스포트된 거라고요."

트릴리언은 휴머노이드들의 형체를 곁눈질로 살폈다. 꼭 그녀의 눈에서 망각의 비늘이 벗겨져 떨어지는 것처럼, 그 둘은 보면 볼수록 친숙해 보였다.

"납치. 아닌 거 같은데. 아무튼 이 둘은 아니야. 이들은 무해해……. 대체로."

랜덤은 제일 마음에 드는, 힘 있는 대통령 포즈를 취했다. 두 발을 단단히 딛고, 팔짱을 끼고.

"거기 두 사람. 지금 무슨 짓을 했나? 우리가 어디 있는지 알려달 라고 요구한다."

키 작은 남자가 새로 도착한 이들을 알아보았다. 그중 하나가 자 기를 보고 소리를 질러대고 있었으니, 알아볼 가능성이 크긴 했다.

"내 생각에 질문은 우리가 **언제**에 있는지, 우릴 여기다 갖다 처넣 을 만한 사람이 대체 **누구**인지, 그리고 그다음 **여기**에 **공짜 음료를 서 빙**하는 데가 있는지 순으로 해야 할 것 같은데."

랜덤이 인상을 팍 썼다. "공짜 음료 서빙 좋아하시네. 어디 맘껏 경박하게 굴어 봐, 젊은이. 속으로는 어차피 우리만큼 겁에 질려 있 는 주제에."

그 젊은이가 미소를 지었다. "나는 베텔게우스인이야, 랜덤. 우리 는 속 같은 거 취급 안 해."

랜덤은 재빨리 응수하려 했지만, 두 번째 남자의 정체가 서프라 이즈-오-플라즘 파이처럼 그녀의 얼굴을 강타하는 바람에 의욕을 잃고 말았다.

"아버지? 아빠? 파파?"

"하나만 골라." 베텔게우스인이 제안했다. "그러면 대화가 좀 쉬 워질 테니."

트릴리언은 하늘의 방을 가로질러 달려나갔다. 이렇게 빨리 달린 건 몇 년 만에 처음이었다.

"자, 아버지가 이 결혼에 대해 뭐라고 하실지 좀 들어보자."

랜덤은 느닷없이 어린아이가 되어버린 것 같았다. "아빠!" 그녀가 울부짖었다. "아빠! 바보 같은 엄마가 내 남편을 미워해!"

아버지 노릇을 해야 할 사람은 고개를 툭 떨어뜨리고 홍차가 있었으면 좋겠다고 생각했다.

2

포드 프리펙트는 하늘의 방을 탐험하면서, 벽 표면
에 김이 서리는지 보려고 호호 불어보고, 반동 계수를 확인하려고
얼굴을 끔찍하게 찡그려 대더니 결국 소매로 손을 감싸고 조심조
심 만져보기까지 했다. 셔츠 소재의 전자가 자극을 받아 온도가 높
아지지 않는 걸 보고, 포드는 손가락으로 벽을 찔러봐도 안전하겠
다는 판단을 내렸다. 그랬더니 벽은 잔물결이 일렁이며, 방 전체를
가로질러 휙휙 스쳐가는 이미지들을 전송하기 시작했다. 플레이부
즈 결혼식, 해변의 통나무집들, 그리고 광란의 파티들. 잔물결이 가
라앉자 잔여 기억들도 가라앉았고, 벽은 다시 한 번 푸르른 하늘이
되었다.

"좀 참아주시렵니까?" 사방에서 한꺼번에 나오는 것 같은 목소
리가 말했다. "고릿적 표현을 쓰자면, 지금 제 바늘이 빨강을 가리
키고 있거든요. 여러분이 좀 가만히 앉아 계시면, 이 인공허상을 좀

더 오래 지탱할 수 있겠는데요."

"그러니까 이 방 전체가 구조물이라는 거야?" 포드가 또 벽을 꾹꾹 찌르면서 말했다.

"저기 좀 제발……지금 방금 내가 뭐라고 했……. 맞아요, 인공 구조물 맞다고요. 이 대기실은 여러분 머릿속에 있어요. 가상현실의 방이지요. 제가 이 정보를 여러분에게 달리 전달했으면 하는 방식이 혹시 있으십니까?"

포드는 턱을 긁다가 한 웨이블에 있던 시절만큼 깎은 듯하지 않다는 사실을 발견하고 실망했다. "비디오는 어때?"

하늘의 벽들이 완전히 사라지더니, 성마르게 발톱을 톡톡 두들기고 있는 로봇 새의 몇 가지 영상들이 나타났다.

"아하." 포드가 말했다. "《은하수를 여행하는 히치하이커를 위한 안내서》제2형이로군. 그 정도는 나도 파악했어. 널 못 본 지가……." 포드는 굳어지고 있는 기억을 마구 뒤졌다. "네가 지구를 산산조각 내려고 하던 때가 마지막이네."

"그 후로 못 봤어요." 새가 말했다. "까마득한 옛날이죠. 생각해보면."

"깃털을 황금색으로 업그레이드했구나."

"인공 구조물이라니까요, 베텔게우스인. 나는 마음대로 외양을 바꿀 수 있다고요. 당신도 그랬잖아요, 리조트에서는. 턱 기억나요?"

포드는 아련하게 한숨을 쉬었다. "생각나. 그건 진짜 프루디했는데. 그 신 같은 턱으로 얼마나 멋진 그림자들을 드리웠는지."

"저도 신들은 몇 명 봤는데요." 새가 논평했다. "어떤 신들은 턱 부분이 그렇게 대단치 못해요. 아니면 로키(북유럽 신화에서 가장 말썽꾸러기인 신―옮긴이주)가 뭐 하러 수염을 기르겠어요?"

포드는 잠시 서성거렸다. "아까 했던 질문으로 돌아가서. 비디오는 언제?"

《안내서》제2형은 험상궂은 표정을 지었다. 부리가 있는 생물한테는 쉽지 않은 일이다. "내 말 못 들었어요? 바늘이 빨간색에 와 있다니까요. 앞으로 대기실을 그렇게 오래 유지할 수가 없단 말이에요."

"뭐 그렇게 화려한 건 아니어도 돼. 그냥 고전적으로 이차원 애니메이션 정도 보여주면 된다니까. 진짜로 마음먹으면 그 정도는 할 수 있다는 거 알아."

새는 과격하게 눈을 굴리더니 한쪽 벽으로 사라졌다. 그 자리에 검은 스크린이 열리더니, 스크린 위에 네 개의 막대기로 죽죽 그은 것 같은 사람 모양이 나타났다. 하나에는 좀 부담스러운 원 모양의 젖가슴이 달려 있었고, 또 하나는 턱이랄 게 별로 없었다.

"하하." 포드가 하늘에 대고 말했다. "거참 유머 만땅일세."

만화로 그린 새가 스크린에 나타나 네 휴머노이드의 머리 위를 둥둥 떠다녔다.

"환영합니다." 새가 말했다. "앞으로 보실 것은, 제가 좋아하는 표현을 쓰자면 '백치들을 위한 구조물'이라는 데모 비디오입니다."

포드는 한 손가락을 치켜들었다. "그 말은 구조물 속에 있는 인간들이 백치라는 뜻이야, 아니면 백치들을 대상으로 설명을 한다는 뜻이야?"

새는 그의 말을 묵살했다. "최강의 오르간-오-브레인을 장착해, 동시에 십 조 단위의 연산을 수행할 수 있는 범차원적 메가 초첨단 전지(全知)한 여행 안내서로서……."

포드는 스크린을 딱딱딱 두드렸다. "그런 건 좀 대충 하고 서둘러. 내 예감엔 아무래도 곧 나쁜 소식이 터질 거 같은데, 차라리 먼저 알아두는 게 더 나을 거 같아. 이 방에는 나만큼 나쁜 소식에 잘 대처하지 못하는 친구들도 있단 말이야. 전달하기 전에 내가 진실로 좀 안마해줄 기회를 갖고 싶단 말이야."

"저, 그쪽부터 시시한 얘기를 늘어놓지만 않으면……."

"난 입 다물었어. 제발 좀 빨리 말해……."

새는 전적으로 불필요한 태도로 침을 꼴깍 삼켰다. "아까 하던 말이지만요. 이처럼 진보된 바이오-하이브리드 유기체로서, 각각의 두뇌 뒤에 있는 꿈 센터에 뉴런 빔을 찔러 넣는 정도는 나한테 일도 아니라는 말입니다. 그나저나 당신 건 상당히 찾기 힘들었어요, 베텔게우스인. 아무튼 그러고 나서 신경세포망을 센트럴 서버에——그러니까 바로 나 자신에——연결했지요."

포드가 얼굴을 찌푸렸다. "뭐 움직이는 그림들을 좀 보여줘 봐." 그가 말했다.

스크린 위에 나타난 새의 날개 끝으로 부채처럼 펼쳐진 푸른 광선들이, 휴머노이드들의 한쪽 귀를 통해 머릿속으로 들어가서 다른 쪽 귀로 나와 《안내서》 제2형의 이마 위에서 하나로 합쳐졌다.

"그러니까 우리를 재워서 꿈을 꾸게 만드셨다."

"삶을 준 거에요. 아주 오랜 삶을."

"그렇지만 그건 가상현실의 삶이잖아. 우리는 아무 데도 가지 않았지?"

"그렇습니다. 아무 데도 아무 때도."

"그게 어법에 맞는 소리냐. 오르간-오-브레인이라고? 아이고, 그러셔?"

"간단명료하게 말하려 했을 뿐입니다."

포드는 다시 벽을 찔러댔다. 이번엔 손가락 두 개로 찌르면서. 그러자 기억의 잔물결이 벽을 타고 일렁이며 서로 얽혔다. "그렇다면 이게 전부 꿈이구나. 그러면 그냥 이 방만이 아니고?"

"네." 목소리가 싸늘하게 말했다. "이 방만은 아닙니다."

더 꾹꾹 찔러보고. "얼마나 오래전부터야?"

"클럽 베타."

"클럽 베타. 왠지 그 단어에는 쿵쿵 울리는 데가 있네. 너저분하고 추레한 클럽 베타." 서성거리던 포드가 걸음을 멈추었다. "지랄 맞은 정강이살 소시지!"

"말을 좀 조심해주시면," 하고 《안내서》 제2형이 말했다. "감사하겠네요. 저도 전적으로 기분 나빠할 줄 알게 프로그램되어 있단 말입니다."

"누구는 안 그런가."

《안내서》 주석 : 이 말은 플라이아데스 제타의 거대한 가스 행성인 세세프라스 마그나의 사이프롤 종족에게는 말 그대로 진실이다. 사이프롤은 포식자들이 발산하는 적의의 에너지를 흡수하여 자기 시스템에 동력을 공급하는 작은 무척추 자유유영 가스트로조아다. 이로 인해 포식자는 화를 내게 되고 사이프롤들은 가스 바다를 더 빨리 유영하게 된다. 세세프라스 마그나의 가스 드래곤들은, 휘파람으로 노래를 불거나 잘못 던져둔 동전 몇 개를 찾는 척하면서 아무렇지도 않게 사이프롤에 접근하는 법을 터득했다. 사이프롤은 늘 이런 속임수에 넘어가곤 하는데, 이는 자연이 그들에게 에너지 필터는 커다랗게 만들어주고 헛소리 감지기는 아주 조그맣게 만들어놨기 때문이다.

"클럽 베타? 런던에 있는? 하지만 그건……그게 얼마나 오래됐는지 기억도 안 나는데."

"그건 그때고 지금은 지금이에요. 저는 무필터 인식 기능이 있어서 존재의 모든 걸 동시에 볼 수 있습니다."

"인지에 필터가 낀 우리 같은 중생들은?"

포드는 이 새가 썩 마음에 들지 않았고, 위벽을 갉아먹는 가글 블래스터 몇 잔을 마셔도 여전히 싫을 거라 믿었다.

"여러분은 아직도 클럽에 있어요. 시간은 전혀 흐르지 않았습니다."

포드는 생강빛 머리털 뭉텅이를 쥐어뜯었다. "왜? 제기랄, 왜?"

《안내서》제2형은 픽셀화된 눈을 굴렸다. "누군가의 부탁을 들어주려 하는 겁니다. 진짜로요."

"부탁?" 포드가 화가 나서 속사포처럼 따지기 시작했다. 누가 듣든 말든 개의치 않았다. "부탁을 들어주려면, 폭발하는 행성에서 멀리 트랜스포트 시켜주면 되잖아."

"그건 제 프로그램과 정면으로 상충합니다. 저는 여러분들의 삶을 수십 년 연장시켜 주었습니다."

"누가 그따위 부탁을 했어? 난 아니야."

"랜덤 덴트가 요청을 했습니다. 그녀가 저의 제2의 주인님이십니다. 그 어린 인간은 전 행성이 곧 파멸한다는 걸 알고, 자기 소망대로 삶을 살 기회가 없었다는 점에 안타까움을 표했습니다. 그 소망을 들어주는 건 제 일차적 명령과 충돌하지 않았습니다."

"우리는 그럼 어떻게 된 거야?"

"덴트 아씨는 부모님과, 턱도 없고 멍청한 친구를 자기 생각 속에 포함시켰습니다."

포드는 심기가 팍 상했다. "턱이 없다고? 그런 생각을 했어?"

"아, 그럼요." 눈에 띄게 신이 나 하면서 새가 말했다. "몇 번이나 했죠."

문득 어떤 생각이 포드의 뇌리를 스쳤다. "제2의 주인님? 누가 제1주인인데?"

"당신은 나를 취조할 자격이 없습니다."《안내서》제2형이 쏘아붙였다.

포드는 세세프라스 마그나의 가스 드래곤들의 전략을 잠시 빌려 썼다. "그건 알아. 너처럼 경이로우신 존재가 나처럼 미천한 베텔게 우스인한테 대답해야 할 필요가 어디 있겠어. 하지만 네 복잡다단한 계획을 이해할 수 있다면 내게는 정말 근사한 경험이 될 텐데 말이야."

새가 고개를 모로 꼬았다. "당신 속셈 다 알아요."

"그렇겠지."

"모든 순간을 동시에 경험한단 말입니다."

"그렇다면 굳이 논쟁할 필요도 없겠지, 안 그래? 앞으로 뭘 하게 될지 이미 알고 있을 테니까."

"좋은 지적이군요. 좋아요. 보고인들이 나를 창조했지요. 당신들을 꼬드겨 그레불론인들이 파괴하기 전의 지구로 돌아오게 만들려고요."

"그게 '현재' 일어나고 있는 일이지."

"당신들이 알고 있는 '현재'가 맞습니다."

"우리는 구조되는 거야?"

"아마 아닐 겁니다."

"그래서 우리가 원했던 삶을 준 거군."

"아니요. 그냥 자유의지와 구조물을 주었을 뿐입니다. 내 감독 하에서 각자 자기 길을 간 겁니다."

포드는 새에게 윙크했다. "알겠다. 이제 알겠어. 실시간으로 경험해보고 싶었구나."

《안내서》 제2형은 부리를 천천히 떨어뜨리며, 날개를 가슴 앞으로 모았다. "나도 여러분들의 인생을 함께 살았습니다. 앞으로 어떤 일이 벌어질지 전혀 몰랐어요. 그 무작위성은······정말 신났습니다."

"그런데 지금은?"

"지금이요? 이제 앞으로 일어날 일을 '정확하게' 알고 있어요. 수백 년에 걸쳐 네 개의 우주를 관장했더니 동력원이 다 떨어졌습니다. 간헐적으로 가상현실 속 과거 이십 년의 구조물 두 개를 결합시켜서, 그나마 이만큼 오래 버틴 거예요. 어쩌면 그 생각을 좀 더 일찍 해야 했는지도 모릅니다. 그러나 선형 시간은 너무 즉각적이에요. 가상현실로 오 분 후에 이 방은 사라질 거고, 당신들은 지구에 남아 그레불론인의 행성 파괴 광선을 직격으로 맞아야 할 겁니다."

포드의 목구멍이 갑자기 바짝바짝 말랐고, 생각에도 과다한 일관성이 생겼다. 얼마나 절실하게 칵테일 타임이 그리웠던지.

"오 분?"

"지금도 카운트다운하고 있습니다."《안내서》 제2형이 시야에서 희미해지다 사라지면서 말했다. 새가 있던 자리에 4 : 57이라고 쓰인 디지털 계기판 몇 개가 나타나더니, 곧 4 : 56이 되었다. 어떤 그림인지 다들 아시리라 믿는다.

"인간들은 디지털시계가 되게 근사한 줄 안단 말이야." 포드는 멍하니 중얼거리더니, 돌아서서 세 인간을 쳐다보았다. 그들은 서로에게 최소한의 예의도 절대로 차리지 않으려고 안간힘을 쓰느라고 몹시 분주했다.

노인은 바로 한순간 전만큼 쭈글쭈글 늙어 보이지 않았다. 손의 피부가 탱탱해지고 청력이 전처럼 날카로워지는 것만 봐도 알 수 있었다.

저 두 여자가 나한테 질러대는 비명 소리가 한마디도 빠지지 않고 잘 들리네. 이리 좋을 데가 있나.

"아서!" 나이가 더 많은 여자가 악을 썼다. 진짜로 악을 썼다. 악 쓰는 소리를 들은 지가…… 수십 년은 됐는데. "내 말 듣고는 있는 거야?"

안 들으려고 애쓰는 중이야. 아서는 푹 숙인 고개를 들지 않고 생각했다.

"진짜 미워." 십대 여자애가 비명을 질렀다. "버린 주제에, 이제 와서 나를 좌지우지하겠다는 거잖아. 그게 말이나 돼?"

"아서?"

"아빠?"

"당신한테 말하고 있잖아, 아서 덴트."

아서 덴트. 잘 어울리는 이름이었다. 바로 그였다.

"아서 덴트." 아서 덴트가 중얼거렸다. 그 소리가 들리는 게 더 이상 기쁘지 않았다.

"그거밖에 할 말이 없어요? 이렇게 오랜만에 만났는데."

"난 늙었어." 아서가 희망차게 말했다. "날 좀 내버려 둬."

"늙었다고?" 여자가 말했다. "무슨 소리야, 늙었다니? 지난번에 봤을 때랑 똑같단 말이야. 아주 똑같아. 어떻게 그렇게 했어?"

아서가 두려워한 대로 됐다. 해변에서 망망 세월을 혼자 보냈건만, 이제 다시 사람들이 자기를 보고 소리를 질러대고, 대체 무슨 일이 일어나는지 하등 알 길이 없는 우주로 돌아온 것이었다.

"내가 뭘 어떻게 했는데?"

"늙지도 않고 그런 젊음을 유지했잖아. 네가 나보다 나이도 더 많은데, 내 꼬락서니는 토스터에 넣고 하룻밤 꼬박 구운 실리콘 보형 삽입물 같아. 아, 귀찮게 왜 재보급 따위를 받았을까? 그냥 은퇴해 버릴걸. 아니면 랜덤을 데리고 다니든지. 다른 부모들은 그렇게 잘 하던데."

아서는 체념했고, 아무리 소원해도 해변으로 돌아갈 길이 없다는 사실을 인정한 후 눈을 들었다. 그가 본 것은 늘씬하고, 가무잡잡하며, 어깨까지 내려오는 검은 곱슬머리와 초콜릿색 눈을 가진, 광택 소재의 짙은 색 정장 차림을 한 젊은 여자였다.

기억들이 그의 의식을 꾹꾹 찔러 뚫고 들어왔다.

"트릴리언, 너도 아름다워."

갈색 눈이 깜박거렸다. "엿이나 드셔, 아서. 누가 빈말이나 들으려고 여기까지 온 줄 알아."

"미안해. 진짜 아름다워 보인단 말이야."

"아서. 나는 파티에서 자포드를 선택했으니까, 그걸 인정하고 짝사랑은 이제 접어. 나를 있는 그대로 보는 법을 좀 배워야겠다. 내

발에서는 웅웅 기계음이 난단 말이야, 제기랄."

"진짜? 난 잘 모르겠는데. 그랬으면 나도 눈치를 챘을 거야. 바로 얼마 전부터 청력이 아주 좋아졌거든."

트릴리언은 왼쪽 정강이뼈에 손가락 두 개를 대고, 뼈를 따라 쿵쿵 울려서 밤에 잠도 못 자게 만드는 진동을 찾아보았다.

"안 울리네."

"어머니." 랜덤이 뒤에서 말했다. "엄마."

트릴리언은 손톱도 다 원래 자기 것이라는 걸 깨달았다. 아크릴로 된 가짜가 아니었다.

나는 젊어. 젊은 축이야. 어떻게 이럴 수가 있지? 시간이 거꾸로 돌아가고 있어.

"엄마!"

"잠깐만 기다려, 랜덤. 네 빌어먹을 요요를 간질이고 있던지."

"퍼틀이 사라졌어요, 엄마. 나는 또 하찮은 인간이 되어버렸어."

트릴리언은 얼마나 엄청난 일이 일어났는지 깨닫고, 딸을 위로하러 황급히 달려갔다.

"괜찮다, 애야. 다시 살아갈 수 있는 우리 삶이 있잖니."

랜덤은 손가락을 모아 작은 주먹을 꽉 쥐었다. "이런 삶은 싫어. 은하계의 대통령이 되고 싶어. 그게 뭐 그렇게 대단한 부탁이야?"

대통령은 사라지고, 그 자리에는 울먹울먹하는 십대의 고스족이 남아 있었다.

《안내서》주석 : '고스' 현상은 지구 행성에만 국한된 것이 아니다. 장시간 지속되는 표독한 침묵과, 자기 부모가 설마 이렇게 속 터지게 멍청하고 지이이이루한 인간일 리가 없으니까 병원에서 애가 바뀐 게 틀림없다는 믿음으로써 청소년기를 규정하는 종족들이 아주 많은 것이다. 지구의 청소년기가 까만 옷을 입고 블러드쇼크나 스푸텀 같은 이름을 가진 록밴드의 음악을 들으며 소외감을 광고하고 다닌다면, 훌루부족(초지능적인 푸른 그림자들)은 얼굴이 짙은 보라색으로 변할 때까지 숨을 참음으로써 우주에 대한 불만을 표시하고, 투불라 징가툴라리안(심해 갑각류)들은 말 그대로 제 똥꼬로 말함으로써 부모들을 치매 상태로 몰아간다.

트릴리언은 자기 딸이 다시 아이로 돌아갔다는 걸 깨닫고 맹폭할 정도로 사납게 소녀를 껴안았다.

"우리에겐 이제 다시 서로가 있어. 아빠도 여기 계시잖니." 트릴리언의 치솟는 열의는 어지럼증을 일으키고도 남았다. "우리가 같이할 수 있는 일들이 얼마나 많은데. 캠핑도 하고 귀걸이도 하고 그런 거. 같이 행진해야 할 시위도 너무 많고. 정말 너도 너무 좋아할 거야. 다국적 재벌은 물러가라! 그런 거 말이야. 미래는 네 거야. 너는 다시 은하계 대통령이 될 거야. 약속할게."

포드 프리펙트는 타월을 평화의 깃발처럼 흔들면서 대화에 끼어들었다.

"그쪽 꿈 문간에 수플링 똥 한 포대를 끼었긴 싫지만, 이 행성에서는 선거 운동 한 번 펼쳐볼 시간도 없을지 몰라. 정당 후보 지명도 확보할 시간이 없을지 모르고."

트릴리언은 역사적으로 볼 때 자기가 대화당 적어도 한 번씩은 꼭 했던 질문을 포드에게 던졌다. "도대체 무슨 소리를 하는 거야, 포드?"

포드는 두 손을 사제처럼 높이 들어올렸다. "이 모든 거, 전부 조작된 구조물이야."

《안내서》 주석 : 역사 시대 내내 사람들은 현실을 회피하기 위해 조작된 구조물을 사용해왔다. 절망을 피하는 가장 저렴한 방법은 상상 속에서 도피처를 찾는 것이다. 낮에는 어쩔 수 없이 큄프 슬레이트 공장 같은 데서 일을 해야 할지 몰라도, 밤이면 똑같은 사람이 순전히 의지와 상상력의 힘을 빌려 펠트스파크로 가득한 럼퍼가 될 수도 있다.

물론 수십억 사람들한테는 상상력이 전혀 없는 고로, 이런 사람들한테는 팬 갈랙틱 가글 블래스터가 있다. 이 귀여운 것들을 두 잔만 걸치고 나면, 누구보다 지루하고 틀에 박힌 보고인이라도 뾰족한 하이힐을 신고 바에 올라가서 《산마을 샨티》를 요들로 부르면서 자기가 색스퀸의 그레이 바인딩 봉토의 제왕이라고 외칠 터였다.

불행하게도 이런 현실 도피법은 겨우 한두 주말을 날 수 있을 정도인데다, 그때쯤 되면 사람이 완전히 죽어 넘어가고 만다. 사인은 보통 간이 반항하여 짐을 싸서 제일 가까운 탈출구를 통해 몸뚱이에서 뛰쳐나가는 것이다.

간 유기가 세상을 하직하는 꽤 괜찮은 방법이긴 하지만, 대부분의 종들은 일상에서 탈피하기 위한 인공 구조물을 나름대로 발명해냈다. 가장 원시적인 인공 구조물은 동굴벽화들이다. 물론 아가미가 달린 생물이라면 얘기가 좀 다르다. 페인트를 고착시키기 어려울 테니까. 마른 땅에서 해보면 페인트는 잘 달라붙겠지만 아가미까지 달라붙어 버릴 터이다. 동굴벽화들은 더 세련된 작품인 책들로 이어진다. 처음엔 그림책에서, 다음엔 글자만 있는 책이 된다. 텔레비전의 등장과 함께 다시 그림으로 갔다가, 발전을 거듭해 마침내 상호작용이 가능하고 다중감각적인 홀로그래피 구조물인 삼차원 체험으로 이어진다. 진짜보다 오히려 나은 경험. 플라가톤 가스 늪지대의 경우에는, 진짜보다 훨씬 더 나은 경험이다.

플라가톤 가스인들은 자기네 이름과, 끝없이 콧구멍을 습격하는 스파이로지라의 악취 때문에 불쾌한 기분이 가시지 않아서, 초지능적인 마그라테아인들을 고용해 모든 가스인들이 영구적으로 정착할 전원적 구조물을 만들도록 지시했다. 물론 가상현실을 서비스하고, 가스 광산들을 돌아가며 관리할 교대 근무 직원들은 빼고 말이다. 이 구조물은 뉴 아스가르트에서 성취한 업적으로 골든 로브 상(황금 귓불이라는 뜻. 골든 글로브 상을 연상시키는 말장난이다—옮긴이주)을 받은 브루텔레윈, 제스티팽, 그리고 라세인 박사들이 이끄는 마그라테아 A팀이 맡았다. 십오 년 후 구조물에 플러그를 꽂을 준비가 되었고, 그 팀을 기려 DB-DZ-DLS라는 이름을 붙였다.

몇 년간 만사가 장밋빛으로 흘러갔고, 온통 행복한 코 고는 소리와 은행 속에 쌓이는 돈이 가득했다. 그런데 컴퓨터가 어쩌다가 무작위로 깨운 다섯 명이 종족의 이익을 우선으로 생각하는 치들이 아니었던 것이다. 이 사람들은, 아니 병신들이라고 부르기로 하자. 고양이들이 가상 판타지를 만끽하는 사이, 쥐들이 진짜 우주에서 자기 행성을 홀라당 벗겨 먹고 거대한 치즈 덩어리처럼 살 수 있다는 걸 깨달았다.

십 년이 걸리긴 했지만, 이 병신들은 마그라테아인들이 새로운 행성을 하나 건설하는 동안 옛 행성을 송두리째 약탈하는 데 성공했다. 제법 괜찮은, 해왕성 크기의 토양이 있는 세계(늪지를 수용할 수 있다)가 알파 켄타우리계의 궤도로 쏘아 올려졌다. 그들은 이 행성을 익명성(匿名星)이라고 명명하고, 즉시 전 세계에 본국 송환 금지법을 제정 발령했다. 오 년 후 깨어난 가스인들은 허공에 걸려 있는 애니메이션 채변 주머니들이 흘러넘쳐 자기네 행성이 그 어느 때보다 더 고약한 악취를 풍긴다는 걸 깨달았다.

그리고 이 이야기의 교훈은? 사실 몇 가지가 있다. 세상에는 나쁜 사람들이 있고, 절대 그 사람들이 주도권을 쥐게 내버려둬서는 안 된다는 것. 그리고 마그라테아인은 사연 불문, 무조건 돈을 챙긴다는 것. 만일을 위해 친환경적으로 부패 가능한 채변 주머니를 차야 한다는 것. 왜냐하면 정말 장담할 수 없으니까. 누구라도 절대 장담할 수 없다.

"사 분이야, 포드." 아서 덴트가 몇 초 후 말했다. 혼란과 무력감이 그의 어깨 위에 모습을 나타냈다. 그들은 마치 당시에는 같이 놀기에 정말 재미있었지만, 다른 사람들처럼 성장하기를 거부하고 아직도 방귀 소리 나는 방석이 '웃겨죽는다'고 생각하는 중학교 동창 같았다.

"이건 진짜 이 은하계에서는 뒈지게 전형적인 일이야. 마침내 우리 딸을 되찾았는데 이제 와서 나더러 하는 말이 우리 모두 사 분 후에 산산조각 폭사하게 생겼다니."

포드는 그의 어깨를 명랑하게 두들겼다. "아냐, 아냐, 사 분 후에 현실로 돌아간다는 뜻이야. 그레불론인이 살인 광선들로 행성 전체를 썰어낼 때까지는 적어도 삼십 분 정도 시간이 있을걸. 핵무기로 하면 훨씬 빠르고 비용 대비 효율 면에서도 나을 텐데…….. 보고인들에게 물어보지. 살인 광선을 써서는 그 친구들을 따라잡을 수가 없다고."

"넌 틀렸어, 포드." 근심과 분노로 창백해진 트릴리언이 말했다. "나는 클럽 베타를 기억해. 우리는 그 속에서 살아남았어. 바벨 피시가 우리를 밀리웨이스로 트랜스포트해줬어. 그건 확실히 기억해."

"확실히? 정말로?"

"확실히는 아닐지도 몰라." 트릴리언이 시인했다. "아주 오래전 일이니까."

"아니에요." 랜덤이 불쑥 말했다. "바벨 피시가 아니었어요. 유니콘들이었어요."

"유니콘들이라." 아서가 한숨을 내쉬었다. 그는 포드가 옳다는 걸 알았다. 《안내서》 제2형이 그들에게 각자 탈출 방법을 고르도록 했던 것이다. 아서 자신의 탈출 방식은 전 지구의 초강대국들을 통일시키는 것이었다. 누가 뭐래도 불가능한 일이다.

"그래요, 아서. 스페이스 유니콘 구조대가 우리를 구하러 왔었어요. 스파클 젬 트루 후프가 기억나요. 우리는 펜팔을 했었는데."

아서는 누가 또 유니콘 이론을 걸고넘어지기 시작할까 봐 황급히 주제를 바꿨다.

"사 분 후에 이 방은 사라질 거야, 포드. 우리는 그레불론 살인 광선을 똑바로 마주 본 채로 남겨질 거고. 그런데 네 선거 운동에 대한 심상이나 떠올리면서 그 시간의 절반을 낭비하는 게 '멋진' 아이디어라고 했던 게 바로 너지."

"그게 '멋진' 아이디어라고 생각하지는 않았어." 포드가 대꾸했다. 그는 정말로 집중하지 않으면 비꼬는 말을 잘 알아듣지 못했다. 포드가 정말로 집중하는 일은 일 년에 딱 한 번 있을까 말까 했는데, 대개는 주어진 마지막 한 번의 기회에서 맞는 버튼을 누르지 않으면 우주선이 폭발할 거라든가, 그런 때였다.

"그냥 '괜찮은' 아이디어라고 생각했지. 일에서 십까지 있으면, 4.5 정도."

"포드!"

"응, 내 친구 아서."

"너 또 그러고 있잖아. 시간 낭비. 우리 무슨 계획 같은 걸 좀 생각해내야 되는 거 아니야?"

랜덤은 소매로 눈물을 훔쳤다. 그녀는 상처로 똘똘 뭉친 세계 하나를 가슴으로 삼키고 몸을 가누었다. 대통령으로서 늘 그랬던 것처럼. 값싸고 천박한 덴트라시스인 노동력 유입으로 지구의 유명 셰프들이 주걱을 내려놓았을 때도 꿋꿋이 견뎌내지 않았던가?

《안내서》주석 : 덴트라시스인 셰프들은 지독하게 입이 걸고, 만사 잘 돌아가고 있을 때라도 기나긴 독설을 장황하게 늘어놓기 때문에, 텔레비전 셰프로 아주 훌륭하다. 게다가 그들은 타임—합 포드의 힘을 빌려, 쇼가 끝날 때까지 '미리 음식을 만들어 두는' 일을 할 필요가 없다.

블라굴론 카파인들이 대기의 메탄 함유량을 늘리려고 천이백만 마리의 암소들을 유럽 본토에 낙하산 투하시켰을 때도 미리 계획을 세워두었던 그녀가 아닌가?

다행히 그 대륙에는 채식주의자가 별로 많지 않아서 암소들은 그리 오래 버티지 못했다. 게다가 품종부터, 말 그대로 제발 먹어달라고 애원하는 아메글리안 메이저 소들이었고 말이다. 대부분의 소들이 두 번 부탁할 필요도 없었다. 한 번 제대로 부탁도 못 해본 소들도 많았다. 그리고 상당수는 아예 낙하산이 땅에 닿기도 전에 플랑베(고기, 생선 등에 브랜디를 붓고 불을 붙여 요리하는 방법—옮긴이 주)로 요리되고 있었다.

내가 나서서 처리하겠어. 랜덤은 사실 자기 나이보다 훨씬 조숙한 결단을 내리며 생각했다.

그녀는 어머니에게 어깨를 으쓱했다.

"내 말 좀 들어봐요, 다들. 난 이보다 더 아슬아슬한 상황도 많이 겪어봤어요. 지금부터 우리가 해야 할 일은《은하수를 여행하는 히치하이커를 위한 안내서》를 그레불론 통신 시스템에 연결하는 거예요. 그러면 제가, 미래의 은하계 대통령으로서 그들과 협상을 하겠어요."

포드는 랜덤의 머리를 톡톡 두드렸다. "지금은 가만히 있어, 꼬마야. 어른들이 이야기하시잖니."

"이런 포름랭글러 같으니!" 랜덤은 전혀 대통령답지 않게 욕을 했다.

"정말 고마워." 감동을 받은 포드가 인사를 했다. 그는 언제나 바 붐 레인의 포름랭글링 구덩이에서의 재주에 자신이 있었다. "하지만 칭찬 같은 건 나중에 해줘도 돼."

"나중?" 아서가 말했다. "무슨 나중? 너의 고마우신《안내서》제2형 덕분에 우리한테 나중이란 건 없어."

"그건 내 게 아니야." 베텔게우스인이 항의했다.

"네가 훔쳤잖아, 포드. 네가 우리 집 주소를 빌려서 자기 자신한 테 소포로 부쳤잖아. 그러니까 네 거라고 봐."

"아, 그것 봐. 내가 **훔쳤잖아.** 그러니까 내 건 아니지. 내가 할 말을 대신 해주는구나."

2 : 37이라고 디지털 계기판이 말했다.

2 : 36

그리고

0 : 10……0 : 09

"으음," 포드가 턱으로 고집스럽게 존재를 거부하는 공간의 면을 긁으며 말했다. "좀 이상한데."

"그러게 말이야." 아서도 동의했다. "숫자 체계가 바뀌었을 리는 없는데. 우리가 나온 지 몇 초도 안 됐잖아."

"글쎄, 숫자 체계가 정말 바뀌었으면 초도 없을지 몰라."

새가 다시 나타났는데, 그 이미지는 간섭 전파로 인해 줄무늬가 그어져 있었다. "미안한데요. 이런 말다툼은 내 건전지를 심하게 소모시켜서 말이에요. 부정적 에너지라고요."

그리고 《안내서》 제2형은 사라졌는데, 그러면서 고요한 하늘의 방을 챙겨서 가버렸다. 아서, 트릴리언, 랜덤과 포드는 자기들이 스타브로물라의 (아주 최근까지는) 쌔끈한 클럽 베타의 남자 화장실 계단에 주저앉아 있었다는 걸 깨달았고 그 순간, 가상의 삶에 대한 그들의 기억도 햇살을 받은 안개처럼 희미하게 흩어졌다.

이게 진짜 삶이군 하고 아서는 깨달았다. 어떻게 그 해변에 내가 속을 수 있었던 걸까? 아무도 날 죽이려 들지 않는데 그게 어떻게 진짜일 수가 있어?

대기는 비명 소리, 문명이 붕괴되는 쥐어짜는 불협음, 그레불론 살인 광선의 퉁퉁 타고 윙윙 울리는 소리와 백만 마리 쥐가 도시를 떠나며 내는 찍찍거리는 소리로 살아 있었다. 새로 도착한 네 명은 귓구멍에 든 바벨 피시의 통역 덕분에 이 소리를 다 알아들을 수 있었다.

"그때 그 개 내장 속에서 내가 봤다니까." 오드리라는 이름의 숙녀 쥐가 찍찍거렸다. "두 발 달린 생물들이 거대한 녹색 우주 광선으로 종말을 맞을 거라고 예언했다고. 아무도 사람 말을 들어 처먹지를 않아, 아무도."

"왜 이래요, 엄마." 그녀의 열여덟 살짜리 아들 코넬리어스가 코

웃음을 쳤다. "엄마는 검은 이방인이 우리의 길을 막아설 거라고 하셨잖아요."

"저놈들이 검은 이방인이야, 저놈의 살인 광선을 쏘아대는 놈들. 그럼 너희는 뭐라고 부를래?"

코넬리어스는 수염 한 가닥을 씰룩거렸는데, 쥐의 이런 행동은 인간으로 치면 눈깔을 굴리는 것쯤 되겠다. "그것도 그럴싸한 해몽이네. 좀 더 구체적이라야죠, 엄마. 사람들이 다 웃잖아요."

"입만 산 후레자식." 오드리가 이렇게 말하더니 하수구를 따라 후다닥 도망쳤다.

나머지 쥐들은 이런 말들을 했다.

"오, 안 돼!"

"오, 무로이디암!"(쥐 신들의 아버지)

"아아아아르! 검은 이방인, 웃기고 자빠지셨네!"

아서 덴트는 이런 아비규환 한가운데의 층계에 앉아 있자니 이상하게 평화로운 기분이 들었다. 한때 누군가를 사랑했었고, 또한 사랑받았다는 사실에 행복해하는 것 외에는 할 일이 하나도 없었다. 엄청난 일이다, 죽는다는 거. 엄청나다고. 하지만 전에 생각했던 것만큼 엄청나지는 않다.

층계참에서는, 흐느껴 우는 랜덤을 트릴리언과 트리시아 맥밀런이 달래고 있었다.

멍청하고 빌어먹을 복수 구역 같으니라고. 아서는 생각했다. 지구를 하나 떠나면 또 다른 지구로 돌아오잖아. 내가 떠난 지구는 파괴되고 내가 돌아온 지구에는 자포드 비블브락스와 우주를 건너 여행을 떠난 적이 없는 트리시아 맥밀런이 있다니. 아, 내 고향 행성의 무한하고 광막한 가능성이라니. 가능성 축 바로 저 밑에, 또 다른 지구에서 내가 보았을지 모를 일들이 있어. 아마 괜찮은 홍차를 만들어 마셨을지도 몰라.

"후회." 그는 멍하니 노래를 불렀다. "몇 가지 있지. 구치소에서 보낸, 그 수많은 나날들이라든가."(프랭크 시나트라 주니어의 노래 〈마이 웨이〉의 가사를 패러디한 것—옮긴이주)

프랭키 마틴 주니어. 목청 하나는 예술이었어.

녹색 광선이 이제 더 가까이서 낯을 휘두르고 있었다. 아서의 얼굴 한쪽에 그 불타는 열기가 느껴졌다.

가죽 벗겨지겠네. 그는 생각했다.

"어이, 이봐." 포드가 밝은 목소리로 말했다. "내 파란 스웨이드 구두야. 프루디하지!"

ㅋ

이 지구에서 태어나 자라,《안내서》제2형의 구조물에서 인공적으로 생명 연장을 받지 않았던 트리시아 맥밀런에게는 한 가지 아이디어가 있었다.

"내가 한 번 얘기해볼게, 아가." 그녀는 주기적으로 다른 차원에서 날아온, 자신의 태어나지도 않은 딸일지도 모르는 여자아이에게 말했다. "그레불론인은 내 말을 잘 들어줘. 그쪽에서는 내가 꽤 인기 있는 화보 모델 비슷하거든."

그리고 그녀는 복도를 따라 걸어갔는데, 바로 몇 초 후에 복도가 사라져버렸다. 바람에 날리는 꽃종이들처럼, 광선에 잘게 찢겨버린 것이다.

아서는 너무 멍해서 공포를 느낄 수도 없었다. 대신 그는 이상하게 찌릿찌릿한 질투를 경험했다.

최소한 트리시아는 목적의식을 갖고 죽었잖아. 빌어먹을 42가 아닌, 그 질문에 대한 자기만의 답을 찾았어. 내가 할 수 있는 거라곤 여기 이렇게 무기력하게 앉아 있는 것뿐인데.

아서는 은하계 여행 시절에 아주 잘 알게 된 불신감을 느꼈다. 그때부터 남몰래 자기가 미친 게 아닐까 의심한 게 한두 번이 아니었다. 순수한 마음 호도, 자포드 비블브락스도, 그리고 당연히 깊은 생각 같은 것도 없었다. 행성을 건설하는 마그라테아인들로 말하자면, 대놓고 황당하지 않나. 행성의 지배자라는, 말하는 쥐보다 더 웃긴다.

"실례합니다, 선생님." 허둥지둥 도망치던 쥐가 아서의 발치에서 말했다.

"미안해요." 아서는 자동적으로 신발을 들면서 중얼거렸다.

이게 다 내가 돌아서 그런 거야. 그리고 어디에선가 어젯밤의 럭비 우승 축하파티로 숙취에 절어서 환자의 망상 따위에는 코딱지만큼도 관심이 없는 학부생들이 나를 관찰하고 있는 게 틀림없어.

그 친구들은 코딱지만큼도 관심이 없는데, 왜 내가 신경 써야 해?

그의 뒤에서 남자화장실 문이 박살 나서 머리 위로 날아갔다. 몇 분 후 몹시 수상쩍은 물이 그가 깔고 앉은 자리로 배어 들어오기 시작했다.

포드는 낄낄 웃었다. "사람들이 하는 말이 맞네. 물은 진짜 항상 아래로 흐르는구나."

"우리 죽어라 도망쳐야 할까?"

"도망치긴 어디로? 전 행성이 날아가는 거야, 친구. 도망치는 것도 다 옛날 얘기야. 그리고 우리 친구들은 다 히치하이크 범위 밖에 있고." 포드는 목에 감고 다니던 배낭을 뒤져 돌돌 만 시가 비슷하게 생긴 걸 꺼냈다. "아아아아아아." 그는 행복한 한숨을 쉬었다. "내가 이걸 아껴두고 있었구나."

아서는 흥미를 가질 만한 게 생겨서 기뻤다. "그게 뭔데?"

포드는 그를 흘겨보았다. "그거 지금 비꼬는 거지?"

"아니야. 무식에서 나오는 진지한 질문이야."

"흠, 그렇다면 기쁘게 계몽을 해줘야지, 친구. 이건 담배야."

"오." 아서는 흥미가 팍 시드는 기분이었다.

"하지만 그냥 평범한 담배가 아니지." 포드는 돌돌 만 담배를 상당히 신성한 종류의 성배 같은 거라도 되듯이 치켜들며 말했다.

"그 속에 대구경 살인 광선이라도 들어 있어?"

"그럴 리가."

"물질 트랜스포터는?"

"그거 쓸 만하겠다. 하지만 아니야."

"그럼, 그냥 종이에 만 타바코구나, 그렇지?"

"타바코? 종이? 솔직히 말해서 아서, 너희 인간들은 겨우 두뇌의 십 퍼센트밖에 안 쓰는 주제에 그나마 그 쪼그만 조각을 홍차와 연관된 정보들로 다 채우지. 이건 팔리아 알비노 늪지 벌레야. 보시다시피 죽었고. 환각 유도 가스를 흡입하면서 일생을 보내. 그리고 죽으면 딱딱하다고 할까, 아무튼 그 비슷하게 돼."

아서는 위를 흘깃 올려보았다. 살인 광선 한줄기가 속도도 늦추지 않고 꼭대기 층을 썰어버렸다. 상당히 큰 비행기 한 대가 머리 위 한 점 하늘에서 팔랑팔랑 떨어지고 있었고, 아서는 누군가 〈쿰 바야〉를 노래 부르는 소리가 귓전에 들려오는 상상을 했다.

"얘기가 길어? 우리한테 남은 시간이 셀 수 있는 몇 분밖에 없다 는 건 나만의 상상인가 봐. 게다가 한 자리 숫자인데. 일에서 삼 사 이쯤 될걸, 아마."

"아냐, 이제 본론에 다 왔어. 히치하이커들은 이걸 조이스틱이라 고 불러. 한 모금 뻐끔 피우면 황홀하도록 행복해지거든. 세상 사람 들 모두를 사랑하고, 원수를 용서하고, 그런 거 죄다 말이야. 두 모 금 빨면 세상 만물에 호기심을 갖게 돼. 애초에 이 예쁜이에 불을 붙이게 만든, 네게 찾아오고 있는 이 끔찍한 죽음까지 포함해서 말 이야. 꽤나 멋진 일일 것 같아. 스스로 이렇게 말하게 되지. 이제 곧 나는 에너지 시프트를 경험한 후 새로운 존재의 차원으로 이동할 거야. 그러 면 어떻게 될까? 새 친구들을 사귀게 될까? 그 친구들한테도 맥주가 있을 까?"

"세 번 빨면?" 아서가 스토리텔링 파트너로서의 자기 역할을 충 실히 수행하며 말했다.

포드는 라이터를 찾아 배낭을 뒤지고 있었다. "세 모금 빨고 나 면, 네 두뇌가 폭발하니까 기분이 좀 별로일 거야."

"아." 아서는 이렇게 말하고서, 세 모금째 빨고 나면 어떻게 되는 지 알게 될 때까지 얼마나 많은 히치하이커들이 유명을 달리했을 까 생각하고 있었다.

"여기 있다." 포드가 몸통에 깜박거리는 조명으로 '왕의 영토'라고 씌어 있는 플라스틱 라이터를 꺼내며 말했다. "한 모금 할래, 아니면 두 모금?"

아서는 애연가 체질은 아니었다. 담배를 피워보려고 할 때마다, 부모님이 주신 폐에 내가 무슨 짓을 하고 있나 하는 죄책감이 생겨서 속이 몹시 메슥거렸다. 언젠가 십대 시절 어느 파티에서, 테라스에 나가 실크 컷 블루(담배 이름—옮긴이주)를 만지작거렸던 적이 있긴 하다. 그러나 결국은 여주인의 치와와에 토하지 않으려고 애쓰다가 그만 여주인한테 다 토하고 말았던 기억이 있었다. 그 생각만 하면 아직도 소름이 끼치고, 행여 그 파티에 참석했던 누군가가 손가락으로 자기를 지목하지 않을까 주위를 둘러보게 된다.

"나는 됐어, 고마워."

"알았어." 라이터에 불을 켜면서 포드가 말했다. "황홀한 행복, 자 여기 오신다."

"그럼 이제 안녕이라고 말해야겠다, 포드. 한순간도 아깝지 않은 생이었어."

"진짜?"

"아니. 꼭 그렇진 않고. 몇 분 정도는 없어도 괜찮았어."

예를 들자면, 펜처치가 사라진 일 분이라든가.

포드가 조이스틱을 한 모금 피우자마자, 거대한 젤리 선인장이 로비 중앙에 생겨났다. 잠깐 출렁출렁하던 그 형상은 거대한, 핏발 선 눈으로 변했다. 그 눈은 미친 듯이 방 안을 마구 둘러보더니, 뒤로 휙 굴러가서 완벽한 화음으로 수천 개의 장난감 피리들을 연주하는 폼폼 오징어 사중주단이 되었다.

"아름다워." 포드가 한쪽 눈에서 눈물을 훔치며 말했다. "저걸 보니 나는 정말이지…… 표현할 말이 없네."

오징어들의 연주가 고조되었다가 무지갯빛으로 반짝거리는 거품 속으로 사라졌고, 음악에 맞춰 퐁퐁 터진 거품들은 하얀 우주선이 되었다. 셀러리 줄기 같은 용골들이 몇 개 달린 반짝거리는 눈물방울.

"순수한 마음 호잖아." 아서가 숨을 몰아쉬었다. "설마 농담이겠지."

《안내서》주석 : 이 우주선은 본질적으로 너무 쿨해서, 십대 소년이 팸플릿을 한 번 보기만 해도 미래로 이삼십 년은 훌쩍 뛰어넘어 중년의 위기 한가운데로 뛰어들게 될 수 있다. 순수한 마음 호는 기존 엔진과 함께, 혁신적으로 무한 불가능 확률 추진기를 동력원으로 사용하기 때문에, 우주선이 원하는 목적지를 정할 때까지 모든 곳에 편재할 수 있다. 우연, 데자뷰, 그리고 불어난 스팸메일이 모두 순수한 마음 호의 동력장이 낳은 부작용이다.

포드는 조이스틱 끄트머리를 구두 밑창에 비벼 끄고는, 자기 배낭에 다시 던져 넣었다. 그러고는 벌떡 일어섰다. "가자, 아서. 그렇게 놀란 얼굴 하지 마. 지구는 파괴되고, 우리는 자포드에게 구출되는 거야. 원래 다 그렇게 되도록 되어 있는 거야. 몇 가지 세부사항들과 대여섯 광년 정도 넣었다 빼도 달라지는 건 없어. 얼마나 멋진 여행이야. 우주적인 여행이잖아."

"그러니까 왜 조이스틱이야?"

"딱 한 번이면 돼, 친구. 황홀하게 행복하다니까. 자포드하고 다시 뭉치기 전에 이미 도움이 된다는 걸 알았지."

아서는 계단에서 발을 헛디뎌 굴러 내려갔다. "하지만 트리시아는? 우리랑 같이 가게 되어 있는 거 아니야?"

"어이, 트릴리언은 같은 사람이야. 운명은 모든 사람들 중에 딱 하나밖에 취할 수 없다고. 트리시아를 축복해주자. 그녀는 다른 국면으로 갔으니까. 순전한 에너지로. 저 색깔들 안 보여?"

아서는 험악하게 얼굴을 구겼다. "녹색 살인 광선의 색깔? 그래, 보여. 되도록 아득하게 먼 데서 보고 싶으니까, 제발 우리 여기서 나가면 안 될까?"

"당연하지, 아서. 빨리 가지 않으면 내 프루디한 신발이 엉망이 되겠다. 하긴 파란색이 근사한 보랏빛으로 바뀔지도 모르지만. 그러면 난 정말 어마어마하게 행복할 거야."

아서가 부드럽게 랜덤을 몰아서 은은히 빛나는 하얀 우주선 쪽으로 데려갔다.

"어서 가자. 지금 떠나야 해."

"퍼틀." 소녀가 중얼거렸다. "내 퍼틀이 보고 싶어."

"내 퍼틀이 보고 싶어!" 포드가 킬킬 웃으며 트릴리언을 장난스럽게 간질였다. "입에 쫙 붙는데, 응?"

하얀 우주선이 부르르 떨더니 문이 부드럽게 열리면서, 망원경이 펼쳐지듯 땅으로 내려왔다. 은하계 대통령이자 행성 간 도망자, 철두철미 이기적인 사업가인 자포드 비블브락스가 문간에 나타났다. 행성 하나만 한 자아가 그 반짝이는 눈에서 빛났고, 황금빛 머리카락이 어깨까지 내려오며 곱슬곱슬거렸다. 상당히 비주류적인 스타일이었지만, 그는 멋지게 소화했다.

"좋아, 상황을 좀 정리해보자." 자포드가 관자놀이를 톡톡 두드리며 말했다. "안녕, 지구인들. 내가 다시 한 번 너희를 구하러 왔어." 그러더니 그는 눈앞에서 펼쳐지고 있는 꾸준한 행성 파괴 작업을 알아챈 눈치였다. "잠깐만. 여긴 아일랜드가 아니잖아!"

포드는 트랩을 달려 올라가서 반쪽 사촌을 껴안았다.

"자포드! 너를 만나게 되어서 정말 기뻐."

자포드가 눈을 끔벅거렸다. "나를 만나서 기쁘다고? 너 이상한 거 피운 거 아냐?"

그들은 줄줄이 순수한 마음 호로 들어가서 쏜살같이 이삼백 피트 높이로 이동되었다. 무한 불가능 확률 추진기에 시동이 걸려 장소야 어디든 그들이 차마 상상도 하지 못했던 곳으로 데려가기 전까지, 살인 광선을 피하기 위해 우주선에 장착된 자동 줄행랑 프로그램이 가동된 것이었다.

포드 프리펙트는 우주선에 승선한 사람들 중에서 유일하게 아래를 내려다보았고, 쓸쓸한 얼굴의《안내서》제2형이 클럽 베타에 단

하나 남은 샹들리에 옆에 떠 있는 모습을 보았다. 그것은 아무렇지도 않게 윙윙대는 살인 광선을 이리저리 피하더니 '뭐 하러 귀찮게 이래'라는 듯 어깨를 으쓱하고는 보이지 않는 손이 접고 있는 종이학처럼 저절로 차곡차곡 접혀, 결국 암흑의 다이아몬드 하나로 남아 천장이 없는 홀 주위를 핑 돌고난 후, 순전히 못된 심사로 쥐 한 마리의 목을 날리고는, 윙크 한 번과 함께 모든 시대의 모든 존재에 안녕을 고하고 말았다.

속 시원하다고 생각하며 포드는 술을 찾으러 갔다.

포드가 술을 찾으러 가지 않았더라면, 그는 키가 크고 서른쯤 되어 보이는 남자가 목욕 가운과 슬리퍼 차림으로 수건을 꼭 움켜쥔 채 클럽 베타로 허둥지둥 들어오는 모습을 보았을 것이다. 에메랄드빛 살인 광선이 그와 생강빛 머리를 한 친구를 원자 상태로 날려버리기 전, 그 남자에게 주어진 시간은 혼란스러운 경탄 속에 하늘을 흘끗 바라보기에도 모자랐다.

《안내서》주석 : 이것은 아서 덴트의 무수한 죽음 중 하나이다. 한 아서 덴트가 우주의 패턴을 깨고 몇 차원을 건너 뛰어가며 구조되는 데 성공했기 때문에 패턴이 나머지 덴트들에게 발현되었다. 그들은 열 받은 운명이 황급하게 끼워 맞춘 말도 안 되는 사고들을 당해 하나씩 하나씩 제거되었다.

어떤 아서는 최근 그 지역에서 발생한 UFO 목격 사건을 논하는 지역 라디오 방송을 프로듀싱하던 중에 헤드폰 기능 이상으로 감전사했다.

두 번째 아서는 어느 날 아침에 일어나더니 자기가 날 수 있다고 확신하게 되었고, 아무리 말려도 듣지 않으며 라디오 송신탑을 기어올라가서 황망히 뛰어내렸다.

세 번째는 자기 집을 구하려 시위하던 중 버펄로도저에 깔려 죽었다. 버펄로도저는 물리적 외상을 전혀 입지 않았지만 그 사건으로 심리적 외상을 입게 되어 지방의회를 고소했고, 그중에서도 프로서라는 사람을 특별히 지목했다. 프로서 씨는 향후 목이 잘렸다.

또 어떤 아서는 고속도로에서 그에게 무안을 준 트럭 운전사에게 손가락 두 개를 세워 욕을 해준 후 돌연한 폭우 속에서 익사했다.

열거하자면 끝도 없을 것이다. 다만 이 말 한마디면 충분하겠다. 불운이든 모험이든, 우연이든(아니면 의도적이든), 서양 것이든, 치과적이든, 정신적이든, 렌트 때문이든, 소매업 때문이든, 태아건, 똥오줌이건, 데칼코마니건(합성수지 랩으로 질식당했을 경우), 다양한 죽음들을 하나씩 하나씩 열거할 필요도 없이, 몇 가지 건만 보더라도, 여러 차원을 통틀어 단 하나의 아서 덴트만이 지구의 최종적이고 종국적이며, 대충 빠져나갈 구멍이 없는 파멸에서 살아남았다는 것이다. 포드 프리펙트와 트릴리언의 경우에도 마찬가지였지만, 랜덤이나 자포드는 달랐다. 이들은 황금 별을 달아주고도 남을 만큼 그들의 범차원적 역할들을 충실히 이행했다.

관련 서적 :

《누군가 나를 죽이려고 혈안이 되어 있다》, 아서 덴트 저(2803)

《그는 날 수 있을 거라고 믿었다》, A. 덴트 부인 저(1107)

마지막으로 남은 아서 덴트는 여느 때와 다름없이 자기 자리인 순수한 마음 호의 조종실 바닥에 앉아 있었다. 익히 알고 있는 선반에 계속 머리를 찧고 있었지만, 그다지 마음이 편하지 않았다. 뷰스크린을 지나 번쩍거리고 있는 녹색 살인 광선 때문일 수도 있고, 아니면 그의 원초적 본질 깊은 곳 어딘가, 그의 원자들을 생성한 별무리 속에서, 자기가 우주에 마지막으로 남은 아서 덴트라는 사실을 알게 되었기 때문일 수도 있었다. 그야말로 굉장한 의미에서 참다운 홀로됨이었다.

아서가 말로 표현할 수 있었던 건, 그저 잃어버린 타월이 아쉽고 허전해 부드러운 가슴을 한 누군가가 자기를 안아주며 모든 게 다 잘될 거라고 말해주기만 한다면 큰 사례도 불사했을 거라는 정도였다.

트릴리언과 랜덤 역시 고향별의 파괴 건으로 상당히 우울해져서, 냉장고 밑에 둘이 꼭 들러붙어 앉아 있었다. 그러나 포드 프리펙트는 화석화된 벌레 연기 한 모금 덕분에 원기가 왕성하다 못해 줄줄 흘러넘쳤다.

"이거 정말 대단한데!" 그는 자포드의 어깨를 철썩철썩 치면서 신나게 외쳤다. "저 살인 광선들 좀 봐. 살아생전에 그레불론 살인 격자를 안쪽에서 보는 날이 올 거라고 생각이나 했어?"

"그레불론이라, 이야. 저놈들 지독한데." 사촌이 전혀 뒤지지 않는 열의를 보이며 외쳤다. (자포드는 기본적으로 항상 조이스틱을 한 모금 뺀 상태로 사는 인간이었다.) "엄청난 광선 쇼다. 마그라테아의 열핵탄두 기억나?"

"그럼." 포드가 아련하게 말했다. "굉장한 물건이었잖아. 휙휙 잘도 도는 쌔끈한 것들이었지. 하지만, 우리는 따돌렸잖아."

"그랬었지, 사촌. 그리고 이 그레부 친구들도 따돌려야지."

트릴리언은 광선 하나가 우주선의 포트 용골을 태워버리자 움찔했다. "그냥 좀 여길 벗어나면 안 돼?"

자포드는 디스코 댄서처럼 빙글 돌더니 두 손가락으로 트릴리언을 총으로 쏘는 시늉을 했다. "탕탕, 예쁜이. 나 보고 싶었어? 당근 그랬겠지……. 나도 그랬지만."

"나중에, 자포드. 일단 이 우주선이 우리를 안전한 데로 데려갈 순 있어?"

"그렇게 간단하지 않아. 할리톡시카 파티 그레블로바처럼 썩썩 썰리지 않고, 무사히 격자를 뚫고 날아갈 순 없어. 불가능 확률 추진기 숫자를 몇 개 더 돌리고, 이 문제를 우회할 길을 찾아서 우주선 머리를 돌려봐야지."

"컴퓨터에 이제 머리가 생긴 거야?"

자포드는 베텔게우스인들이 전희를 할 때 추는 춤을 슬쩍 추어 보였다. "드디어 머리 얘기를 하는 사람을 보네. 다들 조이스틱을 했나 하는 생각이 들던 참인데."

"미안하게 됐네, 자포드." 아서가 톡 쏘았다. "눈앞에 닥친 참혹한 죽음에 약간 넋이 나가 있어서 말이야."

"그래, 컴퓨터에 머리가 생겼어." 자포드는 아서가 시작한 대화의 줄기를 싹 무시하고 말을 이었다. "이 사람들아, 좀 봐봐. 나 뭐 달라진 데 없어?"

그들은 다 같이 깨달았다.

"구우우즈나르흐." 포드가 밀했다.

"말도 안……." 트릴리언이 말했다.

"오마나꾸엑." 아서는 약간 런던 촌놈 쥐 같은 소리로 말했다.

자포드 비블브락스의 어깨에는, 딱 하나의 머리가 불량하게 떡 버티고 있었다.

《안내서》주석 : 자포드 비블브락스의 두 개의 머리와 세 팔은 '레이브너스 버그블래터 비스트'의 두개골 꼭지나 엑센트리카 갈룸비츠의 세 번째 젖가슴만큼 유명한 은하계의 전설이다. 그리고 자포드 자신은 스키 권투를 좀 더 잘해 보려고 세 번째 팔을 붙였다고 주장했지만, 많은 언론의 소위 전문가들은, 대통령이 그 팔을 접합한 이유가 엑센트리카의 모든 가슴을 동시에 애무하기 위해서라고 주장한다. 이런 외설적 세부사항에 대한 온갖 관심은, 갈룸비츠 양이 《스트리트 워키토키 위클리》에서 자포드를 두고 "진짜 대물 이후 최고로 펑펑"이라고 언급한 데서 연유했다. 이 한마디 언급의 값어치는 대단해서 최소한 오 억의 표를 끌어왔고, 자포드 컨피덴셜 서브—에서 개인회원 전용 페이지는 평소보다 두 배 이상의 방문자수를 기록했다.

자포드의 두 번째 머리의 기원은 신비에 둘러싸여 있으며, 대통령이 언론과 논하기를 꺼리는 유일한 대화 주제였다. 그는 늘 그저 머리가 두 개인 것이 아예 없는 것보다 낫다고만 말할 뿐이었다. 자글란 베타의 머리 없는 기수 족인 스피날레 트룬코 평의원은 이 언급을, 대놓고 자신들을 조롱한 것으로 받아들였다. 이런 비난에 대한 자포드의 반응은 "당연히 놀린 거지. 그 친구는 머리가 빵 개잖아, 안 그래!"였다. 초창기의 이미지들은 당연히 자포드의 머리를 두 개로 그리고 있지만, 상당수 사진에서 두 얼굴은 서로 달라 보인다. 심지어 훗날 "내 남자는 멍청이"라는 이름으로 유명해진 한 비드캡에서는 자포드의 왼쪽 머리가 누리끼리한 얼굴의 여자처럼 보인다. 이 여자 머리는 오른쪽 머리의 귀를 물어뜯으려 하고 있다. 훗날 이 '누리끼리한 머리'의 원래 주인이라 주장하는 여자가 수면 위로 떠올랐다. 룰루 소프트핸즈는 비블블로그에 이렇게 썼다. "자포드는 우리가 함께 있기를 원했어요. 그러니까 날이면 날마다 말이죠. 그래서 한 몸이 되었어요. 두세 달 지나자 그는 자기가 좋아했던 건 내가 아니라 머리가 두 개 달렸다는 그 사실이라는 걸 깨달았지요. 그래서 어느 날 밤 같이 나가서 블래스터 몇 방을 했는데, 다음 날 아침 깨어보니 원래 내 몸으로 돌아와 있었어요. 나쁜 자식."

자포드는 미스 소프트핸즈의 이야기를 끝내 반박하지 않기 때문에, 두 번째 머리가 자아도취적 애정이라는 추정이 돌았다. 그러나 비블브락스 대통령은 이 추정에 대해 무슨 말인지 모르겠다고 주장하고 있다.

관련 기사 :

〈대통령과 머리와 머리를 맞대고〉, 룰루 소프트핸즈

〈그저 스쳐가는 젖가슴들일 뿐〉, 엑센트리카 갈룸비츠

포드는 사촌을 포옹했다.

"마침내 해냈구나." 그는 이 말을 하면서 동시에 입술을 잘근잘근 씹었다. 쉬운 일이 아니었다. "머리를 하나 제거한다는 건 머저리나 하는 짓 같지만, 왠지 나는 그게 너무너무 마음에 들어."

아서는 그 이유를 알았다. 그는 아직도 벌레에 취해 있었다.

"확실히 잘한 일인 거 같아, 자포드? 그 머리는 뭐 하는 일 없었어?"

자포드는 뭔가 중요한 선언을 하려는 사람처럼 손가락 하나를 치켜들었다. "입 닥쳐, 이 원숭이. 내가 지금 사촌하고 얘기를 하고 있잖아."

"우리 사이는 그 이상인 줄 알았는데, 자포드. 함께 산전수전 다 겪었잖아, 우리?"

자포드는 뒤로 물러섰다. "아, 어이, 아서. 너냐, 친구? 내 다른 머리가 눈은 더 좋았거든. 게다가 그 수영장 옷이 없으니까 몰라보겠다."

"목욕 가운이야."

"어쨌거나. 이 시점에서 퍽이나 중요한 정보겠다. 살인 광선 때문에 난리법석인데."

"아니 그럼 네 다른 머리가 어디 있는지 우리가 알아보는 게 더 중요하냐?" 아서가 버럭 소리를 질렀다. 최대한 문장을 간결하게 말하려고 애쓰면서.

자포드는 박수를 쳤다. "아 그럼. 물론이지. 너희들 다 되게 좋아할 거야."

그는 게 춤을 추면서 반원형의 하단 컴퓨터 계기판으로 갔다. "신사숙녀 여러분, 여기 그가 왔습니다. 여러분의 생명이 그의 손에 달렸으니 많은 박수 주시기 바랍니다."

"살인 광선!" 자동 줄행랑 프로그램으로 우주선이 아슬아슬하게 핑그르르 돌자 아서가 울부짖었다. "이거 좀 어떻게 하면 안 되겠냐?"

포드가 손바닥으로 아서의 두 뺨을 감싸 쥐었다. "삶은 찰나야, 아서." 그는 심각하게 말했다. "그게 비밀이야. 순간은 네 생각보다 길어. 좋은 순간들을 다 합치면, 그러면 있잖아, 그게 오랜 세월 같다니까."

그런 논리가 아예 터무니없지는 않다는 생각 때문에 아서는 더 열불이 치솟아 올랐다.

"좋았어, 포드. 아가씨들이 자포드의 다른 머리를 볼 수 있을 거라 생각하니?"

"우리한테 생색내지 마요." 랜덤이 말했다.

"그럴 리가 있니, 애야."

"진짜 한심해."

자포드가 은빛 장화 굽을 쿵쾅거렸다. "내 순간으로 돌아가면 안 될까? 머리, 기억나?" 그는 컴퓨터에 짧은 연속번호로 된 비밀번호를 두들겨 넣었다.

"비밀번호라고 할 것도 없네." 아서가 논평했다. "일, 이, 삼?"

자포드는 험상궂게 찌푸리며 그를 바라보았다. "시력과 숫자들.

나는 소소한 일상의 일을 처리하는 데는 젬병이야. 저돌적이고 후광을 받는, 위대한 발견에 어울리는 내실(內室)의 왕자거든. 두 번째 머리가 잔챙이 같은 인간의 일을 처리한다고. 아니, 내가 부르는 이름은…… 왼쪽 두뇌지만. 그 친구가 왼쪽에 있고 두뇌 관련 일을 하거든."

"머리를 보여 달라니까!" 아서가 외쳤다.

자포드가 빨간 버튼을 누르자 콘솔 박스에 든, 젤이 가득 찬 양동이에서 수정구가 부드럽게 떠오르더니 눈높이에서 둥둥 떠 있었다.

"이 젤에는 여러 가지 것들이 아주 많이 들어 있어." 자포드가 표준규격에 맞는 애매모호함으로 설명했다. "처리되어야 할 일들에 필요한 것들 말이야."

"제발 입 닥쳐, 형제." 자포드의 두 번째 머리가 말했다. 수정구 속 전선과 퓨즈들로 만들어진 쿠션 위에 머리가 놓여 있었다. "망신살이 뻗쳤잖아, 너와 나 둘 다."

왼쪽 두뇌는 외모가 거의 자포드와 꼭 같았다. 한두 가지 스타일 면에서 차이가 있을 뿐이었다. 은하계 대통령이 머리에 현란한 하이라이트 염색을 하고 아이라이너를 한 것 같기도 하고 아닌 것 같기도 한 반면, 왼쪽 두뇌의 머리는 가르마를 심하게 탄 아주 짧은 머리였고 눈에서는 레이저처럼 날카로운 광채와 목적의식이 빛나고 있었다.

"이 젤은 내 유기농 세포들의 먹이가 되어주고, 구체 주위로 형성된 반 중력장의 동력원도 되어주는 복합 전해질이야."

"그리고 스피커도 되잖아, 왼두." 자포드가 말했다. "사람한테 소리가 있어야지."

"그래, 자포." 왼쪽 두뇌가 한숨을 쉬었다. "스피커도 되고. 이제 거울을 보고 윙크를 할 사람이 있잖아?"

자포드는 콘솔 박스에 무겁게 몸을 기대었다. "분리한 게 실수였나 싶은 날들도 있어. 그러나 왼쪽 두뇌가 에디한테서 우주선을 인수받은 이후로는 단 한 번도 폭발하지 않았지. 단 한 번도. 그리고 전쟁을 촉발하는 일들도 몹시 많이 줄었고. 좋은 일이잖아?"

"바보천치 전임자가 우주선을 감독하지 않기 때문에, 우리 예상 수명도 팔백 퍼센트 늘어난 셈이야."

정치가인 랜덤은 그 통계가 감명 깊다는 듯 고개를 끄덕였다.

아서는 구체를 톡톡 두들겼다. "헬로……자포드……왼쪽 두뇌. 자네가 우주선을 운전하는 거야? 여기서 우리를 내보내 줄 수 있어?"

"부탁인데 유리에는 손대지 마, 지구인. 얼룩을 지우려면 내가 젤 속에서 몇 바퀴나 돌아야 하는지 알아?"

"미안."

"그 대답에 질문하자면. 현재 내가 자동 줄행랑 프로그램의 인터페이스를 써서 그레불론 살인 광선을 피하도록 하고 있어. 지금 이 말을 하는 순간에도 격자가 좁혀 들어오니까, 불가능 확률 추진기를 빨리 가동하면 가동할수록 좋은 거야."

"그게 얼마나 빨리 되는 건데?"

"구십 초 이후. 살인 광선들이 우주선을 파괴할 때까지는 몇 분 더 여유가 있을 거야."

"장담할 수 있지?"

왼쪽 두뇌는 이 질문을 탐탁잖게 생각했다. "넌 여기 처음 왔고 우리는 방금 만났으니까, 내가 상황을 설명해주지. 내가 우주선이고, 우주선이 나야. 잘못된 정보 따위는 없어."

"새로 왔다고? 나 여기 전에도 와본 적 있어. 그리고 우리는 전에도 만났었잖아, 바로 지난번만 해도…… ."

"그때 나는 바보 같은 자포드한테 붙어 있었잖아."

"우후!" 자포드가 소리를 질렀다. "정통으로 한 방 맞았네, 아서. 이 친구한테 따지고 들어봤자 좋을 거 없어."

"저 짜증 나는 인격에 예속되어 있었다고." 왼쪽 두뇌가 계속 말했다. "저 억누를 수 없는 방종에 지배되고 있었단 말이야."

"내가 경고했지, 지구인. 나중에 말 안 해줬다고 하기 없기야. 왼쪽 두뇌는 널 산 채로 발가벗겨서 포 뜬 살로 튀김을 해 먹을걸."

왼쪽 두뇌가 빙글 돌더니, 시선을 자포드에게 고정시켰다. "이 무능한 원숭이가 자기 두뇌 속에 날 가둬두고 있었지만, 결국 어느 날 난장판 술 파티를 틈타 분리하자는 생각을 불어넣을 수 있었어. 자포드는 워낙에 덜떨어져서 진짜로 그게 자기 생각이라고 믿더라고."

자포드의 눈이 흐려졌다. "덜떨어져? 자, 이젠 또 뭐라고 하시려나?"

아서는 두 머리의 라이벌 의식, 아니면 인격 분열, 아니면 정확한 의학적 명칭이 뭔지 모르지만 아무튼 그 결과가 걱정되긴 했지만, 랜덤을 위해 불안한 예감은 억지로라도 접어두기로 했다. 어쨌든 그들은 구조되었다. 랜덤은 안전했고, 다른 건 중요하지 않았다. 아서는 머지않은 미래에, 아마 홍차가 없는 티타임 즈음 아니면 유별나게 아름다운 홀로그램 일몰을 바라볼 때쯤에, 고향 행성의 상실이 뼈아프게 사무쳐 기운이 쭉 빠져버릴 거라는 걸 경험으로 익히 알고 있었지만, 지금만큼은 딸을 위해 용감한 얼굴을 해야겠다고 결심했다.

"좋아, 모두들." 그가 말했다. 그의 목소리는 전구처럼 밝고 공허했다. "일단 응급상황은 종료됐어. 그러니까 불가능 확률 추진을 대비해서 안전벨트나 꽉 묶는 게 어떨까?" 그는 낄낄 웃었다. "얼마나 정신없는지 우리 다들 알고 있잖아?"

랜덤은 퍼틀이 있던 자기 가슴께를 톡톡 두드렸다. "정신없어, 아서. 정신없다고요. 그렇게 해서 누굴 속이겠어요? 진짜 그런 억지 웃음은 보다보다 처음 봐요, 아서. 그래서야 평생 우리 남편의 반도 못 따라올 거야."

이래서 또, 다 내 잘못이다 이거지. 아서는 생각했다. 앞으로는 좀 더 명랑한 척해야겠어, 그래야 사람들이 속아 넘어가지.

"이 컴퓨터는 홍차 만드는 법 아직 못 배웠지?"

왼쪽 두뇌의 돔에 빨간 불이 깜박였다. "이제 말은 그만해, 지구인. '홍차'라는 말은 금지어야. 지난번에 그쪽이 '홍차'를 요구했을 때는, 긴급상황 중에 전 시스템을 백업했단 말이야."

아서는 한 번 더 억지웃음을 짓더니, 곧 황황히 전망 갤러리가 있는 쪽으로 재빨리 달려 나갔다.

"살인 광선 격자 어쩌고를 한 번 더 체크하고 올게. 우리 상황이 어떤지 좀 보게. 누구 뭐 필요한 거 없어?"

아무도 굳이 대답하지 않았다.

《안내서》 주석 : "누구 뭐 필요한 거 없어?"는 표준규격 '이 방에서 빨리 나갈 거야' 카드로서, 살짝 민망한 상황에서 임박한 대형 참사에 이르기까지 온갖 불편한 상황들이 급속히 다가올 때 아무 때나 꺼내 쓸 수 있다. 대부분의 문화권에서는 "누구 뭐 필요한 거 없어?"의 다양한 변형들을 사용하며, 이런 표현들은 워낙 명백한 수사의문문이라 굳이 의문부호를 붙일 자격도 없다. 베텔게우스인들은 "누구 퐁—하는 소리 못 들었어? 테니스공이 커스터드 그릇에 떨어지는 것 같은 소리? 아무도 없어? 가서 좀 확인해 봐야겠다"라고 말한다. 자트라바티드 판은 이러하다. "도어 크리스털 소리 들은 사람 없어? 틀림없이 푸플일 거야. 이번에도 또 늦었지. 아무래도 가서 그 친구가 손수건을 다 채우기 전에 들여보내 줘야겠다."

아무도 항성 간 암묵적 규약을 깨고 실제로 뭘 부탁하지 않은 것에 안도하며, 아서는 전망 갤러리로 슬쩍 나가서 도로 자기만의 해변에 돌아온 시늉을 해볼 수 있었다.

포드는 손등 뼈로 콘솔 박스를 두드리며, '봉' 소리에 귀를 기울였다. "그 '봉' 하는 소리를 잊고 있었어, 자프. 왜 있잖아, 시끄러운 소음 같은 거. 그런 걸 다 까맣게 잊고 있다가, 새삼 경험하게 되면 그런 게 얼마나 중요한지 깨닫게 된다니까. 그러면 잊고 살던 그 세월 동안 기억들은 어디 있었을까 싶어."

자포드는 이 물결 파동에 주파수를 맞추는 데 아무런 어려움이 없었다. "나는 항상 내 기억들이 복도 건너 두 번째 머리에 있다고 생각했었어. 필요하면, 두 번째 머리가 그냥 빔으로 쏘아주곤 했지."

"와우. 바로 그런 거야. 그게 내가 지금 전달하려고 애쓰는 본질 같은 거야. 그러면 둘이, 그러니까, 어, 기억들을 쏘아줄 때, 눈길을 맞추고 그래?"

"천만의 말씀." 왼쪽 두뇌가 말했다. 자이로스코프 장치에도 불구하고 살짝 위아래로 흔들리고 있었다. "저 인간 이론은 황당무계해. 우리는 둘 다 피질이 있어."

포드는 구체 주위를 춤추고 돌면서, 수정구를 사랑스럽게 감싸 안았다. "맞아, 하지만 멋진 두뇌를 가진 건 너잖아. 무한 불가능 확률 추진기에 연결된 천재는 너 아냐."

왼쪽 두뇌는 만족스러운 웃음을 은근히 머금지 않을 수 없었다. "그건 사실이야. 내가 추진기를 제어하지. 이제 내 일부가 되었어. 그 불확실성을 빠짐없이 느끼니까."

포드의 눈은 번들거리고 있었지만, 여전히 총기가 있었다. "그러면 내가 어떻게 너희가 올 줄 알았는지 설명해줘."

왼쪽 두뇌의 유리가 약간 초록색으로 변했다. "뭐라고?"

"그래. 맞아, 잘나 빠진 천재 양반. 너희가 올 줄 알았단 말이야."

"그건 말도 안 돼. 어떻게 네가 알 수 있지? 네가 꼭 필요할 때 우주의 단 한 사람이 너를 구조할 확률은 일조 오천억 분의 일이야. 추진기 쪽에서는 용납할 만한 확률이지."

포드는 정중하게 반박했다. "그거야 계.산.을 어떻게 하느냐에 따라 다르지, 친구."

"계산 방법은 단 하나뿐이야." 왼쪽 두뇌가 뻣뻣하게 말했다.

"어어, 아니지." 포드가 왕젖가슴 붑-오-우퍼를 살 크레디트도 하나 없이 싸구려 호텔들을 오랜 세월 전전하면서, 하는 수 없이 자기가 쓴《안내서》만 읽어볼 수밖에 없었던 사람 특유의 말투로 말했다. "계산 방법은 허다하게 많아. 브엘허르그인의 전체 수학 체계는 곱창에 기인하고 있다고."

《안내서》주석 : 이건 전적으로 사실은 아니다. 말린 벨로하운드 페니스도 연루되어 있으니까.

"그리고 나 자신으로 말하자면," 말을 잇는 포드의 목소리가 하도 우월감에 차 있어서, 단세포 생물이라도 진화에 박차를 가해 새로 생긴 멋진 반박용 엄지로 돌멩이를 집어 들고, 그를 죽을 때까지 패주고 싶은 마음이 들 정도였다. "대부분의 계산을 감정에 근거해서 해."

"감정!" 왼쪽 두뇌가 자기 그릇 안에서 침을 사방으로 튀겼다.

"감정이라고? 너는 어떻게 머리도 하나밖에 없는 주제에 그렇게 멍청할 수가 있냐?"

"나는 멍청한 게 좋아. 너는 상황을 명료하게 보잖아. 멍청하다는 건 햇살을 통해서 곁눈질로 흘겨보는 거랑 비슷하니까."

포드의 말 한마디 한마디가, 젖은 수건으로 때리는 것처럼 왼쪽 두뇌의 구체를 흔들어 놓았다. "햇살? 대체 무슨 헛소리야? 멍청하다는 건 무지와 암흑이야."

"그러니까 여기 오려고 '계획'했던 거지? 그게 네가 선택한 좌표지?"

"아니야." 왼쪽 두뇌가 시인했다. "정확한 지점은 이미 파괴되었기 때문에, 추진기가 안전한 곳으로 우리를 이동시킨 거야."

"그러니까, 우주의 하고많은 지점 중에 우주선이 우리를 여기로 데려온 거군."

"우연이라니. 불가능 확률 추진기의 후류(後流)라고."

"이건 우연 이상의 의미가 있어. 자포드가 자기가 제일 사랑하는 사촌을 구조하러 왔는데, 그게 뭐 그렇게 황당한 일이야? 바로 이 행성 근처에서 전에도 일어났던 일이야. 한 번만 더 일어나면 패턴이 되겠군. 그리고 내가 마지막으로 확인해봤을 때까지는 말이지, 패턴이란 게 그렇게 불가능하지만은 않더라고."

또 다른 《안내서》 주석 : 이 마지막 말은 거짓말이었다. 포드 프리펙트는 단 한 번도 패턴의 가능성 따위를 확인해볼 위인이 아니니까. 포드는 자기 술잔이 얼마나 찼는지나, 전반적인 프루디 레벨 외에는 아무것도 확인해보지 않았다. 그는 언젠가, 작동하는 사람이 어느 정도 프루디해서 동력을 제공할 수 있어야 작동하는 프루디 감지기에 한 달 치 월급을 모조리 쏟아 부은 적이 있었다. 포드는 화장실에서 감지기를 한 번 작동시켜 보고는 그 길로 영수증과 함께 쓰레기 압축기에 던져 넣을 수밖에 없었다.

왼쪽 두뇌는 X축을 타고 뒤로 흔들렸다. "그래, 사실 패턴은 불가능 확률에는 좋은 모델이 아니지."

"전반적으로 사실이야?"

"전반적으로."

"전반적이라는 말도 그렇게 불가능하게 들리지 않는데. 엄청나게 완벽완벽완벽완벽함 대 일의 확률처럼 들리지 않아. 오히려 본전 치기 정도로 들린다고."

"그, 그래." 왼쪽 두뇌가 말을 더듬었다. "꽤 훌륭한 지적이야."

"땀을 흘리고 있는 거야, 친구? 요즘은 로봇 머리에서도 땀이 나나?"

왼쪽 두뇌는 정말로 식은땀을 뻘뻘 흘리고 있었다. 작은 스파이 더봇들이 구체의 목둘레에서 기어나와 수분 방울들을 맛나게 먹어 치웠다.

"나는 로봇이 아니야." 왼쪽 두뇌가 항의했다.

"어이, 넌 지금 유리 거품 속에서 둥둥 떠다니면서, 컴퓨터에 연결되어 있다고. 거미들이 네 목에서 막 나오잖아. 지난번에 내가 확인해봤는데, 그런 게 다 명명백백하게 '로봇'이라는 증거야, 알아?"

《안내서》주석 : 이번에도 확인 따위 했을 리가 없다. 순전히 버펄로 비스킷(영어로 '말도 안 되는 뻥'을 bullshit, 즉 황소 똥이라고 한다. 이 말을 근거로 만든 신조어다─옮긴이주)이다.

 "하긴," 하고 포드가 턱 근처를 어루만지면서 상념에 잠겼다. "불가능 확률 추진기의 총체적 혼란상태가 아주 유기적 존재의 영역에 있긴 하지."
 "총체적 혼란이라고?" 왼쪽 두뇌가 초조하게 말했다. "정말 그렇게 생각해?"
 "당연하지. 하지만 그 얘기는 나중에, 장황하게 논하도록 하자. 우리 둘 중 하나가 망신살이 뻗칠 때까지. 지금은, 그냥 저 추진기에 확 시동을 걸어서 진짜로 불가능한 곳 어디로 우리를 보내주는 게 어때?"
 왼쪽 두뇌의 돔이 병색이 완연한 초록색 빛을 띠자, 유리를 가로질러 숫자들이 줄줄이 떠올랐다. "불가능한 곳? 하지만 어떻게 연산하지? 어떻게……내가 믿었던 모든 것, 숫자들이 오류를 일으킬 수 있다고? 사실이야? 사실이냐고?"
 포드는 이제 제정신이 들기 시작했다. "어이, 친구, 다 잊어버려. 나는 그냥 네 포름랭글러를 좀 뒤틀었을 뿐이야. 말해줘, 자포드."
 자포드는 사촌의 어깨에 한쪽 팔을 둘렀다. "사실이야, 친구. 자네는 최고의 랭글러한테 당한 거라고. 여기 있는 포드는 한때 분도니아 대사제까지 향을 들고 자기를 공격하게 만든 적이 있다니까."

"내기 때문이었어." 포드가 말했다. 별 이유도 아닌데 자기가 괜히 열 받은 대사제들을 열 받게 만들면서 돌아다니는 놈이라고 사람들이 생각하는 게 싫었다.

왼쪽 두뇌는 심기가 영 불편했다. "컴퓨터가 내게 숫자들을 노래로 불러줘. 그런데 네놈들, 버펄로 주름살투성이 버펄로 비스킷 대가리들 같으니!"

"어이, 버펄로 얘기는 좀 그만하지." 마음 상한 포드가 말했다. "그냥 사나이끼리 끈끈하게 뭉쳐보자, 이거였지. 내 비주류적 지성도 너한테 좀 과시할 겸 말이야."

"이건 다……이건 너무……숫자. 감정. 제기랄!"

그러더니 왼쪽 두뇌는 구간 반복에 들어갔다. 아주 짧은 구간 반복이었다. 딱 한마디 하고 또 하고.

"제기랄……제기랄……제기랄…….."

자포드의 세 번째 팔이 러플 달린 실크 셔츠 밑에서 튀어나와, 포드의 정수리를 철썩 후려쳤다.

"멍청한 놈. 네가 이 친구를 동결시켰잖아."

"팔은 안 잘랐구나."

자포드는 가슴 앞으로 팔을 뻗어 스프레이-온 바지의 왼쪽 주머니에 넣었다.

《안내서》주석 : 스프레이-온 바지라는 건 우회적 표현이 아니다. 자포드는 포트 세세프론에서 "닿기 힘든 곳까지 속속들이 닿는다"는 약속을 믿고 바지 스프레이를 샀다. 처음 사용해 보고, 자포드는 세기를 약간 약하게 조정했다. 주머니를 위한 특별 노즐도 있었다.

"세 번째 팔은 주로 의례적인 일에 사용하지. 보라색 소매를 달아 놓으면, 짜잔, 장식 띠가 된다니까."

포드는 왼쪽 두뇌가 못마땅한 듯 입술을 뒤집었다. "동결하는 데 시간이 얼마 걸리지도 않네. 버전 2.0을 기다렸다 사지 그랬어."

트릴리언은 랜덤 옆자리의 호사스러운 자동 경사 조절 의자에 안전벨트를 하고 앉아 있었고, 랜덤은 사이프롤 일가족을 오백 년 동안 족히 먹여 살릴 수 있을 정도로 심하게 뾰루퉁해 있었다.

"우리 왜 다른 데로 가지 않는 거야, 자포드? 아직도 살인 광선이 보이는데."

자포드는 엄지손가락을 휙 돌려 사촌을 배신했다. "여기 포드 임퍼펙트(불완전한 포드라는 뜻―옮긴이 주) 씨한테 물어보셔. 그 친구가 우주선을 동결시켰으니까."

아서는 하필 이 순간을 골라 브리지로 어슬렁거리며 등장했다. "우주선을 동결시켜? 우주선을 동결시켰다고 했어?"

아서의 옛 기억들이 일 초 일 초 생생히 떠올랐고, 개탄할 만한 일이지만, 하나같이 새로운 상황과 그리 다르지 않았다.

놀라운 일들이 벌어지던 시절이 그리워. 그는 깨달았다. 그 시절에는 차분하다가 곧장 겁에 질리곤 했는데.

"넌 도대체 뭐가 문제야, 포드? 철삿줄에 묶여서 만사 망치는 일만 하는 거냐고?"

"철삿줄에 묶인 건 내가 아니라 저 친구지." 포드가 왼쪽 두뇌를 가리키며 말했다. 그는 이제 달아난 풍선처럼 천장에 닿아 흔들거리며 떠 있었다.

아서는 브리지가 왠지 허전하다는 걸 깨달았다.

"뭔지 모르겠는데." 그는 손가락으로 공기를 시험해보며 말했다. "얼마 전까지만 해도 여기 있던 뭔가가 없어졌어."

자포드는 시의적절한 정보를 몹시 반겼다. "그건 내가 가르쳐주지, 지구인. 자동 줄행랑 프로그램이 활성화되어 있을 때는, 컴퓨터가 벽을 오프화이트 빛으로 칠하게 되어 있어. 광선 요법으로 두뇌를 진정시키는 그런 거지."

"그런데 빛이 꺼졌군."

"바다빙고!"

《안내서》주석 : 바다빙고는 블라굴론 카파 행성 주위 궤도를 도는 감옥 위성의 무기징역수들이 하는 게임이다. 백 명이 함께 즐길 수 있는 이 게임의 목적은 작은 말들을 전부 보드 위에 놓았다가 다시 마구간으로 넣는 것이다. 이때 6이 있으면 말들의 머리를 비틀어 잘라버릴 수 있다. 마지막 말이 참수형을 당하면, 리더가 벌떡 일어나 '바다빙고'라고 외친다. 그 후로는 소요진압대가 도착하기 전까지 각자 알아서 살아남아야 한다.

"그러니까 자동 줄행랑 프로그램도 꺼졌다는 말이군."

"초록 구멍에 초록 막대기야, 친구."

또 다른 《안내서》 주석 : "초록 구멍에 초록 막대기야"라는 외침은 비블브락스 대통령이 성장한 베텔게우스 V의 아주 특별한 성인 교육 프로그램에서 사용하던 단순한 짝짓기 놀이에 대한 언급이다. 스트리테락스 행성에서는 이에 상응하는 것으로, 덜 진화된 영장류라도 더 짧은 시간 내에 해냈을 만한 일을 하고 나서 어울리지도 않는 자부심을 보여주는 일이 있다. 스트리테락스 행성의 사일라스틱 갑옷 악마들은 인용에는 전혀 재주가 없었지만, 곧장 용건으로 들어가는 데는 몹시 훌륭했다. 보통 용건은 강철에 독을 발라서 만들었다.

"그러니까 저 행성 전체와 마찬가지로, 살인 광선 격자 어쩌고에 깍두기처럼 썰릴 수가 있다는 말이구나."

자포드는 이렇게 미친 소리는 살면서 처음이라는 듯 콧방귀를 뀌었다. "지구는 깍두기처럼 썰리는 게 아니야, 아티. 저 살인 광선들은 표면을 초 가열해서 전 행성을 완전히 증발시켜 버릴 거라고. 이제 시간문제야."

"그것참 위로가 된다. 우리는?"

"아, 그래. 격자는 이미 우리를 어떻게 포위할지 파악했어. 조각조각 썰리겠지. 의심의 여지가 없는 사실이야. 초록 막대기 그런 거지. 이제야 이 헤어스타일을 좀 소화하기 시작했는데 말이야."

아서는 얼굴을 둥근 현창에 갖다 대고 눌렀다. 바깥에, 우주에, 녹색 광선들이 암흑을 가로질러 소리 없이 썩썩 썰고 있었다. 광활한 에메랄드 진자들이 닿을 때마다 저 아래 행성이 끓고 있었다. 광선들이 가까이 흔들리며 다가오자, 아서는 그것들이 내부에서 치는 번개로 치직거리고 있는 진동 막대라는 걸 깨달았다.

엄청나게 두껍고 사악한 막대 하나가 무자비하게 그들 쪽으로 다가오고 있었다.

우리 딸이 죽을 거야. 아서는 퍼뜩 생각했다. 그러면 나 진짜 화나는데. 오늘은 목요일이 틀림없어.

그가 유리에서 얼굴을 떼자 부드러운 뽁 소리가 났다.

"우리가 할 수 있는 일이 틀림없이 뭔가 있을 거야. 아직 쓰러지지 않았잖아, 안 그래?"

포드는 자포드의 코밑에 조이스틱을 꼬물꼬물 흔들고 있었다. "지금 내가 한 모금 더 빨면, 그건 두 번 빠는 걸까, 아니면 새로 한 번 빠는 게 될까?"

"어떻게 왼쪽 두뇌를 점프-스타트할 수 없을까?"

자포드는 얼굴을 찌푸렸다. "그거 아리송한 문젠데, 사촌. 한 모금 빨아보면 대답이 떠오를지도 모르겠어."

아서는 그의 놀람 분비선이 어쨌든 아직 생생하게 작동하고 있다는 걸 발견했다.

"우리가 다 죽게 생겼다는데 신경도 안 써? 어떻게 그럴 수가 있어?"

포드가 그에게 윙크를 했다. "이런 데서는 말이야, 아서, 신경 쓴다고 득이 될 게 없어."

"몰라, 포드. 난 정말 모르겠어. 하지만 저기, 저 자리에 내 딸이 있단 말이야. 난 그거밖에 몰라."

누군가 문을 두드렸다.

"가서 문 좀 열어주지, 지구인?" 자포드가 말했다.

아서는 친절하게도 반응이 늦었을 뿐 아니라, 경악해서 소스라치기까지 해서 두 사람의 베텔게우스인들에게 멋진 여흥거리가 되어주었다.

"이제야 알았구나. 이건 너⋯⋯아르크크크크!"

"진짜 웃긴다, 이 친구!" 자포드가 깔깔대며, 그의 어깨를 주먹으로 마구 쳤다.

"내가 뭐라고 했어, 사촌? 몇 년 동안이나 입버릇처럼 말했잖아. 아서가 알고 보면 뒤집어지게 웃긴다고."

"뒤집어지게 웃긴다고? 바다빙고."

"저 소리 들었어? 우주에, 누가 문을 두드릴 수가 있는 거야?"

노크 소리가 또 들렸다. 공명하는 봉 소리에 아서는 종탑 속에 들어앉아 있는 기분이 되었다.

"봉 소리는 걱정 마." 자포드가 말했다. "그거 그냥 녹음 소리야. 네가 좋으면 딩동으로 바꿀 수도 있어. 아니면 푸틀팅크 새라든가. 내가 제일 좋아하는 소리지."

녹색 빛이 현창을 뚫고 빛났다. 유리창이 부글거리기 시작했다.

"문을 열어!" 아서가 강조를 하느라 두 팔을 휘저으며 고래고래 소리를 질렀다. "빨리 문을 열라고."

"못해." 자포드가 말했다. 그렇게 화난 기색도 아니었다. "꼬마 익스가 우주선을 망가뜨렸어. 기억 나?"

트릴리언은 랜덤의 머리를 한 번 쓰다듬더니, 브리지를 가로질러 비상용 해치로 갔다.

"불가능 확률? 불가능 확률을 원해? 너희들 같은 바보들이 이렇게 오래 목숨을 부지하다니 그거야말로 불가능한 확률이다."

그녀는 견고한 패널처럼 보이는 데 손을 뻗더니 크랭크를 꺼냈다. "비상 수동 조정 손잡이야. 기억 나?"

"어이, 예쁜이. 이건 내 우주선이 아니야. 방금 훔쳤단 말이야."

아서는 손잡이를 움켜쥐고 턱 선을 따라 땀방울이 뚝뚝 떨어질 때까지 돌렸다. 사람들이 생각하는 것처럼 오랜 시간이 걸리지는 않았다. 그레불론의 광선이 워낙 근접해 있어서 표류하는 순수한 마음 호 전체가 몹시 효율적인 용광로로 화하고 있었기 때문이다.

"어서, 아서." 트릴리언이 재촉했다. "힘내."

아서는 입을 열어 최대한 힘을 내고 있으니 제발 사람 좀 봐달라고, 지난 일세기 이상 바닷가에서 힘든 운동은 전혀 하지 않고 보냈다고, 그리고 일어나지도 않은 전쟁을 취재하러 날아가야 된다면서 라무엘라 행성에 깜짝 십대 딸을 데리고 나타나 떡하니 안기고 간 건 뭐냐며 항의하려 했다. 이 모든 말들을 하고 싶었지만, 아서는 차라리 그 대신 더 열심히 크랭크를 돌리는 게 낫겠다고 판단했다.

놀랍게도, 이런 생각만 해도 기분이 좀 나아지는 것이었다.

아서의 크랭크질이 작은 플라스마 세포에 동력을 공급해 해치에 전기를 전달했고, 단계전환을 촉진하기에 충분한 분자들을 자극해서 포털을 가스로 만들었다.

"자 봐, 저건 내가 예상했던 일이 절대 아닌데." 아서가 헉헉거리며 말했다.

키가 훤칠한 녹색 휴머노이드 외계인이 에어락에서 손을 비틀며 서 있었다. 인상적인 종족이었다. 인상적이라는 당신의 기준이 발달된 근육조직, 넓고 지적인 미간, 검고 고뇌에 찬 눈, 그리고 생각만 해도 편두통이 생길 정도로 샤프한 정장을 포괄한다면 말이다.

"바벨 피시?" 외계인이 교양 있는, 하지만 살짝 가시가 선 말투로 말했다. "부탁인데 바벨 피시라고 말해주시오."

자포드가 허공으로 두 팔을 치켜들었다. "온 세상에 바벨 피시."

"오, 자르쿠온, 감사합니다." 외계인이 안으로 들어오면서 말했다. "솔직히, 또 한 번 더 투덜거림과 멍한 눈길이 가득한 방으로 걸어 들어가야 하나 싶었지요. 대체 인간들은 다 왜 이러나요? 물고기나 여남은 마리 사서 키울 것이지."

"인간들은 워낙 싸구려라서요." 자포드가 동의했다.

외계인이 전진하던 발걸음을 멈추었다. "이럴 수가? 설마. 설마 그럴 리가?"

자포드는 머리카락 한 줄기를 쓸어 넘겼다. "맞습니다. 맞아요, 베이비."

"자포드 비블브락스. 은하계 대통령 비블브락스?"

"팔팔하게 살아 있습죠."

"믿을 수가 없군요. 아무튼, 이거야말로 파일에 기록할 만한 등장
이군요. 시대에 뒤처진 은하계 서쪽 소용돌이의 끝, 지도에도 나와
있지 않은 변두리 지역에 정차했더니 대기권에 둥둥 떠다니고 있
는 사람이 다름 아닌······."

"자포드 비블브락스였죠." 상황을 빨리 진척시키고 싶은 마음에
아서가 문장을 끝맺었다. "이봐요, 잔소리꾼이 되고 싶지는 않지만
저 살인 광선들이 끔찍하게 가까이 다가와 있단 말이에요. 특히 저
커다란 놈."

녹색 외계인은 그를 묵살했다. "대통령님, 오랫동안 드리고 싶은
말씀이 있었습니다. 미리 '준비해둔' 게 좀 있어요. 일 초만 제게 시
간을 허락해주시겠습니까? 그러면 정말 감사하겠습니다."

자포드는 한 걸음 뒤로 물러났다. 혹시라도 외계인이 자기 전신
을 속속들이 보지 못할까 싶어서였다.

《안내서》 주석 : 기술적으로, 우주선에 외계인은 하나도 없었다. 모두 우주
여행자들일 뿐이었다. '외계인'의 정체가 밝혀지는 순간, 그 분류 기준은 폐
기할 수 있게 된다.

"당연히 몇 말씀 하셔도 됩니다. 제 동료들도 영광입니다. 저야
워낙 잘나게 타고나서 영광이라는 느낌은 안 들지만, 좀 재미있을

거 같긴 하네요."

외계인은 살짝 고개 숙여 인사를 하더니, 정장 주머니에 손을 넣어 초박형 컴퓨터를 꺼냈다. 그러고 나서 텍스트 파일을 찾더니, 꿀꺽 침을 삼키고 목청을 가다듬었다.

"대통령님 당신은……." 그는 말머리를 꺼냈다.

"자, 계속 말하시오."

"대통령님 당신은……."

"그건 이미 들었고, 다음."

"대통령님 당신은, 정치가의 탈을 쓴 위인들 중에서도 최악의 철학현학매학하고 천치 같고 스테아토피직한 위인이라 단 한 번도 투표하지 않았던 건 내 생애 최고로 운이 좋았던 일이었고, 한순간이라도 이 똥 같은 우주가 나은 대접을 받을 자격이 있다고 생각했다면, 아마 내 주머니를 털어서라도 당신 암살을 청부하고 말았을 거요."

자포드는 마지막 욕만 반쯤 알아들었다. "스테아토……뭐?"

"스테아토피직. 뚱땡이 엉덩이."

"뚱땡이 엉덩이!" 자포드가 헉 하고 놀라며 제 입술에 손을 갖다 댔다. "뚱땡이 엉덩이라고?"

아서의 기억은 아직도 돌아오고 있는 중이라서, 그렇게 훌륭하게 정돈된 자극에도 불구하고 일 초쯤 후에야 되살려졌다.

"당신 알아요. 모욕을 주는 사람이죠."

외계인은 컴퓨터로 아서의 사진을 한 장 찍더니, 일치하는 파일을 검색했다.

"아, 그렇군. 아서 필립 덴트. 머저리에 구제 불능성 쪼다. 당신은 벌써 처리했군, 파일을 보니."

자포드는 두 손으로 무릎을 쥐었다. "뚱땡이 엉덩이라니. 기절할 거 같아."

《안내서》주석 : 이 '외계인'의 정체를 이제 밝힐 수 있겠다. 그는 무한정 수명이 늘어난 와우배거로, 분자 가속 장치와 고무줄 두 개를 잃고 싶지 않았던 마음이 연루된 사고로 불멸의 몸이 되었다. 고무줄이 와우배거에게 특별한 의미를 갖고 있었다는 지적은 해둘 필요가 있다. 그의 문화에서, 고무줄은 폴리필―라 신(神)의 순환적이고 탄성적인 본질을 표상하는 종교적 상징이기 때문이다. 사고를 당한 후, C&E 교회의 대 프로모네이트는 와우배거가 얻게 된 불멸은 신심이 깊은 자의 명확한 징표라고 공표했다. 와우배거는 그것이 명확한 골칫거리라고 공표하고, 고무줄 밖으로 당장 팅겨나갔다. 뿌루퉁하니 권태 속에서 허우적거리며 수천 년을 살아가던 와우배거는 우주의 거주 지역을 모조리 찾아다니며 토착 맥주들을 마셔보리라는 도전 목표를 세운다. 이것이 역사가들이 말하는 그의 호박기(맥주가 보석 호박 빛깔이라는 데 착안해 붙인 이름―옮긴이주)의 시작이며, 이 호박기 동안 와우배거는 엄청나게 살이 쪘고, 사람들을 모욕하는 재능을 발견했다. 어느 날 아침 숙취로 토악질을 한 후, 맥주를 마시는 것보다 사람들을 모욕하고 다니는 것이 훨씬 더 즐겁다는 사실을 깨달은 와우배거는 도전 목표를 바꾸기로 결심했다. 그가 다짐한 새로운 임무는 우주의 모든 지적 생물체를 알파벳 순서로 욕보이는 것이었다. 와우배거가 워낙 잘생긴 인물인데다 우주선도 워낙 뚜렷한 선을 갖고 있어서, 언론이 곧 그 도전에 관심을 갖고 몰려들었고, 와우배거가 행성에 내리면 인구 전체가 알파벳 순서로 줄을 서서 제발 모욕을 해달라고 아우성을 치고는 했다. 와우배거에게는 재미를 좀 망치는 일이 아닐 수 없었다.

"살인 광선 격자를 뚫고 들어온 건가요?" 아서가 긴급하게 물었다. "우주선으로요."

와우배거는 어깨를 으쓱해 보였다. "당연하지요. 내 우주선은 어둠의 물질로 지어졌고, 어둠의 에너지로 구동하거든요. 이 그레불론들은 그저 바리오닉 물질로 작동하고요. 놈들은 내 우주선을 이해 못하니, 멈출 수도 없소."

"저거 끌 수 있어요? 저 광선들?"

와우배거는 초박형 컴퓨터를 주머니에 넣었다. "아니요. 저들은 실제 공간에 풀려 있는 거요. 지구는 끝장이요. 아직 당신 행성에는 모욕당하지 못한 사람들이 많이 남아 있으니, 그건 안된 일이지요. 하지만 적어도 나는 비블브락스를 잡았으니까요. 어, 순서는 좀 틀리지만, 저 정도 되는 멍청이를 상대할 때는 예외를 만들어도 됩니다. 그러니 오늘 하루를 엉망진창으로 망쳤다고 보긴 어렵겠죠." 와우배거는 두 손을 경쾌하게 비볐다. "아무튼, 여러분 모두 만나서 반가웠소. 다음엔 별로 안 반갑겠지만."

트릴리언이 기자용 미소의 스위치를 켰다. "와우배거 씨, 트릴리언 아스트라입니다. 뉴베텔에서 만나뵌 적이 있지요. 저한테 친절하게도 오 분이나 할애해 주셨어요."

"아, 그렇지. 뉴베텔. 왕에게 막 했던 참 아니었나요? 그 친구를 곪아 터진 여드름이라고 불러줬지요. 그때 내가 좀 저기압이었거든요. 만사가 곪아 터졌거나 부패했을 때라."

"혹시 《우후》에 제가 기고한 기사를 읽어보셨어요?"

"기사는 절대 읽지 않아요. 읽다보면 믿게 되거든. 저기 비블브락스 좀 보세요. 자기가 진짜로 무슨 프루디한 슈퍼스타나 되는 양 굴잖아요. 사실은 철학현학매학하는 촌놈인 주제에."

자포드는 이제야 간신히 '뚱땡이 엉덩이'의 충격에서 벗어나는 듯했지만, 촌놈 발언으로 다시 기운이 푹 빠지고 말았다.

"촌놈? 우우우우. 이럴 수……. 이 괴물."

트릴리언은 끈질겼다. "죄송하지만, 우리 좀 태워주실 수 있으세요? 다음 행성까지만요."

"불가능합니다." 와우배거가 쏘아붙였다. "저는 어둠의 공간을 헤치고 여행하거든요. 인간들은 어둠의 공간을 봐서는 안 돼요. 큰 영향을 받게 되니까."

"우리는 그런 위험을 감수할 각오가 되어 있습니다. 절대 폐를 끼치지 않겠어요."

와우배거는 한쪽 눈썹을 추켜올렸다. "비블브락스가 폐를 안 끼친다고? 못 믿겠는데요. 이 친구는, 누구더라. 여러 사람한테서 도망 다니고 있지 않소?"

트릴리언이 자포드를 똑바로 일으켜 세웠다. "대통령님은 언행을 주의하실 겁니다. 자포드, 그럴 거지?"

자포드가 뭐라고 중얼거렸다.

"보셨어요? '알겠어'라고 했잖아요."

"'죽이겠어'라고 하는 줄 알았는데."

아서가 자포드 앞으로 총총 뛰어가더니, 빙글빙글 굴리고 있는 눈알을 붙잡으려 애썼다.

"그런 말 안 했지, 자포드? 안 그랬을 거야. 그건 미친 짓이니까, 안 그래? 우리 목숨을 살려줄 수 있는 단 한 사람을 죽이겠다고 협박하다니."

자포드는 몸을 꼿꼿이 펴더니, 목구멍 깊은 곳에서부터 으르렁거리며 숨을 내쉬었다. "이 사람은 나를 뚱땡이 엉덩이 촌놈이라고 불렀어. 절대 살려둘 수 없어."

"아, 미치겠다." 포드가 말했다.

와우배거의 기분이 정중한 권태에서 무례한 권태로 바뀌었다. "지금까지 날 죽이려 든 사람들이 없었던 줄 알아? 이런 일을 하다 보면, 플레이부즈가 먼지를 끌어 모으듯 원수를 끌어 모으게 되어 있다고."

랜덤은 주먹을 입에 대고 흐느껴 울었다.

"나는 재미로 추적자들을 추적하고 있지. 현재 나는 백 명이 넘는 현상금 사냥꾼들과 열여섯 척의 정부 직원과 몇 개의 무인 자동미사일과 내 심장을 먹고 내 힘을 훔쳐서 불멸이 되어보려는 대여섯 명의 필멸자(必滅者)들에게 쫓기고 있어. 그렇게 쉽게 되는 일이면 내가 왜 이러고 있겠나. 나는 죽음을 갈망해. 이 백치가 홍보를 갈망하듯 죽음을 갈구한다고. 세상에 완벽한 사랑이라는 건 없다는 걸 깨달을 만큼 이미 오래 살았어. 그건 아주 오래 산 게지."

"내가 죽여줄 수도 있어." 자포드가 말했다. "이 우주에 무슨 주스 같은 게 있거든. 연줄이 닿아 있는 사람들이 있어서. 레이브너스 버그블래터 비스트하고 몇 잔 돌려본 적 있어?"

와우배거가 코웃음을 쳤다. "그 늙은 못주머니들? 고작 그 정도밖에 못해?"

아서는 얼굴을 두 손으로 감싸고 현창 밖을 내다보았다. 광선이 당장이라도 그들을 내려칠 기세였다. 아서는 에너지가 징징 우는 소리가 들리는 것 같았지만, 그건 불가능하다는 걸 알고 있었다.

죽어가는 사람들의 비명 소리도 듣지 못하겠지, 하고 그는 생각했다.

"트릴리언." 그는 어깨너머로 불렀다. "자포드가 말을 안 하면 정말 좋을 거 같다는 생각이 좀 드네. 마비 총 같은 거 없나?"

자포드는 이제 막 발동이 걸린 참이었다. "그게 다인 줄 알아? 스파이더위치 독침 맞아봤어?"

"사실, 맞아봤다네. 놈들을 내 칵테일에 믹스해서 먹지. 전혀 해롭지 않아."

"플라스마 도끼는 어때? 그건 원하는 대로 네놈 원자들을 쫙 갈라줄 텐데."

"내 원자는 안 되더라고. 사일라스틱 용병 군단한테 네놈 엄마들은 허스트토트하는 모그 얼굴이라고 말해줬더니, 소위 박살불가의 도끼로 네 방이나 치더란 말이지. 어떻게 됐겠어? 그 도끼들이 박살 났다고."

"콘솔리움을 육 온스쯤 구해줄 수 있는 사람을 아는데. 그것들을 오 분만 겨드랑이에 끼고 있으면 그걸로 끝장이야."

와우배거는 그나마 대화에 갖고 있던 일말의 흥미를 잃어버리고 있었다. "콘솔리움은 다 항간에 퍼진 헛소리야, 비블브락스. 황당무계한 이야기 지어내는 짓은 이제 그만하시지."

"난 신들도 알아!" 자포드가 절박하게 말했다. "다른 불멸의 존재들 말이야. 그 사람들이라면 네놈을 갈가리 찢어줄 수 있을걸."

살인 광선이 이제 거대하게 눈앞에 다가와서, 우주선을 진동하게 만들고 있었다. 지나치는 공간마저 썰어버릴 것 같았다.

"트릴리언!" 아서가 불렀다.

"제발 부탁이에요, 와우배거 씨."

"신들을 알아?" 싫지만 흥미를 느낄 수밖에 없었던 녹색 불멸의 존재가 물었다. "정말로 진짜 신들을 알아? A급 신들?"

"커뮤니케이터에 토르의 주소를 이렇게 갖고 있잖아. 내가 한마디만 하면 너는 망치로 맞아서 가루 신세야."

"신들도 전에 나를 죽이려 든 적이 있었어."

"어떻게 됐는데?"

"오, 입 닥쳐, 비블브락스."

"제대로 된 신은 절대 아니었을 거야." 자포드가 말했다. "A급이었을 리가 없어."

와우배거는 생각에 잠겨 고개를 끄덕였다. "그래, A급은 아니었어. 그런 대단하고 숭고한 존재들한테는 오랜 시간을 할애하지 않았어. 다들 술고래들이어서. 하지만 확실히 토르의 전설적인 망치 몰니르라면 내 생명의 빛을 꺼줄지 모르겠군. 이 일 중재할 수 있어, 비블브락스?"

"내가 아니면 아무도 못하지."

"사실이야." 포드가 말했다. "그 늙은 빨간 수염은 자포드한테 갚을 빚이 있어."

아서의 눈에는 초록색뿐 아무것도 보이지 않았다.

이렇게 해서 또 딸을 잃는구나. 한 남자가 평생 몇 번이나 가슴이 찢어지는 아픔을 견딜 수 있을까?

와우배거가 초박형 컴퓨터의 버튼을 하나 눌렀다. "변기 물 내려가는 소리는 아닌 게 신상에 좋을걸."

자포드가 장식 띠/가짜 팔에 엄지를 걸었다. "절대 헛소리 아니야. 나를 뚱땡이 엉덩이 촌놈이라고 불렀겠다. 이거야말로 명예가 달린 일이라고."

와우배거는 컴퓨터에 간명하게 한마디 했다. "보호막을 확장한다"라고.

하얀 광채가 현창 너머로 치지직 소리를 내자 살인 광선은 아무런 해도 끼치지 못하고 그들을 관통해 지나갔다.

4

행성의 대참사는 별 대단한 일이 아니다. 허구한 날 일어나니까. 팽창하는 항성들은 한때 그들이 자양분을 공급하며 가꾸었던 표면을 황폐하게 만든다. 유성들이 탄화수소 바다로 낙하한다. 행성들은 휘청거리다 살짝 궤도에서 몇 광년 벗어나, 블랙홀에 지나치게 근접하거나 블랙홀 가장자리를 넘어 전복하게 된다. 굶주린 양자들은 고향 세계에 남은 마지막 에너지 한 방울까지 먹어치우고 나면 서로에게 달려든다.

《안내서》주석 : 이 마지막 부분은 '최후의 생존자 비히모스'라는 제목으로 시리우스 타우 계에서 방영된 리얼리티쇼의 주제였다. 이만오천 개의 카메라들이 레비 워시의 대기권으로 투하되고, 이 세계는 네 마리의 초대형 자유 비행 괴물들에게 풍비박산으로 파괴되었다. 수십억 명의 시청자들이 이 괴물들이 세계 정복을 위해 최후까지 싸우는 것을 지켜보았다. 불행하게도 투표자들이 제일 좋아했던 괴물 핑키는 레비 워시의 대기권에서 자유 도약해, 방송국 카메라의 무선 경로를 거꾸로 되밟아 항성계의 인구밀집 지역까지 도달했다. 핑키가 세 개의 세계들을 맨틀이 다 드러나도록 벌거벗겨버리고 나서야, 연방군이 진입해 핑키를 액화수소로 냉동시켰다. 처음 두 개 행성까지는 시청률이 기존의 모든 기록을 깨뜨릴 정도로 호조였으나, 세 번째에 이르자 시청자들은 식상해져서 신비스러운 물 쟁반에 의해 초능력을 갖게 된 작은 무지개 새를 주인공으로 한 쇼 〈치키추 연대기〉로 채널을 돌려버렸다.

관련 기사 :

〈사상 최악의 아이디어〉, 곤 프징(전 방송국 사장이자, 현재 연방 감옥 수감자)

〈부리 너머의 삶〉, 빅 J. 자루드(전 아역스타)

아서 덴트는 그의 세계가 마지막으로 죽어가는 것을 지켜보았다. 현창의 테두리 때문에 사건 전체가 마치 텔레비전에서 벌어지는 일처럼 보였다. 뭐랄까, 특수효과가 매력적이었지만 그렇게 세련되지는 못했던 〈닥터 후〉(영국 BBC의 장수 SF 드라마—옮긴이주)의 초창기 에피소드 같다고나 할까.

특수효과를 조종하는 와이어들이 다 보일 것만 같군 하고 아서는 생각했다.

살인 광선은 이십 세기 텔레비전 애니메이션 작가들이 선호하던 통통한 튜브 모양이었고, 지구도 꼭 지점토로 뒤덮인 축구공 같았다.

하지만 이건 사실이야. 끔찍하게도 사실이야.

광선들은 지구에 집중되어, 그게 무슨 청록색 사과나 되는 것처럼 껍질을 벗겨대고 있었다. 아서는 방금 지구 대척지의 뉴질랜드가 벗겨져서 발려나가는 모습을 보았다고 확신했다. 천 마일 길이의 증기와 파편으로 된 꼬리가 그 뒤를 따랐다.

내 해변이 그리워. 아서는 생각했다. 아무것도 확실히 알지 못하던 그때가 그리워.

지구는 곧 증기와 재의 시끌벅적한 구름 속으로 침몰했다. 살인 광선들은 연필 끝처럼 한 점에 모였고, 단 한 번의 강력한 타격으로 불행한 지구를 철저히 관통해 극점에서 극점까지 찢어버렸다.

사실이 아니야. 아서는 손가락들 뒤로 숨으며 생각했다. 사실이 아니야.

내가 저 행성을 별들 속으로 이끌었는데, 하고 랜덤 덴트는 생각했다. 눈물로 시야가 흐릿했다. 내가 암을 치료하는 가교를 세웠고, 빈곤을 과거지사로 만들었고, 골드플레이크에게 최초의 은하계 넘버원 싱글을 주었는데. 이제 모두 사라졌어. 그 모든 사람들, 빛나는 장래, 내 작은 퍼틀도.

트릴리언은 눈을 감았다. 기자 경력을 통해 보아왔던 참사들만 해도 한평생 가기에 모자람이 없었다. 심지어 와우배거의 평생이라도 말이다. 파괴의 상당 부분은 현실이 아니었지만, 그렇다고 두 눈으로 본 걸 잊을 수 있다는 뜻은 아니다.

그런데 내가 성취한 건 뭐지? 은하계를 누비며 그토록 많은 취재를 했는데. 누가 구원을 받거나 도움을 받았던가?

아니, 아무도 없었다.

그러면 누가 다치고 길을 잃었던가?

바로 나. 그리고 내 딸.

하지만 바로 이런 생각을 하는 중에도, 트릴리언 아스트라는 마이크를 잡았던 손이 근질거리는 느낌을 받았다.

누군가 이걸 취재해야 해. 그녀 마음속의 작고 끈질긴 목소리가 말했다. 사람들은 알아야 할 필요가 있어.

보고 뷰로크루저 클래스 초공간 우주선
비즈니스 엔드 호

보고인들은 원래 나쁜 사람들은 아니었다. 그들을 좋아하는 사람이 아무도 없었고, 대인 관계의 기술이라는 게 고작해야 얘기를 하는 도중에 침을 뱉지 않으려고 애쓰는 정도 이상으로 나아가지 못한 건 사실이지만, 그래도 나쁜 사람들은 아니었다. 그 말은, 제대로 된 서류 작업 없이는 당신의 행성을 날려버리지 않을 거라는 얘기다. 그러나 서류만 제대로 처리되면 우주 끝까지, 필요하다면 몇 개의 평행우주까지 여행해서 끝장을 보고야 말았다. 그리고 솔직히 말하자면, 그들 중 대부분은 대화 상대에게 실제로 침을 범벅으로 뱉어놓는다 해도, 손톱만큼도 개의치 않았다.

《안내서》주석 : 실제로 보고인 사무원과 대화를 하던 중 작은 자트라바티드 생물이 익사한 사례가 기록으로 남아 있다. 그 자트라바티드는 청원서를 제출하면서 그게 법률적 서류라고 주장하는 만용을 부렸다. 그 후에 이어진 발작적 재채기 때문에, 자트라바티드는 처음에 반고체 상태의 가래침에 일단 정신을 잃은 후 곧 액체에 잠기고 말았다.

관련 기사 :
〈보고인의 대기자 행렬에서 할 수 있는 이만 가지 게임〉, 마기어 온프훈(보고인의 대기자 행렬에서 저술)
〈보대행할이게 II〉, 마기어 온프훈(대기자 행렬의 앞부분까지 진행했을 무렵 저술)
그리고,
〈모든 보고인들은 개자식이라 다 죽어야 한다〉, 마기어 온프훈(창구의 문이 닫히면서 손가락을 찧고 난 직후 저술)

보고인들은 일반적으로 집요함, 연민의 결여, 그리고 지독하게 한심한 시를 알아보는 데 특출한 귀를 특징으로 과시한다. 모든 보고인들은 이러하고, 예외는 단 한 사람도 없다.

《안내서》주석 : 소문에 의하면 변두리 어느 브란티스보간에 '참심장 보그'라고 자칭하는 지하 집단이 존재한다고 한다. 그들은 둥글게 둘러앉아서, 서류를 먼저 제출하지 않고 그냥 이런저런 얘기들을 한다.

신체적으로, 보고인들은 매력적인 존재들이 아니다. 만일 아름다
움이 바라보는 사람의 눈에 있다면, 바라보는 이는 보고인이 아닐
것이다. 왜냐하면 보고인들도 자기네들이 얼마나 추한지는 잘 알
기 때문이다. 보고인의 머리는, 고작해야 눈과 입에 특별히 깊은 주
름이 팬 거대한 말린 자두를 닮았을 뿐이다. 몸은, 일 평방피트 당
뼈는 너무 적고 접힌 살과 출렁거리는 살만 너무 많은 거대한 녹색
의 버터 같은 살덩어리다. 팔다리는 약하고 별 쓸모도 없으며, 되는
대로 아무 데나 붙어 있는 것 같다. 화가 잔뜩 난 아이한테 삶은 달
걀 하나, 건포도 하나, 그리고 스파게티 몇 가닥을 갖고 놀라고 하
면, 그 아이가 뭘 만들어내든 결국 보고인을 닮게 되어 있다.

모든 보고인들이 혐오스럽고 관료적인 가학주의자라고 한다면,
그 사회에서는 어떻게 출세해야 할까? 이는 다른 보고인들보다도
더 보고인다운 데 달려 있다. 보고인들한테는 이럴 때 쓰는 표현이
있다. 그들 중 한 보고인이 명령의 무자비한 집행에 탁월한 능력을
발휘할 때, 1보고인 1시간의 작업량과 사상자가 작업의 중요성에
비해 말도 안 되게 불균형할 때, 다른 사람이라면 복수 구역이나 사
일라스틱 갑옷 악마 떼라든지 미망인의 눈물 등에 기가 꺾일 만한
데도 무조건 전진할 때. 그런 보고인은 **크룸프스트**가 있다며 권력의
전당에 헌액된다.

예를 들어, 저 프로스테트닉 보곤 비에르즈, 그 친구가 저 고아원

에 한 짓을 봤어? 막대기 하나 살아남지 못했던데. 그 녀석은 진짜 크룸프스트가 있어.

그래. 그는 **크룸프스터야**. 녀석의 **크림프터**에서 **크룸프스트**가 줄줄 흘러.

나이 지긋한 보고인이 크룸프스트라는 단어를 쓸 때마다, 함께한 다른 이들은 양팔을 허공으로 추켜올리고, 그 말을 크나큰 열정과 침을 담아 메아리치게 한다.

크룸프스트라는 말은 프로스테트닉 보곤 옐츠를 위해 만들어진 말일 수도 있다. 공병 함대 총지휘관으로서 보낸 찬란한 경력 중에서, 그는 한 번도 맡은 바 임무를 완수하는 데 실패한 적이 없었다. 리가노논 V의 거주인들이 즉각적으로 빙하기가 도래해서 죽음의 행성이 될 거라는 근거 없는 주장을 펼치며 자기네 세계가 강제로 더 넓은 궤도로 튕겨나가게 되는 사태에 반대했을 때, 남쪽에서 방호함들을 몰고 들어오는 리가노논인들의 주의를 산란하게 하기 위해 북극광에서 현란한 불꽃놀이를 벌였던 이가 누구였던가? 당연히 옐츠였다. 작은 블루벨 트위터들이 계획 허가서에 대한 이의서의 3권 마지막 장에서 예, 아니요를 표시하는 상자에 체크하는 일을 소홀히 했을 때, 시위자들이 나무에 몸을 묶고 있었는데도 불구하고 삼림 거주지를 싹 쓸어버렸던 이가 누구였던가? 이번에도 역시 옐츠였다. 그리고 이제, 생애 최고의 순간을 맞아, 그는 그레불론 살인 광선으로 '모든' 평행 우주들에서 '모든' 지구들을 파멸시키기 위해서 마지막으로 처리해야 할 단 한 척의 우주선만 남겨놓고 있었다. 항성 간 여행자들이 제일 싫어하는 일이 바로 서너 번 여행을 반복할 때마다 복수 구역들에서 깜짝 행성들이 툭툭 튀어 나오는 것이었기 때문이다.

계획 사무소에 처리할 어려운 일이 있다면, 프로스테트닉 옐츠는 그 일을 끝내 해내고야 말 크룸프스트를 지닌 사람이었다. 사실을 말하자면, 옐츠의 사진은 보고인 역사상 가장 위대한 관료들과 당당히 어깨를 나란히 하고 '크룸프스트의 벽'에 걸려 있었다. '노No' 의 황제 브룬트, 고무스탬프의 제왕 시어거즈, 그리고 옐츠의 천적 인 순환달리기 왕 홉즈, 그리고 이제 옐츠 그 자신. 모든 사진은 크룸프스트의 벽이 있는 '크룸프스트의 전당'의 전통에 따라 등 뒤에서 찍었다.

옐츠는 자기 우주선인 '비즈니스 엔드' 호의 조종석 지휘관 의자에 앉아, 메가브랜티스로 돌아가면 어떤 별명을 갖게 될까 생각했다.

파괴자 옐츠. 여운은 남지만 좀 무차별적이라는 느낌이 있었다. 그는 서류 작업도 하지 않고 세계를 파괴한 적은 거의 없었다.

탈선을 모르는 옐츠. 근사하지만, 왠지 레이스-팻 조종사 같은 느낌이다.

옐츠는 별명 놀이를 할 때마다 늘 결국은 아버지가 자기를 불렀던 애칭으로 돌아오곤 했다.

"지독한 개자식." 그는 멀리서 우르릉 울리는 우레 같은 목소리로 말했다.

"더 이상은,

놀지도 마,

성질 더러운 시궁창 옆에서.

네 망치와 파닥 푸닥 팔랑거리는 팔들을

태양과 팽팽한 피부의 세계에 내려놓으렴.

증오를 잘 배워라,

내 꼬마, 지독한 개자식아."

옐츠의 눈가에 뭔가 맺히는 느낌이 들었다. 티끌이겠지, 생각하고 그는 손으로 철썩 쳐서 훔쳤다.

부하인 콘스턴트 모운이 그의 어깨에 나타났다. 요즘 보고인 젊은이들 사이에서 거세게 유행하고 있는 턱에 달린 침받이 컵을 하고 있었다.

"프로스테트닉 옐츠?"

"당연한 소리를 왜 하나, 콘스턴트. 사람들이 알아보지 못할까 봐 이렇게 이름표를 달고 있는데. 바보들하고 상대할 때 시간낭비를 줄여주기도 하기 때문이야."

부하가 허겁지겁 연신 절을 하기 시작했다. "예, 프로테스트닉. 지당하신 말씀입니다."

"뭐 나한테 바라는 게 있나, 콘스턴트 모운?"

"초공간이 준비가 다 되면 알려달라고 하셔서요."

만족스러운 한숨이 옐츠의 입술 사이에서 질질 흘러나왔다. 초공간. 보고인들이 행복이라 부를 수 있는 감정을 유일하게 느끼는 것은, 초공간 속에서 헤맬 때라고들 했다. 피부는 뒤로 당겨지고, 뼈는 한데 꼭 맞춰졌다. 초공간에서는 꼭 진화한 느낌이었다. 그리고 통제 불능의 상태는 어두운 쾌감을 안겨주었다. 게다가 제대로 된 비자 없이, 아무 데나 도착할 가능성은 미미했다.

"아주 좋아, 콘스턴트. 지구 공간을 관통해서 우리 항로를 계획하게. 이제 길을 막던 지구와 남아서 불평할 지구인들이 다 사라졌으니, 우리가 처음으로 그 길을 가 보아야지."

콘스턴트 모운은 두 번 고개를 조아리더니, 혼란에 빠진 스콘셀러스 제타 행성의 매트리스처럼 머리를 모로 꼬고 얼어붙어 버렸다.

"문제가 있나, 모운?"

모운은 어떤 종류의 소식이건 전달하기가 영 싫었다. 경험상 상사에게 전달된 소식은 어김없이 나쁜 소식이었다. 입을 열기 전에는 좋은 소식 같다가도, 결과는 늘 마찬가지였다.

"아니, 아닙니다. 문제없습니다. 말씀하신대로 이제 지구는 없고……."

옐츠는 축 늘어진 아랫입술로 흥분해 마구 지껄였다. "그리고 지구인도 없지. 명령은 단 한 명의 지구인도 살려두지 말라는 것이었다. 제국 정부는 난민 인간들이 법정에서 소란을 피우는 걸 원치 않아."

"물론입니다, 프로테스트닉. 말씀 잘하셨습니다. 훌륭한 문장입니다."

옐츠는 신장 배농관에 피부가 쓸리고 있는 옆구리를 문질렀다. "살아남은 지구인이 있는 건가, 콘스턴트?"

"술리아니스 성운에 새로운 식민지가 생겼다는 풍문이 있습니다." 모운이 시인했다. 단어들이 얼굴에서 삐질삐질 삐져나왔다.

옐츠는 한참을 꾸르르르 목청을 울리고 있었다. "술리아니스? 신화 속의 마그라테아가 술리아니스에 있다고들 하지 않나?"

"맞습니다, 프로스테트닉. 훌륭한 기억력이십니다."

혈관 한 줄이 옐츠의 눈꺼풀에서 파르르 떨렸는데, 이는 그가 짜증이 났다는 표시였다. 또 다른 일반적인 표시는 짜증나는 소식을 가져온 사람이 누구이든 무조건 에어락 밖으로 날려버리는 것이었다.

"소문이라고 했지, 콘스턴트 모운. 어떤 종류의…… 소문인가?"

"그들이…… 지구인들이……《우후》지의 구인광고란에…… 광고를 냈습니다."

"광고!" 옐츠가 무슨 이유에서인지 몹시 심기가 상해서 버럭 소리를 질렀다. "보여주게."

"물론입니다, 프로스테트닉."

모운은 컴퓨터 터미널로 황황히 달려가서, 손가락들을 뚝뚝 꺾더니, 제대로 된 페이지가 나올 때까지 오퍼레이터의 쇄골 사이 예민한 부분을 주먹으로 쾅쾅 두들겼다.

"여기 있습니다, 프로스테트닉. 링크는 이제 끊어졌습니다. 더 이상 이력서는 받지 않는답니다."

옐츠는 찬찬히 광고를 읽어 내려가면서, 내내 꾸르르르르르거렸다. "친절하게도 좌표를 가르쳐주셨군. 콘스턴트, 자네는 어떻게 하겠는가? 내 입장이라면 말이야. 이 지구인들이 목숨을 부지하게 할 것인가? 어쨌든 주 목표물은 이들의 행성이었으니까. 지령을 한 마디도 어기지 않고, 술리아니스까지 기나긴 여행을 불사해가면서 이 식민지를 소거할 것인가?"

모운은 한 점 망설임이 없었다. "우리는 보고인입니다, 프로스테트닉. 지구인들이 죽을 때까지는 서류를 철하지 않을 것입니다."

"그게 정답이다, 모운." 엘츠가 말했다. "술리아니스까지는 열한 번 점프를 해야 할 거야."

콘스턴트는 긍정의 뜻으로 열심히 머리를 조아렸다. "즉시 추진기를 프로그래밍하겠습니다, 프로스테트닉. '불필요하게 고통스러운 느릿느릿한 죽음' 유도탄들을 이동 중에 충전할 수 있습니다. 초공간 정전기 때문에 유도탄들이 더 짜릿해질 겁니다."

엘츠는 흐뭇하게 고개를 끄덕였다. "모운, 자네는 진짜 지독한 개자식이야."

모운은 경례를 하려고, 조막만 한 팔을 거대한 식도 앞 자기 머리가 있는 쪽으로 휘저었다.

"고맙습니다, 아버지." 그가 말했다.

아서 덴트는 해변의 파도 소리를 듣고 잠에서 깨어났다.

들어올 때 쏴아아, 나갈 때 촤르르르.

친숙한 소리들은 저 아래, 침대 왼쪽에서 들려왔다. 정확히 그 소리들이 들려와야 할 자리였다. 푸틀팅크 새들이 아침마다 자랑삼아 묘기를 벌이기 시작하여, 넓은 날개를 파닥거리고 살짝 음란한 노래를 부르면서 무지갯빛 깃털을 가진 암컷의 시선을 끌고자 애쓰고 있었다.

내 해변의 집에 돌아온 거야. 지구가 폭발하고 녹색 외계인들이 나오는 건 다 악몽이야. 다들 얼굴을 봐서 좋긴 했지만, 왜 꼭 그럴 때마다 종족학살이 벌어져야 해?

아서는 안도감을 느끼며 폐를 활짝 열어 심호흡을 하고, 날마다 해야 하는 선택을 음미했다.

리치 티를 먹을까, 다이제스티브를 먹을까. 오늘은 얼 그레이가 좋겠다. 안 될 건 뭐야?

아서는 가만히 누워서, 뼈가 좀 데워지기를 기다렸다. 이 나이에 갑자기 움직이는 건 안 될 말이다. 이 나이가 몇 살인지 몰라도.

생각해보니, 꿈도 그렇게 나쁘지만은 않았다. 자포드의 우주선까지 트랩을 경주하다시피 달려가지 않았던가. 연골 하나 튀어나오지 않고. 그리고 코털, 코털이 없으니까 썩 좋았다.

코털 제거기를 하나 사야겠어. 너무 비싸지 않은 걸로.

안 돼! 코털 제거기를 사기 시작하면 어느새 문간에 질라트 버거바가 배달되어 올 거야. 상업은 안 돼. 인간과의 접촉은 안 돼.

아서는 눈을 뜨고 통나무집의 내부를 보며 안심했지만, 그것도 잠시, 곧 천장 한쪽 구석에서 뭔가를 발견했다. 글자들이 씌어 있는 디지털 카운트다운이었다. 그는 잘 안 보이는 쪽 눈을 감고 잘 보이는 쪽으로 그 글들을 읽었다. 놀랍게도 영어였다.

현실까지 남은 초 수. 그 말들은 이러했다. 그리고 카운트다운. 현실까지 오 초가 남은 게 틀림없었다.

오……사…….

또 현실이냐, 하고 아서는 생각했다. **망했다.**

0이 되자 해변의 스위치가 꺼지고 펜처치가 아서의 천장에 나타나서, 특유의 삐딱한 웃음을 지었다. 휙 치켜올라간 눈썹이 오일 파스텔로 죽죽 그은 선 같았다. 파란 눈이 반짝거리고 있었다.

네 얼굴이 보여, 내 사랑. 이건 현실이야.

하지만, 당연히, 그럴 리가 없었다.

"안녕." 펜처치가 말했다. "의식으로 돌아온 걸 환영해요. 개인용 맞춤 기상 프로그램이 즐거웠다면, 프로그램에 평점을 남겨주길 바랍니다. 지금 평점을 남기고 싶어요?"

"뭐라고?" 아서가 말했다.

"지금 평점을 주고 싶으냐고요." 컴퓨터가 볼륨을 한 단계 높이면서 말했다.

"어……, 그래. 별 하나 가져. 아니 두 개. 뭐 안 될 거 있나."

펜처치는 미소를 지었는데, 보고 있자니 고통스러웠다. 너무 아름다워서.

"고마워요, 아서 덴트. 당신 꿈들을 모니터하는 건 저도 즐거웠어요."

그리고 그냥 그렇게 사라져 버렸다.

또.

마음 아프기는 처음이나 마찬가지였다.

현실은 회색 인터랙티브 벽 한 모퉁이에 칸막이가 달린 와우배거의 갤리선 작은 선실이었다. 아서는 뜨거운 샤워가 좋겠다고, 하지만 너무 오래 하지는 말아야겠다고 생각했다. 편안하게 쉬면서 펜처치 생각을 하고 싶었으니까.

펜처치 생각을 하지 않는 게 더 어렵겠구나. 아서는 그녀의 얼굴이 샤워실 문에 나타나자 깨달았다.

"저는 당신 선실의 신체기능 최적기입니다." 컴퓨터의 꿈 해몽기가 말했다. "원하는 바를 말해보세요. 소원을 말할 때는, '내가 원하는 건……'으로 시작하도록 해요."

간단하지. "내가 원하는 건 제대로 된 샤워야." 아서가 말했다. "면도도. 내가 원하는 건 기분이 좋아지는 거고."

"샤워, 면도, 그리고 기분 좋아짐. 이것들이 당신이 원하는 건가요?"

"맞았어." 아서가 장단을 맞추기 시작했다.

"칸막이 안으로 들어오세요, 아서 덴트."

아서는 셔츠 단추를 풀다가, 뭔가 생각이 떠오른 듯했다. "펜처치…… 으으음, 컴퓨터…… 사생활을 좀 지켜주면 안 되겠어?"

"저는 컴퓨터예요. 사생활 같은 건 없어요."

웃기는 소리라는 건 아서도 알았다. 이건 펜처치가 아니었다. 그의 기억 속에서 추출된 정지 영상이었다.

"그래도, 눈 좀 감아주면 안 되겠어?"

"전 눈이 없어요."

"그럼 카메라를 *끄*고 얼굴을 저리 돌려."

"최적기 안에 있을 때만요. 그 후에는 다시 모니터링을 시작하겠
어요."

"꺼져버리란 말이야." 아서가 빨래통에 옷을 던져 넣자, 빨래통
이 재채기 같은 소리를 냈다.

"이런 젠장!" 컴퓨터가 말했다.

"컴퓨터 주제에 그건 무슨 말버릇이야?"

"이 말은 '당신의' 기억에서 얻은 거예요. BBC에 근무할 때 허구
한 날 이 말을 하셨네요."

"그땐 그럴 만한 이유가 있었어." 아서가 중얼거렸다. "빌어먹을
프로듀서들."

"이 옷들의 악취지수는 십이인데다 바이러스도 몇 개나 자라고
있어요. 천이백만 마리의 집먼지진드기는 말할 것도 없고요. 하긴
방금 말했네요. 당신의 언어 패턴은 참 희한하군요. 아무튼, 이 의
상은 확실히 폐기처분 대상이에요."

"잠깐!"

"잠깐 같은 거 없어요, 아서 덴트. 이 집먼지진드기들이 내 회로
에 들어가면 우리가 어떻게 되겠어요? 우주 속에서 죽어 둥둥 떠다
니게 된다고요. 바지에 작별의 키스나 해요."

빨래통은 아서의 옷들을 소각하면서 그르렁거리고 살짝 흔들렸
다.

"자, 이제 함께 칸막이 안으로 들어가요. 오 분 후에는 내 카메라들이 다시 들어올 거예요."

펜처치의 얼굴이 사라지고 아서는 한 발만 조심조심 방 안에 들여놓아 보았다.

"몰래 보기 없기야."

"사 분 오십구 초예요, 아서 덴트. 사 분 사십팔 초……."

"알았어. 들어간다고, 들어가." 아서가 주위를 흘끔 둘러보았다. "수건 같은 건 없어?"

"뭐에다 쓰려고요?" 컴퓨터가 물었다.

아서가 어떤 종류의 샤워를 하게 될까 궁금해할 겨를도 없이 수십 개의 빛나는 레이저들이 벽에 장착된 크리스털 노드에서 발사되어, 그의 온몸을 주홍빛 광선으로 뒤덮었다.

아서가 처음 한 생각은 꼬드김에 넘어가 살인 큐비클에 들어오게 된 게 아닐까, 하는 것이었다. 하지만 입을 열어 비명을 지르려는 순간, 입안으로 레이저가 쏘아져 혀를 긁어주었다. 입을 가리려 한쪽 팔을 들어 올리자 또 다른 레이저가 손가락들을 소제하고 광을 내주었다. 레이저 때밀이는 아주 철저했고 기분 나쁘지만은 않은 느낌이라, 아서는 긴장을 풀고 일어나는 일을 받아들이기로 했다. 먼지와 피부 세포들이 벗겨져 나가 트레이에 장착된 재활용 진공 흡입구로 모여들었다. 그가 V-카탈로그에서 헤어스타일을 선택하자 레이저들이 머리카락을 손질해 주느라 두피가 간질거렸다.

"미소를 지으세요, 아서 덴트." 컴퓨터가 명령했다.

아서는 순순히 말을 들었고, 차르르 진동하는 광선에 의해 이빨이 하얗게 미백되었다.

기분이 좋네. 아서는 깨달았다. 이렇게 기분 좋은 건 몇 년 만에 처음이야.

피부, 머리카락, 그리고 더러움이 해결되고, 아서가 큐비클에서 나오자 침대 위에 정장이 한 벌 놓여 있었다. 정장을 보자마자, 아서는 움찔하고 말았다. 왜 그랬는지 판단이 서기까지 일 분이 걸렸다.

"돌아버리겠구먼." 그가 숨을 몰아쉬었다. "이튼 하우스 아냐."

줄무늬 넥타이에 녹색 모자까지 일습이 갖춰진 사립학교 시절 교복이었다.

펜처치가 벽에 나타났다. "기분이 좋으십니까, 아서 덴트?"

아서는 손에 잡히는 베개로 몸을 가렸다. "어……그래. 그래, 좋아. 그런데 뭐 다른 거 입을 옷은 없어?"

"당신이 이 교복에 대한 꿈을 꾸었어요, 아서 덴트. 그래서 당신 사이즈에 맞춰 만들었지요. 이번 사이클에는 더 이상 복장에 대한 크레디트는 남아 있지 않아요. 이 의상들이 뭐가 잘못됐나요?"

아서는 녹색 상의의 주홍색 라펠을 손가락으로 훑어보았다.

"아니야, 잘못된 건 없는 거 같아. 그냥 이게 교복이라서."

"깨끗한데요."

"그래, 알아."

"바이러스와 집먼지진드기도 없습니다."

"좋은 지적이야, 하지만 나이에 어울린다고 보기는 힘들지."

"그렇지만 노스탤지어적인 가치는 있지요. 당신의 젊음을 다시 찾도록 도와드렸잖아요, 아서 덴트. 고맙다는 인사도 안 하시는 건가요?"

"해야겠지."

"'해야겠지'라고요? 이런 젠장!"

"알았어. 알았다고. 고마워."

펜처치는 뾰루퉁해져 버렸다. "내가 그렇게 잘해줬는데. 양쪽 시력이 2.0이 되게 해주고 신장결석도 그렇고."

"뭐라고?" 아서가 깜짝 놀라 말했다.

"눈이 좋아진 걸 못 느꼈어요? 당신 망막을 내가 고쳤다고요. 또 스캐너에 줄줄이 붙은 결석들이 감지되기에, 분쇄했습니다."

잘 보이는 눈을 감아보니, 잘 안 보이는 눈이 좋아졌다는 걸 알 수 있었다.

"이거 굉장하구나. 그런데 나한테 물어봤어야 하는 거 아니야?"

"그래요? 와우배거는 기본적인 건강 문제는 제가 독립적으로 판단을 내릴 수 있게 해주는데. 큐비클에 다시 들어오면 눈이 옛날 상태로 돌아갈 수 있게 해줄게요."

아서는 눈을 끔벅이며, 양쪽 눈이 다 잘 보이는 게 정말 기분이 좋다는 걸 거의 찰나적으로 깨달았다.

"아니야, 아니야, 펜처치. 난 양쪽 시력 2.0 이런 거 좋아해. 아주 고마워."

컴퓨터가 미소를 지었다. "천만의 말씀이에요, 아서."

"그리고 신장결석도. 줄줄이 달렸었다니, 그거 아팠겠다. 그러니까, 그것도 고마워."

"옷은요?"

"완벽해." 아서가 인심을 쓰며 말했다. "그런데 네 모습이 좀 안 보이게 해줄래? 옷 좀 입게."

"평점은요?"

"옷 입고 나서 계속해."

"고마워요, 아서."

펜처치가 스르륵 사라지자 아서는 교복을 입었다.

그나마 다행이야, 하고 생각했다. 반바지였으면 어쩔 뻔 했어.

"고마워, 펜처치." 그가 속삭였다.

*

아서는 복도에서 트릴리언과 마주쳤다.

"이런 세상에." 그는 넋을 잃었다. "너 정말 기막히게 근사하다, 트리시아……아니, 미안, 트릴리언."

"정말, 아서?"

아서 덴트는 칭찬을 해놓고 금세 자기가 한 말을 조각조각 분석해서, 스스로를 궁지에 몰아넣고야 마는 영국인 특유의 성격을 갖고 있었다.

"내 말은……, 넌 언제나 기막히게 근사하지만 말이야. 전에 근사하지 않았다는 게 아니라……지금 특별히 환상적으로 보인다는 말이야. 메가 판타스틱하다고 해야 할까. 우주에서만 너를 보곤 했으니까……."

트릴리언은 스마트한 일렉트릭-블루 바지 정장을 입고, 허벅지까지 올라오는 웨지힐 부츠를 신고 있었다.

"컴퓨터가 내 머리에서 이 옷을 골라주었어. 시리우스 사이버네틱스 주식회사의 회장을 인터뷰할 때 입었던 옷인데. 아니, 구조물 속에서 이 옷을 입은 걸 꿈꾸었다고 해야 하려나."

"뭐, 아무튼. 너한테 썩 잘 어울려."

"컴퓨터가 얼굴 필링도 해주었어." 트릴리언은 얼굴을 아서 쪽으로 가까이 들이밀며 고백했다. "그리고 비타민과 미네랄 함유량도 조정해주었고. 마라톤이라도 뛸 수 있을 거 같은 기분이야."

"나도."

트릴리언은 아서의 상의 소매를 잡아당겼다. "네가 어느 학교 다녔는지는 물어보지 않아도 되겠다."

"코팅턴의 나이트클럽 꿈을 꾸지 않았기 다행이지 뭐야. 안 그랬으면 어깨 뽕이 들어간 옷을 입고 있었을 테니."

"그래도 모자는 괜찮다."

아서는 황급히 머리에서 모자를 낚아채어, 주머니에 쑤셔 넣었다. "쓰고 있는지도 몰랐네. 버릇인가 봐. 포드 봤어?"

"응, 봤어. 나를 총총 지나쳐서 조종실 쪽으로 가던데."

"뭐 달라 보이는 데 없었어?

트릴리언은 얼굴을 찌푸렸다. "머리카락이 두드러지게 번쩍거리던데. 아, 파랑색이었구나."

아서는 놀랍지도 않았다. "시간문제였어. 네 방 컴퓨터는 어떻게 생겼든?"

"내 고양이, 코페르니쿠스. 세상에, 상상해 봐. 진짜 똑똑하지. 넌 어땠는데?"

아서는 현창으로 깊고 무한한 우주의 암흑을 하염없이 바라보았다.

"그냥 컴퓨터였어. 얼굴 같은 거 없고. 아무하고도 닮지 않았어."

와우배거의 갤리선, 탕그리스니르 호

와우배거의 늘씬한 황금빛 갤리선은 알파 켄타우리를 향해 소리 없이 항진하고 있었다. 어둠의 물질 엔진들이 뒤에서 돌아가고, 태양열 돛이 위에서 펄럭였으며, 순수한 마음 호가 부모의 주머니 속에 든 아기 플레이부즈처럼 그 밑에 매달려 흔들리고 있었다.

《안내서》 주석 : 거의 보편적인 기준과 달리, 새끼를 돌보는 플레이부즈는 수컷이다. 성체 플레이부즈는 주머니에 최대 오십 마리의 새끼까지 수용할 수 있지만, 보통은 두서너 마리밖에 넣지 않는다. 수컷들은 비상시를 대비해 작은 연장통과 맥주 몇 병, 그리고 《헤어볼 쿼털리》 한 권쯤은 갖고 다니기를 좋아하기 때문이다.

포드 프리펙트는 조종실을 여기저기 찌르고 다니면서 깊은 인상을 받는 눈치였다. "이거 대단해요, 와우배거. 암흑의 물질. 우주의 칠십 퍼센트가 이 물질로 되어 있는데 우리 눈에는 보이지도 않고 말이죠. 암흑 물질로 우주선을 어떻게 만듭니까?"

와우배거는 어깨를 으쓱했다. "탕그리스니르 호? 몇 세기 전에 어떤 친구한테 샀소."

"그게 다예요? 어떤 친구한테 샀다고요?"

"토르한테서 훔쳤다고 장담하더군. 그 천둥신인가 뭐라나? 그 친구의 갤리선이라서 이렇게 복고적인 디자인이지."

"토르가 누군지는 압니다. 언젠가 파티에서 그를 만난 적이 있지요."

"탕그리스니르는 그 친구가 키우는 어떤 염소 이름이라나 그렇다더군. 뿔 달린 산양 장식머리는 바꿀 생각이었지만, 토르가 좀 멍청하다는 얘기를 들은지라 혹시 뱃머리에 새 장식이 달려 있으면 못 알아볼까 봐 걱정이 돼서 말이오. 그 친구가 날 쫓아와서, 내 머리를 그 커다란 망치로 박살 내주길 바라고 있었거든."

"헛된 소망이셨군요." 포드가 넘겨짚었다.

"그런 것 같군. 아직까지 그치 코빼기도 못 봤으니." 와우배거는 의자에서 벌떡 일어났다. "어이, 그거 만지지 않으면 안 되겠나?"

랜덤이 계기판의 빛나는 버튼을 만지작거리고 있었다.

"실례했네요." 그녀가 말했지만, 그 의미는 전혀 딴판이었다.

"지금까지 너무 오랜 시간 동안 나 혼자 항해를 해 왔기 때문에 그래. 내 마음대로 만사가 처리되는 게 좋단 말이야. 한 번만 잘못된 손잡이를 만졌다간 다 같이 바깥에서 안쪽을 들여다보는 신세가 된다고. 나한테야 그냥 약간 성가신 일이겠지만, 자네들한테는 훨씬 더 심각한 사태가 되겠지."

"그러니까 아저씨가 그렇게 예민하게 생각하는 버튼이 대체 뭐 하는 건데요?"

"그건 내 커피메이커야."

"뭐라고요?"

"거품을 딱 적당하게 만드는 데 수십 년이 걸렸단 말이야."

"오, 이런 제기랄."

"넌 어떻게 만사가 제기랄이냐. 좀 감사의 마음을 보여 봐. 방금 너희들 목숨을 구해준 사람이 나라고."

"누가 살려달라고 했어요?" 랜덤은 이렇게 말했다. 긴 속눈썹 아래서 두 눈이 불타고 있었다.

와우배거는 이 인간들을 자기 우주선으로 들인 걸 후회하기 시작했지만, 이들의 우주선으로 초공간 점프를 하다가는 다 죽기 십상이었다. 방벽도 없고, 완충기도 없고, 자이로 컴퍼스도 없었으니까. 그들은 딸랑이에 든 구슬처럼 흔들렸을 것이다. 불가해한 속도로 질주하면서, 안전벨트도 장착되지 않은 딸랑이 말이다.

"이봐, 아가씨. 그래도 자네 증오의 대상으로 보내는 시간이 얼마 안 남았다는 게 기쁘군 그래."

"하지만 난 아저씨를 증오하는 게 좋은데요." 랜덤은 상냥하게 말했다.

《안내서》주석 : 무한히 수명이 늘어난 와우배거에 대한 랜덤 덴트의 즉각적이고도 비합리적인 증오를 생각해보면, 그가 결국 그녀의 새아버지가 되는 건 확실히 불가피한 일이었다. 시즌 7까지 방영된 히트작 〈사이코라마〉에서 정신과 의사를 연기했던 유명 배우 앵거스 드뵈프는, 미혼모들은 십대의 자식들이 상대에 대해 느끼는 혐오감에 비례해서 같은 상대에게 매력을 느낀다고 주장했다. 실제로 자격이 있는 정신과 의사는 아니지만, 드뵈프 씨는 두뇌 네 개와 비단결 같은 살결을 지녔기 때문에, 그 견해는 상당한 무게를 지닌다. 특히 은하계 인구들 중에서 오후에 슬리퍼를 신는 계층에게는 더욱 그러했다(유능한 의사들이 등장하는 소프 오페라를 즐겨보는 주부들에 대한 언급이다—옮긴이주).

관련 기사 :
〈행복한 십대, 동화 속 이야기〉, 지미 헤이브리 K.
〈제 말을 믿으세요. 저는 의사 역할을 하는 사람입니다〉, 앵거스 드뵈프

와우배거는 벽감에서 얼굴 마스크를 꺼내 코 위에 동여맸다.

"사람들이 어떤지 잊고 있었어." 그는 심호흡을 하며 말했다. "이

경험을 이용해야지. 여기서 앞으로 계속할 힘을 얻어야 해."

"우리를 좀 내려주고 나서, 그다음에 마법 가스를 빨든 말든 하시죠?"

와우배거는 마스크를 바꿨다. "이건 마법 가스가 아니야, 이상한 옷을 입은 아이야. 내 고향 세계에서 채취한 공기를 병에 저장해 놓은 거야. 이산화탄소와 독극 화학물로 가득하지만, 내 마음을 진정시켜 주지." 그는 자기가 차분하다는 걸 널리 보여주기 위해 활짝 웃어 보였다. "이제 제발 내 조종실에서 다른 걸 만지지 마. 안 그러면 그 자리에서 증발시켜 버리겠다, 이 괴상한 청소년아. 내가 젊었을 때는, 십대들이 어른들한테 말대꾸하거나 하는 일은 없었어. 그랬다가는 곧장 독버섯 만다린 한 양동이 속에 빠졌으니까."

"그게 언젠데요? 빅뱅 직후?"

"한 마디만 더, 한 마디만 더 해봐라. 여기 어디 독버섯 만다린이 좀 있을 텐데."

"그 병에 저장한 공기, 별로 효과가 없나 봐요?"

"그렇군." 와우배거가 인정했다. "솔직히 골치만 쑤셔. 아니면 두통의 원인은 너일지도 모르겠고."

랜덤은 낡고 믿을 만한 수법을 당장 들고 나왔다.

"아저씨 미워!" 그녀는 이렇게 외치고는 자기 방으로 질풍처럼 들어가 버렸다. 아마 더 많은 검은 의상들을 복제하려는 생각이었으리라.

"너무 마음 쓰지 마세요." 트릴리언은 딸의 뒤를 쫓아 황급히 달려 나가면서 말했다. "저 애는 세상 사람들을 다 미워해요."

또 다른 《안내서》 주석(이전 것과 지나치게 비슷하지만, 교육적인) : 독버섯 만다린은 촉수에 엔테오젠 맹독이 잔뜩 들어 있는 독해파리의 일종이다. 만다린한테 쏘이면 세 가지 효과가 나타난다. 첫 번째는 날카롭게 찌르는 느낌이다. 둘째로는 끔찍하고 빨간 상처 자국이다. 이 자국은 독버섯 만다린의 응가로 치료하지 않으면 곪을 수도 있다. 그리고 세 번째로는 독에 들어 있는 엔테오젠 덕분에 생기는 청천벽력 같은 자의식이다. 찔리고 나면, 희생자의 반응은 대체로 다음과 같다 :

아우우우, 제기랄, 그거 아프네.

그러고는 :

안 돼, 안 돼. 저 빨갛고 끔찍한 상처 자국을 봐. 이따가 수영복 콘테스트에 나가야 하는데.

그리고 마침내 :

뭐라고? 내가 아버지와의 관계에서 심리적 문제가 있는 잠재적 여성혐오주의자라고!

만다린 독에 알레르기가 있는 사람이라면 한 번만 찔려도 완벽한 자의식을 갖게 될 것이며, 그 즉시 긴장성 분열증에 걸리거나 토크쇼에서 전문가인 체하는 일로 성공적인 커리어를 쌓게 될 것이다.

와우배거는 드래곤 슬래머를 주겠다고 약속해서, 남자들을 회의실 탁자로 꼬드겨내는 데 성공했다. 드래곤 슬래머는, 팬 갤럭틱 가글 블래스터 맛이 시궁창 오수처럼 느껴질 정도로 환상적인 알코올 음료였다. 자포드는 이런 주장에 큰 감명을 받지 못한 눈치였다. 그는 대통령으로 취임한 첫해에 이노큐아다미스 행성의 '깜짝 놀랄 만한 일은 제발 사양하는 고요의 바다'에서 특별히 지루한 크루즈를 하던 중 그 오수에 맛을 들였기 때문이었다.

그들은 사람들이 의자를 더 많이 갖다 앉을수록 끈적끈적해지며 점점 늘어나는 흑요석 테이블에 둘러앉았다.

"그나저나 드래곤 슬래머는 대체 뭔데요?" 포드가 무성한 하늘빛 머리카락을 손가락으로 빗으며 말했다. "팬 갤럭틱 가글 블래스터보다 훨씬 낫다고? 신장도 다 없어지고 아내가 셋 딸려서 문신을 한 채로 일주일 후 은하계 반대편에서 발견되면 그 말을 믿겠어요."

와우배거가 자신에 찬 미소를 지었다. "오, 이건 당신도 좋아할 거요, 프리펙트 씨. 아주 특별한 술이니까."

"복제된 가짜 술이나 아니었으면 좋겠네요. 진짜라야죠."

"그야 두말할 것도 없소."

공중부양 쟁반이 우주선 주방에서 휙 날아오더니 테이블에 앉아 있는 사람들 앞에 빠짐없이 크리스털 텀블러를 부드럽게 내려놓았다.

자포드가 텀블러에 담긴 내용물을 킁킁 냄새 맡아 보았다. "냄새는 물 같은데, 친구."

"그건 물이 맞소." 와우배거가 확인해주었다. "마그라멜에서 온 '순수한 메가 마운틴 스프링워터'지."

"그게 뭐 대단하다고."

"좀 기다려 보시지, 뚱땡이 엉덩이."

"꼭 그렇게까지 말할 필요는 없잖아. 네놈을 죽이겠다고 벌써 약속까지 한 마당에."

와우배거가 테이블을 건드리자, 잔물결이 일더니 작은 얼룩무늬 알들이 한 그릇 나타났다.

"이건 해룡들의 알이오. 해룡은 적도 지방 카크라푼의 얕은 열대 수역에서 사는 아주 작은 실고기과 생물이지."

"말씀을 받아 적어야 할까요?" 포드가 경쾌하게 말했다.

와우배거는 묵묵히 말을 이었다. "수컷들은 십 년에 한 번씩 알에서 깨어나 사 초 동안 살지. 그들이 죽으면 본질이, 뭐 영혼이라고 해도 좋고, 물속에 방출되는 거요."

"내키지는 않지만 흥미가 동하는걸." 자포드가 말했다. "영혼을 마신다라……. 아주 근사하게 방탕한 느낌이 들어."

"내가 하는 대로 따라들 하지." 와우배거가 말했다.

녹색 불사의 몸은 알을 음료에 깨어 넣고서, 적외선램프가 아래쪽에서 텀블러를 부드럽게 어루만지기를 기다렸다. 몇 초 후 알이 투명해지더니 작은 해룡이 그 속에서 꼬물거리며 돌아다니는 모습이 뚜렷하게 보였다.

"꼭 용 같네, 바다에 사는 게 다를 뿐이지." 자포드가 어린애처럼 신기해하면서 말했다.

용은 알을 씹어 먹으며 밖으로 나와서, 일이 초쯤 서투르게 헤엄

치며 돌아다니더니, 발톱으로 심장을 움켜쥐고 부들부들 떨기 시작했다. 아주 작은 황금빛 번개구름이 심장에서 번져 나와 물속에 스며들었다.

"부화한 알을 원샷하는 거야." 와우배거가 이렇게 말하더니 술을 꿀꺽 삼켰다.

포드와 자포드가 똑같이 따라 하더니 곧 앉아 있던 의자에서 날아가 버렸다. 그러고는 땅바닥에서 경련을 일으키며 판테오의 〈흐룽 대참사〉 오페라의 멜리-멜리 장면을 완벽한 하모니로 합창하는 것이었다. 센서와 전선들의 받침대에 얹혀 둥둥 떠다니는 진단용 젤 큐브에서 왼쪽 두뇌가 세 번째 파트를 담당해 합창에 가세했다.

"흐음." 와우배거가 말했다. "나는 대체 아무리 마셔도 속만 쓰리단 말이야."

아서는, 드래곤 슬래머는 그냥 통과하기로 했다.

이십 분 후, 포드와 자포드는 의자에 앉아 서로 마주 보고 낄낄거리고 웃고 있었다.

"아주 좋아." 와우배거가 두 손으로 박수를 치며 말했다. "뚱땡이 엉덩이와 멍청한 비비가 재미를 좀 봤나 보군. 자, 이제 제발 사업상 용건으로 들어가 보실까?"

《안내서》 주석 : "사업상 용건으로 들어간다"는 표현은 샬레즘에서 기원 되었다고들 생각한다. 이곳의 산업스파이 행각이 너무 고도화되어 사업가들이

어쩔 수 없이 위장을 하고 타르폴린 아래 광산의 갱도에 들어가서 목소리 상
자를 통해 암호로 말하면서 주요 계약을 체결해야 했기 때문이다. 이런 조치
들은 모두, 사업가들 중 그 누구도 자기가 무슨 계약을 체결하는지 감도 못
잡게 하기 위해 취해졌다. 어느 노조 대표는 자기 물건member을 연금생활
자들에게 담보로 맡기겠다고 약속해놓고서는, 모든 노조가입자member들
의 연금을 확보했다고 전 행성에 공포했다. 파업은 계속되었다.

이건 아서가 듣기에 좀 복잡한 말이었다. "사업이라니. 무슨 사업
말입니까? 우리를 그냥 제일 가까운 우주 공항에 내려주려는 거 아
니었어요?"

"당신들이 나를 죽이기 전까지는 안 돼요."

"당신 불사라면서요?"

"그동안 뭘 들은 거요? 저 뚱땡이 엉덩이가 날 죽여주겠다고 약
속했잖아."

"이거 왜 이래." 자포드가 항의했다. "당신 순전히 못되게 굴려고
이러는 거잖아."

"나는 무한정 수명이 늘어난 와우배거야. '못되게 구는' 건 내 직
업이라고. 아직 그것도 못 알아먹었어?"

자포드는 아직도 흐물흐물거리고 있는 왼쪽 반신으로 최대한 위
풍당당하게 일어서 보았다. "내가 당신을 죽이겠다고 약속했으니
까 꼭 그렇게 해주겠어. 누구 또 노랫소리가 들리는 사람?"

"나는 안 들려." 포드가 해룡 알들을 자기 배낭에 챙겨 넣으며 말

했다. "아무 소리도 안 들려. 특히 존재하지도 않는 오페라 따위는 안 들려."

"비블브락스의 말은 이 은하계에서 뭔가 의미를 갖는다 이 말이야. 그러니까 그렇게 계속 뚱땡이 엉덩이라고 부를 필요까지는 없다고."

와우배거가 그에게 윙크를 하는 태도가 어찌나 사람 열불 터지게 하는지, 바윗돌도 벌떡 움직이게 만들 정도였다. "그저 자네에게 계속 동기부여를 하려는 것뿐이야, 비블브락스. 자네 정신이 쉽게 산란해지는 것 같기에."

"그건 사실이에요." 포드가 킬킬 웃으며 말했다.

"어이!"

"뭐, 사실이 그렇잖아. 그룬폴과 플리터 파이 한 양동이 사건 기억나? 그때는 진짜 일에 집중했어야 한다고."

"무슨 말인지는 알아먹었어. 다시 한 번 그 소리를 하기만 해 봐."

와우배거는 행복한 마음으로 부탁을 들어주었다. "뚱땡이 엉덩이."

"좋아." 자포드가 말했다. "나는 준비가 다 됐어. 왼쪽 두뇌가 어느 전원에 꽂혀 있는 건지 몰라도 그걸 빼내기만 하면 갈 준비가 다 됐다고."

와우배거가 한 손가락을 치켜들었다. "우리가 갈 준비가 됐다는 얘기겠지?"

"아, 안 돼." 자포드는 콘솔 위로 기어올라 왼쪽 두뇌를 잡으려고 손을 뻗었다. "신들은 방문객을 싫어한단 말이야. 토르는 나한테 진 빚도 있거니와, 내가 자기보다 멍청하기 때문에 나라면 말을 섞게 해줄 거야. 나는 아스가르트에 혼자 가겠어."

"나도 토르하고는 사연이 있어." 아서가 말했다. "한때 토르한테 대들었는데 그러고도 목숨을 부지했지."

"그런 일이 두 번 일어나기는 쉽지 않지." 자포드가 말했다. "그리고 신들은 결코 잊지 않아. 그러니까 자네는 무조건 이 우주선에 남아 있어야 해."

"트릴리언은 왜 안 데려가?" 포드가 제안했다. "내 기억이 맞는다면, 토르는 그녀한테 상당히 호감이 있었는데."

"안 돼." 자포드가 단호하게 말했다. "토르는 지난 몇 년간 기분이 좀 우울했어. 약간 손을 봐줘야 해."

그는 은은히 빛나는 젤 큐브에 손을 뻗어 쉬익, 하고 왼쪽 두뇌를 뽑아냈다.

"어때, 잘 지내고 있어, 친구?" 그가 왼쪽 두뇌의 호리병에서 센서들을 벗겨내며 물었다.

"약간 졸려." 왼쪽 두뇌가 아주 빨리 깜박거리며 말했다. "나 일어나야 해?"

"미안하지만 그래. 날아갈 필요가 있어."

와우배거는 그에게 초박형 컴퓨터를 건네주었다. "이걸로 연락해. 어둠의 에너지 네트워크에 연결되어 있으니까. 우주 어디서나 쓸 수 있어. 일단 토르를 만나면 그때 다시 만나기로 하지. 그리고 제발 내가 그 친구 우주선을 훔쳤다고 말해줘. 그러면 좀 동기부여가 될 테니까. 내가 자네를 사냥하게 만들지는 말고."

자포드는 컴퓨터를 주머니에 넣었다. "좋아. 준비 다 됐어. 이백만 크레디트 칩만 있으면 여기서 나갈 수 있어."

"이백만 크레디트 칩이라고?"

"한 번 부탁해볼까 생각한 것뿐이야."

"집중을 해, 스테아토피직 대통령. 집중하라고."

자포드는 정말로 으르렁거렸다. "너 진짜 죽었다."

"이제야 말이 통하는군." 녹색 불사의 존재가 말했다.

5

어떤 일이든 일이든 현실이 될 수 있다. 그것이 무엇이든 상상할 수 있는 일이라면 차원 축 어딘가에서 실제로 일어나고 있는 것이다. 이런 일들은 수십억 번에 걸쳐 반복되며 한 치도 틀림없이 똑같은 결과를 낳는데, 거기서는 아무도 교훈을 얻지 못한다. 사람이 생각하고 상상하고 소망하고 믿는 것은 무조건 이미 일어난 일이다. 꿈들은 항상 현실이 되고 있다. 다만 꿈꾸는 사람의 현실이 되지 않을 뿐이다.

황당무계한 걸 하나 생각해보라. 그게 너무 부담이 되면 그냥 무작위로 형용사들과 명사들을 붙여보라.

분노한 해초? 문제없다. 다모그란 행성의 성난 녹미채가 있으니까. 이 녹미채 줄기들은 부드러운 산호 폴립들을 잘근잘근 씹어 먹으려고 아무렇지도 않게 자꾸 쿡쿡 찌르고 밀쳐대는 세 줄무늬 옐로헤드 물고기 떼에 분노한 나머지, 연대하여 서로의 몸을 엮어 산호초와 물고기를 갈라놓는 침투 불가의 장벽을 쌓았다. 이 행위의 예상치 못한 결과로 산호초가 번식하지 못해 죽어버렸다. 또한 녹미채들도 서로 너무 꼭 묶은 나머지, 해체하지 못하고 그렇게 미워하던 옐로헤드들과 함께 죽었다.

살의를 품은 광대들은? 너무 쉽다. 야채 강박증을 덧붙이면 된다. 《은하수를 여행하는 히치하이커를 위한 안내서》 V-보드에 그렇게 타이핑하면 수백만 건이 떠오를 것이다. 제일 위에 있는 게 미니무스 서커스의 블링과 블롱 형제 이야기다. 이 아주 작은 두 광대는 놀라운 오이 아가씨 거다와 동시에 사랑에 빠졌다. 몇 달 동안의 분쟁 끝에, 블링이 커스터드 파이를 산(酸)으로 채워 마티네 공연에서 동생을 녹여버렸다. 거다는 그의 것이 되었으나, 그는 죄책감에 시달려 정신이 산란해진 나머지 어느 날 저녁 우연히 약혼녀를 먹어버렸고 약혼반지가 목에 걸려 질식해 죽고 말았다.

이런 건 또 어떤가? 머리가 두 개 달려 있었던 전 은하계 대통령이 마그라테아인들한테서 엄청나게 값을 깎아 산 작은 열대 행성을 돈 많은 지구인들에게 되팔아, 지구인들의 행성이 파괴된 후에도 잘 살게 해주었다면?

그건 얼마나 황당한 이야기가 될까?

탕그리스니르 호

아서는 침상에 누워 하늘을 바라보고 있었다. 하늘에서는 펜처치가 처음 봤을 때와 똑같은 짙은 색 청바지와 목이 긴 부츠, 그리고 흠뻑 젖은 티셔츠를 입고 둥둥 떠다니고 있었다. 그녀는 병신 같은 오빠의 자동차 뒷좌석에서 정신을 잃었었다.

"꼭 티셔츠가 젖어 있어야 해요?" 컴퓨터가 물었다.

"뭐? 아, 이런 맙소사, 미안해. 내가 천치처럼 굴었어."

"그냥 정확하게 하려고 하셨겠죠. 원하신다면 이 펜처치라는 사람을 나체로 묘사할 수도 있습니다만."

"아니야, 아니야." 아서는 즉각적이라고 스스로 생각하고 싶어 하는 말투로 말했다. "보송보송한 티셔츠도 좋아. 그날 밤에는 비가 오고 있어서 나도 옷이 젖었었어. 하지만 그렇다고 내가 면죄부를 받을 수 있는 건 아니겠지."

"설명하실 필요는 없어요." 펜처치로 연출된 머리가 말했다. "손님들은 제 현실적인 재현 능력을 쏠쏠히 이용하곤 하시는 걸요. 혹시 훑어보고 싶으시면 연예인 카탈로그도 있답니다."

"지금 말고 나중에." 아서가 말했다. "지금은 그레불론인을 좀 보여줄 수 있어?"

"물론입니다. 심리적으로 정리를 하고 싶으신 겁니까, 아서 덴트? 큐비클 안으로 들어오시면, 레이저로 기억을 살펴보지요."

"아니. 내 기분 때문에 군이 그렇게까지 할 필요는 없어."

"어떤 기분이신데요?"

아서의 미소는 과수원 서리를 한 사람처럼 죄책감에 젖어 있었다. "솔직히, 그렇게 기분이 나쁘지는 않아. 여러 가지 상황을 고려해보면, 심지어 상당히 행복하기도 해. 나의 해변이 그립긴 하지만, 있잖아, 지구를 잃는다는 게 큰 타격이 될 것 같았는데 그게 그렇지가 않더라고. 사태에 책임이 있는 자들의 얼굴을 내 눈으로 똑바로 본다면 타격을 받을지도 모르겠어."

"저는 초고화질, 벌집 스피커 시스템, 삼차원, 슈퍼심층 인식이 휴머노이드의 머리만 한 작은 원격 카메라 안에 장착되어 있습니다." 컴퓨터가 당당하게 말했다. "포인트앤피치와 와우-오-왕 목소리 떨림 설비는 말할 것도 없지요. 제가 당신 기분을 엿 같이 만들 수 있을지, 어디 한 번 봅시다."

"뭐라고?"

"내 말이 아니라, 당신 말이에요."

펜처치가 사라지고, 우주의 암흑이 천장에 나타났다. 아서는 태양계와 솔 항성(태양—옮긴이주) 주위를 타원형 궤도로 돌던 열 개의 행성들을 알아볼 수 있었다. 토성의 깊은 파란색, 거대한 공작석자갈돌 같은 목성. 대륙만 한 바위들이 화성 너머 별똥별 벨트 속에서 회전하며 전율하고 있었다. 바위들이 서로 부딪치자 거대한 우렛소리가 아서의 침상을 뒤흔들었다.

"우주선에서 난 소리야, 쇼에서 난 소리야?" 아서가 불안하게 물었다.

"소리는 제가 넣었어요." 펜처치가 시인했다. "약간의 시적 자유는 허용해주세요. 스피커도 이렇게 많은데, 우주는 진공이잖아요."

그들은 흑청색의 광막하고 막막한 허공을 쌩하니 가로지르며, 훨씬 더 멀리까지 날아갔다. 그들의 시야가 닿는 곳을 가로지르는, 전기 충전이 된 항성 간 가스가 타다닥 소리를 냈다. 작은 명왕성을 지나 계속해서 여행하다 보니 약간 더 큰 행성에 다다랐다. 완전히 얼음으로 휩싸인 천체는 매끈하게 빛나고 있었지만, 자세히 보니 양피지처럼 폭폭 뚫린 구멍들과 표면에 닻을 내리고 있는 외계 우주선의 회색 산업용 포드들이 보였다.

"그레불론들이에요." 펜처치가 속삭였다. "뭐 또 감시할 게 없나 찾고 있어요."

세부묘사가 깜짝 놀랄 정도였다. 아서는 갑옷 하나하나, 케이블 하나하나까지 똑똑히 볼 수 있었다.

손을 뻗어 선체를 만졌더니, 화면 전체가 휙 흔들리면서 줌으로 확대되는 것이었다.

"그게 포인트앤피치 기능이에요." 펜처치가 말했다. "조심해서 쓰세요. 인간들은 멀미로 구토를 한다고 알려져 있으니까."

아서는 은밀한 장면을 엿보는 변태가 된 기분으로 현창 속을 들여다보았다. 보드라운 소파와 잡지꽂이가 보였다. 사랑스러운 모습의 휴머노이드들이 카펫이 깔린 복도를 따라 서성이다가, 가끔씩 걸음을 멈추고 정중하게 인사를 하거나 점성술 카드 같은 걸 서로 교환하곤 했다.

세계를 파괴하는 종족에게서 기대했던 행동은 아니었다. 아무리 봐도, 미친 것처럼 웃거나 기형의 애완동물을 키우는 그레불론인은 없었다.

"너무 좋은 사람들 같잖아." 아서는 이 사람들에게 너무나 쉽게 호감을 갖게 된다는 사실에 좀 심란해져서 말했다.

펜처치의 콧방귀가 어찌나 정곡을 찔렀는지 아서는 울어버리고 싶었다. "항상 좋은 사람들이 그러죠. 행성이 산산조각으로 폭발한 바로 다음 날 서브-에서를 찾아보면, 난폭한 대량 학살자들이 무역을 할 때 얼마나 공손하고 정중했는지를 이야기하는 이웃 세계들의 기사가 지가바이트씩 넘쳐 나요. 캐티바그마스 때는 항상 고양이들을 보냈고, 늘 조용히 혼자 지냈다는 둥 그런 얘기요."

아서는 포인트앤피치로 주위에 사모하는 남자들을 줄줄이 끌고 다니는 그레불론 여인을 확대했다.

"저 여자한테 젖은 셔츠를 입혀볼까요?" 펜처치가 사악하게 말했다.

"저 사람들 눈 좀 봐, 펜처치."

컴퓨터는 현창을 통해 어둠의 에너지 광선을 쏘았다. "그리 형형한 눈빛은 아니죠? 제가 이 사람들은 5 오빗 사이클 이상으로 스캔할 수 없어요."

"대체 왜 저러는 걸까?"

"어어어어쩌면, 누가 시켰는지도 모르죠."

시야가 초스피드로 변화하자 아서의 뱃속이 뒤틀렸다. 표면에서 물러나 아래쪽의 명왕성을 지난 그들은, 정확히 때맞춰 거대한 우주선의 꽁무니를 잡을 수 있었다. 초공간으로 진입하기 위해 푸른 빛의 고리들이 빙글빙글 돌아가고 있었다. 우주선은 노란색에 흉한 몰골로, 프루디한 서브-에서 우주선 쇼에는 절대 등장하지 못할 흉물이었다. 이런 프루디한 쇼에서는 중년의 전직 레이싱 드라이버들이 웃기는 종족 혐오성 발언들을 던지면서 버튼이며 다이얼 같은 게 뭐가 뭔지 하나도 모르겠다고 우기면서 테스트 트랙을 빙글빙글 돌곤 한다.

"보고인들이군." 아서는 손톱만큼도 놀라지 않았다. "한 놈 한 놈 다 병신이지. 지독한 쪼다들."

"아. 당신네 사람들 말이군요."

아서는 그래도 일말의 분노를 터뜨리는 데 성공했다. "우리 종족 말고, 저 무리가 우리 종족을 모조리 죽였단 말이야."

"뭐, 모조리는 아니죠."

"거의 모조리지. 남아 있는 인간은 우리 셋이 전부니까."

"금방 그렇게 되겠죠."

"금방? 그게 무슨 소리야, 금방이라니?"

"글쎄요. 저 친구들의 컴퓨터를 제가 좀 뒤졌거든요. 그런데 아무래도 보고인들이 술리아니스와 람 암흑의 성운으로 지구인들의 식민지를 사냥하러 가는 것 같네요."

"뭐라고? 지구인들? 암흑의 성운은 대체 뭐야? 그런 말을 할 때는 불길한 음악이라도 틀어줘야 하는 거 아니야? 저 친구들 컴퓨터에서 좀 더 자세한 걸 알아낼 수는 없어?"

천장 스크린에서 소용돌이치는 푸른 원들이 갑자기 얼어붙더니 하얗게 변하고는, 보고인들의 우주선과 함께 사라져버렸다.

"너무 늦었네요." 펜처치가 말했다. "제 장비가 아무리 훌륭하다 해도 초공간을 뚫고 해킹을 할 수는 없어요."

아서는 침대에서 뒤척거리며, 자기도 모르게 학교 모자를 머리에 꼭 쓰고 있었다.

"그 사람들에게 경고를 해야 해. 경고해야 할까? 암흑의 성운 어쩌고로 가야 할까? 봄봄 보오오오옴."

"당신의 해변이 그립지 않아요, 아서?"

그리고 나서 컴퓨터는 아서의 마음에서 해변 오두막의 기억을 뽑아내 천장 전체에 도배했다.

"끔찍하도록 그립지. 거기서는 하루하루가 똑같았지. 폭발하는 행성들도, 나를 보고 악을 쓰는 사람들도, 내 사적인 공간을 침범하는 외계인들도 없었고. 사람들은 왜 평범한 대화를 할 때도 꼭 얼굴을 딱 맞대고 서려 하는 걸까? 게다가 내 해변에서는, 내가 아무리 주제에서 멀리 벗어나도 제자리로 질질 끌고 오려는 사람이 없었단 말이야."

"그런데 왜 보고인들을 따라가려는 거예요? 저들은 절대 실패를 몰라요. 왜 그런 가슴앓이를 자처하는 거예요?"

"내 마음속에 가기 싫은 마음이 커다랗게 도사리고 있기 때문이지. 자기 종족을 구하고 싶지 않다면, 그게 무슨 지구인이겠어?"

"살아 있는 지구인이겠지요. 보고 열핵탄두에 폭파되어 원자가 되지 않은 지구인. 약간 고전적이긴 하지만, 일은 제대로 하는 무기라고요."

"기수를 돌리든가, 아니면 추진기를 가동시켜야 해. 더 빨리 가는 버튼을 누르든지. 아무튼 뭐든 해야 해."

"진정해요, 아서 덴트. 와우배거는 자기 스케줄에 따라 가야 할 곳으로 갈 거예요."

"지구로 가고 있었다고 하지 않았어? 지구인들을 모욕하러?"

"맞아요."

"잘됐네, 그럼. 마지막 지구인 식민지가 이 암흑의 성운에 있는 거 같으니까. 와우배거가 거기서 지구인들을 모욕하면 되잖아?"

"그럴싸한데요. 자기주장에 썩 훌륭한 논거를 대는군요, 아서 덴트."

《안내서》주석 : 기록된 역사를 통틀어 "주장에 훌륭한 논거를 대는" 능력은 "합리적으로 논의를 해봅시다"라든가 "우리 입장 차이는 잠깐 제쳐놓는" 능력에 버금가는 성공을 거두어 왔다. 이런 기술을 구사하는 사람은 동기 부여에 뛰어난 소질이 있는 유치원 교사가 되겠지만, 절대로 인명이 달려 있는 상황에서 책임자가 되면 안 된다. "우리가 서로 눈을 맞추지 못했다는 건 알지만……"(see eye to eye라는 영어 표현은 시각이 다르다는 뜻이다―옮긴이주)과 같은 부적절한 발언은 협상을 참사로 몰아갈 수 있기 때문이다. 특히 다른 종족 대표가 구형 장기(눈을 뜻하는 말―옮긴이주)를 부러워하는 심리가 있다거나 당신이 은근히 생색을 내고 있다고 생각한다면 말이다. 성공적인 협상은 예외 없이 권력을 쥔 입장, 아니 적어도 권력의 인식으로부터 나온다. 편안한 가운에 향냄새를 풍기며 오로지 고충을 반드시 해결해야겠다는 진지한 소망만 지니고 회의장에 어슬렁어슬렁 들어가는 것은, 모든 사람들을 죽음으로 몰아가는 확실한 방법이다. 공인된 협상의 제왕인 아니야르 치스타 장군은 언젠가 그런 주장을 한 적이 있다. 일을 하는 동안은 적어도 한 번의 제기랄, 두 번의 똥, 대여섯 번의 병신들을 포함하지 않은 문장은 쓰지 않았다고 말이다. 최후의 발표문에는 단 하나의 '똥'밖에 들어 있지 않았는데, 이는 협상 테이블에 너무 오랫동안 앉아 있은 결과 폐쇄되어버린 그의 장을 향한 권위 있는 명령의 형태를 취하고 있었다. 불행하게도, 장벽이 워낙 얇았기 때문에, 골가프린참인들은 장벽 파열로 참사를 당하기 쉽다. 그리하여 아니야르 치스타 장군의 마지막 한 마디('똥'을 말한다—옮긴이주)는 또한 그를 죽음으로 몰아간 원인이기도 했다.

"네 말이 전적으로 옳아." 아서가 말했다. "나는 내 주장에 썩 훌륭한 논거를 댈 줄 알지. 당장 와우배거한테 가서 주장을 펼쳐 봐야겠어."

"그렇게 우아하게 말하지는 않는 게 좋겠어요." 펜처치의 이미지가 제안했다. "제기랄 하나 정도하고 포름랭글러 몇 개 정도 집어넣는 게 어떨까요?"

와우배거는 조종실에서 아끼는 바이브로-체어에 앉아, 자기 자신에 대해 이야기하지 않으려고 애쓰고 있었다. 우주선의 강력 자장이 만들어내는 코로나 밖에서는, 지구 파괴의 여파로 가루가 되어버린 달이 타원형의 먼지구름이 되어 금성으로 향하고 있었다.

"저것 봐요, 트릴리언 아스트라. 또 하나의 행성이 죽음을 맞으려 하고 있군. 저것에 대해서 나한테 물어봐요. 아니면 뭐 다른 거나. 나는 경이로운 일들을 아주 많이 봤으니까."

트릴리언은 딴데 정신을 팔고 싶은 기분이 아니었다. 와우배거의 심층 인물 취재라고 하면 서브-에서의 편집자들이 무지방 저칼로리 락토-락소 심-커피에 침을 줄줄 떨어뜨릴 게 틀림없었다.

"사람들은 당신에 대해 알고 싶어 해요. 우주를 여행하며 알파벳 순서로 모든 사람을 모욕하고 있는 녹색의 외계인은 누구인가?"

"아, 그런데, 요즘은 그렇게 일하지 않아요. 알파벳 순서 어쩌고 하는 건 한동안은 재미있었지만, 금방 노예처럼 묶여버리게 되더라고요. 사람들이 내 모욕을 미리 예상하고 있다가, 되갚아주기 시작했고."

랜덤은 야만적인 모양의 플레이부즈들을 종이에 그리고 있다가, 이 말에 고개를 들었다.

"'당신은 한심한 실패자야' 같은 말들을 한단 말이죠?"

"뭐, 그 비슷한 내용이지."

"아니면, 도롱뇽이 정장을 입는 줄은 몰랐네 라든가요."

"한두 번은."

"아니면, 당신 고향에서는 그런 냄새를 좋다고 생각하나 보지 라든가요."

트릴리언은 딸을 확 껴안았는데, 모양새가 수상쩍을 정도로 레슬링의 헤드락처럼 보였다.

"나는 너를 떠나지 않아, 애야. 절대로. 그렇게 적의를 보일 필요는 없단다."

"난 엄마가 떠났으면 좋겠는데요." 랜덤이 험상궂게 인상을 쓰며 말했다. "엄마가 없어도 나는 꽤 잘 자랐다고요."

트릴리언은 앙다문 이를 사랑 넘치는 미소인 척 가장하고 인터뷰를 하러 다시 돌아섰다. "그러니까, 트레이드마크인 알파벳 순서를 포기하셨나요?"

"그렇소." 와우배거가 말했다. "이제는 행성별로 하고 있어요. 훨씬 단순하고, 나를 잡아보려는 동네의 욕쟁이들이 하는 말을 다 듣고 있지 않아도 되니까요. 그저 궤도에 진입해서 데이터 폭탄을 대기권에 투하하는 겁니다. 모든 사람들이 이메일과 사운드파일을 받게 되지요. 장담하지만, 플레이버튼을 한번 눌러보면 내가 이 세상의 지적 생명체들에 대해 어떤 감정을 갖고 있는지 의심의 여지 없이 알게 될 겁니다."

"어떤 감정을 갖고 계신데요?"

"그들은 필사(必死)의 존재들이지요. 경멸합니다."

"이렇게 사람들과 멀찍이 간격을 두는 배후에는, 그냥 평범한 욕쟁이가 있군요."

"뭐라고요? 내가 욕을 좋아서 하는 줄 압니까?"

"안 그런가요?"

"뭐, 좋아하긴 하죠. 엄청나게. 하지만 그뿐만이 아니라……."

그리고 와우배거는 트릴리언에게 그 누구에게도 털어놓지 않은 사실을 말해주었다. 어쩌면 그녀의 살짝 허스키한 목소리가 마치 최면을 거는 것 같았기 때문이었을 수도 있고, 어쩌면 이제 누구한테든 말할 때가 되었기 때문이었는지도 모른다.

"사람들이 날 죽여줬으면 좋겠어요. 그들이 시도라도 했으면 합니다."

오 맙소사. 트릴리언이 생각했다. 녹음기 메모리, 이럴 때 날 배신하면 안 돼.

그녀는 손목시계를 슬쩍 내려다보고 오디오 송신장치가 깜박거리는 게 보이자 안심했다.

"그거 대단한 선언이군요."

"그, 그런 것 같군요." 녹색의 우주 여행자가 말했다.

《안내서》 주석 : 이는 욕설인 '그-그-그룬티바르타즈'의 강도가 '그'를 덧붙일수록 세어지는 카스토르 계를 방문한 이후로 처음 와우배거가 말을 더듬은 사례다.

"내가 그런 말을 하다니 저 자신도 놀랐어요."

"저도 그랬어요. 와우배거 씨."

"이젠 나를 바워릭이라고 불러도 좋습니다."

"바워릭이라고요?"

"내 이름이에요. 아버지는 유머감각이 있는 분이셨지요. 바우 와
우배거?(바우와우bow wow는 영어로 개 짖는 소리의 의성어다—옮긴
이주)"

"아, 그렇군요." 트릴리언은 갑자기 녹음기에 신경을 좀 덜 쓰기
시작했다.

이런 간질간질한 순간들이 오래 지속되면 우주가 견디질 못하기
때문에, 이 순간을 와장창 짓밟는 영예를 탐하는 후보자들이 몇 명
있었다. 첫째는 랜덤 덴트로, 그녀는 잠시 혐오에 찬 중상모략을 마
음속으로 만들어낸 후, 두 번째로 조종실을 속속들이 스토킹하기
시작했다. 그러나 승자는 그녀의 아버지 아서 덴트였다. 그의 희극
적 등장은 사카린처럼 달달한 이 순간을 멋지게 중화시켜, 우주의
질서를 회복시켜 주었던 것이다.

"좋았어, 이 제기랄 연놈들!" 아서가 조종실로 뛰어 들어오면서
말했다. "우리는 이 똥통을 당장 돌려서 우리 포름랭글러 꼬리를 슬
리아니스와 람 암흑의 성운으로 졸라 달려야 해."

"밤–밤–바아아암!" 컴퓨터가 트럼펫을 울렸다. 그저 조금이라도
도움이 되려 했을 뿐이다.

그리고 마지막으로 전 우주의 웃음거리가 될 만한 한마디.

"내 말이 좀 심했나? 미안해요, 여러분. 그런데 포름랭글러가 대
체 뭐야?"

6

나노 행성

저 아득히 멀리 술리아니스와 람 암흑의 성운 변두리, 성운의 휘어지는 촉수 끝에 크리스마스 장식처럼 걸려 있는 작은 소행성이 하나 있다. 카탈로그 번호 MPB-1001001인 이 꼬마 행성은 중력의 법칙을 무시하고 람의 표면에서 일억 오천만 마일 떨어진 곳에서 공전을 유지하고 있다. 이 좌표에서, 성운의 항성 간 먼지, 수소, 그리고 플라스마는 가스 흐름과 자기장에 의해 갈라져서, 파편도 없고 따스한 태양풍을 마음껏 받는 깨끗한 오아시스 같은 공간이 드러나게 된다.

이 작은 행성 나노는 엄청난 부피 때문에 항성의 인력에 저항할 수 있다. 이 행성은 대체로 화이트홀에서 배설된 초고밀도 물질로 이루어져 있기 때문이다. 그러나 또 한 가지 이유는 공전하는 역동적 핵이 오천 개의 서보-메커니컬 반동 추진기를 능가하는 힘을 갖고 있기 때문이기도 하다. 이런 분리된 입지는 기복 없이 온화한 기후 조건을 확보할 수 있어, 행성의 비옥한 평원, 푸르른 바다, 그리고 풍부한 피오르드에서 생명체가 번성할 수 있게 해준다……빙하기를 한 번도 거치지 않았던 행성에 이렇게 많은 피오르드가 있는 경우는 흔치 않다.

나노의 지리는 지도제작자의 꿈이다. 단 하나의 판게아 대륙(트라이아스기 이전에 존재했다는 가상의 대륙으로 모든 대륙을 포괄하는 육지다──옮긴이주)이 적도를 따라 뻗어 있으며, 말 그대로 잡히기만 기다리고 있는 물고기들이 넘쳐나는 푸르른 바다가 그 주위를 에워싸고 있다.

《안내서》주석 : 이 경우 '말 그대로'라는 단어는 단순히 '비유적으로'라는 단어의 잘못된 설명이 아니다. 아메글리안 메이저 강철등 물고기는 낚싯줄 끝에 낙원이 있다는 이야기를 들으며 자라나서, 구원되기만 갈구하며 피오르드를 서성인다. 이런 이야기들의 부정확성은 그들이 갈고리에 꿰여 원래의 서식지에서 끌려나와, 통째로 지글지글하는 프라이팬 위에 던져지는 순간 대다수가 명확하게 깨닫게 될 것이다. 그러나 강철등 물고기는 워낙 신앙심이 깊어 구원의 열두 잠언을 거치며 헤엄쳐 가서 약속된 황금의 플랑크톤 덩어리가 나타나기만 기다린다.

이 대륙의 등록지명은 이니스프리였다. 최근 증발된 행성인 지구의 아일랜드 슬리고에 있으며, 영화 〈아일랜드의 연풍〉(존 웨인 주연, 존 포드 감독의 1952년 영화 〈The Quiet Man〉의 국내 개봉 제목—옮긴이주)의 배경이 된 호수가 있는 섬 이름을 따서 지은 이름이었다. 대륙에 있는 두 도시 중 좀 더 큰 도시는 〈아일랜드의 연풍〉이 실제로 촬영된 곳의 지명을 따서 '콩'이라고 불렸다. 이런 이름들은 나노의 등기사무소 직원인 힐먼 헌터라는 사람이 고른 것이었다.

힐먼 헌터는 특별히 종교적인 사람이 아니었지만, 전통적 질서가 사업자의 이익에 부합할 경우에는 만물의 전통적 질서를 신봉했다. 힐먼 헌터는 돈을 믿었는데, 무정부주의가 판치는 시대에 돈을 번다는 건 몹시 어려운 일이었다. 하찮은 소인들이 윗사람을 존중할 줄 모르고 만인에게 범절을 가르칠 '어르신'이 안 계신 마당에, 사람이 어떻게 돈 몇 푼이라도 모을 수 있단 말인가? 아무래도 무슨 신이나 그런 게 있어서 사람들한테 주제와 분수를 가르쳐줘야 할 필요가 있었다. 그리고 이상적으로, 사람들의 주제와 분수는 힐먼 헌터의 주제와 분수보다 한참 아래였다.

《안내서》 주석 : 부자를 계속 부자로 남게 하고 가난한 자들은 납작 짓밟는 일에 종교가 유용한 도구로 쓰일 수 있다는 생각은 역사의 동이 트자마자 생겨나서 지금까지 이어지고 있었다. 최근 진화한 발 두 개짜리 프로겟은 늪에 사는 다른 모든 프로겟들을 설득해, 그들의 운명이 전능하신 '연꽃잎'에 의해 좌우된다고 믿게 하는 데 성공했다. 연꽃잎이 연못을 돌보아주고 거너 파이크에게서 그들을 안전하게 지켜주게 하기 위해서는, 격주로 금요일마다 파리들과 작은 파충류들을 산더미처럼 그 앞에 제물로 바치지 않으면 안 된다는 것이었다. 이 수법은 거의 이 년간 훌륭하게 먹혔는데, 어느 날 제물로 바쳐진 파충류 한 마리가 목숨이 살짝 붙어 있었는지 전능한 연꽃잎을 먼저 먹어치우고 식충이가 된 발 두 개짜리 프로겟도 먹어버렸다. 프로겟 사회는 밤새도록 광란의 파티를 벌이며 환각 작용이 있는 소리쟁이 잎을 피우고 종교의 구속으로부터 해방되어 자유를 얻은 걸 자축했다. 불행하게도 그들의 자축연은 약간 시끄러워서, 어째서인지 전에는 이 연못이 있는 줄도 몰랐던 거너 파이크에게 대량 학살을 당하고 말았다.

힐먼 헌터는 이 새로운 세계에 십계명을 내려주고, 죄인들에게 벌을 내리며, 어떤 형태의 결혼이 자기 눈에 보기 좋은지 어떤 형태가 틀려먹고 한마디로 역겨운지 공포해줄 신이 하나 있어야 한다는 믿음을 갖게 되었다. 나노 행성을 만든 건 누가 뭐래도 신이 아니라 행성을 건설하는 마그라테아인들이었기 때문에, 이곳을 지배할 신은 없었고 이 때문에 사회 내부에서도 논쟁이 일고 있었다. 자연적 질서는 해체되고 별별 부류의 인간들이 누가 봐도 자기네들과 동등한 사람들과 자기네가 동등하다고 생각하기 시작했는데, 종교는 원래 이런 게 아니었다 이 말이다. 힐먼은 세계를 관장하는 신이, 빌어먹을 질서를 회복하기 위해서는 꼭 필요하다고 결정했다. 그리고 바로 이 특별한 목요일에 도시 공관 옆 작은 회의실에서, 바로 그 직위의 사람을 뽑기 위해 면접을 보기로 했다.

나노 행성, 이니스프리의 콩 시

거대한 유인원류의 동물이 면접을 보는 사무실 의자에 불편하게 앉아 있었다. 엽기적이며 비늘이 달린 몸통이 작은 의자 속에 갇혀 꿈틀대고 있었다. 줄행랑치는 민달팽이들처럼 턱에서 촉수들이 뚝뚝 흐르고 있었고, 물렁물렁한 얼굴 속 깊은 곳에서 딱딱한 검은 눈이 번들거리고 있었다.

힐먼 헌터는 이 괴물의 이력서를 휙휙 넘겨보았다.

"그러니까, 크툴루 씨군요, 그렇죠?"

"으으으음." 괴물이 말했다.

"좋아요." 힐먼이 말했다. "뭔가 살짝 형언할 수 없는 데가 있군요. 신은 좀 그런 편이 좋지요." 그는 함께 무슨 음모라도 꾸미듯 슬쩍 윙크를 했다. "하지만, 명색이 심층 면접이니까 몇 가지 사실들을 끌어내 봐야겠습니다. 에, 크툴루 씨?"

크툴루는 어깨를 으쓱하고는 제멋대로 종족학살을 자행하던 시절을 꿈꾸었다.

"아무튼, 어디 쇼를 궤도에 올려봅시다." 힐먼이 밝은 말투로 말했다. "아니 우리 나노가 옛날에 쓰던 입버릇처럼, 삽으로 김 나는 똥을 치워봅시다. 이 표현은 소떼를 몰고 지나간 다음에 진입로에 쌓인 소똥을 치우는 일을 가리키는 거예요. 제가 그렇게 시작했지요, 크툴루 씨. 말린 소똥을 모닥불 연료로 쓰라고 사람들한테 팔았어요. 그런데 지금 절 봐요. 행성을 하나 경영하고 있지 않습니까."

힐먼은 갑자기 녹슨 기계에 시동을 거는 것처럼 시끄러운 소음을 내며 웃어대기 시작했다.

"미안해요, 크툴루 씨. 옛날에 살던 데선 기차처럼 줄담배를 피웠는데, 너무 바빠서 아직 새 폐를 받으러 갈 수가 없었어요. 이런 빌어먹을 이이짓(바보를 뜻하는 idiot의 아일랜드 속어―옮긴이주)들을 떼거리로 관리하다 보니 몸이 남아나질 않는군요." 그는 크툴루의 이력서 페이지 위에서 손가락들로 춤을 추었다. "어디 봅시다. 여기 뭐가 있나? 내가 다루는 신이 어느 정도의 능력을 갖고 있나? 아……러브크래프트(미국의 호러, SF작가 하워드 필립스 러브크래프트를 말함. 그의 작품들을 근거해 후세 작가들이 크툴루 신화를 체계화했다―옮긴이주) 덕분에 몇 세기 전에는 꽤나 사람들의 마음속에 큰 자리를 차지하고 있었군요. 그 후로는 좀 뜸하네요?"

크툴루는 고기와 금속의 목소리로 말했다. "뭐, 아시다시피 과학이랑 뭐 그런 거 때문이요. 신 노릇 사업에 아주 찬물을 끼얹었다고 할까." 그가 말을 하자 맑은 젤이 촉수에서 뚝뚝 흘러내렸다. "한동안 소아시아를 돌아다니면서 약간의 공포를 불어넣으려고 해봤는데, 이제 사람들은 페니실린을 갖고 있고, 심지어 가난한 사람들도 읽을거리를 가지고 있더란 말이요. 그러니 신들을 어디다 쓰겠소?"

힐먼은 크툴루가 얘기하는 동안 내내 고개를 주억거렸다. "선생님 말씀이 옳습니다. 전적으로 옳아요. 사람들은 자기네가 잘나서 신 따위는 필요 없다고 생각하지요. 너무 영악해서요. 하지만 여기 나노 행성에서는 다릅니다. 여기는 지구 최후의 변경 거류지이므로, 우리의 수호자를 축출함으로써 파괴당하는 일은 없을 겁니다."
이 작은 연설을 끝마쳤을 무렵 힐먼의 통통한 뺨은 자랑스러운 빨강으로 빛나고 있었다. "다음 질문입니다. 우리의 지난번 신은 '모자라는 게 넘치는 것보다 낫다'는 주의였어요. 아들을 내려 보내기는 했지만, 정작 자기는 그리 자주 모습을 보이지 않았지요. 내 생각에는, 뭐 그분께 불경할 의도는 없습니다만, 아무래도 그게 실수였지 싶어요. 지금 그분께 부탁할 수만 있다면, 그분도 팔을 걷어붙이고 나서리라 저는 진심으로 믿고 있습니다. 그래서 드리는 질문은 이겁니다, 크툴루 선생. 실전에 나서는 신이 되실 겁니까, 아니면 부재하는 땅주인이 되실 겁니까?"

크툴루는 이 질문에 대비를 하고 있었다. '형언할 수 없는 하스투르'(크툴루 신화에 나오는 크툴루의 배다른 형제. 우주에 있으며 그의 이름을 언급하는 순간 지구로 소환된다―옮긴이주)와 함께 바로 전날 밤바로 이 질문에 대한 답을 연습했던 것이다.

"아, 실전에 나서야지요, 당연히." 그는 하스투르의 충고대로 똑바로 눈길을 맞추면서 말했다. "맹목적 신앙의 시대는 지났소. 사람들은 누가 자기 곡식을 시들게 하고 처녀 제물을 요구하는지 알 필요가 있소. 그나저나 이제는 눈길을 좀 돌리겠소. 하지만 그 이유는 단 한 가지, 계속 눈을 맞추고 있으면 당신이 미쳐버릴 거라는 거요."

힐먼은 머리가 갑자기 멍해지자 고개를 흔들었다. "좋아요. 좋습니다. 대단한 눈빛을 갖고 계시네요, 크툴루 씨. 무기고에 그런 거

하나 갖춰놓으면 아주 쓸모가 많겠어요."

크툴루는 거대한 촉수 하나를 철썩 침으로써 칭찬을 받아들였다.

"계속 이야기를 진행합시다, 괜찮으시죠? 말 많은 바벨 피시 건에 대해서는 어떤 입장을 갖고 계십니까? 증거는 신앙을 거부한다, 뭐 그런 거요."

"내 백성들은 증거와 신앙을 갖게 될 겁니다." 크툴루가 불안한 듯 쉰 소리로 말했다. "노예의 굴레로 구속해서 약자를 발로 짓밟을 테니까."

"제가 민감한 데를 건드린 것 같군요." 힐먼이 킬킬 웃었다. "이 번에도, 선생님께서 기본적으로 잘하고 계신다고 생각됩니다. 다만 노예와 짓밟기 부분은 약간 양보하실 수 있지 않을까 하는데요. 여기 약자는 상당히 많습니다만, 이들도 결국 어느 교회에든 헌신을 하는, 교회의 큰 후원자라서요. 돈이 사원을 건설하는 거니까. 아니면 나노가 옛날에 입버릇처럼 말하던 것처럼, '미클 모아 머클 된다'라고 할 수도 있고."

"미클?" 혼란에 빠진 크툴루가 말했다. 위대한 고대인을 혼란스럽게 만드는 게 쉬운 일은 아니다.

힐먼은 턱을 긁었다. "머클이 뭔지 저도 몰랐어요. 하긴 미클도 몰랐죠. 하지만 아무튼 미클을 많이 모으면 머클이 된답니다. 제 말 뜻은 아시겠지요."

"흐으음."

"그러니까요. 다음에는 진부하고 평범한 질문입니다. 이 자리에 취직하게 된다면 향후 오 년 후에 선생님의 모습은 어떨 것 같으세요?"

크툴루는 얼굴이 환해졌다. **고마워, 하스투르.** 그는 우주를 향해 활짝 미소를 지었다.

"오 년 후에는 이 행성을 완전히 파괴하고, 새끼들을 다 잡아먹고, 당신 종족들의 해골을 차곡차곡 쌓아서 내 드높은 영광을 기리고 있을 거요." 그는 만족스럽게 의자에 기대앉았다. 짤막하고 내용이 풍부한, 교과서적 대답이었다.

침 튀기는 기침 소리가 힐먼의 입술에서 튀어나왔다. "해골을 쌓아요? 아니, 크툴루 씨, 진심입니까? 요즘 신들이 그런 짓을 한다고 생각하세요? 우린 지금 항성 간 시대를 살고 있단 말입니다. 우주여행, 시간 여행. 나노 행성에 필요한 신은 소위 구약성서의 신 같은 존재예요. 엄격하면서도 확실한. 복수심도 있고, 환상적인. 무차별적으로 새끼를 먹어치워요? 그런 시절은 다 지났어요."

"당신이 아는 게 그 정도란 말이지." 크툴루가 다리를 꼬며 말했다.

힐먼이 이력서를 톡톡 두드렸다. "여기 형광펜으로 강조된 부분이 있군요. 현황 난에 '죽었지만 꿈꾸고 있다'고 쓰여 있습니다. 좀더 자세히 설명해주실 수 있겠어요? 선생님은 돌아가신 겁니까?"

"죽었다고 말할 수 있지요." 침을 줄줄 흘리는 유인원이 시인했다.

"죽은 것처럼 보이지는 않는데요."

"아, 그렇소. 하지만 이 작은 형상은 내가 아니요." 크툴루는 육신의 움직임이 자기도 낯설다는 듯이 제 몸을 꾹꾹 찔렀다. "이건 내가 꿈속에서 그린 내 모습이 어둠과 공포의 세력에 의해 구체적으로 현현한 것이요. 진정한 자아가 돌아올 때까지는 이 모습을 입고 있어야 하는 거요. 내 참된 자아는 이거보다 상당히 커요."

"이 문제를 자꾸 따지고 들어서 죄송합니다만, 지금 선생님은 돌아가신 겁니까?"

"지금은 그렇소. 그래, 그렇다고 해야겠군."

"하지만 신들은 안 죽잖아요. 그런 게 신 아닌가요?"

크툴루는 하스투르가 함께 있으면 얼마나 좋을까 하고 생각했다. 하스투르는 언제나 말대꾸에 능했다.

"뭐……그건 사실이요. 하지만, 기술적으로——'기술적으로'라는 부분을 강조하고 싶군요——나는 사실 신이 아니요. 나는 그저 위대한 고대인일 뿐이요. 반신(半神)이라고 해도 되겠지만."

힐먼은 파일을 덮었다. "아." 그가 말했다. "그렇군요."

"이거나 저거나 그렇게 다를 건 없소." 크툴루가 우겼다. "똑같은 거 나도 다 할 수 있어요. 유령도 나오게 하고, 임신도 시킬 수 있고. 말만 해봐요. 아스가르트와 올림포스에 카드도 있단 말이요. 그것도 골드 카드."

"뭐 다 좋습니다만……."

"아, 됐소." 크툴루가 역겹다는 듯이 말했다. 젤이 책상에 마구 튀었다.

"당신네 인간들은 다 똑같지. 약자에게는 아예 기회를 주지 않아."

"그게 아닙니다, 선생님. 선생님과 같은 분들에게 반감은 전혀 없습니다만, 광고에 구체적으로 'A급 신'이라고 명기했어요. 선생님께서도 여러 가지 많은 일들을 이루실 수 있겠지만, 우리는 좀 더 존재감이 있는 분을 찾고 있습니다. 장기간 헌신하실 수 있는 분 말이지요. 죽을 가능성이 있다면 확실히 곤란합니다."

크툴루는 격하게 분노하며 의자에서 일어섰다. "네놈의 해골을 까부숴 주겠다." 그는 우레처럼 노호했다. "네 땅에 역병을 내리겠다." 그러나 용건이 끝난 관계로 그는 벌써 희미해지고 있었다. "네놈 머리를 몸통에서 찢어서 네……를 마셔버리……"

그러더니 그는 사라졌다. 뒤에 남은 건 썰물 때의 항구 냄새뿐이었다.

내 뭘 마신다고? 힐먼 헌터는 생각하면서, 크툴루의 이력서 표지에 '절대 다시 부르지 말 것'이라고 형광펜으로 강조해서 썼다.

아마 피겠지. 내 뇌척수액이 아니라면 말이야.

그는 의자에 깊숙이 기대앉아서 등 마사지기를 켰다. 힐먼은 항상 밝은 면을 바라볼 자세가 되어 있는 긍정적인 인간형이었지만, 신을 찾는 작업은 영 우울해지고 있었다. 그의 기준에 맞는 면접자가 단 한 명도 없었던 것이다. 로봇 신 엑셀로, 흡혈귀 영주 블라디르스키. 헤카테(그리스신화의 여신—옮긴이주)는 몇 가지 쓸 만한 기술이 있었지만, 여자였다. 나노의 여신? 뒤지게 말 안 되는 얘기다.

게다가 신을 찾는 작업만도 골치 아픈데, 또 다른 식민지의 갈등도 모조리 그가 처리해야 했다. 치즈 때문에 사람을 죽이다니, 이보다 더 웃기는 소리를 들어본 적이 있는가? 바삭바삭한 빵 위에 체더치즈를 약간 얹으면 물론 아주 좋지만, 죽음을 불사할 정도는 절대 아니다. 게다가 직원들 문제도 있었다. 떼거리로 도시를 떠나고 있었던 것이다. 어떤 날은 침대에 누워서 아예 일어나기 싫을 정도였다.

"그저 맛있는 홍차 한 잔하고 비스킷 몇 개만 있으면 돼!" 힐먼은 할머니의 새된 목소리를 흉내 내며 말했다. 기운을 차리고 싶을 때 내는 목소리였다. "그러면 멋지게 해낼 거야."

홍차 생각만 해도 기분이 좀 좋아졌다. 홍차가 없으면 아일랜드 사람은 사족을 못 쓰는 법이다.

"자, 힘내고 일어나자, 힐러스." 그는 나노 말투로 말했다. "저 사람들에게는 네가 필요해."

사실이었다. 식민지 거주자들에게는 그가 필요했다. 특히 장 클로드가 납치되고 난 후부터는 더더욱. 나노에 필요한 건 번개라도 번쩍거려서 거주자들에게 약간의 군기를 불어넣어 줄 만한 진짜 살아 있는 신이었다. 그렇지만 술리아니스와 람 암흑의 성운 서쪽 소용돌이 끝, 유행에 뒤처진 변두리에 A급 신을 어떻게 끌어들여야 할까? 아주 두둑한 보상을 안겨주어야 한다는 것만큼은 분명했다.

힐먼은 만일의 경우를 위해 크툴루의 서브-에서 주소를 메모했다.

《안내서》주석 : 신들은 빅뱅 이후 몇백 만 분의 일 초 만에 탄생했다. 이 말은 기본적으로 그들이 우주를 창조하지 않았다는 뜻이다. 오히려 우주가 신들을 창조했다. 이것은 신들의 전당에서도 몹시 예민한 문제이거니와, 저녁 식탁에서 화제로 올리는 건 아예 가당치도 않다. 이 주제를 감히 입 밖에 내어 거론하는 만용을 부리는 기자가 있다면, 별별 희한하고 기발한 방법으로 처벌을 받게 될 수도 있었다. 대다수 신들은 하도 오래 살다 보니, 이제 아예 서재 하나를 통째로 희한하고 기발한 처벌이라는 주제로 채워두고 있기 때문이다. 바로 얼마 전인 일만 년 전만 해도 올림포스에서 이 주제에 대한 세미나도 열리곤 했다. 이런 세미나는 모임을 빌미로 술을 마시고 간음하려는 하급 신들이 점점 늘어나자 중단되었고, 그 결과 새로운 혼성 신들은 고향으로 의지할 만한 신화를 아예 가져갈 수 없었다. 세미나가 열리는 동안은 일 년에 한 번씩 시상도 하곤 했다. 상은 가시 복어 모양을 하고 있었는데, 이는 섹스 중독자를, 껴안는 사람마다 독으로 죽이는 복어로 변신시킨 로키의 유명한 일격을 기리기 위함이었다. 복어 상 수상자 중에서도 특히 기억할 만한 하나는, 발작적으로 분노한 나머지 과잉수당을 요구한 건설업자 한 무리를, 그들이 완성하기를 거부한 벽으로 바꾸어버린 하임달(북유럽 신화의 신으로, 아스가르트의 문지기—옮긴이주)에게 돌아갔다. 또 하나는 〈신들을 위한 연기〉라는 원맨쇼에서 공연했던 블라굴론 카파 행성의 배우를, 그 소재에 약간 비판적인 입장을 취했다는 죄로 처벌한 디오니소스의 몫이었다. 주로 극장을 관장하는 신인 디오니소스는 자유분방한 친구라서 웬만하면 연극을 계속 공연하게 두었을 테지만, 자신을 배때기 두드리며 술판을 벌이는 바보로 묘사해놓은 한 장면만은 도저히 용서할 수 없었다. 그 장면과 그 장면을 묘사한 확신에 찬 말투에 디오니소스는 엄청나게 분노해서, 나우톨을 팬터마임 당나귀 옷의 꼬리 부분으로 영원히 변하게 하되 그 앞에 달린 당나귀 엉덩이 두 짝은 그를 가장 맹렬하게 비판한 비평가의 얼굴로 만들어서 영원히 최악의 혹평을 읊어대게 했다. 고전적이라 아니할 수 없다.

신들은 수백만 년 동안 신나게 살아왔다. 수레를 타고 하늘을 백조처럼 우아하게 미끄러져 돌아다니고, 동시에 여러 곳에 모습을 나타내기도 하고, 전지전능하고 어쩌고저쩌고. 하지만 어느새 과학이 신들의 수법을 상당 부분 복제할 수 있는 수준까지 발전하고 말았다. 곡물을 말라죽게 만드는 것쯤은 별로 대단한 일도 아니게 되어버렸다. 허구한 날 처녀들이 출산을 했다. 심지어 시댁과 처가 식구가 아예 필요없고, 자기 자식들이 낯선 사람과 이상한 짓을 하는 걸 부모가 상상하지 않아도 된다는 이유로 처녀 출산을 선호하는 사회도 많았다. 신 일족에 최후의 일격을 가한 사건은, 쇠락해 가는 가문에 감명을 주겠다며 로키의 거인 아들 펜리르가 우주 자전거를 몰고 화이트홀로 뛰어들어간 일이었다. 그 도약 이후로 펜리르의 몸에서 멀쩡하게 남은 건 어금니 하나뿐이었는데, 이는 현재 사가 7의 궤도를 도는 빛나는 유성이 되어 조수에 영향을 준다거나 천리안들에게 애매모호한 메시지를 전달하는 것 외에는 아무것도 할 수 없는 상태다. 신들은 공포에 질렸고(오딘만은 예외였다. 라그나뢰크의 시간이 오면 펜리르가 오딘을 잡아먹을 거라는 예언이 있었기 때문에, 그는 솔직히 낄낄 웃고 싶은 마음이었지만 주먹을 꾹 쥐며 참았다) 필멸의 존재들과 영영 교류하지 않겠다고 맹세하며 고향 세계로 돌아가 은둔하기 시작했다. (실제 문장은 다음과 같다. '죽어야 하는 놈들 따위, 엿이나 먹어!' 하지만 이보다는 역시 '맹세'라든가 '영영', 혹은 '교류' 같은 단어를 포함해야 문장이 좀 신다워진다) 아사 신 일족은 이 맹세를 철저히 지켜, 그들의 세계인 아스가르트를 얼음의 껍데기로 감싸고, 무지개다리 비프뢰스트만 유일하게 접근 가능한 지점으로 남겨 만물을 보는 신 하임달에게 지키게 했다.

방문객들은 환영받지 못했다.

사실 취항하려 시도하는 방문객들은 게걸스럽게 살을 뜯어 먹는 용들, 영혼을 빨아먹는 사이렌 몽마(夢魔)들, 그리고 성기와 가족력에 집중해 사람을 모욕하는 상스러운 노르웨이식 기술인, 플라이팅에 의해 적극적으로 저지당했다.

신들은 인간과는 아예 연을 끊고 살기를 원했다. 특히 심층취재 기자들이나, 무슨 천국의 보상을 찾는 신성한 인간들이라면 특히 더 치를 떨었다. 하지만 아스가르트에서 가장 꺼리는 손님은 은하계 대통령 자포드 비블브락스였으며, 그의 낡은 셔츠는 모든 용들에게 하나씩 나눠주어 냄새를 맡아두도록 하고 있었다.

순수한 마음 호

순수한 마음 호는 총천연색에, 질감도 다양한 모든 곳의 공간을 누비며 날아갔다. 무한 불가능 확률 추진기를 장착한 우주선은 우주 그 자체의 일부가 되었다가, 계기판에 좌표가 입력되면 항성 여행에서 '짜잔'에 해당하는 속도로 정확한 목적지에 선체를 나타나게 만들어 바로 옆 만에 주차한 사람을 기함하게 만들곤 한다. 그러나 그 순간까지는 무슨 일이라도 일어날 수 있다. 특히 절대 일어날 것 같지 않은 일들이 일어날 수 있는 일이 되었다가, 다시 불가능한 일로 돌아가는 과정이 무한 반복되는 것이다.

대부분의 사람들은 불가능 확률 비행 중에는, 주변에서 일어나는 불가능한 일들로부터 정신세계를 보호하기 위해 눈을 감는 쪽을 선호한다. 그러나 자포드는 단 하나도 놓치기 싫어서, 아예 테이프로 눈꺼풀을 붙여 감지 못하게 만들어버렸다.

아스가르트로 향하는 여행길에는 자포드가 제일 좋아하는 가수이자 창녀인 디오나 칼린턴-하우스니가 저승으로부터 뛰쳐나와서 히스테리 같은 가성으로 예언일 가능성이 매우 큰 노래들을 불러주었다.

"오, 자포드, 베이이이이비. 주먹은 떨어지게 되어 있어."

오. 자포드는 생각했다. 내 이름이 노래에 나오네. 프루디한데.

"자포드, 마이 베이이이이비." 디오나가 노래했다. "당신은 저 벽을 올라가야 해."

자포드는 노래에 맞춰 박수를 치려고 했지만, 두 손이 몇 마일 거리에 있었고 두 팔은 우주 공간으로 쫙 늘어나 있었다.

"디오나, 신수가 훤해 보이는데. 솔직히 말해서 아주 멋져. 어디 썩고 그런 데도 없고 말이야. 늘 저승이 그랬으면 하고 바라는 마음이었거든."

디오나는 손 세 개를 골반에 얹고, 네 번째 손으로 마이크를 잡았다.

"내 말을 안 듣는군요, 대통령님."

"별로 듣고 싶지 않아. 이것저것 물어보고 싶지. 자기 있는 데선 서브-에서 채널들 많이 나와? 〈연예인 스토킹〉 너무 재밌더라. 그것도 나와?"

디오나는 연예인 얘기는 손을 휘저어 사양하고, 계속 부르던 노래를 불렀다. "자포드, 베이비. 당신은 그 다리를 건너가야 해요."

"알코올은?"

"그의 비밀 이름이 뭔지 말해요, 자프, 베이비. 그러면 들여보내 줄 거예요."

"어, 알았어. 다리들이라, 뭔들 어때. 그런데 말이야, 진심으로 궁금한 게, 자기 뭐 수술 같은 거 했어? 예전보다 더 예뻐 보이는 거 같아서."

디오나의 눈에서 번쩍 섬광이 비추었다. "당신 할아버지가 나한테 가지 말라고 했어요. '그 아이는 바보란다' 하고 말씀하셨죠. '듣지를 않아, 사람 말을 절대 안 들어'라고."

"그건 암호 같던데." 자포드가 항의했다. "암호는 어려워."

"암호라고! 그건 빌어먹을 어린애 동요였단 말이에요. 아무리 바보라도 알아들을 텐데."

자포드가 얼굴을 찌푸렸다. "벽하고 다리 얘기가 나왔던 거 같은데."

"그리고 비밀 이름도요. 제발 정신 좀 차려요, 대통령님. 이건 중요하다고요."

"거기 무슨 주먹 같은 것도 나오지 않았나? 주먹들이 나오는 건 좋더라. 특히 엄지가 치켜 올려져 있으면. 전에 본 만화에 어떤 멍청한 남자가 엄지로 자기 눈을 찔러서……."

"오, 이런 제기랄." 디오나는 이렇게 말하더니, 자기 모습과 똑같은 얼음 조각상으로 변신했다. 얼음 조각상은 녹으면서 물을 위쪽 천장으로 뚝뚝 흘렸다. 한 방울씩 계기판에 닿을 때마다, 물방울들은 짤랑거리는 '오' 소리를 내며 터졌다.

"저 여자가 노래 하나는 항상 잘했지." 자포드는 이렇게 중얼거리고, 좀 현실에서 있을 법한 일들이 다시 나타나기를 기다렸다.

곧이어 두 가지 새로운 색깔들이 보였는데, 그의 두뇌로는 오로지 '위험하다'와 '교활하고 변덕스럽다'라고밖에 형용할 수가 없었다. 그리고 순수한 마음 호를 거대한 스파이크가 달린 괴물이 쿵쿵 부딪고 있기라도 한 것처럼 우주선 벽에 들쭉날쭉 찌그러진 자국들이 마구 생기는 것이었다.

"우아." 스파이크가 그의 두 다리 사이로 치고 올라오자 자포드가 꽥 소리를 질렀다. "정상성 회복까지 얼마나 남았지, 왼쪽 두뇌?"

왼쪽 두뇌가 주계 기판에 있는 전해질 젤 플라스크에서 튀어 올라왔다.

"이런 환경에서야 누가 알겠어." 금 간 데도 없는 그의 구체에서 젤이 뚝뚝 흘러 떨어지고 있었다. "실제 시간으로는 오 초지만, 꼭 우리한테 익숙한 규칙이나 질서로 일어나라는 법은 없어."

정상성은 작은 조랑말들의 울부짖는 울음소리와 다리를 건너가며 다 같이 구문을 읊조리는 활기찬 해골들의 행렬과 함께 돌아왔다.

"나는 당신을 꿰뚫어 볼 수 있다." 그들은 읊조렸다. "당신은 나를 꿰뚫어 볼 수 있는가?"

그러고 나서 조랑말들과 해골들은 사라지고 다리는 더할 나위 없는 정상으로 돌아왔다. 물론 우주선의 조종사가 선장의 몸에서 떨어져 나간 머리라는 걸 감안했을 때 얘기지만.

자포드는 눈꺼풀에 붙였던 테이프를 잡아 뜯었다. "우리 정상이야, 왼두?"

왼쪽 두뇌는 주 조종실을 확대해서 살펴보고, 기기들에 장착된 다양한 적외선 센서들을 짚어보았다.

"그렇다, 자포드. 불가능 확률 추진기가 나선 회전 하강했고, 우리는 현재 실재 공간에 있다."

"훌륭해." 자포드가 우주선 좌석 벨트를 끄르며 말했다. "가끔은 뭐가 사실인지 아닌지, 차이를 분간하지 못할 때가 있단 말이야."

그는 벌떡 일어서서, 사방을 에워싼 뷰스크린으로 어설프게 걸어갔다. 은빛 장화굽이 세라믹 바닥에 부딪혀 짤랑거렸다.

"좋아. 그러니까 여기 뭐가 있는 거지? 얼음으로 뒤덮인 행성이라. 이건 내가 예상했던 풍경이 아닌데. 아니, 안쪽에서 바라보게 될 줄 알았는데 말이야. 어째서 우리가 장벽 밖에 있는 거지, 왼두? 어, 왜 그런 거야, 왜 그래?"

왼쪽 두뇌는 한쪽 눈의 나사를 돌려 감았는데, 이는 실시간 데이터를 분석할 때 그가 짓는 표정이었다.

"지난번 방문 이후로 아사 신족이 새로운 방호벽을 설치했군."

자포드는 실존주의자의 관념을 실용주의자의 정신 속에 억지로 구겨 넣으려고 애쓰는 좌절한 철학자처럼 허공을 주먹으로 두드렸다.

"수염이나 기르고 음탕한 헬멧을 쓴 저 간교한 불사신들 같으니라고. 방호벽 따위는 불가능 확률 추진기에 통하지 않을 거라고 생각했는데."

왼쪽 두뇌는 잠시 한 단어도 말하지 않고 둥둥 떠서, 일 초에 수백만 개의 연산을 처리하고, 어법을 가다듬고, 불필요한 언어는 다 쳐낸 후 마침내 이 말에 도달했다.

"네가 생각을 했다고? 제발 나 좀 웃기지 마."

자포드는 오해로 인한 뒤-바르타 돌려차기를 시도했으나, 둥둥 떠다니는 구체를 몇 피트는 족히 빗나가 괜히 애꿎은 자기 허리 인대만 바이올린처럼 노래하게 만들고 말았다.

《안내서》 주석 : 비블브락스 대통령의 돌려차기가 오해였던 것은, 뒤-바르타 고대 무술을 개발한 브룹 키드론 서틴의 샬타낙 족이 행복하고 평화를 사랑하는 일족이었기 때문이다. 돌려차기는 식물의 몸에 최대한 충격이 가지 않도록 하면서 덤불에 열린 주플베리를 따기 위해 개발된 기술이었다. 뒤-바르타를 공격적인 이유로 사용하려는 시도는 무조건, 훈련 당시 구호에 내재된 무의식의 조절을 발동시켜 공격자의 몸이 저 혼자 돌아가도록 만든다. 자포드는 주가너깃 상자 뒤에 붙은 홀로그램에서 이 기술을 배웠기 때문에 이런 사실을 알지 못했다.

"그런데 자포드." 안전한 고도로 공중 부양한 왼쪽 두뇌가 말했다. "우리는 완수해야 할 임무가 있어. 보통 때처럼 치졸한 장난이나 칠 때가 아니란 말이야."

"장난칠 시간은 항상 있는 법이야." 자포드는 의자의 받침대를 몸으로 감싸고 태아 자세를 취한 채 끙끙거렸다. "나는 장난치려고 아침에 일어난다고."

왼쪽 두뇌는 이 말이 사실임을 알고 있었지만, 그 이유는 도저히 알 수가 없었다. "그래서 우리가 여기 온 거야, 자포드? 그래야 네가 할 일이 생기니까?"

자포드는 부드럽게 인대를 꼬집어보았다. "나는 자포드 비블브락스야, 왼두. 그리고 내 삶을 보면, 어마어마한 안티 클라이맥스에 부딪치는 건 시간문제일 뿐이지. 최대한 그걸 뒤로 미루는 게 내 목표야."

왼쪽 두뇌는 한쪽 눈을 나사로 돌려 감았다. "그게 문제가 될 거 같지는 않은데. 우리를 겨누고 있는 엄청난 화력을 보니 말이야."

"아주 잘됐어." 삔 인대는 이미 까맣게 잊고 자포드가 말했다.

"합리적인 생존 가능성이라고는 찾아볼 수도 없는 황당무계한 확률 싸움에 맞닥뜨려본 지가 까마득한 것 같군 그래."

"까마득하긴, 너무 짧아서 탈이지." 왼쪽 두뇌는 이렇게 말하더니 걸려오는 전화를 메인 스크린으로 연결했다.

"안 돼." 빛의 신 하임달이 힘주어 말했다.

"하지만 나는 아직⋯⋯."

"안 돼!" 하임달이 되풀이해 말했다. 거대한 대머리가 스크린을 가득 채우고, 두 눈이 가스 거인처럼 시뻘겋게 끓고 있었다.

자포드는 다시 한 번 시도했다. "뭔지도 모르잖⋯⋯."

"안 돼. 안 돼. 안 돼. 뭐든 알고 싶지도 않아, 비블브락스. 안 된다는 게 대답이야. 이제 용들을 풀기 전에 어디 딴데로 '불가능'해서 가버려."

"내 말 좀 끝까지 들어봐요." 자포드가 애원했다.

"안 돼!"

"오 초만. 그렇다고 어디 탈 납니까?"

"안 돼. 네가 무슨 질문을 하든, 답은 안 돼, 하나뿐이야."

자포드는 재빨리 질문을 던졌다. "토르가 집에 있어요?"

"아니, 빌어먹을, 없어!" 하임달은 울부짖었다. 왁스를 바른 콧수염 끝이 파르르 떨렸다.

"정말요?"

아스가르트의 신은 치아를 드러냈다. "사실, 있어. 그래, 집에 있다고. 네놈이 망할 아스가르트에 있잖아, 안 그래?"

"집에 있구나! 그럼 내가……."

"안 돼. 다시 부정문으로 돌아왔어, 친구. 그리고 내가 친구라고
말할 때는, 사실 내장을 뽑아내서 소금을 뿌리고 싶은 지긋지긋한 원수라는
뜻이라고."

"이러지 말아요, 하임달. 오해 같은 건 다 떨쳐버리고 협상을 좀
해봅시다. 이건 중요한 일이라고요."

하임달의 뺨이 어찌나 시뻘겋게 달아올랐는지, 진짜로 머리가 터
져버릴 수도 있을 것 같았다.

"오해라고? 오해……. 제기랄, 돌아버리겠네. 너 배짱 하나 좋구
나, 이 똥거시기 같은 녀석. 쓸개 하나는 쓸개돌 한 바구니를 다 채
울 만큼 뻔뻔해."

《안내서》 주석 : 쓸개돌은 다모그란에서 발견되는 가벼운 회색 자갈돌로, 몹
시 뻔뻔하다.

"과거는 말 그대로 과거, 다 지난 일이니까 제쳐두고 우리 다시
시작하면 어떨까요? 그럴 수 있잖아요, 안 그렇습니까? 우리 둘 다
합리적인 어른들 아닙니까."

"우리야 합리적인 어른이지만, 지금 토르 꼴을 봐야 해. 네놈이
한 짓거리 이후로는 헬멧을 머리에 이고 앉은 신경쇠약자라고."

"그래서 그 친구를 만나야 한다고요. 해명을 해야 되니까."

하임달은 잠시 말을 멈추고 숨쉬기 연습을 하더니, 장갑을 낀 한쪽 손가락들을 호호 불며 얼굴 앞에서 꼼지락거렸다.

"해명을 해?" 그가 마침내 말했다. "해명을 하고 싶다고?"

"그래요, 제가 경이로우신 신님 여러분한테 원하는 건 그거뿐이라고요." 자포드는 시코판타지아(아첨과 환상의 경지라는 뜻의 Sycophant와 Fantasia를 결합한 신조어―옮긴이주)의 아부벌레들이라도 구토물 봉지를 찾을 만한 말투로 이렇게 말했다. "해명하고, 가능하면 제가 이전에 저지른 잘못들을 갚을 기회 말입니다."

"갚는다, 응?" 하임달이 말했다. "갚긴 갚아야 될 거 같다."

"알아요. 그럼요, 갚아야지요. 참회하고 있으니 속죄는 당연합니다."

"너 지금 무슨 수작인지 알겠다." 하임달이 험상궂은 인상을 하며 말했다. "'신'이 약한 데를 건드리는 거지. 내가 누구인 줄 알고 까불어?"

"저는 진지합니다. 이 얼굴을 보세요."

하임달은 두 눈이 스크린을 가득 메울 정도로 허리를 굽혀 가까이 다가왔다. 이 눈들은 보통 사람들의 거짓말에 낀 허튼 지방을 싹싹 썰어내고 그 속에 숨은 진실의 뼈를 찾아낼 수 있었다.

"그럼 좋아, 자포드 비블개자식. 밖으로 나오면 속죄에 대해서 얘기를 하지."

"밖으로 나와요? 우주로? 안 춥습니까?"

"두려워하지 마라, 죽어야 할 존재. 내가 공기 거품을 네게 하사하시겠다."

"그럼 그냥 밖으로 걸어나가요?"

"밖으로 나와, 자포드. 혼자서. 결정할 시간을 일 분 주겠다."

왼쪽 두뇌가 자포드의 어깨 위로 떠올랐다.

"아무래도 가야 될 거 같아." 그가 말했다. "내 걱정은 마. 여기 우주선 안에 있으면 괜찮을 거야. 공기 거품이 무결한 상태를 유지하겠지 뭐."

"네가 확인해볼 수 있어?"

왼쪽 두뇌가 잠시 흘겨보더니, 구체 속에서 번갯불을 번쩍번쩍 비추며 경련을 일으켰다.

"아스가르트 컴퓨터들은 정보를 공유하지 않는 게 틀림없어." 작은 스파이더봇들이 유리를 따라 찰칵거리며 그을린 부분을 잘근잘근 먹고 있었다. "전체 행성에서 밖으로 나온 선이 단 하나도 없어. 저 밖에 나가면, 너는 완전히 혼자야."

자포드는 한숨을 쉬고 코트 매무시를 반듯이 했다. "나 같은 사람들은 말이야, 왼두. 정말로 위대한 사람들. 우리는 항상 혼자이기 마련이야."

왼두가 고개를 끄덕였다. "그 말 괜찮은데, 아직 내가 번갯불 준비가 안 돼서 말이야. 나한테 잠깐만 시간을 주고, 어디 다시 한 번 해봐."

"좋아. 좀 따뜻한 걸로. 그리고 똑바로 머리 위를 비추지는 마. 머리카락이 가늘어 보이니까."

왼쪽 두뇌는 우주선의 조명을 조작해, 자포드의 얼굴에 노란 스포트라이트를 비추었다.

"준비됐어?"

"나의 동기가 무엇이었다고 말할 거야?"

"위대함. 순수하고 희석되지 않은 위대함."

자포드는 심각하게 고개를 끄덕이며, 이 말의 진실을 받아들였다. 그는 손가락으로 탑 모양을 만들면서 천천히 말했다.

"나 같은 사람들은……" 그가 말머리를 꺼내자마자, 왼쪽 두뇌가 튜브를 열어 그를 우주로 날려버렸다.

《안내서》주석 : 신들의 왕조들을 따져보면, 아스가르트의 신인 아사 신족(神族)은 아메바들 중에서 제일 큰 위족 원생동물이라 할 수는 없다. 그들을 찬미하는 세계가 천 개도 안 되니 중간계급 신으로 분류해도 무리는 없을 터이다. 경쟁 관계인 올림포스의 아버지 제우스는 공공연하게 "자기 배꼽에서 아스가르트보다 더 큰 솜털 덩어리를 뽑은 적이 있다"고 자주 공언했지만, 이는 전설적인 오딘의 행성에 대한 질투를 자극하기 위한 시도 그 이상은 아닐 가능성이 적지 않게 높다. 오딘과 제우스는, 제우스가 '인간 형상을 하고 씨앗을 뿌리러' 지구 행성에 내려왔다가 우연히 오딘을 멧돼지로 만들어버린 후부터, 몇 천 년에 걸쳐 '그렇고 그런' 관계로 지내왔다. 그러나 아스가르트의 신들이 올림포스의 신들이나 아니면 몇몇 신생 신——예컨대 레스토랑 체인의 아이콘으로 시작한 '파스타 패스타'(파스타 좀 더 빨리라는 뜻——옮긴이주)라든가——들에 비해 뒤떨어지는 투시 능력을 갖고 있기는 해도, 대중문화에 기여한 공헌도, 특히 무엇보다 그 뿔만으로도 의미가 깊다. 아스가르트의 신들은 그 뿔로 의례용 헬멧을 장식하고, 음악을 창조하며, 무엇보다 맥주를 채운다. 과학자들은, 그들 사전에 '맥주 한 뿔 생각 있어요?'라는 구문이 없었다면 격변의 행성 전쟁기에 아예 생겨나지도 못했을 세계들이 여럿 될 거라고 주장한다.

빛의 신 하임달은 칠흑 같은 진공에서 자포드가 허우적거리는 걸 이십구 초 동안 보고 있다가 공기 요요를 슬슬 풀어내어 그를 안전하게 구해냈다. 그 이십구 초 동안 자포드 비블브락스는 선호하는 방식대로 생각들을 곧장 우주로 전송하지 못하고, 하는 수 없이 자기 머릿속에서 굴려보아야 했다. 일탈로 점철된 사색은 흔히 인용되는 '비블브락스 내면의 독백'을 낳았는데, 여기에는 출간된 판본이 두 가지 있다. 자포드가 작가 울론 콜루피드의 장원에서 일주일을 보내고 나서 저술한 공식적 판본과, 왼쪽 두뇌가 텔레파시로 수신해 자기 회고록인 《어항 속의 삶》에 포함시킨 비공식적 판본이다. 어느 쪽이 정확한지 여러분 스스로 판단할 수 있도록 여기 두 가지 판본 모두를 옮겨놓는다.

공식 판본 :

그리하여 절명의 순간이 임했다. 이토록 쓰라리게 아픈 내 마음은 내 일신 때문이 아니요, 자포드 비블브락스를 알게 되는 황홀경을 거부당한 사람들 때문이다. 사람들은 그 이름을 알아보리라. 비블브락스는 그 짧은 존재 기간 동안 몇 가지 소소한 일들을 이룩했다고. 내가 어떻게 기억될까? 아마도 초

신성으로서가 아닐까. 밤하늘을 불태우는 천체, 암흑 속의 빛, 얼굴에 그 열기를 받아본 이들에게 한순간이나마 경이와, 어쩌면 희망까지 허락해주었던 별빛. 이거면 충분할 터이다. 세상에는 내 어깨에 찬사를 쌓아 올리며, 내가 예언자이고 혁명가이며 여성들을 지극히 만족시켰던 위인이라 찬양하는 사람들도 있다. 정중하고도 겸손하게 그 찬사들을 받아들이겠지만, 내 묘비명을 내 손으로 고를 수 있다면, 그저 자포드 비블브락스는 세상 모든 사람을 놀라게 했다고만 쓰고 싶다. 물론 좋은 의미로.

그리고 비공식적 판본 :

　아, 제기랄……큰일……큰일……크ㅇㅇㅇㅇㅇ은일이닷! 사방이 우주인데, 공기가 없어! 머리카락이 주저앉을 거야. 중력 제로 상태에서는 항상 얼굴이 부었는데. 하임달, 이 지독한 개자식. 어, 저거 얼음공이잖아. 스무디, 반짝거리네, 핥아먹고 싶다. 내가 무슨 속옷을 입고 있더라? 부검할지도 모르니까, 그런 걸 미리 생각할 필요가 있어. 물 빼는 장치가 잘 달린 새 거였으면 좋겠는데. 포드, 너 이 자식. 너는 프루디했어. 우리는 같이 프루디했어. 하지만 내가 약간 더 프루디했지. 이건 큰 기사로 보도되겠지. 은하계 대통령이 제 머리에 의해 에어락 밖으로 내던져지는 일이 허구한 날 일어나는 건 아니니까.

　세 번째 판본도 있다. 자포드의 의식 표면 바로 밑을 명멸한 생각이었다. 왼쪽 두뇌는 이 생각을 듣지 못했고, 자포드는 기억하지 못했다.

그리하여, 자포드의 숨겨진 인격이 내면적으로 독백을 했다. 숨을 참지 않았기 때문에, 폐 손상은 없겠지만, 그렇다고 산소가 박탈된 혈액이 두뇌에 도착할 때까지 시간이 일 분의 반도 남지 않았다는 사실이 달라지지는 않지. 내게 주어진 시간을 훨씬 더 잘 쓸 수 있었는데…….

아스가르트

빛의 신은 자포드가 경련하는 것을, 만물을 보는 두 눈으로 지켜보며 적지 않은 만족감을 느꼈다. 그는 아스가르트와 나머지 우주를 이어주는 현관인 비프뢰스트 입구에 서서, 토르의 옛날 매니저를 구해줄 건지 죽게 내버려둘 건지 선택해야 할 순간까지 카운트다운을 하고 있었다.

선택이라고 할 것도 없어 보였다. 하임달은 전반적으로 (전설에 나오는 고귀한 지구르트만 빼고) 인간들을 싫어했고 특히 비블브락스는 더 싫어했지만, 아스가르트 근처에서 사람을 죽게 방치하면 오딘이 인상을 쓸 게 틀림없었다. 순교자들은 보통 영원히 사는 경향이 있기 때문이었다. 그들은 사실 이미 죽었기 때문에, 아이러니하지 않을 수 없다. 아니, 어쩌면 아이러니가 아니라 패러독스인지도 모른다. 로키가 자기를 무안 주려고 할 때 툭툭 던지는 그런 헷갈리는 말들. 하임달은 군인이라, 쓸데없는 단어들로 두뇌를 꽉꽉 채우지 않았다. 사냥, 죽이고, 태우고, 껍질 벗기고. 이런 말들이 그가 좋아하는 단어였다. 특히 '껍질 벗기기'가 좋았는데, 일상적 대화에 넣어 쓰기에는 어려움이 있었다.

하임달은 잠시 입술을 비죽 내밀고 있더니, 라그나뢰크를 예고하는 전설의 걀라르호른(하임달이 지닌 전설적인 뿔피리로, 신들의 운명의 날 라그나뢰크를 예고한다고 함—옮긴이주) 끝으로 음침한 플라스마 끈 한 줄을 파동 치게 해서 내보냈다. 별생각 없이 보는 사람들 눈에는 걀라르호른이 평범한 이십 피트 길이의 낡은 노르웨이산 '외치는 뿔피리'로 보일지 모른다. 하지만 신의 손에 들어가면 엄청난 힘을 지닌 연장이 되고, 또한 맥주 마시기 대회에서 크나큰 쓸모를 자랑하는 용기가 되곤 했다.

플라스마 끈 끝에는 공기 거품 한 개가 달려 있었는데, 하임달은 그걸 사용해 자포드를 낚을 때까지 우주에서 플라이 낚시를 했다. 플라스마 껍질은 그 끝에 달린 호흡 가능한 공기 속으로 초조하게 유영해 들어갈 베텔게우스인에게는 상당히 큰 충격이 되겠지만, 하임달은 그 점을 전혀 걱정하지 않았다. 자포드 비블브락스의 고통에 관한 한 신의 유일한 관심사는, 가까운 미래에——그리고 오딘한테 타임패스를 얻을 경우 가까운 과거에도——최대한 큰 고통을 선사하고 말겠다는 것뿐이었으니까.

그는 자포드를 릴로 끌어당겨 무지개다리에 내려놓았다.

《안내서》 주석 : '무지개다리'라는 용어는 신들이 전반적으로 수사학과 허세에 사족을 못 쓴다는 걸 잘 보여주는 일례다. 오시리스는 그냥 독감에 걸려서 몇 주 옆으로 픽 쓰러져 있었던 게 아니라, 죽었다가 다시 살아났다. 아프로디테는 가슴이 확 패인 블라우스들로 가득한 옷장을 갖고 있었고, 음담패설을 한도 끝도 없이 알고 있었을 뿐 아니라, 온 세상 남자들에게 불가항력의 매력을 풍겼다. 그리고 무지개다리는 그저 얼음과 강철로 만든 환상적인 공법의 현수교가 아니라, 아사 신족의 표현을 빌리자면, 진짜 무지개로 된 다리였다.

자포드는 플라스마가 증발할 때까지 일 분 더 허우적거리다가, 충전된 껍질 속으로 들어오는 와중에 은빛 장화굽이 녹아 없어졌다는 걸 알고 신음했다.

"아, 너무하네." 그는 탄식했다. "이 굽을 만드느라 은색 세 치 혀 악마들의 세 치 혀가 몇 개나 들었는지 알아요? 내 인생 최악의 날이야, 진짜."

하임달이 그의 머리 위에 나타났다. 흐뭇한 웃음을 짓느라, 신의 입이 몇 야드 넓이로 찢어졌다.

"그 말을 들으니 기쁘군."

"저 '무지개'다리는 얼음과 강철로 만들었잖아요." 자포드가 장화굽에 대한 치졸한 복수로 말했다.

"정숙!" 하임달이 포효했다. "아니면 네 껍질을 벗겨버리겠다!"

"난 벌써 겁먹었는데."(껍질을 벗기다라는 의미의 flayed와 겁먹다는 의미의 afraid를 가지고 하는 말장난—옮긴이주)

"아니, 겁먹으라는 게 아니라."

"겁을 먹으라는 거야, 말라는 거야. 마음을 좀 정하쇼."

"껍질을 벗긴다고 했어! 벗긴다고! 껍질을 네 몸에서 발라버린다고!"

자포드는 희극적으로 딸꾹질을 했다. "이제 겁을 확 먹었네. 그래도 됩니까?"

하임달은 자기 코를 꼬집으며 조용히 〈볼숭가 사가〉(《니벨룽의 반지》 제2부 〈발퀴레〉의 원작이 되는, 북유럽 신화에 근거한 아이슬란드 영웅 전설—옮긴이주)의 일 절을 낭송했다. 보통은 그러면 마음이 가라앉곤 했는데, 이번에는 지구르트의 모험담들마저 그의 쿵쾅거리는 심장을 달래주지 못했다.

하임달이 시를 읊고 있는 사이, 자포드는 장화굽의 상실을 벌써 다 처리하고, 그에게는 랭글해야 할 더 큰 포룸이 있다는 결론을 내렸다. 벌떡 일어난 그는 곧장 옆으로 넘어졌고, 넘어진 창피함을 상쇄하려 뒤로 재주넘기를 했다가 다시 똑바로 서서, 일 초 정도 잰걸음으로 돌아다니며 굽이 없는 굽 높은 구두에 잘 어울리는 걸음걸이를 찾아내어, 신이 난 나머지 삼백육십도로 돌았다.

"와우." 그는 결론을 내렸다. "이 말씀은 드려야겠는데, 하임달. 여러분이 사는 세계 완전히 후끼하네요. 진짜 와우라니까요. 저거 폭포인가요? 얼마나 큰데요?"

하임달은 대답하기 전에 마지막으로 한 번 더 시를 읊조려 보았다. "꼭 알아야 하는 건지 모르겠지만, 저건 젊음의 샘물이야. 프리가(오딘의 아내이자 대지의 여신—옮긴이주)가 물로 된 장식을 좋아하지."

"그거 훌륭한데요. 조경 원예라. 그거야말로 미래가 창창하죠."

"아니, 그렇지 않아." 하임달이 침울하게 말했다. "라그나뢰크가 미래야. 신들은 멸족되고, 우주는 피에 빠져 죽을 거야."

자포드는 고개를 주억거렸다. "그거야말로 볼 만한 샘물이겠는데요. 하지만 지금은 그냥 긍정적으로 삽시다. 예, 거인 씨? 우리는 아직 피에 빠져 죽지 않고 살아 있잖아요."

하임달은 정말 거인이었다. 특히 바로 아래에서 보면 더 그랬다. 신의 사타구니를 올려다보는 일은, 낮은 자존감의 결여에 기적적인 효능을 보일 수 있다. 특히 사타구니 윤곽이 빨간색과 네온 블루 줄무늬의 스키 점프수트 레깅스로 탄탄하게 조여져 있다면 더욱 그러했다. 하임달은 얼음 위에서 밤낮을 보내야 했기 때문에 역할에 맞는 옷차림을 하기로 마음먹은 것 같았다. 전통적인 거대한 레깅스는 제쳐두고 스노보드 장화를 선택했을 뿐 아니라, 이마에는 오렌지색 유리 스키고글이 얹혀 있고, 코에는 선블럭 크림 줄무늬가 있었다.

"그러니까요. 재촉하고 싶지는 않지만, 있잖아요, 제 오랜 친구 토르 말입니다. 만에 하나 길을 좀 비켜주셔서 제가 그 친구를 만나게 들여보내 주시면 안 될까요?"

묵시록을 바라보던 하임달의 시야는 흐릿해졌고, 그는 자포드를 빤히 내려다보았다.

"속죄, 네가 말했잖아. 속죄를 하고 싶다고."

자포드는 사람을 무장해제시키는 그 최고의 미소를 얼굴에 덕지덕지 발랐다. "뭐, 저야 그렇게 말하겠죠, 안 그래요? 저 자신을 변호하자면, 한마디도 진심이 아니었어요. 부담이 너무 심했다고요."

"절차는 다 알잖아, 자포드."

"과업은 안 돼요! 이러지 말아요, 하임달. 그건 너무 구세계적이잖아요. 이젠 그쪽들도 좀 시대와 보조를 맞추는 줄 알았더니."

"아스가르트는 변하지 않아."

"저 샘물 장식은요? 지난번에 왔을 때는 없었는데."

"의미심장하게 말이야. 아스가르트는 '의미심장하게' 변하지는 않아. 세 가지 과업이야, 비블브락스. 정말로 대화를 하고 싶다면 말이지."

"세 가지나! 세 개나 할 시간 없어요. 당신네들이 주는 과업은 주구장창 시간이 걸린다고요. 한 개만 할래요."

"세 개." 하임달이 우겼다. 눈알이 안구에서 튀어나오다시피 했다.

"하나!" 자포드가 되풀이했다.

"그만둬, 차라리 그냥 네놈을 죽여버리고 말겠다."

자포드는 생물학적 뒷굽을 축으로 뒤로 흔들 기울어졌다가, 한 발짝 앞으로 흔들거렸다. "허풍 떠는 거 다 알아요, 거인 형씨. 여기 규칙은 나도 안다고. 저 오 형님(오딘─옮긴이주) 말씀이 안 떨어지면 아스가르트에서 사람이 죽어 나자빠지는 일은 없단 말이지."

"성질 건드리지 마. 오딘을 불러올 수도 있으니까."

"그래? 왜 안 부르는데요? 오딘은 문지기들한테는 연락처를 안주나?"

하임달은 어마어마하게 큰 머리를 흔들었다. "그러지 마, 비블거시기. 그분을 부르게 만들지 말라고. 널 별로 좋아하지 않으신다."

"불러요, 어서요. 하지만 그럴 리가 없어, 그 사람은 넘버원이고 당신은……아니 번호도 없잖아요. 오딘이 달콤한 꿀술 한 뿔을 즐기고 있는데 괜히 불렀다가 잔이라도 떨어뜨리면, 아이고 제기랄, 그대로 라그나뢰크네."

하임달은 유도탄만큼 큰 손가락으로 그를 가리켰다. "맞아. 됐어. 불러야겠어."

"진짜로? 그냥 나한테 말만 하는 거 같은데요. 입은 파닥파닥 살아 움직이는데, 숫자 버튼 누르는 소리가 안 들리네."

"이건 네놈 목으로 책임지는 거야, 자포드." 신이 내뱉었다. "나는 그저 세 가지 과업을 하라고 했을 뿐이야. 최대한으로 친대도 네 가지." 그가 뿔피리를 흔들자, 뿔피리는 착착 접히더니 손바닥 안에 깔끔하게 들어갈 정도로 작아졌다. "이걸로 엎질러졌어. 돌이킬 길도 없어."

"지금 하는 소리가 다 버펄로 비스킷이면 돌이킬 길도 있겠지요, 뭐."

"버펄로!"

점액에 든 값비싼 약물 때문에 목구멍을 간질임 당하는 폴광간의 점액 흰 담비의 목멘 소리로 하임달이 꾸르륵거렸다. "버펄로 비스킷이라고 했겠다!" 그는 뿔피리의 키패드를 마구 두드리더니 몇 초간 신호가 가는 사이 콧노래를 불렀다.

"넵, 여보세요. 오딘, 접니다." 그가 뿔피리에 대고 말했다.

하임달은 눈을 꼭 감고 신들의 아버지가 던지는 몇 초간의 욕설을 꾹 참았다.

"알았어요. 죄송합니다. 황금 플랑크톤 덩어리를 자시고 계신다는 건 잘 알고 있어요. 꿀술 얼룩이 어떤지도 압니다. 저, 셔츠를 얼려보세요. 그러면 얼룩이 곧장 지워진답니다. 그런데 저기요, 여기 누가 와 있는데요, 필사의 존재입죠. 허락을 해주시면 그냥 죽이고 싶은데요."

더 심하게 쏟아지는 욕설. 자포드는 전화기에서 십 피트 아래에 있는데도 말투를 알아들을 수 있었다.

"네, 잘 알고 있습니다……우리 정책도 잘 알고요……물론 공문은 읽었지요……핵심 요약 부분들은요…….”

자포드는 자기가 등장하지 않는 상황이 지속되자 벌써 지겨워져서, 대화에 흥미를 잃고 정신을 팔며 부유하고 있었다. 어린 시절, 자포드는 'ADHDDAAADHD (ntm) ABT'라는 병명을 진단받았다. 이는 Always Dreaming His Dopey Days Away, Also Attention Deficit Hyperflatulence Disorder (not to mention) A Bit Thick의 약자로, "항상 멍청한 나날을 백일몽으로 보내며, 또한 주의력 결핍 과잉자신감 행동장애에 (두말할 것도 없이) 약간 머리가 나쁨"이라는 뜻이다. 어른이 되어서도 자포드는 이 만성질환을 조절하지 못하고 있었는데, 그 이유는 도저히 자기가 무슨 병인지 외울 수가 없었기 때문이다.

D가 몇 개 있던데. 그는 에로티콘 제6행성의 약 담당자에게 말했다. H도 하나 있는 거 같기도 하고. 그렇게 해서 처방받은 게 DDH 연고였다. 'Double Dose Haemorrhoids', 즉 두 배 강도의 치질 약이었다. 자포드는 연고를 며칠 써보다가, 그게 계속 서 있는 바람에 그만두었다.

그래서 하임달과 오딘이 임박한 자기 미래를 논하고 있는데다 그 속에 엄청난 불편이 도사리고 있는데도, 자포드는 자기도 모르게 아스가르트의 반짝거리는 조명에 정신을 팔고 있었다. 그건 놀라운 광경이었다. 심지어 망망하고 경이로운 우주의 반짝반짝함에 익숙한 사람에게도 마찬가지였다.

크기로 보면 아스가르트는 메가브랜티스 델타에 비할 바가 아니었지만, 그곳에 있는 것들은 굉장한 인상을 남겼다. 일단, 전체가 '얼음으로 뒤덮여 있다'는 것부터가 놀라웠고, 그 덕분에 표면 전체에 깜박이는 은청색 빛의 쇼가 진행되고 있었다. 행성 표면에 흩어져 있는 특유의 극적인 지형들은 마그라테아인들마저 산업스파이 노릇을 하게 만들 정도였다. 힘차게 콸콸 흐르는 강물, 정상에 만년설이 쌓인 드높은 산들, 트위터플리터 새의 심전도처럼 복잡한 피오르드. 반들반들 빛나는 빙원이 말도 안 되게 황금빛 옥수수 밭이랑을 따라 펼쳐지고, 어느 항성에서 오는지도 알 수 없는 햇살을 함빡 받고 있었다. 높이 치솟은 성들은 구름을 가르고, 용들이 포탑 주위에 똬리를 틀고 있었다. 그건 꿈의 세계였다. 꿈꾸는 사람은 어른답게 행동할 필요가 없었던, 테스토스테론 숏구치는 남자들일 경우에 말이지만.

하임달이 뭐라고 말하고 있었다.

"으으음?" 자포드가 말했다.

"그린라이트를 받았다." 신이 행복하게 미소를 지으며 말했다.

"무슨 그린라이트? 그린라이트를 어디다 쓰시려고?"

"그건 그냥 하는 말이야. 그린라이트는 간다는 뜻이야."

"어딜 가는데요?"

"아무 데도. 난 아무 데도 가지 않아."

"그런데 그린라이트가 왜 필요한데요?"

하임달이 자기 코를 꼬집었다. "포르트 지구르트가 강대한 족장 하이미르의 처소에 도달하다. 그의 아내의 누이는 브륀힐트로, 집에서 머무르며 여인의 일을 배울 때는 베크힐트라는 이름으로도 불렸다. 브륀힐트는 전쟁에 따라 나섰기 때문에, 그럴 때는 브륀힐트라고 불렸다."(〈볼숭가 사가〉 제1절─옮긴이주)

"그렇군요." 자포드는 미친 척 위장을 해서 슬쩍 어떻게 다리를 건너볼 수 없을까 생각하며 말했다.

마치 그의 마음을 읽기라도 하는 것처럼, 아니 어쩌면 정말 마음을 읽을 수 있는지도 모르겠다. 아무튼 하임달은 테두리에 털 장식이 달린 거대한 장화로 그의 길을 가로막았다.

"오딘에게 네놈이라고 말했다."

자포드는 갑자기 전보다 약간 불안해졌다. "그랬더니 뭐라고 하던가요?"

"너는 유명한 공인이니까, 좀 헛갈리게 죽이라고 하더군."

"헛갈리게?"

하임달은 허리를 푹 꺾으면서, 갈라르호른을 흔들어 원래의 길이가 되게 만들었다.

"흔드니까 원래 길이로 돌아가는군요." 자포드가 그걸 알아보았다.

"용들을 부르려고 해."

"그래서 용들한테 날 헛갈리게 죽이라고 한다 이거죠." 자포드가 요약했다.

하임달의 득의양양한 웃음은 초승달처럼 넓고도 넓었다. "그래, 맞았어, 비틀팍스. 그 친구들에게 너를 사고로 죽인 다음에 살인처럼 보이게 위장하라고 할 셈이야."

"오." 자포드가 말했다. "내가 과업을 수행하는 건 어때요? 내가 찾아줘야 되는 황금 도끼 같은 게 어디 있을 텐데."

"넌 딱 한 가지 과업을 원했잖아." 하임달이 말했다. "그래서 딱 한 가지만 주려고 해."

자포드는 손을 호호 불었다. "좋아요. 멋지네요. 그럼 좀 빨리 진행하면 안 됩니까? 이러다 얼어죽겠어요. 여분의 목구멍으로 추위가 진짜로 느껴지는데, 우연찮게도 그게 제 다음 앨범 제목이네요."

"간단한 과업이야." 하임달이 천진하게 말했다. "너는 그냥 다리를 건너면 돼."

다리를 건넌다. 자포드는 생각했다. 이거 어디서 많이 들어본 말인데. 하기는, 다리라는 건 워낙 흔한 말이긴 하지. 그리고 은유적인 의미로 쓰일 때도 많고.

"어느 다리요?"

"이 다리!" 하임달이 포효하자, 수염이 파르르 떨렸다. "네가 지금 서 있는 이 빌어먹을 다리 말이야."

"좋아요. 그냥 세부사항들이 맞나 확인해봤을 뿐이에요. 지금 딛고 서 있는 다리를 건넌다. 딴 건 없어요?"

"인공 대기의 튜브가 있어서 공중에 표류하지는 않을 거야. 첫 번째 벽까지 가면 그 벽을 기어올라가야 해."

그 벽을 기어올라가야 한다. 어디서 많이 들었는데. 하지만 '벽'이라는 단어는 심지어 '다리'보다 더 흔하잖아.

"그러니까, 다리를 건너요. 알았습니다. 그리고 숨겨진 함정 같은 건 없나요?"

"네놈을 심연으로 떨어뜨리려고 날뛰는 용들 말고 말이야? 없어."

자포드는 얼굴을 찌푸렸다. "그러니까 용들이 별로 우호적이지 않군요. 애들 동화에 나오는 것처럼 노래 부르고 뭐 그러진 않나 봐요."

"죽음의 비가는 부르지."

"정말요? '껍질 벗기다'하고 각운이 맞는 가사로 말입니까?"

자포드로서는 흔치 않게 지적인 유머가, 가히 최악의 상황에 작렬하고 말았다.

"오, 아주 좋아. 방금 유리한 스타트를 끊을 기회를 십 초 까먹었군."

하임달은 영웅적인 자세를 취했다. 기괴한 스키복을 차려입은 사람으로서는 쉽지 않은 일이었지만, 공정하게 말해서 신은 꽤나 폼이 났다. 그는 호른을 높이 들어 길게 물결치는 일련의 음을 불었다. 그 소리는 수상쩍다 싶을 정도로 오랜 베텔게우스 동요인 〈아클 슈마클(동요 〈험프티 덤프티Humpty-Dumpty〉의 패러디다─옮긴이주)이 슈메드에 앉았네〉와 비슷하게 들렸지만, 반음 정도 훨씬 더 폭력적인 느낌을 품고 있었다.

자포드는 두 번째 목이 있던 자리의 흉터 조직이 갑자기 송연해지는 느낌을 받았다. 그는 얼마 전까지만 해도 은빛 굽이 반짝거리던 자리를 축으로 빙글 돌아서, 소위 무지개다리를 건너는 인공 대기의 튜브를 따라 쏜살같이 달리기 시작했다.

보고 뷰로크루저 클래스 초공간 우주선
비즈니스 엔드 호

콘스턴트 모운이 자택 사무실에 있는 초공간 요람에 앉아서 부들부들 떠는 사이, 비즈니스 엔드 호는 술 취한 베텔게우스인 기자가 방광을 비우고 편리한 덤불에서 비틀거리며 걸어 나오는 것과 상당히 비슷한 방식으로 초공간 밖으로 비틀거리며 나왔다. (방광을 비웠다는 건 물론 덤불이 아니라 기자 말이지만, 덤불이 행여 하우히 관목이라면 얘기는 다르다. 하우히 관목은 잎사귀가 습기를 감지하는 순간, 씨앗을 약산성 용액에 싸서 분출하기 때문이다. 본질만 놓고 보면, 당신이 나무에 오줌을 싸면 나무도 당신한테 오줌을 싼다.)

점프가 여덟 번 남았어. 모운은 생각했다. **그러고 나면 또 다른 종족을 박멸해야 해.**

그리고 진실을 말하자면, 그 생각을 하면 응당 느껴야 하는 만족감이 느껴지질 않았다. 물론 보고인에게 집행 명령 파일을 닫는 것보다 더 큰 기쁨은 없지만, 콘스턴트 모운은 아버지가 생각하고 싶어 하는 것처럼 그렇게 철저한 개자식이 아닌 모양이었다. 사실 최근 몇 달 동안 모운은 몇몇 불쾌한 임무들을 수행하기 위해 필요한 터프한 보고인의 핵을 찾아 자기 내면을 탐색해 보았지만, 찾아낸 건 강단과 크룸프스트가 아니라 감수성과 심지어 공감의 능력이었다. 끔찍하고, 참담했다. 생각하는 호리병 속에서 찌꺼기처럼 차오르는 것 같은 이 흐물흐물한 감정들을 지니고서야, 어떻게 콘스턴트에서 프로스테트닉이 될 것인가?

프로스테트닉이 되고 싶지 않아. 심지어 집행 관료가 되고 싶지도 않아.

아, 물론 모운은 조종실에서는 훌륭한 보고인답게 굴었다. 아빠에게 경례를 하느라 작은 스파게티 같은 팔을 휘젓기도 하고, 불필요하게 고통스러운 느릿느릿한 죽음 유도탄들을 찬양하기도 하고. 그러나 그런 것들은 그의 피를 뛰게 하지 못했다.

그 누구도 죽기 싫지 않아. 아무리 제대로 된 서류 작업이 있다 해도.

모운은 다음 생각을 추스르기 전에 몇 번 깊은 심호흡을 해야만 했다.

세상에는 서류보다 더 중요한 일들이 있어.

그는 큰 소리로 말했다.

"서류보다 더 중요한 일들이 있다고!"

느닷없이 모운의 목구멍에 담즙이 올라왔지만, 어린 보고인은 흥분한 나머지 즐길 수가 없었다. 모운은 초공간 요람에서 굴러 떨어져서 침대 옆 식기 건조대를 따라가 간신히 침을 뱉을 침 컵을 찾아냈다.

좀 낫네.

정말 그 말을 큰 소리로 내뱉었단 말인가? 대체 그에게 무슨 일이 일어나고 있는 거지?

모운은 부드럽게 몸을 낮춰 침상에 앉았는데, 이는 동료 선원들을 완전히 기함해 나자빠지게 만들 행동이었다. 보고인들은 일반적으로 어디에 몸을 부드럽게 낮추고 어쩌고 할 게 없었다. 어색하게 털썩 몸을 던지든가 굴욕적으로 쓰러지든가, 이 둘 중 하나가 주로 보고인들이 선택할 수 있는 주된 대안이었다. 다시 일어나는 건 앉는 것보다 심지어 더 어려웠다. 술집 카운터 의자보다 더 낮은 데서 일어나려면, 대체로 미골 타박상, 복잡한 기중기 시스템, 그리고 몇 파인트의 침을 튀기는 욕설이 연루되어야 했다. 그러나 모운에게는 보고인들이 이제까지 듣도 보도 못한 무언가가 있었다. 모운에게는 티끌만큼의 품위가 있었던 것이다.

모운은 매트리스 라이닝 밑에서 손가락 두세 개를 꼼지락거리더니 작은 핑크색 밀수품 하나를 꺼냈다. 그는 부드러운 허벅지 밑에 그 물품을 슬쩍 밀어넣고 몇 초 동안 불안하게 구르릉거리며, 그 물건을 꺼내놓을 크룸프스트를 모았다.

"이게 마지막이야." 그는 스스로에게 약속했다. "한 번 보고 나면, 싹 없애버릴 거야. 절대 다시는 보지 않겠어. 이번이 맹세코 마지막이야."

나를 봐요, 라고 분홍색 물건이 말했다. 홀태 바지 천을 통해 따스한 온기가 전해져 왔다. 나를 보고 당신 자신을 봐요.

모운의 손가락들이 프레임을 톡톡 두들기더니 갑자기 불끈 용기가 솟는 듯 플라스틱 손잡이를 잡고 휙 꺼냈다.

그 물품은 플라스틱으로 된 바비 인형 손거울이었다. 포트 브라스타의 싸구려 장난감 시장에서 산 것이었다. 진품 지구 기념물이었다. 거울은 선내 반입 금지 물품이었는데, 그 이유는 보고인들에게는 윤나는 유리에 비친 제 상판대기를 보지 않아도 충분히 우울할 일이 많기 때문이었다.

《안내서》주석 : 보고인들은 죽을 때까지 결연히 외부성찰에 매달림으로써 생존한다. 시작(詩作)의 예술을 오만하게 건드려 보는 정도일 뿐, 대부분의 보고인들은 최대한 이목을 다른 종에 집중하려고 한다. 그들 자신의 다양한 육체적, 정신적 결함을 오래 생각하지 않아도 되기 때문이다. 보고인들은 결코 공중 부양 탱크에서 시간을 보내지 않고, 스팀 통나무집에서 명상도 하지 않으며, 그 무엇보다 당연히, 사마귀투성이인 기형의 자기 얼굴을 거울에 비쳐 쳐다보는 일은 결코 하지 않는다. 보고인의 행성 철거 명령을 성공적으로 전복한 유일한 종족은 시누스트라 행성의 투바빅스인이다. 그들은 보고 선단에다가 재 포맷 스크린 바이러스를 보내 모든 모니터를 거울로 바꾸었다. 바이러스를 업로드하고 오 분이 지난 후, 보고인들은 서로에게 유도탄을 겨누기 시작했다.

모운은 거울에 비친 자기 모습을 보고도, 그 어떤 혐오감도 느끼지 못했다. 사실 눈에 보이는 영상이 마음에 들었다.

오, 이럴 수가. 그는 생각했다. 나한테 무슨 일이 벌어지고 있는 거지?

모운에게는 이미 무슨 일이 벌어져 있었다. 몇 달 전, 그의 아침식사 죽 덩어리가 독버섯 만다린 촉수 끝에 교차 감염되었고, 그것이 딱 적당한 엔테오젠 맹독을 모운의 신체에 방출해 그로 하여금 이미 스스로도 의심하고 있던 사실을 인정하도록 촉구했던 것이다.

나는 나 자신을 미워하지 않아.

이것은 한 사람의 보고인으로서 이단적인, 아니 적어도 혁명적인 사상이었고, 모운이 정신감정에서 이를 시인한다면 관료주의 군단에서 추방당할 만한 사유가 되었다. 관료주의 군단에 정신감정이라는 것이 있다면 말이지만.

콘스턴트 모운은 최근 들어 그냥 생각을 품고 있는 데서 그치지 않고 훨씬 더 많은 일들을 하고 있었다.

"나는 나 자신을 증오하지 않아." 그는 거울에 대고 속삭였다. "여러 가지 면에서 나는 그렇게까지 나쁘지는 않아."

그리고 모운이 자신을 증오하지 않는다면, 그는 우주에 무엇을 투사해야 하는 것일까? 꼭 사랑이 아니라도, 분명 훨씬 붙임성 있고 약화된 버전이리라.

나는 스스로를 좋아하니까 어쩌면, 아마도, 다른 사람들도 나를 좋아할지 몰라.

"내가 먼저 그들을 죽이지 않는다면 말이지." 모운은 거울에 비친 자신의 상을 보고 침울하게 말했다.

지구인들이 한 번 삭제되는 걸 보는 것만도 그에게는 고통스러운 일이었다. 또다시 같은 일이 일어난다면, 그는 자기 자신을 증오하는 경지에 도달할지도 모를 일이었다.

모운은 조그만 거울을 손가락으로 꼭 감싸 쥐었다.

무슨 방법이 있을 거야. 그는 생각했다. 지구인들을 구하면서, 내가 유도탄 튜브로 방출 당하지 않을 수 있는 길이 틀림없이 있을 거야.

ㄱ

탕그리스니르 호

와우배거의 우주선은 현실의 우주로부터 어두운 공간의 신비한 편재층으로 적색 이동했다. 현창 밖으로 보이는 풍경이 너무나 철저하게 낯설었기 때문에, 평범한 존재는 겨우 몇 초 밖에 견디지 못하고 강경증(강요된 자세를 오래 취하고 있다가 근육을 움직이지 못하게 되는 긴장병성 혼미의 일종―옮긴이주)에 빠지거나, 현실의 풍경 대신 그 상상을 하는 사람에 대해 많은 걸 알려주는 쾌락적 상상과 대치하게 된다.

포드 프리펙트는 실제로 얼굴을 붉혔다.

"구우즈나르흐!" 그는 가방으로 현창 하나를 가리며 꽥 소리를 질렀다. "내가 살면서 낮에도 그렇지만 밤에도 꽤 여러 가지를 봤는데…… 저기 바로 저거…… 저건……." 그러더니 그는 조종석에서 달려나갔다. 사나이가 살아가다 보면 풍경을 논하는 것보다 혼자 있는 게 훨씬 나을 때가 있는 법이라고 결심했던 것이다. 아무래도 눈앞에 보이는 저 풍경은 자기 마음속 후미진 뒤쪽에서 나온 게 아닐까 의심스러웠다. 특히 어느 겨울 오후 카니-발 육류 페스티벌 당시 그가 폴로-곰으로 차려입고 층층이 쌓인 의자들 사이에 꼼짝달싹 못하게 갇혀 있다가, 꽥꽥거리는 다리가 셋 달린 학생 지방 흡입자들한테 구출되었던 그때 생겨난 후미진 구석인 것 같았다. 그때 그 학생들은 정말 괴상한 보상을 요구했었다.

"저 사람 왜 저래요?" 랜덤이 물었다. "내 눈에는 아무것도 안 보이고, 또 아무것도 안 보이는데. 정말 영원히 하나도 볼 게 없네."

"넌 운이 좋은 거야." 바워릭 와우배거가 말했다. "아무것도 안 보이는 것보다 나쁜 게 얼마든지 있으니까. 예를 들어 '허무'라든가."

"와우, 그것참 힘이 나는 말이네요. 아저씨는 카드에 인사말 쓰는 일을 하시면 되겠어요."

"잘 들어라, 이상한 아이야. 뭔가 배울 게 있을지도 모르니까."

"아저씨한테서요? 됐거든요. 차라리 돌머리로 살래요."

"네 소원은 이미 이루어진 것 같구나."

랜덤은 그동안 바짝 곤두세우고 있던 털을 살짝 더 곤두세웠는데, 그건 방금 사냥개의 냄새를 맡은 평범한 딸기주둥이가 가시돼지보다 한 단계 정도 더 위협적이었다. "아저씨가 뭔데 그래요? 내가 누군지 몰라요?"

"산트라기누스 V 성의 말더듬이 진흙평원에서 온 황당무계성 사이비 종교의 일원인가?"

"그런 황당한 소리가 어디 있어요."

"오, 내가 잘못 알았네. 산트라기누스 V 성의 말더듬이 진흙평원 출신의 '황당무계' 사이비 종교였지."

《안내서》주석 : 이 대화에는 실제 산트라기누스 V 성의 **황당무계성 사**이비 **종교**의 붕괴를 촉진한 일련의 논쟁과 유사한 요소들이 있다. 황무사교의 최전성기에는 메일링 리스트에 수십 명이 등록되어 있었지만, 특히 논쟁이 활발했던 어느 금요일 문답 시간에 교단 명의 적합성을 두고 위원회 재정담당 트탈 이춘이 회장인 올룬 이지이트에게 이의를 제기하면서 전체 조직이 스스로 와해되고 말았다. 당시의 회의록은 다음과 같다.

이지이트 : 회장은 재정담당 이춘의 발언권을 인정합니다.

이춘 : 당연히 날 알아봐야지(발언권을 허락한다는 뜻의 recognize는 '사람을 알아본다'는 뜻도 가지고 있다—옮긴이주). 내가 당신 사촌이니까. 우리는 함께 보클 만두들을 치고 던지며 놀던 사이잖아. 아니면 그런 기억은 차라리 잊고 싶은가?

이지이트 : 제발 그러지 마, 트탈…….

이춘 : 재정담당 이춘이라고 해야지.

이지이트 : (한숨) 부탁인데, 재정담당 이춘, 예의를 지키며 회의를 할 수는 없겠습니까?

이춘 : 예의야 회장님이 제일 잘 아실 텐데요, 안 그렇습니까? 지난주 내

약혼녀 주위에 쓰다남은 피임기구들을 떨어뜨리고 돌아다니시고, 뭐 워낙에 예의가 바르셔서요.

이지이트 : 그 일은 해명을 했잖습니까.

이춘 : (쓰디쓴 너털웃음) 암요, 물풍선 얘기요. 어떻게 제가 그런 걸 잊었을까요?

이지이트 : 혹시 공식적으로 제기하고 싶은 의견이 있으십니까?

이춘 : 당연히 있지요. 이 교단의 이름을 황당무계성 사이비 종교 대신 황당무계당 사이비 종교로 바꿀 것을 건의합니다.

이지이트 : 진심입니까?

이춘 : 속속들이 진심입니다. 황당무계성이라는 단어는 약간 시대에 뒤떨어지고, 약간은 슬랩스틱 코미디 같아요. 황당무계당이라고 하면 우리도 좀 무게가 생길 것 같습니다.

이지이트 : 무게? 우리는 시리얼 상자 속 카드에 나오는 부조리 코미디의 역사를 찬미하는 교단입니다. 무게라니. 그렇게 황당할 데가.

이춘 : 아하! 제가 할 말을 대신 해주시네요.

이지이트 : (느닷없이 벌떡 일어나며) 이제니안은 네가 아니라 나를 사랑해. 그런 줄 알고 포기해. 그리고 이 멍청한 교단은 네가 가져.

이춘 : (역시 일어나 제복인 줄무늬 코미디 반바지에 어찌어찌 숨겨온 커다란 낫을 꺼내 들면서) 멍청한 게 아니라 황당한 거라니까. 얼마나 큰 차이가 있는데.

나머지 기록은 핏자국에 잉크가 번져 읽을 수가 없게 되어 있다. 마지막 줄에는 딱 세 구절을 해독할 수 있는데, 이는 다음과 같다. "전자공학적 실험을 거친" "저 코미디 반바지들을 불러" 그리고 "당연히 코끼리들도 꿈을 꾼다"였다. 각자 알아서 결론을 내시길.

랜덤은 팔짱을 끼고 강력한 바람에 기대어 서듯이 무게중심을 옮겼다. "무슨 생각 하는지 알아요, '바워릭' 아저씨. 지금이라도 내가 할 말이 떨어지면 '아저씨 미워'로 돌아가서 쿵쾅거리며 나가버릴 거라고 생각하죠."

"우리의 대화가 전통적인 방식으로 끝나면 좋겠다는 생각을 좀 하긴 했지."

"어디 두 번이나 그렇게 쉽게 풀려날 줄 알아요. 저는 연금생활자의 불평불만에, 십대의 스태미나를 지닌 사람이라고요. 그러니 원하신다면 하루 종일 논쟁 상대가 되어 드릴 수도 있어요."

바워릭 와우배거는 자기 콧대를 손으로 꼬집었다. "그게 내가 원하는 바와 얼마나 까마득하게 먼지, 너는 아마 상상도 못 할 거다."

대화가 점점 고조되어가자, 트릴리언은 정말로 자기 손가락을 마구 비틀었다. 좋은 부모 노릇 점수에 관한 한 지금까지 너무 심각하게 빨간불이 들어왔던 상태라, 도덕적 우위라는 게 대체 어딘지 감도 잡을 수 없었다. 지독한 근시의 등산객이 한밤중에 보는 안개에 휩싸인 산처럼 언뜻언뜻 보일 뿐이어서, 행여 우연히 그곳에 닿게 된데도 누가 거기 살고 있는지 어떻게 경사를 올라야 할지 도무지 알 수가 없었다.

"랜덤." 그녀는 차갑게 쏘아붙였다가 슬금슬금 후퇴했다. "랜덤이라고 부르려던 거였는데. 이렇게, 부드럽게. 래애애앤덤."

"대체 무슨 헛소리를 중얼거리는 거예요, 어머니?"

트릴리언은 예전처럼 적대관계에 상응하는 감정이 치솟는 걸 느꼈지만, 다시 꾹꾹 눌러 참았다. "너한테 부드럽게 대하려는 거야. 이해심을 가지려고. 하지만 **헛소리**? 헛소리라니, 우리 아가? 나는 단순히 어머니가 아니야. 네 친구야. 하지만 헛소리는 하지 않는단다, 애야."

랜덤은 고스족 특유의 레이저를 트릴리언에게 조준했다. "정말요? 내가 보기에는 지금도 헛소리로 들리는데요. 헛소리하면서 횡설수설. 어디 가서 개 축제나 그런 거 취재하고 있어야 되는 거 아니에요? 전혀 알지도 못하는 사람한테 날 맡겨놓고 말이죠."

트릴리언이 대답을 선택해서 죄책감으로부터 나온 공감으로 채 다듬기도 전에, 바워릭 와우배거가 이제 더 이상은 참을 수 없다고 결정을 내려버렸다.

"우주선." 그가 말했다. "이 젊은 여성을 튜브에 가둬버려라."

투명한 튜브 입구가 갑자기 액화된 천장에서 튀어나와 내려오더니, 랜덤의 머리 위에서 잠시 망설이듯 떠 있었다. 입구는 소녀의 움직임을 흉내 내더니, 예측 소프트웨어가 목표물이 다음에 갈 곳을 파악했다는 판단이 서자마자 휙 하고 쏜살같이 땅으로 내려왔다.

랜덤은 방음 튜브 속에 갇혀 반짝거리는 녹색 가스를 한 방 맞고 잠들어버렸다. 얼굴이 경련을 일으키는가 싶더니 희한한 표정을 띠었는데, 트릴리언은 잠시 후에야 그 표정이 미소라는 걸 알아차렸다.

"이제 눈물이 나려고 하네." 그녀는 약에 취해 간혀버린 딸을 사랑스럽게 바라보며 말했다. "저런 미소는 몇 년 동안 한 번도 본 적이 없어요. 랜덤이 유치원에서 꼬마 판사로 임명된 이후로는 못 봤어요. 애들한테 벌점을 나눠주면서 얼마나 좋아했는지."

"아이는 꿈을 꾸고 있소. 원한다면 녹화 화면을 보여줄 수도 있어요." 녹색 우주선 선장이 제안했다.

트릴리언의 목구멍에 울화덩어리가 치밀고 있던 판이었는데, 이제야 그걸 토해낼 수 있는 정당한 이유가 생겼다.

"어떻게 이런 짓을!" 그녀는 눈을 커다랗게 치뜨고, 턱을 내밀며 외쳤다. "내 딸을 감히 마취시키다니."

와우배거는 마룻바닥에서 작은 분홍색 살덩어리를 주워들었다. "그리고 집게손가락도 잘라버렸군."

트릴리언은 울화덩어리에 목이 메어 죽을 뻔했다. "뭘 했다고? 당신이 뭐, 젠장, 뭘 했다고?"

"엄밀하게 보면 우주선이 한 짓인데. 저 튜브 테두리가 아주 날카롭거든요. 마지막 순간에 손가락을 끼었던 모양이에요. 아마 무슨 음탕한 손짓을 하려다가."

"내 딸, 내 어린 딸. 당신이 썰어버렸……."

와우배거가 손가락을 천장으로 던지자, 천장이 그것을 플라스마 속으로 흡수해버렸다. "자, 자, 진정해요. **썰어버린** 게 아니에요. 썰었다는 건 고의성을 함축하잖소. 아무리 나쁘게 봐도 불행한 사고였을 뿐이에요."

트릴리언은 손바닥으로 튜브를 쾅쾅 두들겼다. "아서! 이 미친놈이 우리 딸을 난자했어."

"난자하다니 그건 아니지." 와우배거가 초박형 컴퓨터를 살펴보면서 말했다. "컴퓨터가 이미 새 손가락을 배양하고 있단 말이요."

트릴리언은 확인해보았다. 사실이었다. 랜덤의 손바닥뼈 끝에서 새 분홍색 검지가 부드럽게 김을 뿜고 있었다. 피 한 방울 보이지 않았거니와, 십대 소녀는 전혀 불편한 기색이 없었다.

"당신 딸은 긴장을 풀고 마음 편하게 꿈을 꾸고 있어요." 바워릭 와우배거가 계속해서 말을 이었다.

그러고는 스크린에 뭐가 나타났는지 그가 움찔했다. "하지만 당신한테 꿈을 보여주지 않는 게 나을 것 같긴 하군요. 약간 어머니에게 살의를 보이고 있어서."

"애를 깨워요!" 트릴리언이 요구했다.

"절대 불가능하오."

"당장 깨우라고요."

"그렇게 될 것 같진 않군. 참아줄 수가 없는 애야."

"당신은 참을 만한 사람이고?"

와우배거는 그의 종족 전통대로 엄지와 검지를 비비며 정신을 집중해, 이 문제를 고려해보았다.

《안내서》주석 : 와우배거의 종족은 이런 행위가 옛날부터 전해온 넘버원 창녀들의 속설이라고 생각해왔지만, 과학자들은 엄지 지문 바로 아래에 아데

노신 차단제를 분비하는 주머니들이 있다는 사실을 밝혀냈다. 경쾌하게 엄지를 긁어주면 미디엄 사이즈 카페인 음료 다섯 잔을 마시는 것과 같은 에너지를 방출하게 된다. 이런 쾌감에 중독되어 하루 종일 소파에 앉아 엄지만 긁고 있는 사람들도 아주 많다.

"내가 참아줄 수 없는 위인이라고 생각하는 사람들도 있겠지요." 그가 내린 결론이었다. "하지만 가족의 유대에 눈이 멀지 않은 한, 저 아이를 좋아할 수 있는 사람은 세상에 아무도 없을 거라고 장담하오."

"그러면 이제 내가 눈까지 먼 사람이 되네요?"

"어째서 당신이 저 아이를 참고 보는지, 다른 이유는 생각할 수가 없어요. 저 애는 역겹도록 혐오스러워요. 나도 그 정도는 말할 수 있게 해줘요."

"아무 말도 못 하게 할 거예요!"

"저 애가 나한테 하는 소리 못 들었소? 당신한테 하는 말버릇은?"

트릴리언의 뺨이 불타고 있었다. "우리는 문제가 있었다고요. 하지만 그 문제들은 '우리' 사이에서 해결할 거예요. 이제 우리 딸 풀어줘요."

와우배거는 그 생각을 하기만 해도 움찔했다. "한동안 내가 저장해두면 안 될까요? 컴퓨터한테 저 애 폐 벽에 있는 니코틴들을 좀 녹여내게 할 수도 있는데."

"내 딸을 감히 저장하기만 해봐!" 트릴리언은 발을 쿵쾅거리고 싶은 충동을 꾹 참으며 악을 썼다. 그러다가 다음 순간, "니코틴? 저 애 담배 피웠어요?"

"내가 읽은 바로는, 몇 년은 족히 됐소."

"담배를 피워! 랜덤이 담배를 피울 시간이 있었던가? 그렇게 애가 불평을 해대면서도 숨을 들여 마시는 걸 본 적이 없는 거 같아요."

"저장할까요? 어서 결정해요."

트릴리언은 유혹을 느꼈다. "아니. 안 돼요. 하지만 폐 벽은 좀 긁어내도 좋을 거 같기도 한데."

바워릭이 몇몇 센서들 위로 손가락을 흔들자, 랜덤의 튜브에 반짝거리는 레이저 파동들이 가득 주입되었다.

"랜덤은 앞으로 며칠 동안 저 타르를 땀으로 배출해야 해요. 약간의 구토를 느낄 수도 있습니다."

"좋아요. 자기도 뭘 배우는 게 있겠지. 담배라니."

바워릭은 손을 뻗어 부정형 젤 테이블에서 홍차 한 잔을 꺼냈다.

"성운에 도착할 때까지 저 아이는 저렇게 두도록 합시다. 아무도 고생하는 사람이 없을 테니, 모두한테 좋잖아요."

와우배거의 언행에는 묘한 매력이 있어서, 트릴리언은 자기가 잘린 손가락을 까맣게 잊고 있었다는 걸 그제야 알아차렸다. 어쨌든 랜덤의 상태는 썩 괜찮았으니까. 아니 솔직히 괜찮은 정도가 아니었다. 갓 태어난 것처럼 완벽했다.

"아니……, 그럴 수는 없어요. 그래도 될까요?"

와우배거는 어깨를 으쓱했다. "내가 아는 바로는, 당신도 세기적으로 훌륭한 어머니는 아니니까, 며칠 더 헤어져 있다고 뭐가 어떻게 되겠소?"

바로 거기서 매력은 끝장이 났다.

"아니 당신이 뭔데 감히! 이 무례한 녹색 외계인!"

"우리는 우주 공간에 있으니, 기술적으로 여기 외계인은 없소."

"내가 어떤 일을 겪었는지 하나도 모르면서. 당신 같은 사람이 어떻게 나를 판단할 수 있느냐고!"

이 정도 단계의 대화라면, 아서가 애매하고 찾기 힘든 장소에 있는 뭔가 중요하지만 이름을 말할 수 없는 물건을 찾아 슬금슬금 방에서 나가고 싶어 할 법했다. 심지어 포드라도 트릴리언의 얼굴을 한 번 봤으면 칵테일 구멍을 닫을 때라는 걸 알았으리라. 하지만 몇천 년 동안 죽고 싶다는 꿈만 키워온 와우배거는 본능적으로 그 초록색 뱃머리를 위험천만한 상황으로 몰아갔다.

가능성은 별로 없지만. 그의 잠재의식이 말했다. 하지만 어쩌면 이 지구여자가, 이 부인할 수 없이 매력적인 지구 여자가 내게 육체적으로 뭔가 심각한 해를 끼칠 수 있을 것도 같군.

희망 사항이었지만.

"사실 당신이 겪어온 일들은 대충 알고 있소. 컴퓨터가 당신 기억을 채굴해서 전부 파일에 담아뒀어요."

"내 기억들을 뒤졌단 말이에요?"

"물론이요. 내 우주선에 승선시켜야 했으니까. 당신이 대량 학살자일 수도 있잖소. 내 운이 아주 좋으면."

"당신은 그럴 권리가 없어."

"오, 또 기자 말투가 나오는군. '우리는 절대 폐를 끼치지 않을 거예요, 와우배거 씨' 하던 사람은 누구지?"

"내가 부탁한 건 히치하이커 몇 명을 좀 태워달라는 거지, 우리 머리에서 기억을 파내라는 건 아니었잖아."

"또, 잘못된 동사를 쓰는군. 파내고 어쩌고 하는 도구는 전혀 쓰지 않았단 말이요."

트릴리언이 주먹을 사납게 쥐는 바람에 손가락뼈가 빠드득거렸다.

"이 현학적이고, 느끼한, 개자식!"

"아 그렇지. 당신네들이 하급생물체에 기반을 둔 모욕을 즐겨 쓰는지……아니……썼었는지……잊고 있었군. 다음에는 뭐요? 짓궂은 원숭이?"

"오, 그거보다 나은 거야 많지."

"정말? 공책을 갖고 와야지. 난 항상 새로운 걸 찾고 있단 말이요, 아시다시피."

트릴리언은 한참 싸우다가 보이지 않는 팔에 붙잡혀 있는 사람처럼 버둥거렸다.

"좋아, 그렇지, 와우배거. 욕을 줄줄이 열거해봐. 그 의미 없는 생애를 바쳐 사람들을 비참하게 만들면서 그렇게 시간이나 보내라고."

218

"그사이 당신은 아이와 헤어져서 생애를 보내게 말이요. 다른 사람들의 불행을 보도하면서."

"적어도 나는 사람들을 불행하게 만들지는 않아."

"진심이요? 어디 튜브 안에 있는 여자애한테 물어보시지."

그들은 훌륭한 맞수였고, 바워릭은 슬슬 몸이 풀려 경합에 제대로 뛰어들려 하고 있었다. 그는 머그잔을 천장으로 던져버리고 인간 여자에게 전적으로 주의를 집중했다.

"어디 계속 해봐요, 트릴리언 아스트라. 내가 전에 백만 번 들은 소리 말고 뭔가 새로운 걸 던져보라고."

"엿이나 처먹어, 바워릭."

"당신 생각은 어떻소? 그게 새로운가?"

"내가 딸의 사지를 난자한 위인에게 감명을 주겠다고 시간을 낭비할 사람으로 보여?"

"그렇소. 당신의 언론인 기질이 항상 전 우주에 깊은 인상을 남기려 애쓰고 있으니까. 나를 시청자라고 생각해요."

트릴리언은 하마터면 웃음이 새어나올 뻔했다. 그래서 이를 악물었다. "시청자? 당신 같은 시청자 비위를 맞추려 한 적은 한 번도 없는걸."

"나 같은 사람들이 어떤 사람들이요?"

"미친 주변인들. 한심한 외톨이 집단."

"외톨이인데 집단이라고?" 바워릭이 비웃음을 머금으며 말했다.

"당신은 숨고 있어, 와우배거. 이 우주선 속에, 그 말들 속에. 당신은 딱하고, 외롭고, 멍청한 남자야. 자기한테 주어진 엄청난 선물을 낭비하면서. 당신이 얼마나 많은 일을 할 수 있었는지 상상이나 해보라고."

와우배거는 그녀의 눈길을 계속 똑바로 바라볼 수가 없었다. "내가 무엇을 보았는지 당신네 인간들은 말해줘도 믿지 못할걸. 오리온의 어깨에서 불타는 공격 전함들. 탄호이저 게이트 근처의 어둠 속에서 C빔들이 반짝거리는 것도 지켜봤어. 그 순간들은 모두 시간 속에서 사라져버리게 되어 있어, 빗줄기 속의 눈물처럼."

"당신은 정말 한심해."

"그건 내가 제일 좋아하는 영화 제목인데. 영화도 정말 수없이 많이 봤거든."

"그리고 수없이 많은 사람들을 모욕했고."

"그것도 그렇지."

"끽해야 고무줄 몇 개 때문에."

"빌어먹을 고무줄. 이제 우리는 고무줄 교리가 다 버펄로 비스킷 같은 소리였다는 걸 알게 됐지."

"당신은 영원을 손에 넣고도 한심하게 낭비했어."

바워릭이 세차게 벽에 몸을 부딪자, 어깨까지 묻혀 보이지 않았다. "그래, 그랬지. 그래서 죽고 싶어."

"나도 그랬으면 좋겠어."

바워릭은 이 말에 놀랐고, 또 그 말을 듣고 자기가 얼마나 심란해지는지에 또 놀랐다. "당신이 죽고 싶다고?"

트릴리언은 그의 매끈한 초록색 뺨에 한 손을 대었다. "아니, 멍청아. 네가 죽었으면 좋겠다고."

"마침내, 우리도 마음이 통하는 데가 생겼군."

트릴리언은 와우배거의 에메랄드빛 눈을 빤히 들여다보았다.

"당신, 얼마나 빨리 죽어야 하는데?" 그녀가 물었다.

바워릭은 마음이 열리는 소리를 들으면 호기를 놓치지 않을 만큼은 충분히 오래 살았다.

"지금 당장은 아니지." 그는 이렇게 말하더니 얼굴을 숙여 트릴리언 아스트라에게 키스했다.

그녀는 약간 몸을 떨었지만, 때맞춰 의식을 회복한 튜브 속의 소녀만큼은 아니었다.

아스가르트

필사의 존재에게 불가능한 과업들을 부과하고 술집 카운터 의자를 전망대로 당겨 앉아, 불행한 왕자나 구애자가 신의 명령을 수행하려고 배때기가 터지도록 돌아다니는 걸 보는 건 웃어른의 신성한 상상력을 간질간질 자극했다. 제일 맹렬한 용을 죽이는 게 가장 마음에 들었고, 제일 높은 탑을 기어오르거나 제일 넓은 사막을 횡단하는 것도 좋았다. 최상급이 들어간 건 다 괜찮았다. 최고의 불가능한 과업들은 아슬아슬하게 '가능'에 근접해서, 불쌍하게 쳇바퀴를 빙빙 도는 조그만 존재들이 승리에 닿을 듯 말 듯 할 때 등 뒤에서 발목을 잡아 잔혹한 죽음이라는 치명적 사약을 내리는 것이었다.

과업들은 일반적으로 세 개가 하나로 묶여 내려오게 되어 있어서, 시험당하는 자는 처음 두 가지 과업에서 성공의 맛을 보고 심지어 약간 뻐기며 걷기도 한다. 그 때문에 시험을 하는 신은 세 번째 과업에서 결정적 타격을 주고 훨씬 더 신나게 하이파이브를 할 수 있게 되는 것이다. 오딘은 와일드카드 법칙을 고집해서, 이론적으로 필사의 존재들에게도 늘 성공 가능성은 남아 있지만, 과업 부여의 역사를 두고 보면 중간에 죽지 않고 세 가지 과업을 모두 달성한 사람은 단 한 사람뿐이었다. 진실을 말하자면, 그 인간은 오딘 자신이었다. 자기가 그렇게 자랑스러워했던, 인간으로 위장한 모습 중 하나였던 것이다.

"우우우." 다른 모든 신들은 억지로 달달한 찬탄을 뱉을 수밖에 없었다. "오딘하고 전혀 닮지 않은 대단한 인간이네." 그리고 인간이 카메라 속도보다 더 빨리 움직이고 자기 마음대로 크기를 조절할 수 있는데도 하나도 황당무계하지 않은 척했다.

가짜 이름이라도 좀 신경 써서 짓든지 말이야. 로키는 하임달에게 정신두뇌파로 말했다. **아니, 워딘이라니. 미치겠구먼.**

자포드 비블브락스는 세 가지 과업을 하나로 줄이는 데 성공했는데, 그 말은 사실상 두 개의 과업도 못 해보고 실패해서 죽을 거라는 뜻이었다. 이 사실에 치명적인 트라우마를 입을 사람은 이 얼음 껍데기 속에서 자포드 비블브락스 당사자를 제외하고는 아무도, 정말 아무도 없었다.

무지개다리를 미친 듯이 달리던 은하계 대통령은 자꾸 몸이 한쪽으로 기우뚱 기울어지는 걸 느꼈다.

왼쪽 두뇌가 없으니까 균형이 안 맞잖아. 그는 깨달았다. 그리고 호흡도 엉망이야.

그는 숨을 크게 들이마시고 있었지만, 폐까지 들어가는 공기는 미미하기만 했다.

어디 새는 데가 있어.

사실상 기관지에 구멍은 하나도 없었고, 그저 자포드의 폐가 공기를 불어넣는 도관 두 개에 익숙해져 있어서 하나밖에 없게 된 지금, 자기 일을 제대로 하려고 애쓰고 있을 뿐이었다. 이산화탄소-산소 혼합물이 대다수 필멸의 존재들에게는 좀 지나치게 CO_2 쪽으로 치우쳐서, 행성 표면에 가까이 다가갈수록 자포드는 점점 힘이 빠지고 머리가 어질어질해졌다.

"언더브래지어에 찬사를!" 왠지 적절한 것 같아서 그는 외쳐보았다.

비록 이 말이 취해서 제정신이 아닌 두뇌가 제멋대로 이것저것 붙여 만든 문장처럼 보일지 몰라도, 하필이면 바로 이 특정 구절이 아스가르트 철 광산 바로 밑에 자리한 헬하임(북유럽 신화의 지옥, 지하세계—옮긴이주)의 압력포들에 걸려 있던 그날의 암호였다. 보통 때 같으면 이 사실은 전혀 중요하지 않았겠지만, 하필이면 자포드의 착란성 발언이 오딘을 부르는 하임달의 흐릿해지던 파동에 잡혀서 헬하임의 여왕인 헬의 무선 이어피스에 전송되고 말았기 때문에 얘기는 달라졌다. 그때까지도, 오류 불허의 봉-오-코드 없이는 어떤 조치도 취해지지 않았을 터였다. 봉-오-코드는 오로지 거물 신들한테만 알려져 있는 복잡한 일련의 노크 소리로, 오딘의 거대한 감시탑이자 왕좌인 흘리드스크얄프의 돌을 통해 흐르는 철광맥에 물리적으로 망치 가격을 해서 헬하임까지 죽 전달되어야 했다. 그러나 아스가르트의 철은 분자구조에 약간의 신성한 마법을 간직하고 있어서 철광맥에서 약간 거리가 있는 금속, 예를 들어 다리 같은 곳과 소정의 통신이 되고 있었다. 그래서 자포드가 비프 뢰스트를 죽어라 뛰고 있을 때, 그의 녹아 없어진 굽의 골진 마디들이 걸음걸음마다 정신없이 핑핑 봉봉 소리를 다리에 진동하게 만들었다. 그 핑들과 봉들은 하필이면 헬하임 압력포들에 걸려 있는 오류 불허의 봉-오-코드와 완벽하게 맞아떨어졌다.

핑장히 있을 법하지 않은 일이었다. 사천칠백만 대 일의 확률이었다. 우연과 뜻밖의 행운들로 구성된 무한 불가능 확률 추진기의 코로나 방전이 남긴 족적 속에서는 누구에게나 어떤 일에나 하찮은 가능성이 열리는 법이다.

자포드의 균형 감각은, 인공 대기 튜브를 따라 바싹 다가붙어 머리와 어깨에서 윙윙거리는 미니사이클론들 때문에 더 혼란스러워졌다.

용의 찌꺼기들이군. 그는 깨달았다. **짐승들이 가까이에 있어.**

자포드의 균형 감각은 약간 흔들렸을지 몰라도, 다른 감각들은 뒤쪽에 용들이 따라붙자 말 그대로 습격을 받다시피 강하게 반응했다. 그들은 진짜 대기를 통해 날아올랐다. 날갯짓을 한 번 할 때마다 긴 목을 위아래로 흔들며, 콧구멍 주위로 불을 뿜는 용들은, 더는 그럴 수 없을 정도로 우아했다. 자포드 주위로 비늘이 달린 머리 몇 개가 툭툭 들이밀어졌지만, 괴물들은 서둘러 그를 다리에서 밀어 떨어뜨릴 생각이 없어 보였다.

나를 갖고 놀고 있군. 빌어먹을 비행 설치류 같으니라고.

"안녕하세요, 신사분들." 그는 숨을 헐떡이며 말했다. "뇌물은 안 드시겠죠? 우리 우주선에 진짜 좋은 복제기가 있거든요. 원하시는 게 뭐든 말씀만 하세요."

제일 뿔이 많이 달린 용이 쏜살같이 내려와 자포드에게 바싹 붙어 집단의 대변인 노릇을 했다.

"우리가 원하는 건 뭐든 좋다 이거지?" 병목을 통해 고기를 빨아들이는 목소리로 용이 말했다. "와우. 좋아. 생각 좀 해보자. 우리가 저 친구를 살려줄 수도 있지, 안 그래, 친구들?"

"그럼."

"그럴 수도 있지."

"안 될 건 뭐야?"

시작이 고무적인데, 하고 자포드는 생각했다.

"그래서 뭘 원하시는데요? 제가 뭘 해 드리면 될까요. 말씀만 하세요."

뿔 달린 용이 코에서 늘어진 살점 하나를 잘근잘근 씹었다.

"우주선에 우리를 다 태울 수 있어?"

"당연히 태워 드릴 수 있죠." 자포드는 이렇게 말하고는 숨을 헐떡거렸다. 자기가 한 말이 사실인지 아닌지 일 초도 생각해보지 않고서.

"그러면 우리를 새로운 세계로 트랜스포트해줄 수 있어? 생명체가 풍부한 젊은 세계로?"

"그건 문제도 아니죠. 얼추 생각해도 여남은 개 행성은 되겠는데, 지금 제 머리는 나쁜 머리거든요."

용은 더 가까이 바싹 다가붙었고, 살라만드로이드 콧구멍에서 나오는 파란 불길이 자포드의 머리카락을 그을려 태웠다.

"그러면 그 행성의 생명체를 마지막 하나까지 다 죽여도 돼?" 용은 으르렁거리는 속삭임으로 말했다.

"그리고 나무들도." 동료 용이 외쳤다. "우스갯거리 삼아서, 나무들을 죄다 태워버리고 싶어."

"그리고 나무들도." 대변인 용이 말했다. "용이라도 느긋하게 쉴 필요가 있거든."

자포드는 자기가 달리면서 동시에 말할 수 있다는 사실에 깜짝 놀랐다. "나무들 전에 뭐라고 하셨어요?"

"하나도 남김없이 다 죽인다고. 아, 그리고 시체에다가 알을 낳을 거야. 그건 우리한테 아주 중요한 거야. 이것도 알아서 조치해줄 수 있어, 꼬마 필사의 존재?"

"시체의 어디에 알을 낳아요?" 자포드는 그냥 대화를 이어가기 위해 물었다.

"오, 다 알잖아. 움푹 팬 부분, 갈라진 틈새. 안구들이 좋더라."

자기한테 그런 힘이 있다고 생각지도 못했는데, 자포드는 폐 속에서 타오르는 불길을 무시하고 더욱 속도를 냈다.

멍청아, 넌 왜 만날 이 모양 이 꼴이냐? 그는 소리 없이 자기 자신을 호되게 꾸짖었다. **네가 왜 여기 있는지 알기나 하냐?**

그는 몰랐다. 일 초만 생각할 짬이 나면 이유가 다시 생각날 텐데. 그 일 초가 생기기나 할는지.

아스가르트의 내장 깊숙한 곳에 마그마로 동력을 공급하는 깊은 하수 처리 메가큐브가 썩어가고 있었다. 그 아래 약간 왼편으로, 아스가르트의 직장이라고 불러도 과언이 아닐 만한 곳에, 니플하임이라고 알려진 지역이 있었다. 니플하임의 최하단, 아스가르트의 내부 괄약근이라 칭해 마땅할 만한 곳에 헬하임이 자리하고 있었다.

앞서 상기한 괄약근의 여왕인 헬은 왕좌 주위에 아무렇게나 널려 있는 풍선 뱀 내장 쿠션 더미에 기대어 앉아, 목 주위에 두른 아기 용을 어루만지고 있었다.

"내 새 목도리 어때?" 그녀는 시체를 먹는 심부름꾼 마귀 모드군에게 물었다. 그는 현재 거대한 독수리 형상을 하고 있었다.

모드군이 곁눈질을 했다. "사랑스러우신 마마, 아직도 살아 있는 것 같습니다."

헬은 아주 숙련된 솜씨를 과시하며 정확하게 작은 용의 목을 비틀었다.

"지금은 어떻게 생각해?"

"잘 모르겠습니다." 시체를 먹고 사는 짐승치고는 늘 약간 치졸했던 모드군이 야옹거렸다. "그건⋯⋯너무 죽어 보이는데요."

돌연 헬이 벌떡 일어서자, 쿠션들이 와다닥 놀라며 삑삑 소리를 질러댔다.

"지금 받은 게⋯⋯그게 마, 마, 마, 말이지⋯⋯." 그녀는 이어피스를 귓구멍에 더 깊이 비틀어 꽂으면서 말을 더듬었다.

모드군이 발톱을 딛고 일어섰다. "뭐죠, 사랑스러운 마마? 방금 뭘 받으셨다고요?"

"오딘에게서 내려온 암호였어."

"어떤 겁니까? '하수구 필터를 교체하라'인가요?"

"아니. 아니, 이 멍청한 새 같으니. '언더브래지어에 찬사를'이야. 그건 압력포의 암호야. 우리는 포화 세례를 받고 있는 거라고."

모드군은 인신공격을 받고 심기가 확 상했지만, 행성의 이익을 위해 이 문제는 일단 덮어두고 썩게 하기로 했다.

"자, 자, 마마. 좀 진정하세요. 히스테리를 부릴 문제는 아닙니다. 무슨 확언 같은 게 있어야 하지 않을까요?"

헬은 털이 숭숭 난 팔로 이마를 닦았다. "그래, 그래, 당연히 확인을 해야지, 친구. 오류 불허의 봉-오-코드. '멍청한 새'라고 불러서 미안해."

"아, 그런 건 걱정 마세요." 모드군은 성격 좋게 말했다. "맡고 계신 일이 워낙 스트레스가 많으시잖아요." 그러면서 그는 마음속으로 날마다 먹이고 있는 독극물의 양을 늘리겠다고 다짐하고 있었다. 이 마녀를 죽여버리기는 힘들겠지만, 하루의 절반 동안 화장실에서 몸을 뒤채게 만들 수는 있었다.

헬의 얼굴에 떠오른 안도의 미소는, 그녀가 앉아 있는 강철 왕좌로부터 오류 불허 봉-오-코드가 몸을 타고 진동해오자 얼어붙어 버렸다.

"그건 뭐죠?"

"입 닥쳐, 바보 같으니. 봉을 세고 있잖아."

모드군은 상전이 숫자를 세는 몇 초간, 깃털을 가다듬었다.

"전쟁!" 그녀는 마침내 벌떡 일어서면서 말했다. "아스가르트가 전쟁에 휩싸였어. 마침내 이 쓰레기장에서 나가 표면에 떠오를 기회가 온 거야. 내가 방어에 나서서 승리를 거두면, 그때는 이 실패자들의 똥통과도 안녕이야."

"실패자?"

헬은 눈을 굴렸다. "시체 먹는 마귀치고 참 예민하기도 하지. 대포들을 예열해."

"어느 거요? 설마 전부는 아니겠죠?"

"당연히 전부 다지."

"어디에 대고 쏴야 합니까?"

"다리는 안 돼. 하임달이 다리에 있으니까. 하지만 그거 말고 움직이는 건 다 쏴!" 여자 악마가 말했다. "용 몇 마리를 잃을 수도 있지만, 껍데기 속에 외계인들이 있단 말이야."

실패자들의 똥통이라고. 모드군은 뾰루퉁하게 생각하며, 손목 컴퓨터의 창을 열었다. 적어도 여기서는 기술의 존재를 인정한다고. 적어도 우리는 고색창연한 전화라든가 봉 코드 따위에 의존하지는 않는단 말이야.

"네가 무슨 생각을 하는지 정신두뇌파로 알 수 있어!" 헬이 째지는 목소리로 외쳤다. "무슨 천막이며, 케이크 생각을 하는 거지!"

모드군은 스크린을 몇 번 손가락으로 두드려 대포들을 활성화했다.

신이여 우리를 도우소서. 그는 생각했다. 여기 있는 신들 말고요. 좀 다른 신들, 좀 덜······.

시체 먹는 마귀는 그 생각을 그만두었다. 혹시라도 헬이 어쩌다 한 번 독심술을 제대로 할까 봐.

자포드는 숨이 얼마 남지 않은 것 같았고, 그나마 남은 숨들은 수많은 핀과 바늘들을 폐부에 뿌려대고 있었다. 용들은 이제 다리를 에워싸고 빙글빙글 돌면서, 거의 십수 마리가 장난치듯 어깨를 부딪고 꼬리를 깨물면서 서로 툭툭 밀어내고 있었다. 그들은 목표물 근처에 불공들을 투하해, 다리에서 얼음이 덩어리로 툭툭 벗겨져 나가고 있었다.

그래도 말이야, 하고 자포드는 생각했다. 아스가르트에서 용들과 싸우다 죽는다니. 그렇게 나쁘게 가는 건 아니야. 젖은 바닥에 미끄러진다든가 지루한 구멍에 떨어져 죽는 것보다 훨씬 낫지 뭐야. 그 벽까지 못 갔다는 게 좀 아쉽긴 하지만.

벽. 디오나 칼린턴-하우스니가 벽에 대해서 뭐라고 하지 않았던가?

그 벽에 도착하는 걸 새로운 단기 목표로 잡아야겠군. 자포드는 그의 인생을 바꾸어놓은 결정들이 대부분 다 그러하듯, 일말의 근거도 없는 추정을 연료 탱크 가득 채워넣고 그대로 결단을 내렸다. 그게 내가 마지막으로 하게 되는 일이라 해도, 그 벽에 꼭 도달하고야 말겠어.

비틀거리며 두 발자국쯤 내딛고 나자 두 다리에 힘이 쫙 풀려, 그는 세 손을 다 휘저으며 다리를 따라 몸을 질질 끌고 가는 꼬락서니로 전락하고 말았다.

"벽, 빌어먹을." 그는 꾸룩거렸다. "벽."

용들은 이게 배꼽 잡게 웃긴다고 생각했고, 한 녀석은 심지어 비늘 밑에서 휴대폰을 꺼내더니 주말마다 만나는 친구들한테 전화를 하기까지 했다.

"진짜 네가 이 바보 꼴을 좀 봐야 돼, 버니. 목발을 했던 그 친구 기억나? 우리가 왜 그때 횃불처럼 놈한테 불을 붙였잖아? 이 친구는 더 웃겨. 지금 이리로 좀 와 봐."

용들이 더 온다 이거지. 프루디하다.

짐승들이 날카로운 작은 발톱으로 자포드의 옷을 잡아당기면, 날개들이 대기 튜브 속에 잠기곤 했다.

"어이, 이러지 마. 이건 대통령 공식 상의란 말이야. 너희 도롱뇽들은 내가 누군지도 모르냐?"

치아 임플란트를 새로 한 옵티미지아의 부패 시장이 생일날 행성 로또에 당첨되고 고등학교 시절 연적의 아내가 최근 바람을 피웠을 뿐 아니라 그에 대한 검찰 기소가 중도 취소된 걸 알게 되었을 때보다 더 큰 미소를 입에 걸고서 하임달이 여유롭게 다리를 따라 조깅하며 달려오자, 거인의 발자국이 주는 충격으로 비프뢰스트가 펄떡펄떡 뛰었다.

"너는 실패했어." 신이 말했다. 스키 고글의 오렌지색 렌즈에 두 눈이 확대되어 보였다.

"그게 처방약인가요?" 자포드가 물었다.

"과업을 완수하지 못했다고, 배블팍스."

"비블브락스라고." 낙심한 은하계 대통령이 고함을 쳤다. "모르시는 거 같은데, 내 이름을 잘못 발음할 때마다 난 기분이 나쁘다고요. 난 아주 긍정적인 인간형이지만, 왠지 그거는 진짜로 심기가 상하거든요. 안 웃겨요."

"나는 웃기는데, 피블작스." 하임달은 신다운 목소리 투사 능력을 써서 용들에게 자기 논평을 전달하며 말했다. 용들은 불공을 뱉으며 킬킬 웃었고, 날개들을 서로 철썩 쳤다. "어떻게 생각해, 내 어여쁜 애완동물들?"

"버펄로 똥통만큼 웃깁니다." 다리 위를 떠다니던 빨간 줄무늬의 대장이 대답했다. 뒷다리는 허공에 대롱대롱 늘어뜨리고 있었는데, 그게 보기보다 어려운 묘기였다. "제가 보기에는요, 대장님. 이 필사의 존재한테 이름을 잘못 발음해 주는 건 아주……."

그 입에서 더 많은 소리들이 나오긴 했지만, 그 자체로 단어라고 볼 수는 없었다. 그저 비명들과 몇 개의 초성 자음들에 불과했다. 아마 욕설이 되려는 찰나에 고통이, 용의 두정부에서 나오는 명령들을 싹 지워버린 모양이었다.

"이게 무슨……." 하임달은 이 말을 하다 말고 턱이 떡 벌어져 버렸다. 빨간 줄무늬의 대장이 후방에서 미사일 비슷한 걸 맞고 그대로 폭발해 플라스마 불길이 되어버린 것이었다.

"와우." 자포드가 말했다. "난 용들이 숨을 참으면 어떻게 되나 되게 자주 궁금했는데."

또 다른 용 한 마리가 어깨에 그걸 맞고 흑청색 연기를 잉크 얼룩처럼 뿜으며 행성 표면으로 빙글빙글 추락했다.

"반격 안 합니까?" 자포드가 물었다. "슈퍼스피드로 반격하는, 그런 거 없어요? 아니면 그런 건 거물 신들만 하는 건가?"

하임달은 부추김에 오기가 나서 행동을 취했다.

"날아가라, 내 예쁜 아가들." 그가 외쳤다. "표면에 몸을 숨겨."

용들은 공중 부양의 패턴을 깨고 흩어지며 낙하해 뭔지 몰라도 동지들을 공격하는 무기로부터 최대한 멀리 달아나 몸을 숨겼다. 용들은 굉장히 빨랐으나 상당수는 행성의 곡면에 바짝 붙어 날아오는 무수한 나선 회전 미사일들을 미처 따돌리지 못했다. 미사일들은 목표물에 초점을 고정하면 별개로 행동하기 시작했다.

하임달은 뿔피리를 접어 헬하임으로 비상연락을 취했다.

"헬? 우리가 공격을 받고 있어."

"알아." 여자 악마가 말했다. "걱정 마. 내가 폭탄 수십 개를 자기 쪽으로 보냈어. 적이 보여?"

하임달은 워낙 경계 태세가 철저해서 아예 잠을 자지도 않는 것으로 유명했다. 옛날에 스칸디나비아 술집들에서는, 하임달은 풀이 자라는 모습을 볼 수 있고 지구 반대편에서 떨어지는 낙엽 소리를 들을 수 있다는 얘기가 돌았다. 그러나 그건 아주 옛날얘기고, 요즘 하임달은 겨우 라테 한 잔을 하고는 슬쩍 니기서 눈을 붙이기도 왕왕 하며, 가을의 소리를 아예 통째로 놓친 적도 몇 번 있다고들 알려져 있었다.

"안 보여. 그냥 남쪽 반구로부터 날아오는 미사일들뿐이야."

헬은 으으음 소리를 냈다. "남쪽 반구라고 했지. 비프뢰스트 아치를 뚫고 오는 게 아니고?"

"전혀. 지금 아치를 보고 있어. 확실히 남쪽에서 날아오는 거야."

"그런데 외계인들이 전혀 안 보여? 레이저나 뭐 그런 거 장착한 녹색 친구들은?"

하임달은 갈라르호른이 빽 비명을 지를 때까지 피리를 꾹 쥐어짰다. "아니. 빌어먹을 외계인들은 없다고, 알았어? 그냥 분홍색 연기 자국을 남기는 파란 유도탄들 무더기뿐인데. 내 기억이 맞는다면 우리 거랑 좀 비슷해."

"아니, 아니야." 헬은 잘못한 게 있는 십대 여자아이가 남자애들과 마약과 훔친 보석에 배경 음악까지 틀어놓은 방에 엄마가 들어가지 못하게 막는 말투로 말했다. "우리 유도탄일 리가 없어. 우리

건 빨간 연흔이 남는단 말이야. 연한 빨강이니까, 암갈색이라고 하는 사람들도 있는걸."

하임달은 자기 용 한 마리가 또 격추당하자 화가 나서 으르렁거렸다. "누가 뭐라고 부르든 그건 알 바 아니고. 놈들을 쏴서 떨어뜨려, 헬. 할 수 있지?"

"어, 그럼. 그럴 수 있을 거야. 컴퓨터가……어……놈들 주파수를 분리해서, 자체 파괴 신호를 보낼 수 있을 거 같아. 내가 지금……지금……하고 있어."

남은 미사일들이 핑크와 일렉트릭 화이트로 섬광을 발하며 폭발해, 기기와 피스톤들이 얼음 껍데기 속으로 와장창 떨어졌다.

"잘했어." 하임달은 가무잡잡하게 태운 뺨 위로 안도의 눈물을 흘리며 말했다. "오딘이 오늘 네가 올린 공적 이야기를 듣게 될 거야."

"그럴까? 그렇게 될까? 그거 정말 멋지다. 그 미사일들이 진짜 우리 미사일이었다면 훨씬 빨리 파괴할 수도 있었을 텐데. 그 주파수는 어차피 갖고 있으니까. 그러니까 미사일들은 절대 우리 미사일이 아니었어. 그럴 리가 없어. 혹시 누가 물어볼지 몰라서 하는 얘긴데, 절대 우리 거 아니야. 예를 들어 오딘 같은 사람이 물어봐도 아니야. 우리 거 아니야. 알겠지?"

하임달이 막 대답을 하려는 찰나, 그는 자포드 비블브락스가 새로운 에너지원을 또 찾아내서 가능한 한 전속력으로 벽을 향해 달리고 있다는 걸 깨달았다.

저 벽에 닿아버리면, 하는 수 없이 내기를 해야 하잖아.

　이런 진실과 최근 용 일개 여단이 입은 손실에도 불구하고, 하임달의 얼굴에는 미소가 번져 있었다. 비블브락스가 벽에 거의 다 닿았지만, '거의'라는 건 여기서 엄지로 하는 모든 행위――예를 들어 병 따기라든가, 류트 연주, 어쩌면 히치하이크도――에서 플레이부즈의 쓸모만큼도 의미가 없었다. 베텔게우스인은 차라리 그 자리에 가만히 서 있는 게 오히려 신상에 훨씬 나았을 디였다. 현실 공간에서는 그 무엇도 신을 추월할 수 없었다. 딱 한 발 내딛기만 하면 되더라도, 비블브락스는 사실 납 웃옷을 걸치고 뉴트로늄 장화를 신은 채 벽에서 일 광년 거리에 있는 거나 다를 바가 없었다.

　비블브락스를 따라잡아. 하임달은 생각했다. 그리고 이 생각을 실은 전자 충격파가 희미해지기도 전에, 그는 이미 자포드의 목덜미를 잡고 꼼짝달싹 못하게 벽에 밀어붙이고 있었다.

　"내 어여쁜 용들한테 네놈이 무슨 짓을 했는지는 몰라. 무슨 짓이든, 지금 너한테 도움이 되진 못할 테니까."

　자포드는 매멀로이드 한 마리가 가슴팍에 쭈그리고 앉아 있는 느낌이었다. 자기도 모르게 깔고 앉았다가 자포드의 목소리가 들리면 꾸물꾸물 비켜줄 만한 착한 초식동물 매멀로이드가 아니었다. 그보다, 부모님은 물론 일족 전체의 충고를 무시하고 먹이를 먹어치우기 전에 엉덩이로 깔고 앉아 쿵쿵 찧어서 육질을 연하게 만들겠다고 마음먹은 사악한 돌연변이 식육 매멀로이드였다.

　"멍청한 돌연변이 매멀로이드 같으니." 자포드는 달리기와 CO_2

흡입으로 해롱거리며 헐떡였다.

하임달은 움켜쥔 손등의 뼈를 더 꽉 죄었다. "그거냐? 그게 유명한 니들프록스 대통령의 최후의 한마디야?"

자포드는 뭔가를 기억해냈다. "나만 별명이 있는 게 아니지, 안 그래?"

신은 불안하게 얼굴을 씰룩거렸다. "대체 무슨 소리를 하는 거냐?"

"귀찮게 부인 같은 거 안 하셔도 돼. 당신네들 다 비밀 애칭 같은 게 있잖아. 권능의 이름. 토르가 순회공연 중에 다 말해줬어. 젠탈 쿠아불라 행성의 채석장에서 야외 공연을 하고 난 후, 어느 날 밤에 전부 다 털어놨다니까. 우리가 얼마나 고주망태가 됐던지, 말도 마. 나는 실라제스트리언한테 키스까지 했다니까."

"거짓말." 하임달이 쉭쉭 소리를 냈다.

자포드는 기분이 상했다. "나도 자랑스러운 건 아니야. 하지만 진짜 실라제스트리언은 물론이고 그 조련사한테까지 키스를 했어."

"어떤 필사의 존재도 우리 별명을 알 순 없어. 금지되어 있단 말이다. 거짓말하는 거지?"

하임달의 거대하고 만질만질한 얼굴이 자포드 코앞 일 인치 거리에 있었다. 그의 분노가 주변 공기 속에서 어른거렸고, 걀라르호른이 신의 권능으로 빨갛게 빛났다. 자포드는 이 모든 걸 살피고 나서 말했다. "거짓말? 내가? 그건 좀 심한 말 아니야? 나는 그저 토르가 해준 말을 되풀이할 뿐이야. '전령은 죽이지 마라' 하는 말도 있잖아."

"말하지 마. 경고한다, 필사의 존재."

심지어 자포드마저 그 경고가 얼마나 말이 안 되는지 알 수 있었다. "안 그러면 어쩌게? 용들한테 나를 쫓게 해서 머리라도 비틀어 찢으려고?"

하임달은 자포드가 별명을 입 밖에 내기 전에 빨리 머리를 쥐어짜야겠다는 생각이 들었지만, 느닷없이 불안해져서 중요한 순간에 멈칫하고 말았다. 결정적인 순간을 본능적으로 이용하는 건 자포드의 몇 개 안 되는 전공 분야 중 하나였다. 이것 말고는 대대적으로 보도된 바 있는 그의 빅뱅 테크닉, 세 손을 다 써서 가글 블래스터를 준비하는 일, 그리고 머리카락을 저렇게 특별히 바짝 서게 만드는 역풍 헤어드라이 기술이 있었다.

"어이, 구부러진 스틱." 그가 말했다. "나를 봐줘."

그리고 하임달은 그렇게 했다. 일단 신성한 별명으로 불리면, 다른 도리가 없었다. 신은 뒤로 여남은 발자국 물러나더니 뾰루퉁하니 삐쳐 등을 돌리고 섰다.

"누군가……누구든……아스가르트의 구부러진 스틱이라고 날 부르면 그대로 예의를 지켜야만 해. 빌어먹을! 구부러진 스틱? 무슨 신의 별명이 그따위야?" 그는 투덜대면서, 대기 튜브 벽을 뚫고 발길질을 해서 얼음 덩어리들을 떨어뜨려 저 아래 행성 표면에 국지적 호우를 생성시켰다. "로키가 처음 생각해냈는데, 당연히 오딘이 재미있어 죽겠다고 했지. 로키가 그랬어, 이렇게 말했다고. '저 낡아빠지고 구부러진 스틱을 들고 스키 슬로프에 나가 서 있는 하임달 좀 봐'라고. 그리고 대장은 웃다가 수염을 삼킬 뻔했지. 그래서 그날부터 계속 구부러진 스틱 이거 구부러진 스틱 저거 이러는 거야. 옛날에는 나도 위대한 이름이 있었어. 아스가르트의 눈이었다고. 하지만 보시다시피 술을 몇 탱크 들이켜고 나면 발음하기가 힘들잖아. 그래서 이제 나는 빌어먹을 구부러진 스틱이라고."

거인 신의 어깨가 반복적으로 들썩거렸기 때문에, 뒤에서 보면 잠시 자기연민에 젖어 흐느껴 우는 사람과 굉장히 비슷하게 보였다.

"어이, 그러지 마쇼." 자포드가 기운을 차리고 일어서며 말했다. "뭐가 그렇게 우울해? 그래도 아직 잘나가잖아."

"내가 어디가 잘나가? 여기 바보 같은 다리에 처박혀서 친구라고는 파충류들 한 무리밖에 없잖아." 그가 한 발로 쿵 하고 다리를 짓밟자 비프뢰스트 전체에 걸쳐 잔물결처럼 진동이 퍼져나갔다. "저 인간들이 지금 안에서 뭘 하고 있는지 알아? 아느냐고?"

"아, 아니, 나는……."

"난교 파티!" 하임달이 외쳤다. "복고풍 난교 파티라고. 그런데 날 좀 봐. 여기서 필사의 존재 따위나 쫓고 있고. 나도 저 안에 들어가서, 온몸이 자틀 송진으로 범벅이 되어, 목까지 파묻……."

"됐거든, 거인 친구. 심지어 나라도, 머리 어디에도 담고 싶지 않은 그림들이 있다고."

"로키는 궁전이 두 채나 있어. 두 채! 그런 아슬아슬한 짓들을 다 했는데. 그리고 오딘의 식탁에 함께 앉는다고. 그런데 왜? 왜냐고? 순전히 농담들을 잘 기억해서야." 하임달은 뒤돌아섰다. 수염은 축축하고, 두 눈에는 낙심이 가득했다. "빌어먹을 농담들! 나는 여기서 행성을 지키고 있단 말이야. 이것 보라고."

자포드는 세 번째 손을 주머니에 집어넣었다. "내 눈에 뭐가 보이는지 알아?"

"뭔데?" 하임달이 말했다. 불쑥 내민 아랫입술이 긴 그림자를 드리우고 있었다.

"영웅이 보여."

"나한테 감히 잘난 척 생색내지 마, 피브-비블브락스."

자포드는 신의 허벅지를 주먹으로 쳤다. "내가 무슨 생색을 낸다고 그래, 바보 같이. 자네는 진정한 영웅이야. 그리고 우주에는 영웅이 겨우 대여섯 명밖에 없다고. 나, 자네, 그리고 다른 네 명."

하임달은 간신히 보일락 말락 하게 고개를 끄덕였다. 그렇게 큰 턱을 가지고도. "그럴지도 모르지. 하지만 오딘은 생각이 달라."

자포드는 발끝으로 일어섰다. "오딘한테 지금 내 말이 들릴까?"

"아마 안 들릴걸. 튜브 안에 있어서. 특별히 귀를 기울이고 있다면 모를까."

"그렇다면 말이지, 이런 말을 하는 걸 용서해줘. 오딘한테는 자네가 아까워. 솔직히. 좀 더 심하게 말해볼까. 어쩌면 오딘이야말로 자기 자신을 돌아보고 이런 질문을 던져봐야 해. '내 옆에 지금 누가 앉아 있어야 하는 걸까? 밸 없는 농담꾼? 아니면 충실한 수호자?' 아마 그 질문의 답을 듣고 싶어 하는 사람들이 아주 많이 있을 걸."

"밸이 없다고? 정말 그렇게 생각해? 아주 많이 있다고?"

"우리는 언젠가 죽어야 할지 몰라도, 바보는 아니라고. 사람들은 당신을 **좋아해**, 하임달. 몹시 숭모한다고."

"한때는 그랬는지 모르지."

"지금 말이야. 아직도. 알골 행성에 하임달 컬트가 있는 거 알아? 그 태양 원숭이들은 자네를 보고 보고 또 보고 싶어 한다니까."

"정말? 알골이라고 했어?"

"그리고 지구에서도, 당신은, 어, 신이었잖아. 여기저기 동상들이 있었고."

하임달은 킬킬 웃었다. "그래, 지구. 그 친구들은 뿔피리 어쩌고 하는 걸 아주 좋아했지." 그의 눈이 아련해졌고, 한순간 빛의 신은 스칸디나비아에서 앙코르 연주를 하고 있었다. 그러다가 그는 문득 자포드가 자기 약점을 갖고 놀고 있다는 걸 깨달았다.

"아니야." 빛의 신이 코를 훔치며 쌀쌀맞게 쏘아붙였다. "끝났어. 우리는 끝났어. 인간들하고 내기도 하면 안 돼."

"해야 돼. 나는 자네 비밀 이름을 안다고."

"아, 그렇지. 그 별명을 또 나한테 던져 봐. 아무리 자네라도, 그건 너무 저열한 짓이야."

자포드는 두 손으로 골반을 짚었다. "나는 신의 비밀 이름을 부르고 안으로 들어갈 권리를 요구한다. 아스가르트의 눈이라고도 불리는 하임달, 빛의 신이여."

하임달은 별로 불행하지 않은 기색으로 콧방귀를 뀌더니 갈라르

호른을 치켜들었다. 그가 벽 한 부분을 톡톡 두드리자 전체 구조물이 무너져내려 가루가 되었다. 대기로 흘러들어온 먼지들이 쩍쩍거렸다. "자유야. 드디어 자유가 되었어. 하임달, 이 나쁜 개자식."

"너를 들여보내줘야겠군." 빛의 신이 말했다. "토르는 아마 우르트의 우물에서 슬픔을 삭이고 있을 거야. 요즘은 거기서 아예 거의 죽치고 살아. 그 친구가 허락해주면 맥주 한 잔쯤은 해도 돼."

"맥주 한 잔이라……." 자포드가 말했다. "난 그냥 한 모금만 마시지."

만일 왼쪽 두뇌가 이 생각을 중간에서 가로챌 수 있었다면, 그는 아마 쓰디쓴 너털웃음을 터뜨리며 자포드 비블브락스가 '그냥 한 모금만' 할 가능성은 쥐가 단순한 질문에 반듯한 대답을 내놓을 가능성보다 낮다고 공언했을 것이다.

8

탕그리스니르 호

포드 프리펙트 역시 맥주를 마실 순간을 향해 나아가고 있었다.
베텔게우스인 이동 조사원은 어둠의 여행을 하는 동안은 그 평화
와 정적을 만끽하겠다고 작정한 참이었다. 그는 선실 현창들에 담
요를 드리우고, 구글즈 맥주를 큰 컵으로 한 잔 복제해서 우주선 컴
퓨터에 자신을 꽂았다. 그의 《은하수를 여행하는 히치하이커를 위
한 안내서》도 서브-에서 연결이 아주 훌륭했지만, 탕그리스니르의
시스템은 너무 빨라서 천 광년 떨어진 허브에서 실시간으로 홀로
그램을 봐도 전혀 지체가 없을 정도였다.

울트라 초 번개 프루디한데. 포드는 생각했다. 홀로그램에 대해서는
반짝거린다는 것과 절대 핥으면 안 된다는 것 외에는 아무것도 몰
랐지만 말이다.

포드는 유비드에 로그인해서 두 번째 맥주 큰 컵을 걸고는, 눈 깜짝할 사이에 평생 수입에 맞먹는 돈을 다 써버릴 수 없다는 스스로와 맞붙었다. 쉽게 이길 수 있는 내기였다. 그는 호화로운 우주 요트 한두 척과, 마늘이 첨가된 삼백 갤런들이 바운스-오-젤리, 제일 아끼는 조카를 위해 안타레스의 작은 대륙 한 개, 인피니딤 엔터프라이즈의 제일 마음에 안 드는 직원을 위해 '물을 주면 치명적인 독성이 생기는' 대형 식물 화분 몇 개를 샀다. 이 모든 게 《안내서》에서 제공받은 크레디트 무한대 다인-오-차지 신용 카드로 결제되었다.

이걸 《안내서》에 달아놓는 게 약간은 양심에 찔리는데, 하고 포드는 생각했다. 편집자 자르니우프 밴 할이 보고인들한테 뇌물을 받는 밸 없는 끄나풀이니까 아무 상관없어.

이동 조사원으로써 포드는 원칙적으로 뇌물 수수 자체에 반대하지는 않았지만, 사람은 적당한 선에서 선을 그을 줄 알아야 한다. 그리고 포드 프리펙트에게 그 선은, 누구든 자기를 지독한 방법으로 죽이려 들기 바로 직전에 그어지곤 했다. 포드는, 알코올에 독을 푸는 살인미수 정도라면 용서하고 아마 십중팔구 잊어줄 수도 있겠지만, 누가 열핵탄두로 자기를 죽이려 하면 억하심정을 품는 경향이 있었다.

쇼핑 치료 끝. 포드는 몇 번인가 눈을 깜박이고 의자에 기대앉았다.

고마워요, 닥시 리보누 클레그. 그는 생각했다. 서브-에서를 발명해줘서 고마워요.

《안내서》주석 : 기술적으로 말하자면, 닥시 리보누 클레그는 서브-에서를 발명한 게 아니라 그 존재를 발견한 쪽에 가깝다. 서브-에서 파장은 신들만큼이나 오래된 것으로, 누군가 발견해서 데이터를 주입해 넣어주기만 기다리고 있었기 때문이다. 전설에 따르면, 리보누 클레그는 어느 날 고향 행성 들판에 똑바로 누워 있었다고 한다. 흐린 눈으로 자기 머리 위에 걸려 있는 우주 한 조각을 바라보다가, 이 저명한 교수는 이 모든 우주가 정보를 가득 싣고 있으니 충분히 작게만 만들면 우주의 정보망을 통해 자기 정보를 운송할 수도 있겠다는 착안을 하게 되었다. 그리하여 리보누 클레그는 서둘러 실험실로 돌아가 후추 가는 기계들과 살아 있는 핑키 쥐 몇 마리, 이런저런 기계들의 부품을 떼어 만든 실험실 기기들, 그리고 전문가용 미용 가위를 사용해 최초의 서브-에서 전송기를 구축했다. 부품들을 연결하고 나서, 리보누 클레그는 웨딩 사진의 포토-오-픽스를 서브-에서에 넣고 방 반대편에서 재조립되기를 기도했다고 한다. 그 일은 일어나지 않았지만, 그 대신 다음 날 저녁에 발표될 로또 당첨 번호들이 나타났고, 여기서 힘을 얻어 교수는 발명품에 특허를 받았다. 리보누 클레그는 당첨금을 사용해 상어 변호사(영어에서 '상어 변호사shark lawyer'란 상대에게 인정사정없고 송사에 유능한 변호사라는 뜻이다. 나중에 보면 알겠지만 여기서는 진짜 상어이기도 하다—옮긴이주)한 팀을 고용했는데, 이들은 실제로 작동되는 서브-에서 전송기들을 만들어낸 여든아홉 개 회사들을 고소해 성공을 거둠으로써 교수를 행성 최고의 부자로 만들어주었다. 교수는 훗날 결국 상어 변호사들의 수조에 빠졌고, 그들은 본능에 따라 교수를 먹어치웠다.

포드가 네 번째 술잔을 반쯤 비웠을 때 선실 문이 스르르 열리더니 평행사변형의 녹색 빛이 벽 스크린을 흐리게 만들었다.

"어이, 그러지 마. 나 지금 경매에 돈 걸고 있단 말이야. 그 빛 스위치 좀 꺼줘."

"되게 웃기네요." 말씨가 어찌나 뻐딱한지 오글라룬 행성의 청각장애 호두나무 밭쥐들이라도, 수염으로 그 뒤틀어진 속내를 감지할 수 있을 터였다.

포드는 회전의자를 빙글빙글 돌리다가 그 빛이 문간에 선 사람한테서 나오고 있다는 걸 깨달았다.

"너 어째 좀 초록색으로 보인다."(영어에서 초록색은 질투의 색이다―옮긴이주) 그가 지적했다.

랜덤은 험상궂게 인상을 썼다. "튜브에 갇혀서 날 행복하게 해주겠다고 난리 치는 시퍼런 가스 구름 속에 한참 있다 오면, 아저씨도 그럴걸요."

"행복? 그래서야 되나. 안 될 말이지."

"코밑에서 어머니가 끔찍한 외계인하고 키스를 할 때는 절대 안 되죠. 역겨워."

포드는 자기 머리에 어울리지 않는 지혜로 고개를 끄덕였다. "아, 그래, 드뵈프 법칙인가. 나 그거 실제로 페이지가 있는 물건으로 읽었어. 종이를 이렇게 넘기는 기괴한 물건인데."

"책이요." 랜덤이 말했다. 그러면서 불쾌한 얼굴로 노려본 것 같기도 한데, 확실히 알아보기는 힘들었다.

"바로 그거야. 관계의 이런 낭만적 진척이 별로 마음에 안 드는 거 같구나."

랜덤은 방 안으로 쿵쾅거리며 들어왔다. 발을 디딜 때마다 어깨에서 초록색 먼지 구름이 피어올랐다. "네. 싫어요. 그치는 너무 오만하고, 지독한……."

"포름랭글러?" 포드가 쓸모 있는 제안을 했다.

"맞아. 바로 그거예요."

포드의 손가락들이 허공을 조바심치듯 두드리며, 한시라도 빨리 술잔 손잡이에 감기고 싶어 안달하고 있었다. "그러면 왜 아서한테 얘기 안 하니? 그 친구가 네 생물학적 아버지잖아."

랜덤은 쓴웃음을 지었다. "아서? 그럴까 생각해 봤는데요. 아서도 사랑에 빠졌어요. 빌어먹을 컴퓨터하고."

심지어 포드라도 여기에는 좀 놀랄 수밖에 없었다. 사람들이 기계와 사랑에 빠지는 일이 없는 건 아니었다. 그의 사촌만 해도 이 년 동안이나 샌드위치 토스터와 열렬한 관계였지만, 아서는 너무 반듯하고, 너무 단정하며, 너무 철두철미한 지구인이었다.

"사랑은 사랑이지." 그는 한때 하와리우스에서 방문했던 평화 스파 팸플릿에서 읽은 지식에 의존하며 말했다. "함부로 사람을 판단하지 마. 그러면 다른 사람이, 어쩌면 녹색 인간이 나타나서 너를 판단할 테니까. 그러면 네가 이렇게 말할 거 아니야. '왜 이래요, 왜 이렇게 함부로 사람을 판단하고 그래요. 그러면 또 다른 사람이 나타나서 당신을 마구 판단하게 될 거라고요.' 이렇게 계속되는 거야."

그는 축축한 생선 같은 냉소로 뺨을 철썩 얻어맞을 거라 생각하며 미리 움찔했지만, 랜덤은 갑자기 나긋나긋해져서 상냥하기 이를 데 없이 굴었다.

"그거 정말 훌륭하네요, 포드. 현명해요. 내 방으로 돌아가서 이 오물 좀 닦아내고 사람들을 함부로 판단하는 일에 대해서 깊이 생각해봐야겠어요."

포드는 신사답게 아무것도 아니라는 듯 손을 흔들어주었다. "충고는 공짜야, 젊은 아가씨. 언제든 지혜의 말씀이 필요하면, 걱정 말고 이 포드를 찾아줘. 대부분의 사람들은 뭐가 뭔지도 모르는 비주류 영역에 엄청난 충고들을 쌓아두고 있으니까. 예를 들어 행성 폭발 직전에는 뭘 할까라든가, 그런 거 말이야. 나는 특히 그 분야에는 전 우주적 전문가니까."

그리고 그는 자기 스크린으로 돌아가며, 언젠가 해야 할 양육자 포드 프리펙트의 역할은 이로써 최소한 이번 생애 할당량은 채웠다고 만족스러워했다.

부모 노릇. 별거 아니네. 왜들 그 난리법석인지 모르겠어.

포드가 조금 더 집중하고 조금 덜 퍼져 있었더라면, 아마 자기 유년기의 경험에서 미루어 십대가 상냥하게 굴 때는 딱 다음 세 가지 이유밖에 없다는 사실을 깨달았을 터이다. 첫째, 터뜨려야 할 충격적인 뉴스가 있을 때. 임신, 중독, 아니면 금지된 관계 같은 것들일 가능성이 크다. 둘째, 비꼬는 수준을 심화 발전시켜서 그 정도의 대가가 아니면 알아챌 수 없을 정도로 고도화되었을 경우. 이 경우 특히 비꼼을 당하는 어른은 절대로 알아챌 수 없다. 셋째, 달콤하게 어른을 속이는 십대가 훔치고 싶은 게 있을 때. 달콤한 거짓말들로 수월하게 정신을 딴 데 팔게 할 수 있으니까.

포드가 무한 한도 인피니딤 신용 카드가 사라졌다는 걸 알게 되었을 만한 시점에는 이미, 카드는 제자리에 돌아와 있었다. 그리고 바로 그 전에, 랜덤 덴트는 유비드의 '소급-구매 시간' 창을 열어 죽은 지 오래된 판매자에게서 무언가를 구입했다. 그녀가 산 것은 삼백 갤런의 바운스-오-젤리보다 더 불길한 물건이었다. 바운스-오-젤리에는 심지어 마늘이 들어 있는데도.

젤리에는 마늘까지 들었지만, 그 불길한 항목에는 들어 있지 않았다.

"나는 우주에서 제일 운 나쁜 사람이야." 아서 덴트는 탕그리스니르 호의 컴퓨터에게 설명했다. "나한테는 나쁜 일들이 들러붙어. 왜인지 모르겠는데, 항상 그냥 그렇더라고. 우리 유모가 정곡을 찔렀지. 나한테 작은 골칫덩어리라고 했으니까. 하지만 그녀는 맨체스터 출신이라서 **골치** 발음은 잘 못했어."

간이침상 발치에 발을 꼬고 앉은 반짝이는 홀로그램은 아서의 기억을 샅샅이 뒤지면서 곁눈질을 했다.

"아." 그녀가 말했다. "정곡이라고 했군요. 나노 초 동안 나는 또 당신이……."

"내가 어디를 가든, 성난 외계인들이 부수고 폭파시키고……."

"하지만 당신은 괜찮았잖아요." 펜처치가 말했다.

"뭐라고?"

"당신은 폭파되지도 않고 부서지지도 않았다고요. 이미 한평생을 건강하게 장수했는데, 또 다른 삶을 살게 되었잖아요."

아서는 얼굴을 찌푸렸다. "그래……. 하지만 말이야. 그중에는 목욕 가운하고 잠옷만 입고 살아야 했던 기간이 상당해. 사람이 얼마나 운이 없으면 그 모양이냐고? 좌초했던 건 말할 것도 없어……."

"당신 종족 대다수는 죽었어요." 컴퓨터가 말을 끊고 끼어들었다. 아서의 기억 속 펜처치가 꼭 했을 법한 행동이었다. "당신이 살아남은 건 십억 대 일의 확률인데, 살아남았잖아요. 두 번이나. 그건 상당히 운이 좋은 것 같은데요. 소설 주인공처럼 운이 좋아요."

"무슨 말인지는 알겠는데, 그래도……."

"게다가 아름다운 딸도 있잖아요."

"사실이야. 하지만 변덕이 심해."

"정말요? 무슨 십대 여자애가 그래요? 이상하네요. 당신 참 지독한 저주에 걸렸네요."

아서는 난처하기 이를 데 없었다. 억울하면 안 된다니 그럼 어떤 감정을 느껴야 하나? 그때 홀로그래피 펜처치가 불합리한 추정을 들고 나와 그를 더 심란하게 만들어버렸다. '저거 봐요! 원숭이다!' 같이 엽기적인 건 아니었지만, 굉장히 놀랍기는 마찬가지였다.

"사랑은 명사일 수도 있고 동사일 수도 있어요." 그녀가 말했다.

"그래." 아서가 말했다. 그러고는, "아까 말하던 운은 어떻게 됐어?"

"아, 그 대화는 그냥 피상적인 거예요. 이게 당신이 진짜 알고 싶어 하는 거라고요."

"사랑이 뭔지?"

"그래요. 그리고 사랑을 잃은 후에 왜 이렇게 극복할 수 없을 것 같은지."

이 진실을 듣고 아서는 심장이 더 빨리 뛰는 걸 느꼈다. "알고 있어? 말해줄 수 있어? 숫자 같은 건 제발 사양이야."

펜처치가 귓불을 긁자 접촉 부위에 불꽃이 튀었다. "사전적 의미로 사랑이 무슨 뜻인지는 말해줄 수 있지요. 동의어도 다 말해줄 수 있고요. 그리고 엔도르핀과 시냅스와 근육의 기억 같은 얘기도 해드릴 수 있어요. 하지만 심장에서 울리는 열정의 메아리는 내게도 미스터리랍니다. 나는 컴퓨터예요, 아서."

아서는 경쾌하게 손을 비비고 윗입술을 빳빳하게 만드는(사립학교 출신의 영국 지식인층은 발음할 때 윗입술을 잘 움직이지 않는다고 해서, 그들을 '빳빳한 윗입술stiff upper lip'이라고 부르기도 한다—옮긴이주) 전통적인 방식으로 낙심한 마음을 숨겼다.

"당연히 그렇겠지. 알았어."

"나는 영원히 살게 되어 있지만, 당신은 삶을 살게 되어 있어요."

"그건 시리우스 사이버네틱스 주식회사의 슬로건 아냐?" 아서가 얼굴을 찌푸리며 말했다.

펜처치는 두 개의 픽셀 군집에 열을 가해 얼굴에 홍조를 띠었다. "그럴 수도 있지요. 그 말은, 광고회사 사람들이 전부 다 당신이 그 말을 믿을 거라 생각한다는 뜻이고요."

"아, 그렇다면 해답은 없군."

"질문들뿐이에요."

"제일 중요한 질문을 우리가 모르는 줄 알았지."

펜처치는 자기 손가락들을 살펴보았다. "제일 중요한 질문은 사람마다 다르죠. 내게는 이 우주선 원자로의 반쪽짜리 수명이에요. 나는 사실 영원히 살게 만들어져 있지 않다고요. 그건 그냥 구호일 뿐이에요."

"그러면 그 반쪽짜리 수명에 대한 해답은 뭔데?"

"몰라요. 빌어먹을 기계에 신의 마법이 들어 있어요. 일만 년 전에 멈췄어야 하는 물건이거든요."

"그러니까, 그쪽에도 답은 없군?"

"전혀."

"말은 그냥 말이야, 그렇지?"

"그런 거 같네요."

"모두가 토르한테 매달려 있는 것 같은데. 그 사람이 너희 대장이라는 건 알지만, 내가 보기에는 지독하게 지루한 인간 같던데."

펜처치는 꿈을 꾸듯 과거를 바라보았다. "지루해요? 아니에요. 사랑스러웠어요. 신 같았죠."

아서는 진짜 펜처치의 얼굴에서 그런 표정을 본 기억이 없었다. "그 점에서는 우리 생각이 좀 다르구나."

"좋아요, 아서 덴트. 당신의 기억 사전에서 무작위로 질문을 하나 골라도 되겠어요?"

"좋은 생각이야."

컴퓨터가 한순간 파일들을 깜박거리며 뒤지더니 이렇게 물었다. "홍차 한잔하실래요?"

아서는 미소를 지었다. "그건 내가 대답할 수 있는 질문이야."

아스가르트

《안내서》 주석 : 아사 신족은 아스가르트가 절대적으로 경이로워야 한다는 점을 항상 대단히 중요하게 생각해왔다. 오딘의 아들 발두르는 다음과 같은 말을 했다고 한다. "우리 건 모두 장대하고 거대하고 찬란하다. 치졸한 만물을 지닌 너희 필사의 존재들은 진짜 찬란한 게 뭔지 하나도 몰라. 우리가 가진 것들은 네 작은 마음들을 산산조각으로 박살 내버릴 거고, 우리가 가진 또 다른 것들은 병에 든 로션 같은 건데 말이야, 그게 너네 박살 난 마음을 다시 붙여줄 거야. 게다가 이 우주 암소 같은 게 발할라를 졸라 핥아서 얼음을 녹여주고, 어떤 할배는 또 겨드랑이에서 땀을 흘려서 오딘의 아버지를 꺼냈다고. 이런 일이 아스가르트에서는 날이면 날마다 벌어져."

이런 전형적인 막연하고 앞뒤가 맞지 않는 기본 방침 때문에, 불가지론(不

可知論)을 내세우는 호리소니안 컬트의 카리스마 넘치는 지도자 보암 카타르제가 자기 눈으로 행성을 직접 봐야겠다며 염소 뱃속에 들어가 아스가르트로 밀반입되었던 것이다. 흔히 샘플링되는 카타르제의 레코딩은 다음과 같다. "내가 숨어 있는 곳에서 나는 냄새는 도저히 참을 수 없을 정도지만, 내 추종자들, 그대들을 위해 나는 꾹 참겠다. 더 이상 아무도 이 신들을 믿지 않는다고 해도 놀랍지 않다. 진짜로 악취가 나니까. 불이 타닥거리며 타는 소리가 나는 걸 보니, 밖에 뭐가 있는지 몰라도, 칼을 꺼내서 이 염소 시체가 오븐에 던져지기 전에 빨리 밖으로 나가야겠어. 칼을 꺼내서……내 칼……. 빌어먹다 없어진 내 칼 어디? 갖고 있었는데. 내 리넨 홀태바지 안에 넣어뒀는데. 제기랄, 오, 망할. 오늘은 코르덴바지를 입고 있잖아. 불길이 가까워진다, 열기가 느껴져. 살려줘! 살려줘요! 믿습니다. 믿습니다. 나를 굽지 말아요. 제발……." 그리고 거기서부터 보암 카타르제의 말은 오직 "내 다리"와 "엄마" 두 마디 빼고 하나도 알아들을 수가 없게 된다. 보암이 제물로 바쳐진 이후 십 년간, 그의 고향 행성에서 아사 신족에 대한 신앙이 급격히 치솟았고, 커다랗게 읽기 쉬운 글자로 '믿습니다. 나를 굽지 말아요'라는 글자가 새겨진 티셔츠가 최고 인기상품이 되었다.

그리하여 결론은, 필사의 존재들은 보암 카타르제 시절부터 아스가르트에 대해 별로 아는 바가 없었고, 지금은 더 잘 모른다는 거다. 살아 있는 필사의 존재가 아스가르트를 방문했다가 살아남아 이야기를 전해준 적이 한 번도 없었기 때문이다. 그리고 그런 적이 있다고 주장하는 필사의 존재가 있다면, 그건 재밌는 일이 없나 위장하고 돌아다니는 오딘 아니면 지독하고 철저하게 미친놈이다.

자포드 비블브락스는 무지개다리 아래서 아주 호사스러운 케이블카를 타고 아스가르트 표면까지 갔다. 헬멧 광택기는 물론, 사려 깊게도 발을 데워주는 도롱뇽 우리까지 장착된 케이블카는 편안했을 뿐 아니라 편리했고, 발할라 시 다운타운 한가운데에 도킹하는 것이었다.

강화유리 부스에 앉은 세관의 바이킹은 필사의 존재가 플랫폼으로 들어오자 적잖이 놀라는 기색이었다. 사실 그는 너무 놀라서 눈알이 안구에서 튀어나와버렸다.

"후아." 자포드가 말했다. "이건 진짜 역겹다. 다시 할 수 있어요?"

"아니, 못해요." 바이킹은 눈을 다시 비틀어 집어넣으며 말했다. "당신 대체 누구요?"

자포드는 질문을 질문으로 대답하는 오랜 전통으로 대답했다. 사람을 헷갈리게 만들기 때문에 그가 즐겨 사용하는 전략이었다.

"당신은 누군데요?"

"여기서는 내가 질문을 하는 겁니다!"

"여기서는 어떤 질문들을……하는데요?"

바이킹이 눈을 굴리자, 이빨이 없는 노인이 찻잔에서 뜨거운 홍차를 빨아 마시는 소리가 났다.

"나를 헷갈리게 하려는 거요?"

"누가 누구를 헷갈리게 해요?"

바이킹은 벌떡 일어났다. "좋아요. 나는 재생된 죽은 바이킹이요,

알겠소? 여기 들어오려고 전투에서 죽었는데, 글쎄 빌어먹을 공무원으로 다시 살려놨지 뭐요. 여기 오기 전에 나는 빌어먹을 갤리선의 선장이었단 말이요. 우리는 영국을 갈가리 찢어놓고 그 색슨 놈들을 내장이 터지게 두들겨 패주었소. 그 대가로 책상에서 하는 일자리를 받았단 말이요. 뒈질 놈의 서무직. 이게 말이나 되는 소리요? 내가! 바로 이 붉은 손 에리크가! 손에서 피가 뚝뚝 떨어져서 붉었다는 얘기요, 이게. 내 피도 아니었고." 눈이 다시 떨어져 나오려 하는 바람에 에리크는 버럭버럭 지르던 고함을 멈췄다.

"와우." 자포드가 말했다. "그런 걸 용케 달고 다니시네요."

"이놈들 때문에 고생을 한 지 좀 됐어요." 바이킹은 순순히 시인하며, 소매로 한쪽 눈을 닦았다.

"이제 좀 괜찮아요?"

에리크는 한숨을 쉬었다. "네. 답답한 속을 확 털어내니까 좋네요."

자포드는 그의 어깨를 툭툭 두드려 주었다. "정신 건강도 좀 돌봐주고 그래야 돼요."

"고마워요. 브르타뉴 침탈 원정에 지원한 이후로 이렇게 친절한 말은 들어본 적이 없어요. 할 수만 있으면 눈물을 쏟고 싶네요."

"천만의 말씀. 자포드 비블브락스는 다른 대통령들의 발길이 닿지 않는 곳까지 기쁨을 전파하는 걸 좋아한답니다."

에리크는 클립보드를 코앞에 바짝 갖다 대었다. "아, 그렇지, 비블브락스. 하이미 스키보이한테서 그쪽 관련해서 전화를 한 통 받

있어요. 그쪽이 필사의 존재라는 언급은 당연히 없었죠. 에리크 심장이야 굳이 신경 써줄 거 있어, 어차피 죽었는데. 뭐 그런 거죠. 아무튼 늘 이러지."

"나는 토르를 찾고 있어요."

에리크는 쯧쯧 혀를 찼다. "그 친구를 찾기는 어렵지 않다오. 우르트의 우물에 있으니까. 거대한 물푸레나무 이그드라실까지 쭉 직진해서 좌회전하고, 유니콘한테는 절대 돈을 주면 안 돼요. 더 신나서 설치니까. 그리고 매부리코에다가 리프라는 이름에 대답하는 친구를 보면, 아무래도 우리 눈알들이 섞인 거 같다고 말 좀 해주쇼."

심지어 자포드마저도 아무 문제 없이 황금 나무를 찾을 수 있었다. 자갈돌 깔린 길들을 황급히 걸어다니는 좀비 같은 재생 바이킹들을 보느라 정신이 팔리긴 했지만 말이다. 뼈만 남은 손에 드라이클리닝할 옷들을 쥐고 가거나, 힘없이 작은 개들을 따라다니고 있었다.

"이건 말도 안 돼." 한참 있다가 마침내 그가 말했다. "전부 다 매부리코잖아."

나무만 해도 어마어마하게 컸다. 번쩍거리는 가지들은, 쓰러진 영웅들의 칼과 방패뿐 아니라 주가녀겟 시리얼 광고판들까지 달려 있어서 그 무게에 축축 늘어져 있었다. 빌보드 광고판을 보니, 주가녀겟이 전사한 영웅들을 필사의 세계에서 발퀴레까지 운송하는 차량을 후원하는 공식 스폰서다.

자포드는 리프라는 친구를 찾기 위해 그의 작은 탐색을 포기하고 굉장히 똥 같은 골목길로 들어섰는데, 골목 벽에서는 진짜 똥인 똥이 벽을 타고 흘러내리고 있었다. 워낙 마술적인 장소인 만큼 똥이 벽을 타고 흘러 올라가기도 했다.

"이런 똥 같은." 자포드는 이렇게 말하고 나서, 감탄사일 뿐만 아니라 진실의 공표인 동시에 자기 뒤에 혹시라도 서 있을 사람을 위한 경고이기도 한 진술을 한 자신이 대견하다고 생각했다.

"나한테 하는 말이냐, 금발?" 어떤 목소리가 말했고, 순간 자포드는 자기가 종유석 하수구인 줄 알았던 곳이 사실은 이그드라실에서 뻗어 나온 얼룩진 뿌리라는 걸 깨달았다. 물푸레나무가 바로 밑 자갈돌에서 뚫고 올라와 서 있었던 것이다.

"죄송합니다." 자포드는 이렇게 말하면서, 나무한테 얘기하는 게 웃긴다는 생각은 아주 조금밖에 하지 않았다. 지난 몇 년간 훨씬 더 황당한 물건한테도 여러 번 이야기해 보았던 것이다. "그쪽이 하수 처리 체계의 일부인 줄 알았어요."

"나라도 그랬을 거야." 이그드라실이 말했다. 하지만 자포드가 아무리 봐도 입은 알아볼 수가 없었다. "사람들이 여기다 곧장 갖다 버리는 쓰레기의 양은 말도 못하니까. 전부 다 곧장 내 뿌리를 타고 올라온단 말이야. 내 아이큐가 약간씩 떨어진다고 해도 이상할 건 없잖겠어? 잘 먹어야 잘 산다고 그러잖아."

"저는 토르를 찾고 있어요."

"빅 레드? 여기 문을 따라서 쭉 직진해."

자포드는 어둠 속을 흘겨봤지만, 문은 이그드라실의 입만큼이나 찾기가 어려웠다.

"문 같은 건 안 보이는데요."

"마법의 주문을 읊어야지."

자포드는 관자놀이를 주무르며 생각을 집중했다. "좋아. 말하지 마세요. 에테르를 타고 뭔가가 느껴지는데요. 혹시 '나무들은 프루디하다'인가요?"

"굉장한데." 나무가 말하더니 축축한 벽에 엉겨 있는 넝쿨들을 갈라 그 뒤에 있던 니코틴 같은 진노란 불빛을 드러내었다. "안으로 들어가 봐, 금발."

자포드는 안으로 들어갔다. 허리를 굽힐 필요도 없었다. 넝쿨 뒤의 통로는 훨씬 더 큰 사람을 위해 만들어진 것이었으니까.

나노

힐먼 헌터는 사무실 창밖으로 그가 성운 끝에서 구입한 이 행성의 열대 장관을 바라보았다.

옳은 일을 한 거야, 힐러즈. '나노'의 목소리가 머릿속에서 말했다. 이 사람들을 지구에서 이주시키지 않았으면, 지금쯤 그들은 원자가 되어 은하계에 흩뿌려져 있을 테니까. 사람들이 어느 쪽을 더 좋아하겠나? 약간의 사회적 불안, 아니면 엄청난 수의 시체?

힐먼은 그의 나노가 옳다는 건 알고 있었지만, 어디서부턴가 자기한테 망조가 들었다는 생각을 떨칠 수 없었다. 뭔가 좀 더 나은 계약을 할 수도 있었는데, 왠지 자포드 비블브락스가 자기한테 숨기는 게 있었다는 생각이 들었고, 누가 봐도 백치가 틀림없는 그런 인간한테 속았다는 생각을 하니 고통스러웠다.

책상의 인터폰이 진동하며, 풍경에 집중하던 힐먼의 주의를 억지로 끌어당겼다. 그가 센서 앞에 손을 흔들자 비서의 작은 홀로그램이 책상 위에 나타났다.

"무슨 일이야, 매릴린?"

"어떤 여자 분이 찾아오셨습니다."

"약속을 미리 하셨나?"

매릴린은 어려운 질문을 받은 것처럼 야옹거렸다. "앞으로 하실 거라는데요."

"그건 좀 수수께끼 같은 얘긴데, 매릴린. 명확한 설명을 부탁드릴 수는 없겠어?"

매릴린이 대답하기 전에, 힐먼의 인터뷰 의자에 한 여성이 물질화되었다. 최근에 한 인터뷰들 때문에 힐먼은 깜박거리며 나타나는 스타일의 물질화에만 익숙해졌는데, 이 여인은 누가 스위치를 켠 것처럼 나타났다.

"제이수스!" 그는 깨갱, 하고 비명을 올렸다.

"사실 그건 아니야. 내 이름은 가이아다, 힐먼 헌터." 그녀의 목소리는 낭랑하고 마음을 푸근하게 했다.

"아, 그렇지요. 대지(Earth는 지구라는 뜻도 있다—옮긴이주)의 어머니 가이아님." 힐먼은 책상 위에 쌓인 이력서 더미를 마구 훑어보았다. "아직 저는 결정을 못 했는데요."

가이아는 깊은 갈색 눈을 힐먼에게 돌렸다.

"그랬지. 그렇지만 어차피 결정할 거니까, 내가 상황을 좀 빨리 진척시키기로 했어."

그녀의 눈과 목소리의 조화는 최면 효과가 강해서, 힐먼은 이 매력적인 여인과 함께 있는 것이 아주 편안하다고 느끼게 되었다.

"그건 아마…… 그건 매우 합리적인 조치이십니다."

가이아의 하트 모양 얼굴에는 육감적인 보랏빛 입술이 있었다. "나하고 얘기할 시간은 있겠지, 힐먼?"

"그럼요, 제이수스. 아니, 이런."

"대지의 어머니인 나는, 지구가 없어져서 새로운 집으로 오게 된 거야. 여기서는 행복할 수 있을 것 같아, 힐먼. 당신도 행복할 수 있을 거야."

"네, 대지의 어머니. 돼지처럼 행…… 아주 행복할 겁니다."

"더 이상의 인터뷰는 필요 없어."

"그럼요. 뭐 하러 다른 사람을 면접 보겠어요?"

가이아는 미소를 짓더니 앞으로 바싹 다가왔다. 힐먼은 그녀의 손가락들이 가늘긴 해도 강하다는 걸 알아챘다. "나는 이 지구를 가꿀 수 있어. 무엇이든 자라게 할 수 있다고."

"그거 멋지십니다. 키우는 건 좋은 일이죠."

지구의 어머니가 두 팔을 벌리자 힐먼은 어린 시절 맡았던 여름의 향기를 느낄 수 있었다. "여자들은 넓은 가슴에 다산을 하게 될 거고, 남자들은 여자들을 욕망하게 될 거야."

"이젠 좀 그럴 때가 되었죠, 암요!"

"다만 그전에 몇 가지 연봉 문제를 처리해야 해." 이거야말로 힐먼 헌터에게 해서는 안 될 말이었다. 마음속 안개가 싹 걷힌 그는 갑자기 몇 가지 탐색 질문을 던져야겠다는 생각이 들었다.

"연봉 문제요? 어떤 게 문제가 될까요?"

"뭐, 전체적으로 연봉이 한심스럽게 적어. 그걸로 어떻게 수행원들을 먹여 살……."

"수행원이요? 광고에 수행원 얘기는 없었던 것 같은데요. 저희는 딱 한 자리만 냈거든요."

"하지만 설마 나 같은 급의 여신한테?"

힐먼은 상어처럼 물고 늘어졌다. "그게 무슨 급인데요? 지난번에도 크게 잘하시지는 않은 것 같은데요. 제 기억에 따르면, 행성은 기근에 시달렸고 그나마 자라는 곡식들도 다 살충제투성이였다고요."

"지구에서는 상황이 좀 통제 불능으로 치달았지." 가이아가 인정했다. "하지만 이제 그런 일은 일어나지 않을 거야."

"오, 정말요? 그 부분을 좀 따져봅시다. 폭동이 일어났다고 쳐요. 다른 신을 믿는 신앙이 밀어닥쳤단 말입니다. 그러면 어떻게 처리하시겠어요?"

가이아는 친절하게 미소를 지었다. "그런 문제는 과거에도 처리

해본 적이 있어. 상황에 따라서는 나도 터프해질 수 있다니까."

"구체적으로 설명해보세요."

"언젠가 우라노스(가이아의 아들이자 남편—옮긴이주)가 타르타로스에 키클롭스를 숨겨서 빛을 못 보게 한 적이 있었거든. 그래서 내가 굉장히 고통스러웠는데, 혹시 나에 대해 잘 알고 있을지도 모르지만, 키클롭스는 반사학적이랄까, 아무튼 그런 식으로 내 내장이거든. 그래서 거대한 부싯돌 낫을 만들어서, 우라노스가 일주일에 한 번 '그분 안녕하신지' 보려고 내 내실에 들어왔을 때 아들 크로노스를 시켜서 낫으로 물건을 잘라버리라고 했지." 추억에 젖은 가이아는 신나서 박수를 쳤다. "오, 그건 대단한 하룻밤하고도 절반이었어. 하지만 질문에는 대답한 거 같네. 확고하고도 공정하게. 그게 내 모토야. 지금도 그 낫이 어디 있을 텐데. 신의 말라붙은 핏방울 몇 개 정도는 상비해둬야 하거든. 언제 필요할지 모르니까."

힐먼은 다리를 꼬면서, 결코 경험하지 않기를 바랐던 상실감이 유령처럼 스치는 걸 느꼈다.

가이아의 이력서 이름 옆에 그는 다섯 단어를 썼다.

"눈에 흙이 들어가도 절대 불가."

아스가르트

자포드는 이때까지 그가 떨어져 본 중에서도 가장 더러운, 부서

진 꿈들의 굴에 발을 들여놓자마자 고향에 온 것처럼 편안해졌다.

딱 내 취향이야. 그는 생각했다. **심지어 여기는 공기마저 위험하군.**

정말 그랬다. 세균들이 한데 뭉쳐서 색색의 구름이 되어 어두컴컴한 공기 중을 둥둥 떠다니면서, 골화된 좀비들이나 반신들을 감염시켜 보려고 헛수고를 하고 있었다. 자포드는 생전 처음으로 왼쪽 두뇌가 자기가 잠자는 동안 A-Z 예방접종을 끝내줬다는 사실이 고마워졌다. 최소한 왼두는 그게 예방접종이었다고 맹세했었다.

구름 한 덩어리가 자포드의 머리 옆에서 웅웅거리며 합창하듯 주문을 읊어댔다. "모공을 열어라. 상처를 열어라." 하지만 그의 땀에서 안티바이러스 향이 나자 쫓겨나고 말았다.

이게 영화였다면, 모두가 하던 일을 멈추고 핸섬한 이방인을 쳐다보았겠지만, 우르트의 우물에 있는 대부분의 손님은 새로 들어온 사람을 노려보기는커녕, 너무 취해서 자기 앞 테이블의 술잔에 시선을 집중하기도 어려운 상태였다. 한 취객이 "생신 축하드립니다. 대통령님!" 하고 외치긴 했지만, 환각을 보고 있을 가능성이 높았다. 자포드는 술집 마루까지 돌계단 세 개를 힘들게 내려와서, 독한 증기를 내뿜는 웅덩이들을 피해 살금살금 옆걸음을 해 머리 위로 절벽처럼 치솟아 있는 바에 도달했다.

빛나는 정수리에 금발이 대여섯 가닥 붙어 있는 창백한 재생 바이킹 바텐더가 그를 내려다보았다. "뭘 해줄까, 꼬마 친구?"

"토르가 어디 있는지 말해주십쇼." 자포드가 대답했다.

바텐더가 빰에 난 구멍으로 휘파람을 불었다. "아니, 토르는 왜 찾으려는 건데? 멀쩡하게 잘 살아 있는 사람이."

"토르 기분이 영 나쁜가 봐요?"

"그렇다고 말할 수 있지." 바텐더가 말했다. "술 마시고 체스 두는 것밖에 하는 일이 없으니까. 지면 질수록 점점 술을 더 많이 마신다니까."

"이기는 법이 없어요?"

바텐더가 킬킬 웃었다. "이겨? 여기서는 아무도 못 이겨, 꼬마 친구."

자포드는 바이킹을 올려다보았다. "혹시 이름이 리프는 아니죠?"

바텐더는 그 즉시 격분했다. 그는 어깨에 두른 가죽띠에서 미니 도끼를 꺼내 카운터 위를 찍기 시작했다.

"에리크한테 가서 눈알 얘기를 할 거면 이리로 내려오라 그래. 내가 그러더라고 꼭 전해. 여기로 내려와서 얘기 좀 하자고!"

"그렇게 전해드릴게요." 자포드가 물러서면서 말했다. "토르하고 얘기를 하고도 살아남으면요."

"걱정해야 될 건 토르가 아니야." 바텐더가 바 뒤쪽의 컴컴한 벽감을 엄지로 가리키며 말했다. "저 못돼 처먹은 작은 졸개들이지."

자포드는 지고의 자신감을 비치며 윙크했다. "걱정 말아요. 나도 연예계 물을 몇 년이나 먹었으니까. 개자식들을 다루는 법쯤은 알고 있어요."

아사 신족의 기준에서 볼 때는 좁아터진 술집이었지만, 자포드에게는 토르의 테이블까지 가볍게 걸어가는 것만으로도 마구 살이 빠지는 느낌이었다. 그사이 그는 몇 번의 술집 난투극과, 두세 번의 마법 의례——그중 하나는 달군 꼬치와 둥그렇게 앉아 합창으로 울부짖는 늑대들이었다——, 시체들과 함께 소시지들이 높이 쌓여 있는 화장용 장작더미, 그리고 나무 발 괴물한테 쫓기는 작은 난쟁이들이 스케이트를 타고 돌아다니는 얼어붙은 호수 하나를 지나야 했다.

여기 아예 눌러앉아 살아도 좋겠다. 자포드는 생각했다.

온갖 놀이와 여흥은 토르가 차지한 구석 자리 바로 앞에서 딱 멈췄다. 천둥신은 건드리지 말고 조용히 내버려둬야 한다는 암묵적인 규칙이라도 있는 것 같았는데, 그건 아마 워싱 처리된 흰 벽에 응어리가 진 굳은 피처럼 보이는 걸로 아주 똑똑하게 쓰여 있는 메시지 때문이었을 가능성이 몹시 높다. 그 글은 다음과 같았다. 나를 가만히 내버려두면 십중팔구 죽음을 당하지 않을 것이다. 장담은 못한다는 걸 명심하라. 십중팔구 정도가 최대한 봐주는 거니까.

자포드는 '정숙 선'을 넘었는데, 그러자 바에 들어온 후 처음으로 수십 개의 눈이 자기를 향하는 느낌이 들었다.

안달하지 말자, 자포드. 그는 자신을 타일렀다. 너하고 토르 사이에 있었던 일은 아주 오래전이야. 그는 지금쯤 다 잊었을지도 몰라. 나도 거의 생각이 나지 않는걸. 신화적인 힘을 가진 우산과 대단한 상을 수상한 아이스크림의 비밀 레시피 같은 게 연루된 항성 간 사건 비슷한 거였는데. 자포드는 얼굴을 찌푸렸다. **모르겠다. 우산/아이스크림 사건은 전혀 다른 신이었어.**

자포드의 눈에 이제 예전의 친구가 보였다. 사람들에게 등짝을 돌리고 둥근 테이블에 앉아 있었다. 굉장한 등짝이었다. 평균적인 빙하보다 더 넓고, 불끈불끈 튀어나온 팽팽한 어깨 근육들은 족히 거대한 암석이나 암반만 했다. 긴 빨간 머리는 대충 하나로 묶어 늘어뜨리고, 헬멧의 뿔은 이 더러운 공기 속에서 오래도록 밤을 보낸 만큼 누렇게 얼룩져 있었다.

자포드는 간단한 농담으로 말꼬를 터야겠다고 생각했는데, 바로 그때 날카롭고 헬륨 가스를 마신 듯 쩍쩍거리는 목소리들이 한꺼번에 울부짖는 소리가 방을 가득 메웠다.

"에게? 겨우 그거?"

"그게 대단한 한 수?"

"몇 년이나 했는데, 대체 배운 게 하나도 없냐."

자포드는 조용히 벽감으로 숨어들어, 토르의 팔꿈치 굴곡 아래로 몰래 들여다보았다.

천둥신은 체스 판 반대편의 황금 체스 말 한 세트에게 놀림을 당하고 있었다. 그의 말들은 목제였는데, 기가 눌려 아무 말도 못하고 있었다.

작은 황금 나이트는 아주 기세등등했다. "어디 한번 해봐, 토르. 전에도 이 얘기는 한 적이 있을 텐데. 킹을 그렇게 무방비로 내버려두면 절대 안 된다고. 그건 기초적인 얘기야. 빌어먹을 유치원에서 배우는 거라고."

"말 조심해." 토르가 나지막하게 으르렁거리자, 자포드의 등골을 따라 전율이 흘렀다. 우물 바닥에서 졸린 호랑이가 으르렁거리는 것 같은 그 목소리. 여자들이 죽고 못 사는 것도 이유가 있다.

"조심 안 하면 어쩔 건데?" 나이트가 대들었다. "우리는 아사 신족의 고대 체스 세트라고. 우리를 죽일 수는 없어. 당신만큼 불사의 몸인데다, 한마디 덧붙이자면 훨씬 오래됐어."

"이 건방진 말썽꾸러기들. 네 녀석들을 다 녹여서 내 요강으로 만들어주지. 어떠냐?"

나이트가 웃음을 터뜨렸다. "마음대로 협박해 보시지, 계집애 같은 천둥신. 그래도 체크메이트는 체크메이트야."

토르는 손가락으로 테이블을 두드렸다. "판을 갈고 다시 줄을 서 있어. 나는 처리할 용건이 좀 남아 있어서 말이지." 그러더니 물이 흐르는 듯 유연한 동작으로 의자에서 빙글 돌아 허벅지 위에 얹혀 있던 아주 커다란 전쟁용 망치를 곧바로 자포드의 머리로 날렸다.

망치는 자포드의 코앞 반 인치 거리에서 얼어붙더니, 양을 모는 사냥개처럼 구석으로 그를 뒷걸음치게 만들었다.

"망치 액션 근사했어." 자포드가 꽥 비명을 질렀다. "나를 죽이지는 않을 줄 알았지."

토르가 등을 돌렸다. "썩 꺼져, 자포드. 우리가 처음 만난 저주받은 날부터 묠니르가 하고 싶어 근질거리는 짓을 하게 내버려두기 전에."

자포드는 앞으로 나서려 했지만, 망치가 그를 벽에 못 박아두었다.

"이러지 마, 옛친구. 얘기 좀 하려고 얼마나 먼 길을 왔는데."

토르는 끄응, 하고 신음 소리를 냈다. "왜 여기 왔는지는 알고 있냐? 기억이나 해?"

"정확하게는 기억 안 나는데." 자포드가 말했다. "하지만 솔직히 얼굴 앞에 거대한 망치가 떠 있는데다, 자네도 얼마나 많은 사람들이 내 얼굴을 사랑하는지 알고 있잖아. 그러니까 좀 정신이 산란하네."

토르의 어깨가 푹 처지더니 한숨 소리가 났다. "사람들은 예전에 내 얼굴도 사랑했었지. 네놈이 나타나기 전까지는 나도 사람들의 사랑을 한몸에 받았다고."

"다시 사랑받을 수 있어. 그래서 내가 온 거야. 이제야 기억난다."

"썩 꺼져, 자포드. 네 목숨을 건지고 내 인생에서 나가. 너를 죽이지 않는 단 한 가지 이유는, 시체를 쌓는다고 내면의 구멍이 메워지지는 않는다는 거야. 그게 서클 타임(둥글게 둘러 앉아 어떤 문제를 놓고 의논하는 시간—옮긴이주)에서 내가 배운 교훈이지." 그가 손가락을 찰칵 튀기자 묠니르가 주먹 속으로 튀어 들어왔다. "자, 이제 가버려. 비블브락스. 분노 관리 후원자한테 전화 한 통 해야겠다."

"우리한테 얘기해도 되는데, 친구." 황금 루크(체스에서 캐슬, 장기의 '차'와 같은 역할—옮긴이주)가 말했다.

토르는 빛나는 머리를 문질렀다. "그건 알아. 언제나 자네들은 내

곁에 있지."

"저 필사의 존재를 죽여버릴까?" 폰(체스의 '졸'—옮긴이주)이 물었다. "루키가 목구멍 속으로 기어들어가서 질식시켜 죽일 수도 있어."

"아니야. 그럴 가치도 없는 놈이야. 하지만 말만으로도 고맙군."

자포드는 더 나은 판단력이 없었기 때문에, 반 초만 망설였어도 그 말을 묵살할 수 있었겠지만 그러지 않았다. 그는 먼저 발판으로, 다음에 의자로 기어올라가서, 목제 등받이의 가로대를 타고 올라가 마침내 토르의 테이블 위에 서고 말았다.

천둥의 신은 누가 자기 맥주를 훔쳐 가기라도 할 것처럼 꾸부정하니 앉아 있었다. 시선은 아래로 떨어뜨리고 얼굴은 감정이 복받쳐 울퉁불퉁했다. 폭풍 전야 같았다. 그리고 토르의 경우 이 말은 그냥 비유가 아니다. 실제로 머리 위에 미니 천둥구름들이 부글거리고, 구름 속에서 번갯불들이 도마뱀 혓바닥처럼 머리를 내밀고 있었다.

"좋은 곳이네." 자포드가 재떨이에 자리 잡고 앉으면서 말했다. "커다란 스크린이 몇 개 있으면 더 좋겠다. 거품이 나오는 욕조도. 가끔은 맥주에 거품이 있으면 좋더라, 난."

토르는 자기 맥주를 집어 들어 테이블에 세차게 내려쳐서, 맥주 잔 윗부분에 거품이 생기게 만들었다.

"마음껏 빠져보시지." 그가 말했다. "맥주와 거품이니까."

자포드는 대개의 제안과 마찬가지로 이 제안도 액면 그대로 받아

들여서 속옷만 남기고 옷을 다 벗더니, 때맞춰 잊지 않고 배터리를 뺀 다음에 술잔 속으로 첨벙 뛰어들었다. 그는 후두까지 술에 잠겨 몇 분간 세 팔로 배영을 하면서 호박색 거품을 분출했다.

"여기 마음에 든다." 자포드가 보글보글거렸다. "뭐냐, 그게…… 괜찮네."

"화장실?"

"아니. 그거 말고."

"분위기?"

"그래. 그거다."

토르가 그르르 신음하자 머리 위 구름에서 전기가 발생했다.

"여기는 우르트의 우물이야, 자포드. 반신들과 똥구멍 핥고 사는 치들이 어울려 노는 데라고. 귀찮게 구는 사람이 아무도 없어서 내가 여기 오는 거란 말이야."

"똥구멍 핥고 사는 치!" 자포드의 눈높이에서 황금 비숍이 말했다. "그건 좀 심했는데. 그 성질 좀 죽이고 살 필요가 있겠다, 체크메이트!"

자포드는 섬광처럼 스쳐가는 수십 개의 가무잡잡하게 그을린 탄탄한 다리들과 수백 개의 하얀 치아에 정신이 팔리고 말았다.

"이봐, 저 운동선수 같은 아가씨들이 우리한테 손을 흔들고 있는 거 같은데."

토르는 스리슬쩍 손가락 사이로 바 건너편을 흘끔거렸다. 조각상 같은 발퀴레들 한 무리가 수십 배럴의 물을 써서 주가너겟이라 씌어 있는 가슴받이에서 슬로모션으로 피를 씻고 있었다.

"꿈도 꾸지 마, 자포드. 너하고 어울릴 여자들이 아니야."

자포드는 술잔에서 낑낑거리며 기어 나왔다. "나한테 어울리지 않는다고? 무슨 소리야?"

"현실적인 문제를 얘기한 거야. 저 여자들 좀 봐. 트램펄린을 타고 펄쩍펄쩍 뛰어도 저 여자들 정강이까지도 못 간다고. 생각해보니, 나도 안 되겠다."

자포드는 사냥개처럼 몸을 부르르 털었다. "말도 안 돼! 내가 아는 천둥신은 이렇지 않아. 내 친구 토르가 미스 엑센트리카 갈룸비츠와 주말에 사라졌다가, 결국은 그 여자한테 돈을 받고 돌아온 기억이 생생한데 말이야."

"됐어, 자포드."

자포드는 재빨리 바지 속으로 뛰어들어갔다. "우리한테 필요한 게 바로 이거야, 옛친구. 자네와 내가 아름다운 아가씨들 몇 명하고 뒹굴고 노는 거지. 저기 좀 가봐야겠어."

"안 돼."

"아냐, 돼. 내가 덩치는 작아도, 뭐랄까 쥐느세쿠아(프랑스어로 '나도 뭔지 몰라'라는 뜻―옮긴이주)가 있다고."

"뭐가 있다고?"

"나도 뭔지 몰라." 자포드가 시인했다. "하지만 그렇다고 포기한 적은 한 번도 없다고."

자포드의 눈에는 토르가 익히 알고 있는 반짝임이 있었다.

《안내서》 주석 : 이 반짝임(영어로 '글린트glint'다—옮긴이주)은 아기 글룬트들과는 아무 상관이 없다. 그보다는 대책 없는 낭만주의의 표정이라 할 수 있다. 이는 짝짓기를 하기 위해 비늘의 탄성 한계를 훨씬 넘을 때까지 몸을 부풀리는 플라르가톤의 나르시시피시의 눈에서 종종 볼 수 있는 것과 유사하다. 수컷 나르시시피시는 암컷에게 깊은 인상을 남기기 위해서라면 장렬한 장관으로 자폭하기를 마다하지 않는다. 이것은 과연 인상적인 과업이다. 암컷을 부당하게 폄하하지 않기 위해 덧붙이자면, 암컷은 그 희생을 높이 평가하는 의미에서 며칠 정도는 자숙하고 나서야 제일 좋은 진주 목걸이를 하고 다시 산호초로 나설 것이다.

관련 서적 :
《사랑은 나를 갈가리 찢어놓으리》, (고)스케일리 핀스터 저

　"이리 돌아와, 자포드. 경고한다!"
　자포드는 테이블을 가로질러, 잎담배를 뱉는 그릇을 피해 성큼성큼 걸어갔다. "우리한텐 바로 이런 게 필요해, 토르. 나중에 나한테 고맙다고 할걸." 그는 발퀴레에게 상향등을 켰다. "안녕, 아가씨들. 아가씨들은 아직 날 모르지만, 내일이 되면 내가 보고 싶어질걸요"
　어리둥절한 발퀴레들의 웃다 만 웃음들이 갑자기 휘어진 유리벽에 굴절되었다. 자포드는 한순간 발키리의 욕정이 급작스럽게 공기를 엄청나게 가열한 게 아닐까 생각했지만, 곧 토르가 자기를 위스키 잔에 가두었다는 걸 깨달았다. 덕분에 그는 자기가 이 세계에

서 얼마나 작은지를 강렬하게 실감했다. 아무래도 그는 무조건 토르가 원하는 사이즈로 보이는 모양이었다. 바로 몇 분 전만 해도 위스키 잔에 들어갈 정도는 아니었다고 자포드는 확신했다.

"이러지 마, 토르." 그가 외치자, 목소리가 도로 메아리쳐 그에게 돌아왔다.

이상하네. 자포드가 생각했다. 이 안의 어쿠스틱은 왠지 사람 목소리를 징징거리는 것처럼 만드는데.

"자네는 내 뒤를 봐주기로 했잖아. 우리는 한팀이라고. 한돌드 시의 안티그라브 댄서들 생각 안 나?"

토르는 술잔을 자기 쪽으로 끌어당겨, 불평하는 루크를 위험천만하게 스쳐 지나게 만들었다. 그래서 자포드는 어쩔 도리 없이 따라가기 위해서 테이블 위에서 춤을 추어야 했다.

"나는 한돌드에 간 적이 없어."

"정말? 틀림없는 줄 알았……. 무슨 다른 아사 신족이었나 보다. 빨간 수염이 기억에 선한데. 정말 자네 아니었어?"

"확실해, 자포드. 나는 신이야. 우리는 뭘 잊거나 하지 않는다고. 그것도 사실, 문제의 일부지."

토르는 술잔을 들었고, 술잔이 들림과 함께 자포드는 키가 커지는 것 같은 느낌을 받았다. 그래서 좀 더 토르의 친구 같고, 좀 덜 토르의 애완동물 같은 기분이 되었다.

"문제? 무슨 문제?"

토르가 테이블을 쾅 치는 바람에, 맥주가 상판 저편으로 엎질러졌다.

"무슨 문제냐고? 무슨 놈의 지랄할 문제냐고, 자포드? 진심이야? 진짜로 그걸 묻는 거야?"

자포드는 얼굴을 찌푸렸다. "무슨 질문이 그렇게 많아. 무슨 문제냐고? 무슨 '지랄할' 문제냐고? ……세 번째 질문이 뭐였지?"

"오, 이게 무슨 소용이람." 토르는 매멀로이드 한 무리를 익사시키고도 남을 만한 맥주를 꿀걱 삼키며 말했다. "자포드 비블브락스는 자기 말고 다른 사람한테는 버펄로 비스킷 두 덩어리도 신경을 안 쓰는걸."

이런 생각은 진짜로 자포드한테 충격이었다. 그는 자기 인격을 일정한 사람들과 나누는 건 사랑의 행위라고 굳게 믿고 있었던 것이다.

"그런 혹독한 말을 하다니. 몇 년 동안 나는 자네의 절친한 친구였잖아."

"네놈이 나를 꽤서 그 비디오를 서브-에서에 올리게 만들 때까지는 그랬지." 토르가 쓰라리게 말했다. 머리 위로 작고 힘찬 천둥구름이 힘이 쭉 빠지더니, 가벼운 부슬비를 뿌리기 시작했다. 두뇌학 학자가 아니라도 의미를 알아낼 수 있는 상징이었다.

자포드는 이제 자기가 신보다 겨우 머리 하나 작다는 걸 알았다. 그는 바로 옆의 의자에 털썩 앉아서 분위기를 밝게 할 가벼운 농담을 던지는 게 좋겠다고 생각했다.

"나는 좋은 술집 의자는 그냥 두고 볼 수가 없더라." 그는 테이블을 손가락으로 두드리며 말했다. 붐붐.

토르가 몰니르의 머리를 툭툭 두드렸다. "어디 하나만 더 해봐, 자포드. 하나 더 해봐."

"그 비디오는 좀 잊어버리면 안 돼? 그건 과거의 일이고, 내가 너한테 과거 얘기를 하나만 더 하게 해줄게. 그게 거기 있어야 되는 거야, 과거에 말이야. 과거에 대한 그 문장 기억나? 그건 벌써 과거에 있잖아. 그 문장이 '과거'라는 단어를 포함하고 있었다는 거 말고는, 거의 기억도 안 나네. 과거는 기억들로 이루어지고, 기억은 이미 죽은 것들이라 상처를 줄 수가 없다고. 뭐랄까 뾰족한 막대기 구름 같은 것처럼 말이야. 원자들이고 뭐 그래. 아, 쿼크들도 있지. 그러나 이미 다 써버린 거라고, 누구한테 아무 짓도 못하고 그냥 다 누워 있는 거라고."

"무슨 핵심 같은 게 있는 거야, 자포드? 아니면 그것도 과거에 있냐?"

자포드는 토르의 거대한 어깨에 한쪽 팔을 걸었다. "내 핵심은 '어쩌면' 당시 내가 비디오에 대해 잘못된 결정을 했는지 모르지만, 티켓 판매가 부진해서 네 프로필을 A급 리스트에 다시 올리려면 뭔가 조치를 취했어야 한다는 거야. 적나라한 사생활 비디오 때문에 엄청난 물의가 일었고, 솔직히 좀 좋아하는 사람들도 있었잖아."

"좋아하는 사람들?" 토르가 으르렁거렸다. "그 파티 우주선에서의 컬트를 좋아해? 그런 변태들이 비디오를 닳도록 보긴 했지. 불행하게도 은하계의 나머지 '정상적'인 필사의 존재들은 자기네 신이 뒷골목 도착자처럼 꽁꽁 묶여 있는 꼴을 좋아하진 않았다고."

자포드는 어깨를 으쓱했다. "약간 반발이 있긴 했지, 솔직히."

토르는 관자놀이를 지압했다. "반발……반……. 네가 얼마나 얕은 인간인 줄은 잘 아는데 말이야, 자포드. 하지만 아무리 너라도 그 엄청난 후폭풍을 아예 모르지는 않았을 텐데. 우리 아버지는 촬영지 행성을 통째로 폭파시켜버렸다고. 내 아름다운 사원들이 다 무너져버렸고. 나는 네 번째로 인기 있는 신에서 육십팔 등으로 전락했어. 스카디 밑이라고. 스카디! 지랄할 눈신발의 신이란 말이야."

"눈의 신은 중요한 거야. 에이, 옛친구, 마음속에서 그 일을 전부 싹 지워버리면 안 되겠어? 나는 그랬는데."

토르는 여덟 개의 손가락으로 수염을 쓸었다. "하지만 그 의상은, 자프? 게다가 그 폼폼 오징어들이라니."

자프라. 자포드가 생각했다. 이제 이 친구는 내 손안에 있어.

"계산착오였는지도 모르겠다."

"게다가 내가 했던 말들." 토르는 부르르 몸을 떨었다.

"자네는 연기를 하고 있었잖아. 역할을 연기했던 거라고."

"오딘은 고양이를 한 마리 쌌어. 진짜 똥으로 살아 있는 호랑이 새끼를 눴단 말이야(똥을 쌌다는 뜻의 crap out이라는 속어에는 혼비백산했다는 뜻이 있다─옮긴이주). 우리 어머니도 내 얼굴을 못 봐. 로키한테 내 얼굴을 보면 라텍스 뷔스티에(브래지어와 코르셋이 연결된 속옷─옮긴이주)만 보인다고 하셨다고."

"그건 예술이었어. 아무나 예술을 이해하나."

"그 영상 조회 수가 얼마였는지 알아? 전 서브-에서를 통틀어서 지난 오 년간 넘버원 비디오였단 말이야."

"내 말이 그 말이야. 지난 오 년 동안이잖아. 그 비디오는 이제 과거지사야. 다음 해에는 새로운 토르 비디오가 나올 테니까. 자네를 곧장 일류로 복귀시켜 줄 만한 비디오 말이야. 그게 자네한테 어울리는 급이니까."

"오, 꽤나 그렇겠다." 토르가 우울하게 말했다. "앙코르로는 뭘 준비했는데? 바운스-오-젤리를 뚫고 나오면 되나?"

자포드는 바싹 다가들었다. "아니, 아니야, 친구. 설정 같은 건 필요 없어. 이건 진짜 대박이니까. 복고풍 대결이야. 자네한테 뭘 훔친 불사신을 하나 찾았는데, 그 친구가 자네한테 결투를 신청했다고."

토르의 머리 위에서 천둥구름이 활기 넘치는 번갯불들을 뭉텅이로 뱉어냈다.

"계속 해봐, 자프." 신이 말했다. "듣고 있으니까."

힐먼 헌터

힐먼 헌터는 단순히 스테레오타입에 부합하는 아일랜드인이 아니었다. 그는 망명한 켈트족들(영국인을 말함. '패디'는 패트릭의 애칭으로 영국 영어에서 아일랜드인을 폄하해 부르는 말이다──옮긴이주)이 상상한 이미 지나간 시절의 스테레오타입 '패디'이기도 했다. 에메랄드빛 안경에, 위스키와 노스탤지어로 가득한 머리를 가진 패디 말이다. 힐먼의 머리 위에는 새둥지 같은 빨간 곱슬머리가 자리 잡고 앉아 있었고, 얼굴에는 구리동전 같은 주근깨가 흩어져 있었으며, 휘어진 다리로 걷는 걸음걸이는 종마의 안장을 타고 어린 시절을 보냈다는 걸 보여주었고, 풀어헤친 셔츠 칼라의 V자 속으로는 황금빛 십자가가 보였다. 디들-이-아이 아일랜드스러움으로 말하자면, 힐먼 헌터는 감자 한 포대를 아예 통으로 짊어지고 있는 수준이었다(아일랜드인의 주식이 감자라는 점을 빌려 쓴 표현—옮긴이주). 힐먼이 방에 들어오면, '베고라!'(아일랜드 특유의 감탄사—옮긴이주)를 외치고, '보드라운 날씨를 하나님께 감사'(아일랜드식 표현—옮긴이주)하고, U2(아일랜드 더블린 출신의 슈퍼 록 그룹—옮긴이주)의 건강은 어떤지 묻지 않을 수 없었다. 심지어 그의 목소리마저 기대에 부합했는데, 왜 안 그러겠나. 힐먼의 악센트는 배리 피츠제럴드를 따라한 것이었다. 배리 피츠제럴드는 텔레비전이 아직 젊었던 시절 이미 늙었던 이십 세기의 아일랜드 배우다. 진부한 스테레오타입의 여타 특징들도 다른 것과 마찬가지로, 힐먼이 세심히 고려해 터득한 것이었다. 힐먼은 열여덟 살 때 흰머리가 생긴 이후 계속 염색을 했다. 세팅기를 다루는 솜씨도 상당했고, 선탠베드에서 오랫동안 태워 주근깨를 만들었다.

이런 온갖 위장의 이유는? 단순했다. 그의 '나노'가 오래전 말해준 것 때문이었다.

"사람들은 편안함을 돈 주고 산단다." 그녀는 옥수수 베는 낫으로 돼지 멱을 따면서 이렇게 말했다. "사람들을 편안하게 해주면, 네가 파는 건 뭐든지 살 거야."

지혜와 동맥에서 뿜는 피의 조합은 불가항력적이었고, 힐먼은 할머니의 가르침을 절대 잊지 않았다.

사람들을 편안하게 해줘라. 그리고 뭐든 네가 원하는 걸 파는 거야.

그리하여 젊은 힐먼은 사랑받는 배우로 변신했고, 비싼 물건들을 부자에게 팔기 시작했다. 자동차와 요트를 팔고 다니다가, 졸업한 후에는 말과 해외 부동산으로 옮겨갔다. 그는 타고난 재주를 갖고 있었다. 천재였다. 사람들은 그의 구세계적인 허풍을 좋아했고, 다이아몬드로 뒤덮인 축소판 곤봉들을 선물로 주면 혹했다. 마흔 살이 되었을 무렵, 힐먼은 중개수수료로만 백만장자가 되었다. 오십에는 수십억장자가 되는 길 절반쯤에 도달해 재규어를 타고 자택들을 오갔으며, 옛날 것보다 훨씬 낫고 고장 나면 알아서 제조사에 연락을 취하는(최근 고급 승용차들에 사고가 났을 때 자동으로 긴급 연락을 취해주는 장비가 설치되는 것을 빗대고 있다—옮긴이 주) 인공 바이오하이브리드 골반의 도움을 받아 넓은 영지를 걸어다니곤 했다.

힐먼은 머리 좋은 사람이 부자들을 한군데 모아놓고 날마다 돈을 지불하게 만들 길을 고안해내기만 한다면, 훨씬 더 많은 돈을 벌 수 있을 거라는 걸 깨달았다. 그러나 어떻게 해야 이런 일이 가능할까 말이다. 대답은 섬광처럼 스쳐간 텔레비전 뉴스 헤드라인에서 그를 찾아왔다. 시절이 힘들어서 일손이 달리는 '간헐적 원조 수녀원'

이 교회 자산 일부를 경매에 내놓아야 하는 지경에 처했다는 것이었다. 구체적으로, 바로 이니스프리 섬이었다.

힐먼이 너무 흥분하는 바람에 왼쪽 골반이 일본에 전화를 넣을 지경이었다.

이니스프리. 나노가 제일 좋아하시던 영화 〈아일랜드의 연풍〉에 영감을 준 섬. 자기 인격 템플릿의 셀룰로이드 고향. 운명이 그에게 윙크를 던지고, 숙명이 그에게 갈색 봉투를 슬쩍 건네주고, 천운이 그의 머리를 힌트의 망치로 세차게 두들기고 있었다.

힐먼은 서브-에서를 좀 쓸 줄 아는 사람이라면 누구나 '바너즈 스타'의 레저 그룹까지 역추적할 수 있는 유령회사와 경합해 이겨서, 수녀들이 주말 셰리주 파티를 위해 지으려 계획한 피정용 숙소의 건설허가까지 포함해 섬을 구입했다.

그리고 안개 낀 첫 아침에, 선외 모터를 장착한 통통배를 타고 슬리고의 라프 길(길 호수─옮긴이주)을 가로질러 가던 힐먼 헌터는 자기가 황금 단지를 발견했다는 걸 직감했다.

"비제이수스." 그는 나직하게 상스러운 욕을 하고는, 곧 역할로 돌아와서 이렇게 말했다. "이곳은 약속의 땅이다."

힐먼은 피정용 숙소 대신 섬에서 가장 호화스러운 스파 휴양지를 지었고, 오로지 부자들만 고객으로 확보하기 위해 종교를 하나 발명해 그것도 팸플릿에 끼워 넣었다.

《안내서》 주석 : 힐먼 헌터가 당시에는 알 길이 없었지만, 《누가 뭐고 어디인지》 잡지는 그를 에스플로비안의 카르 팔톤레와 한 쌍으로 묶었다. 카르 팔톤레 역시 미끈한 입담의 사기꾼으로서 폐쇄된 지역사회들을 설득해, 간단한 논리로 아마겟돈이 오면 그들이 생존자로 선택될 거라 믿게 했다. 가중핵 교전 치료법이라는 형태로 아마겟돈이 진짜로 에스플로비안을 찾아오는 엄청난 행운을 통해 그의 사업은 번창했다. 팔톤레 씨는 용역 컬트 지도자로 돈더미를 몇 개씩 쌓았지만, 진짜 재산은 소프트웨어로 벌었다. 그는 〈신의 스승〉이라는 프로그램을 특허 냈는데, 이는 누구든 '자기복음─전파자'를 희망하는 사람이 지역사회에 자기가 남기고 싶은 영적 가르침을 프로그램에 입력할 경우 컴퓨터가 몇 분쯤 고려해보고 적당한 교리문답은 물론 적당한 계명의 숫자, 어떤 편견이든 정당화하는 논리, 그리고 신성한 위계질서까지 다 뱉어내 주는 프로그램이었다. 디럭스 패키지는 법적인 구멍을 이용해 구매자에게 보통 요구되는 세 개의 기적 조건을 우회하고, 자신을 공식적인 신으로 등록하는 옵션을 제공한다.

우리는 나나이트교라고 해야겠다. 힐먼은 소프트웨어의 도움도 없이 결정했다. 그리고 신이 예비해둔 나노 행성의 존재를 믿게 하는 거야. 언젠가 신심 깊은 이들이 우주선을 타고, 물론 일등석으로, 나노 행성으로 날아가게 될 테니까, 우주선이 거두어주기만 기다리며 한군데 다 같이 모여 있는 게 나을 거라는 거지. 안 그러면 우주선을 놓칠 수도 있고 지구에 발이 묶여 묵시록을 맞을 수도 있고, 아니면 잘해봐야 비즈니스 석밖에 남지 않았을 다음 우주선을 타야 할 테니까 말이야.

힐먼은 스키버린에 있는 케이시네 술집에서 동네 사람들 한두 명과 술에 취해 주말을 보내면서 복음 전체를 조합했다. 그들이 맞닥뜨린 단 하나의 중요한 문제는 '묵시록'이라는 글자의 정확한 철자였다. 그때까지 힐먼은 '씨' 자가 들어가는 '묵씨록'이라고 철석같이 믿고 있었던 것이다.

"여기 속아 넘어가는 사람은 아무도 없을걸요"라고 관광위원회에서 코웃음을 쳤다. "몹시 개연성이 없어요." 이 말은 당연히 전체 사업이 엄청난 성공을 거둘 것임을 보장한 거나 마찬가지였다.

아일랜드의 초특급 부자 한 명이 제일 먼저 착륙했고, 그 뒤로 러시아와 남아프리카공화국 사람들이 당도했다. 힐먼은 약간의 신용거래를 허락하고 영국 귀족들 몇몇과 거래를 텄다. 그러자 수문이 활짝 열렸다(고객이 밀어닥친다는 뜻의 비유적 표현이기도 하다─옮긴이주). 이 일로 힐먼은 몹시 짜증이 났는데, 이 수문들은 이십 년은 끄떡없을 거라고 품질 보장이 되어 있는 제품이었는데다가, 수문이 열리면서 간척사업으로 만든 해변의 삼분의 이를 잃고 말았기 때문이다.

삼 년 후, 힐먼은 자기만의 작은 초대형 부자 떼를 모는 양치기가 되었다. 부자들은 한 달에 대여섯 명의 비율로 죽어가면서, 외계인들이 도착할 때까지 머리를 얼려준다는 약속만 하면 지구 부(富)의 상당 부분을 숭덩숭덩 그에게 남기고 있었다.

"쉬우니까 효과가 있는 거야." 힐먼은 이인자인 버프 오르핑턴에게 종종 이런 말을 했다. "나나이트가 되기 위해 뭔가 해야 할 필요는 없어. 중간에 잘릴 일도 없고, 물속에서 잡아주지도 않아. 성경도, 죄의식도, 계명도 없어. 그저 부자이고 화요일 점심 뷔페에 갈 때마다 나나이트 티셔츠를 입기만 하면 되는 거야. 이것보다 더 쉬울 수가 있어야지, 어디."

《안내서》 주석 : 사실관계를 지적하자면, 나노교보다 더 가입하기 쉬운 종교가 하나 있긴 했다. 브레퀸다 정신 구역에서 매우 인기가 좋았던 소프틀리 소프틀리 사원의 교도들은 대부분의 우주 대전이 공격적으로 자기 종교를 퍼뜨리려 하는 광신도들에 의해 초래된다는 깨달음을 얻고, 자신들의 세례 방식은 고통이 전혀 없을 뿐 아니라 아예 세례를 받았다는 지식도 없게 만들기로 결정했다. 따라서 그냥 신도 한 사람이 제일 작은 손가락 내지 발가락을 당신 쪽으로 향하고 오 초간 있다가 나지막하게 '삑'이라고 말하면, 그들 입장에서는 당신이 교회의 일원이 되는 것이다. 오 브레퀸다 년 동안 SS사원은 정신 구역에서 가장 빨리 성장한 종교가 되었다. 불행하게도, 소프틀리 소프틀리의 이름으로 성전을 단 한 번도 치르지 않았고 단 한 사람도 종교의 이름으로 장애인이 되지 않았기 때문에, 사원은 은하계 종교 공회에서 인정받지 못하고 자선 단체의 자격 요건을 갖추지도 못해 반세기 만에 사라지고 말았다.

자신이 창조해낸 종교가 만족스러웠던 힐먼 헌터는, 오스트레일리아 총리와 남극에 두 번째 복합 휴양지를 짓는 협상을 진행하고 있었다. 그러던 어느 목요일 오후 힐먼이 화장실에서 터치스크린 전화로 당구 게임을 하고 있는데, 외부 지역 번호로 영상 전화가 왔다. 그의 전화기는 영상 전화기가 아니었기 때문에, 힐먼은 흥미가 동했다. 그는 전화를 받은 후 스크린이 벌거벗은 아랫도리로 향하지 않게 조심스럽게 치웠다. 나노가 당신 이름을 함부로 썼다고 화가 나서 저승에서 전화를 건 게 아닐까 싶은 생각이 반쯤 들었기 때문이었다.

힐먼의 스크린에 얼굴이 하나 나타났다. 나노의 얼굴이 아니었다. 턱도 그렇고, 까칠한 성깔도 턱없이 못 미쳤다.

"최고의 아침입니다." 힐먼은 자기가 취한 페르소나에 편안하게 녹아 밝은 목소리로 말했다. "누구실까요?"

"나는 당신 기도의 해답이 될지 몰라요." 얼굴이 말했다. "당신 무지개의 끝이 될지도 모르는 사람이라고."

힐먼은 나노의 서재를 뒤져 만병통치 한마디를 사용했다. "오, 리얼리, 오라일리?"('오, 그러셔, 이 친구야?' 정도의 뜻으로 비꼬는 의미가 담겨 있는 말―옮긴이주)

얼굴이 인상을 썼다. "뭐라고? 그게 뭡니까? 제발 똑똑하게 말을 하세요. 당신 억양에 내 피시가 헛갈리잖아요. 다른 원숭이들하고 애기할 때는 이런 적 없는데."

미쳤구나. 힐먼은 그리 비합리적이지 않은 생각을 했다. **완전히 돌았어.**

나도 그렇게 생각한다, 힐러즈. 죽은 할머니의 목소리가 속삭였다.

"당신 입술이 만드는 형태가 입에서 나오는 말과 맞아떨어지지 않는데요." 힐먼이 지적했다. "게다가 이 전화기는 영상 통화가 안 되는데."

"내가 이룩한 기적 중 하나요." 신비한 머리가 힐먼이 훗날 잘 알게 될 애매한 말투로 설명했다. "그리고 입-말 문제는 당신한테 바벨 피시가 없어서 우주선이 동시통역을 하기 때문이요. 알겠소? 대충 분위기를 파악하겠느냐고, 원시인?"

이런 미친 소리는 이제 그만 됐어. 힐먼은 생각했다.

"알-겠습다, 선생님." 그가 말했다. "전화 해킹은 참 잘하셨지만, 이제 전 가봐야겠어요. 종교를 이끌어야 하거든요."

그는 전화를 끊고 일어서서 트위드 바지의 남대문을 잠그는 복잡한 미세 근육 작업에 돌입했다.

"그렇게 빨리 가시면 섭섭하지." 이제는 확대되어 화장실 문에 나타난 머리가 말했다.

힐먼은 충격에 바지를 잡았던 손을 떨어뜨리고, 뒷걸음질을 치다 변기에 주저앉았다.

"대체 저게 뭐야?" 그는 헉, 소리를 냈다. "어떻게 그렇게 한 겁니까?"

머리가 피식 비웃었다. "이거? 이걸 보고 대단한 일이라고 하는 거요? 지금 궁극의 권력으로 가는 티켓을 건네주려 하는데, 고작 금속 프레임이 달린 평평한 표면에 영상 좀 투사했다고 대단하다고 해? 힐먼, 내 친구, 자네는 정말 무식한 포름랭글러로군. 기분 나쁘라고 하는 말은 아니고."

힐먼은 기분이 나쁘지 않았는데, '기분 나쁘라고 하는 말은 아니다'라는 말이 귀에 들어왔다. 어떤 생각이 뇌리를 스쳤다.

"나노에서 온 겁니까? 그래서 이래요? 그동안 내가 한 얘기가 다 맞는 겁니까?" 힐먼은 나노에 대한 광고 문구를 하도 오래 팔아와서, 가끔 자기도 반쯤 믿는 지경이 되곤 했다.

머리는 너무 심하게 웃다 못해 종이 봉지에 대고 숨을 쉬어야 할 지경이 되었다.

"아니, 맞기는 뭐가 맞아, 멍청한 원숭이. 나노라는 행성은 없어." 그러더니 입이 교활한 웃음으로 씰룩거렸다. "아직은 없지."

"계속 말씀해보세요." 힐먼이 말했다. 거래를 냄새 맡는 그의 코가 뿌리 깊은 회의를 완전히 눌러버린 것이다.

"그동안 당신네 행성에 투자할 길을 찾아보고 있었는데 말이요. 어차피 그 행성이 오래가진 못하겠지만. 서브-에서가 이 작은 복합시설 얘기를 내놓기에, 찾아보니 당신네 그 부자 노인들 말이야. 실제로 누가 지구 폭파 이전에 나노로 진짜 데려올 수만 있다면 마지막 황금 동전 하나까지 다 내놓지 않겠냐 이거요. 그리고 그들이 신화적인 나노에 도착하면, 그때부터는 확실히 지고한 지도자가 필요하겠지요."

지고한 지도자. 힐먼이 생각했다. 그러고는, 이거야말로 암소 똥 단지 같은 소리야.

갑자기 나노의 목소리가 그에게 속삭였다. 그의 인생이 중요한 갈림길에 섰을 때마다 그러했듯이. 잘 들어, 힐러즈. 이 바보는 자기가 아는 것보다 네게 훨씬 더 많은 일을 해줄 수 있단다. '묵씨록'이 오고 있으니까 이 행성을 떠날 때가 됐어.

거 봐, 내가 '씨'가 맞다고 그랬잖아. 힐먼이 생각했다. 큰 소리로 그는
이렇게 말했다. "이런 사기극이 먹혀들려면 엄청나게 설득력 있는
논지가 필요한데요."

얼굴이 띤 웃음이 한두 번 입술을 절개한 것처럼 쫙 찢어졌다.
"거대한 우주선이 돌연 허공에 나타나는 건 어떻소? 그 정도면 다
른 원숭이들을 설득할 수 있겠어요?"

힐먼은 원숭이 발언은 그냥 넘어가기로 했다. 이건 어쨌든 사업
이니까.

"로봇 같은 건 없습니까?"

"그거보다 더 나은 게 있죠." 자포드 비블브락스가 말했다. 당연
히 다름 아닌 그였으니까. "공중에 떠다니는 머리를 보여주겠소."

나노

그리하여 이제 힐먼 헌터는 팔십일곱 명의 부자 노인들과 그 수
행원들을 관장하는 플래니토이드의 대장이 되었다. 돈도 많고 권
력도 있었으나, 일 분도 즐길 시간이 없었다. 은하계 전체를 통틀어
은퇴한 부자 노인들만큼 요구 사항이 많은 집단은 없다는 걸, 그는
매우 빨리 깨달아 가고 있었다. 그들 마음에 들고, 충분히 빠릿빠릿
한 건 세상에 없었다. 미결 문제 목록을 놓고 빈둥거리는, 하등 도

움이 되지 않는 마그라테아 행성 건설업자들도 있었다. 그들은 마치 집에 마룻바닥이나 천장이 필요한지 아닌지 들어본 적도 없는 것처럼 굴었다.

　"창문도 필요하다고요?" 눈썹이 올라가다 못해 아예 날아갈 정도로 놀라더니, 십장이 물었다. "그런 건 육 개월 전에 미리 말씀해주셨어야죠. 미리 알기만 했으면 우리 애들이 설치했을 거 아닙니까. 지금 창문을 설치하려고 하면, 벌써 현장에 와 있는 배관공들 일을 좀 보류해야 해요. 그러면 배관공들 다음에 일하는 도색업자들이 싫어할 거고요. 게다가 도색업자 중에는 배관공하고 결혼한 친구들이 있어서, 가정불화가 일어날 겁니다. 그리고 일하는 동안 현장에서 마사지해주는 인력이 부족해서, 현재 우리 애들 어깨에 극심한 젖산 축적이 일어나고 있단 말이에요. 어쨌든, 뭐 선생님이 물주니까 돈은 마음대로 쓰세요. 제 말은 아무렇게나 이것저것 요구해서 프로젝트 전체를 경제적 자유낙하 상태로 만들 게 아니라, 좀 편할 때 미리미리 말했으면 좋았지 않았겠느냐 이거죠."

《안내서》주석 : 기록된 역사를 통틀어 볼 때, 건설업자가 웅변을 늘어놓지 않고 설계 변경에 순응한 경우가 확인된 사례는 딱 한 번뿐이다. 베텔게우스 자동차 판매자인 카르멘 게팀의 사례인데, 그는 프로젝트가 시작하기 전에 건설업자에게 변경 사항을 알려주기 위해 시간을 거슬러 설계 변경도를 과거로 보냈다. 게팀 씨가 이 쪽지 배달을 특별히 성깔이 더럽고 하관이 뾰족한 테리어한테 맡겼다는 것도 짚고 넘어가야겠다.

건설업자들과 협상을 하지 않는 시간에는, 행성을 지배할 만한 적임 신을 찾으려고 시간을 보내야 했다. 힐먼이 처음 생각했던 것처럼 즐거운 작업이 전혀 아니었다. 힐먼은 행복의 본질에 대해 철학적 대화를 하거나, 신적인 능력의 경이로운 과시에 몹시 놀라게 될 줄 알았다. 그러나 오히려 그는 실제보다 훨씬 더 대단한 의미가 있는 것처럼 자기를 포장하려고 애쓰는 반신들의 과대포장 이력서들의 진창을 허우적거리며 헤매고 있었다.

　힐먼은 신이 두 장에 걸쳐 신성한 사색을 위해 안식년을 취하고 있다고 쓴다면, 그건 사실 지난 일만 년 동안 무직이었다는 뜻이라는 걸 곧 깨달았다. 신이 자기한테 점차적으로 기후에 영향을 줄 수 있는 힘이 있다고 하면, 그건 단순히 일기예보를 보고 무슨 날씨건 다 자기가 그렇게 만들었다고 우겼다는 뜻이었다. 그리고 신이 자기의 '편재'를 뭐 대단한 것처럼 여기면, 어딘가 쌍둥이 형제가 돌아다니고 있을 가능성이 매우 높았다.

　찌꺼기. 힐먼은 서글프게 생각했다. 쓰레기 찌꺼기에 허풍쟁이들. 뭐 하나 속이 꽉 찬 게 없네.

　그가 마지막 지원서 한 다발을 서류 소각기에 넣으려 하는 참에 버프 오르핑턴이 문밖에서 머리만 빼꼼 들이밀었다.

　"그래, 버프. 준비 다 됐나?"

　버프의 축축 늘어지는 뺨이 출렁거렸다. "다 됐어, 힐먼. 이제 멋지게 엉덩이를 팍팍 차주고 와야지."

　엉덩이를 차주고 와? 대부분의 식민지 사람들은 천천히 조깅하는 이상으로 빨리 움직이지 못했다. 그 사람들이 차줄 엉덩이라 해봤자, 고정되어 있고, 부드럽고, 아주 낮게 늘어진 게 아니면 어림도 없었다.

문제의 엉덩이들은, 나노의 서부 식민지 사람들의 축 늘어진 엉덩이였다. 이들은 종교적인 이유로 콩 시의 프랑스 요리사를 납치했다. 그들은 반쯤 응고된 치즈를 매개로 신성이 개입한다고 믿는 타이로맨서들이었고, 장 클로드의 대표 요리는 천상의 맛을 자랑하는 케이퍼와 연어를 넣은 네 가지 치즈 키시(달걀과 치즈, 야채, 햄 등을 넣어 굽는 파이의 일종─옮긴이주)였기 때문이다. 타이로맨서들은 케이퍼와 연어에는 불만이 없었으나, 치즈를 넣는 것은 이단이라고 결정했다.

마그라테아인들이, 이런 일이 있을지 모른다고 경고했었어. 힐먼은 서글프게 깨달았다. 행성을 옮기는 건 한 존재에게 일어날 수 있는 최악의 트라우마라고. 바비큐 소스 범벅이 되어 트랄의 레이브너스 버그블래터 비스트가 있는 함정 속으로 떨어지는 일에 버금간다고 그랬어. 그게 무슨 소리인지는 모르겠지만. 사람들은 남기고 온 것들에 대해 맹렬한 집착을 보이게 된다고. 이 타이로맨시라는 건 지구에서 일종의 놀이로 즐기던 건데, 나노에서는 지독한 강박이 되었지. 아시드 프리플룩스는 자기 지역 거주민을 모두 개종시키는 데 성공했고.

힐먼은 버프를 따라 밖으로 나가면서, 뒤에서 보면 버프는 체크무늬 바지와 바람막이 재킷에 구겨넣은 그리즐리 곰 같아 보인다는 걸 깨달았다. 이 땅딸막한 털보의 팔에 난 털은 정말로 바람에 휘날렸다.

도시 광장에는 군대가 점호를 위해 정렬해 있었는데, 대열은 힐먼이 상상했던 것보다 더 나빴다. 직원은 단 한 사람도 남아 있지 않았다. 단 한 사람도.

　그는 버프 오르핑턴에게로 빙글 돌아섰다. "개인 트레이너들은 어디 있나?"

　"가버렸지."

　"루이스는 아니겠지?"

　"다 가버렸어."

　"미용 관리사들도?"

　"미용 관리사 없이 지낸 지 벌써 일주일이 다 되어가. 우리 마누라 크리스텔만 해도 매니큐어를 열흘이나 못 했다고. 지금 어쩔 줄 몰라 하고 있어."

　힐먼은 충격을 받았다. "열흘! 그건 너무 야만적이잖아. 어째서 아무도 내게 말을 해주지 않았지?"

　"면접 진행하시느라고 바빴잖아. 여기는 완전히 와해되고 있어, 힐먼. 전 도시를 통틀어 남은 요리사가 대여섯 명도 안 돼. 사람들은 하는 수 없이……" 버프는 마음을 진정시키려고 깊은숨을 들이쉬었다. "……직접 밥을 해먹고 있다고."

　힐먼의 아일랜드 성깔이 폭발했다. "직접 밥을 해먹으려고 우리가 수천 수백만을 갖다 바친 게 아니라고. 계약서는 어떻게 됐나? 그 사람들은 모두 계약서에 사인했잖아."

　텍사스 석유재벌인 벅아이 브라운이 대열에서 소리 높여 말했다.

"우리 키코가 나한테 그러더군요. 계약서는 해가 비치지 않는 데 처박아두라고. 그 친구는, 여기는 신세계니까 우리 모두 동등해야 한다고 했소. 우리가 하인들을 노예 취급한다나."

힐먼은 공포에 질렸다. 신이 부여한 명령 체계가 없으니 이런 사태가 일어난 거다.

"사태를 종료해야 합니다. 먼저 침략자들을 물리치고, 황무지로 나간 직원들을 데리고 와서 보살펴야 합니다. 전문 기술도 없는 젊고 튼튼한 친구들이 이 녹음으로 우거진 신세계에서 어떻게 생존할 수 있겠느냐고요, 이런 제이수스!" 마지막의 '제이수스'는 황급히 덧붙인 말이었다. 힐먼은 심기가 너무 불편한 나머지 자기가 어떤 사람 역할을 하고 있는지 하마터면 잊을 뻔했다.

벅아이는 자기 페라가모 악어가죽 모카신 발끝을 우울하게 바라보았다. 황야로 나가면 틀림없이 신발이 까질 거라는 생각이 드는 것 같았다.

"우리가 모두 황야로 나가길 바라는 거요? 우리 아버지가 황야 얘기를 해주긴 했는데, 난 거기 가고 해본 적이 없어서."

댁은 학교도 가고 해본 적이 없으시겠지. 힐먼이 생각했다. "우리는 황야로 나가지 않습니다, 브라운 씨. 그건 젊은 사람들이 할 일이에요. 아니, 우리는 프리미엄 플러스 아파트를 걸고 이 못된 것들을 유혹할 겁니다."

버프가 경악했다. "설마 산호초 전망의 프리미엄 플러스는 아니겠지?"

"필요하다면."

"이십사 시간 프런트 데스크 서비스가 있는?"

"그건 좀 어려울 거 같아. 프런트 데스크 팀은 한 달 전에 이미 그만뒀으니까. 프런트 직원들한테도 아파트를 줘야 할 것 같아. 헬스클럽 멤버십도."

"하지만 프런트가 자기네들을 서비스할 수는 없잖아." 버프가 탄식했다. "이건 순전히 광기야. 세상이 완전히 미쳐 돌아갔나?"

훌륭한 세일즈맨들이 다 그렇듯, 힐먼은 해결책을 내놓는 데 아주 빨랐다. "로봇들이야, 친구. 로봇들을 구해오자고. 시리우스 주식회사에 진품 인간 성격 기능이 있는 서비스 안드로이드들이 있다고 들었어. 완벽하잖아. 뭐가 잘못되겠어?"

"그건 효과가 있을 거 같군." 마음이 누그러진 버프가 말했다. "아니면 땡볕 아래 노동하는 걸 실제로 즐기는 외계인들을 수입해 오든가. 그치들이 우리한테 돈을 줄 수도 있잖아. 《안내서》에서 좀 찾아봐."

"그러지. 일단 이 말썽꾸러기들부터 짐 싸서 보내고 나서."

존 웨인 광장을 둘러본 힐먼은 얼마나 빨리 만사가 엉망이 되었는지 기가 막혔다. 육 개월 전만 해도 이 플라자는 새로운 사회를 상징하는 장엄한 센터피스였는데, 이제는 판석들 사이로 잡초가 싹을 틔우고 이상한 파란 벌레들이 유리를 갉아먹어 구멍을 내고 있었다.

우리한테는 신이 필요해. 되도록 빨리.

벅아이 브라운이 침을 꿀꺽 삼켰다. "타이로맨서들이 오늘 공격을 해올지 우리가 어떻게 압니까?"

버프는 전해줄 만한 튼실한 정보가 있다는 걸 기뻐하며, 그 문제에 답을 했다. 그는 다리를 벌리더니, 곧 역기라도 들어 올릴 것처럼 공 같은 두 발로 통통 뛰는 것이었다. "그들이 공격할 수 있는 날은 그날뿐이니까요. 월요일에서 수요일까지는 치즈를 만듭니다. 금요일은 실제로 치즈를 읽는 날이고요. 토요일과 일요일은 치즈의 메시지를 명상합니다. 유일하게 세속적 행위가 허용되는 날은 목요일이지요."

"그런데 이런 걸 어떻게 알았죠?"

"오, 아시드가 메일로 보내줬어요. 혹시 우리 중 누군가가 가입하고 싶어할까 봐. 근사하게 꾸며놓긴 했더라고요, 솔직히. 날아다니는 치즈 아이콘도 아주 많고. 우리가 가입하지 않으면, 전 행성에 에담의 심판(Edamnation, 에담 치즈의 Edam과 심판이라는 뜻의 Damnation을 합쳐서 만든 말장난—옮긴이주)이 내릴 거랍니다."

힐먼의 턱이 한순간 툭 떨어졌다. "에담의 심판? 설마 농담이겠지."

버프는 씩 웃었다. "마른 우물만큼 진지하다네, 힐먼." 그는 주머니에서 구겨진 기도서를 꺼냈다. "아……여기 있다. 에담의 심판이 거대하고 무서우며, 웬만하면 치즈와 관련된 형태로 불신자들의 머리 위에 내릴 것이다. 그러나 어떤 거대하고 무서운 형상이라도 어차피 치즈에서 나왔다고 이해할 수 있겠다."

힐먼은 '치즈'라는 단어에 상당히 물리는 기분이었다.

"거대하고 무서우며, 라니. 이런 제이수스! 누가 이따위 쓰레기를 쓰는 거야?"

"아시드가 쓰지. 그 친구는 이걸 타이로맨시의 제1복음이라고 불러."

"그 건방진 꼬마 빨간 머리 방귀똥통." 힐먼이 욕설을 퍼부었다. "자기가 대체 누구라고 생각하는 거야?"

이 질문에, 집합한 군대는 두루두루 결연하게 아무 대답을 하지 않았다. 스타일과 의복의 문제만 빼면, 아시드는 상당 부분 힐먼과 몹시 똑같았기 때문이다. 그리고 그 사실을 알아채지 못하는 사람은 오로지 힐먼밖에 없는 눈치였다.

다행히 더 민망한 사태가 생기기 전에 버프의 전화기가 주머니에서 울렸다.

"오, 전화다. 어떡하나, 아시드가 자기가 누구라고 생각하는지 답을 해주려고 했는데. 전화기가 울리니까 그 질문에 대답 못 하고 전화를 받는 편이 더 낫겠다. 아, 안타까워."

그는 주머니를 이리저리 더듬어 전화기를 찾아 슬라이드를 열었다. "어? 확실해? 알았어. 지금 갈게." 버프는 전화기를 닫고 신파조로 과장되게 전화를 치켜들었다. "타이로맨서들이 접근하고 있어."

"뭐라고? 정말? 전화한 건 누구였는데?"

"실키야. 북 반 서점의 커피숍에서 망을 보고 있어."

북 반은 쇼핑몰에서 제일 높은 건물로, 삼 층에 유리벽으로 둘러싸인 커피숍이 있었다. 거기라면 보초가 주 도로를 지켜보면서, 동시에 신간들을 훑어볼 수 있었다. 실키 밴텀은 보초 자리에 자원했는데, 그녀가 워낙 공포소설들을 좋아해서 망보는 동안 엽기적인 챕터 몇 장쯤은 읽을 수 있기 때문이었다.

"목소리가 어땠어?"

"열 받은 거 같았어. 자기 손으로 커피를 끓여 마셨다나 봐."

힐먼은 모든 게 손가락 사이로 빠져나가는 기분이 되었다. 북 반 직원들마저도. 타이로맨서 분쟁은 오늘 끝나야 했다.

"좋았어, 동지들." 그는 기운을 차리려고 발을 쾅 구르며 말했다. "무기 상황은 어때?"

이건 버프의 영역이었다. 그는 지구에 있을 때 커크 더글러스(2차 대전 후 할리우드를 대표한 미국 활극배우. 전쟁 영화에 많이 출연했다—옮긴이주)의 열렬한 팬이었기 때문에, 무기 관리 책임자로 일해 왔다.

"썩 나쁘지 않아." 플라자의 션(〈아일랜드의 연풍〉에서 존 웨인이 연기한 권투선수 이름—옮긴이주) 동상 발치로 어중이떠중이 오합지졸들을 몰고 가며 그가 말했다. 전투에서 쓸 무기들이 동상 대좌에 놓여 있었다.

"대체로 원예 도구들이긴 하지만." 버프가 말했다. "이 잔디 다듬는 기계는 무게도 적당하고 심한 자상을 입힐 수 있어. 찌르고 발을 걸어 넘어뜨릴 수 있는 갈퀴 몇 개도 있고, 그런 거지. 나는 이 구 번 아이언 골프채로 무장했는데, 제일 좋은 클럽은 확실히 아니지만,

스윙이 아주 잘 나와. 오른손으로 쓰면 상당히 위험한 물건이야."

지구에서 실제 기계적 무기 반입을 금지하는 조약에 서명한 게 바로 자기 자신이긴 했지만, 힐먼은 이보다는 약간 더 풍성한 무기고를 바라고 있었다.

"멋진데!" 그는 공허한 열의로 말했다. "이 쓰레기들에게 콩의 사나이들이 어떻게 싸우는지 보여줍시다." 그가 스트리머를 골라 전원 버튼을 막 켜려고 하는데, 버프가 팔꿈치를 툭툭 쳤다.

"필요할 때까지는 참는 게 좋아. 배터리가 얼마 안 남았거든."

"알았어."

"보통 이런 일은 호세가 다 처리하는데, 우리 집 하녀 하나하고 달아났어."

"알았어. 좋아. 뭐, 있는 걸로 어떻게 해봐야지."

그들은 얼기설기한 무리에 섞여 정문을 향해 터벅터벅 걸어갔다. 이 복합시설은 원조 이니스프리 섬을 염두에 두고 설계되었다. 산호초 해변 끝에 쇼핑몰을 덧붙여서. 얕은 물에는 푸틀팅크 새들이 서 있었는데, 몇 마리는 책을 읽고 있었지만 대다수는 태닝에 열중하며 어여쁜 크로코게이터 한 마리 없는 이런 산호초 해변에서 새들의 활력이 얼마나 빨리 사라지는지 모르겠다며 탄식하고 있었다.

《안내서》 주석 : 푸틀팅크 새들은 오래도록 그들 자신의 매력에 희생되어왔다. 아, 그거하고 무자비한 순혈 교배도 문제였다. 푸틀팅크들은 몇 세기 동안 깃털 태피스트리의 직조자로 은하계 전체에서 존중받았으나, 은하계 평의회의 어떤 무역 대사가 어느 날 그들의 깃털이 너무나 정교한 아름다움을 지니고 있으니 모든 산호초에 필수적으로 구비하라는 명령을 내리고 말았다. 이것은 결과적으로 푸틀팅크식 생활양식에 종언을 고했다. 문화의 시체를 뜯어먹는 대머리수리들이 이주해 와서 완벽한 깃털을 찾아 공격적으로 푸틀팅크들을 교배하고 추려냈기 때문이다. 이렇게 생산된 깃털들이 은하계를 가로질러 운송되어 무슨 외교관의 분수 장식을 밝혀주는 데 쓰였다. 푸틀팅크들은 사람들의 이목을 즐기는 허영심 많은 존재였기 때문에, 제대로 싸워보지도 못했다. 반면 대머리수리들의 날개에 나르시스트의 깃털은 단 하나도 없었기에, 그들은 다른 종족들을 망치면서 시간을 보내고 그렇게 남긴 이익을 술과 설탕이 잔뜩 든 디저트에 썼다. 우리는 똑같은 스펙트럼의 반대편 양 끝과 같아, 라고 어느 문화 대머리수리가 푸틀팅크 새에게 말한 적이 있다. 이에 푸틀팅크는 이렇게 대답했다. "맞아, 그 스펙트럼의 한쪽 끝이 똥덩어리라면 말이야. 그리고 그쪽 끝이 바로 너희 쪽이야."

"두 달 안에 논문을 한 편 써야 하는데." 푸틀팅크 한 마리가 혀 짧은 소리로 친구에게 말했다. "그런데 아직 시작도 못 했어."

또 다른 새가 다리 위의 버프를 보았다. "어이, 어이, 버피. 스윙은 요즘 어때요?"

"괜찮아, 페르코. 아주 괜찮아. 그 책 아직 다 못 썼어?"

페르코는 눈을 굴렸다. "다 내 머릿속에 있어요, 버프. 의자에 등을 딱 붙이고 타이핑을 시작하면 되지만, 무슨 말인지 알죠?"

"무슨 말인지 아주 잘 알지." 버프는 새가 무슨 소리를 하는지 전혀 몰랐지만 왠지 긍정적인 말을 해주고 싶은 기분이었다.

콩의 투사들은 힐먼을 따라 아스팔트를 건너 정문으로 전진했다. 정문은 그들의 지도자가 원치로 들어서 열어야 했다.

"우리 중에 한 사람쯤은 정문 비밀번호를 외웠어야 했는데." 힐먼은 끙끙 힘을 쓰며 말했다. "이건 말도 안 돼. 마그라테아인들이 백업 번호를 보내주긴 했지만 수백 개나 된단 말이야. 전자 출입문들, 현금 출납기, 서브-에서 비전. 비밀번호 없이는 뭐 하나 작동하지 않으니."

간신히 사람 하나가 빠져나갈 수 있을 만큼 문이 열리자, 남자들은 검문소에 서서 두 개의 복합시설을 갈라놓는 열대숲으로 이어지는 솜털 같은 보랏빛 잔디 너머를 바라보았다. 빽빽하게 엮인 나뭇가지들이 풍부한 과일과 야생 동물들의 무게로 축축 늘어져 있었지만, 단 한 군데 레이저로 뚫은 반타원형의 실린더형 터널은 예외였다.

힐먼은 핸드폰을 들고 터널 입구로 줌인했다.

"오도된 멍청이들이 보이는군." 그는 콧방귀를 뀌었다. "골프 카트를 타고 다가오고 있어. 제이수스. 경기병대라고 하긴 좀 힘들겠는데. 안 그래요?"

집합한 무리는 전쟁 영화에서 다른 전사들이 하는 걸 본 대로 호탕하게 웃더니, 각자 자기 핸드폰을 써서 다가오는 차량 대열에 줌인했다.

"내가 세어보니 열 사람이군." 벅아이가 말했다. 그는 제일 비싼 핸드폰에 제일 좋은 렌즈를 갖고 있었다. "우리는 여덟 명밖에 안 되는데."

"그래요, 하지만 우리는 언덕 꼭대기에 있잖아요." 힐먼이 반박했다.

"그래서?"

"그래서라니, 고지에 있다는 게 이런 상황에 결정적……뒤지게 결정적이라는 건 세상 사람들이 다 안다고요."

벅아이는 삐쳤다. "난 몰랐소. 그러니까 세상 사람들이 다 아는 건 아니겠군."

"이제는 아시죠?"

"그런 것 같군."

"그럼 이제 다 아는 겁니다, 네?"

힐먼은 이 작은 말다툼에서 거둔 승리가 전혀 기쁘지 않았다. 여긴 원래 조용한 거주지가 되어야 했다. 다툼 같은 건 애초에 없어야 했다.

"이 언덕이 뭐 그렇게 좋은지 난 잘 모르겠는데." 벅아이는 뾰루퉁하게 말했다. "우리 중에는 로퍼를 신은 사람들이 많잖아. 여긴 뾰족한 돌들이 아주 많아서, 이런 구두 바닥은 꼭 종잇장 같단 말이야."

"나는 골프 신발을 신고 왔지." 버프가 피에 굶주린 웃음을 머금으며 말했다. "그러니까 저 빌어먹을 놈들을 짓밟아 줄 수 있다 이

거야. 저들의 두뇌를 짓이겨 주겠어."

《안내서》주석 : 버프 오르핑턴은 하필이면 고귀한 바이킹 전사인 지구르트의 직계 자손이었다. 오르핑턴 씨는 물론 이 사실을 알지 못했다. 그가 아는 건 자기가 맥주에 꿀을 왕왕 넣어 먹는다는 것과 마누라의 돼지꼬리를 도끼로 잘라버리는 판타지를 즐긴 적이 있다는 것이었다. 나중에 그는 하이브리드 바벨 피시로 종족 기억을 추출하게 되고, 골프 코스에서 물개 가죽 레깅스를 입는 일에 재미를 붙이게 된다.

 힐먼은 다가오는 대결이 얼마나 빨리 통제 불능이 될 수 있는가를 퍼뜩 깨달았다. "좀 자제해, 친구. 두뇌를 짓이기고 하는 일은 없을 거야. 일단, 극장 간호사들이 십오 번 벙커에서 캐디 몇 명하고 동거하고 있는데다, 또 여기 우리는 노동계급이 아니라고. 절대적으로 필요한 경우가 아니면 싸워서는 안 돼."
 "알았어, 힐먼." 반성하며 버프가 말했다. "그런데 우리를 모욕하면 어떻게 해? 아니면 우리 조부모님들을 욕보이거나."
 힐먼의 뺨에서 보통 때의 장밋빛이 싹 가셨다. "누가 우리나……어……할머니를 욕보이면, 그놈 두개골을 박살 내주겠어."

 고속도로를 지켜보고 있는 건 나나이트들만이 아니었다. 낭창한 몸의 굶주린 육식동물들의 소집단이 갈대밭 속에 쭈그리고 앉아, 공격에 대비해 손가락을 구부리고 인대를 팽팽하게 긴장시키고 있었다. 그중 하나, 거대한 덩치가 빵 껍데기 하나를 입에 가져가 강력한 이빨로 물어뜯었는데, 그 순간 무리의 지도자가 손에서 획 빼앗아가고 말았다.

"대체 무슨 짓을 하고 있는 거야?" 지도자가 말했다. 루이스 티드필이라는 이름이었다.

"에너지가 필요해." 부하가 대답했다. 그는 이름 하나로 통했다. 펙스였다.

"하지만 이건 빵이잖아."

"그래서?"

"오후 세 시 이후에 탄수화물? 너 미쳤냐?"

"그냥 빵 껍데기 하나만 먹을게. 그게 다야."

티드필은 개인 트레이너와 미용 관리사들이 다 볼 수 있게 빵을 높이 치켜들었다. "빵 껍데기 하나래. 그게 다란다. 이 빵 껍데기 하나에 설탕 몇 숟가락이 들었는지 알아? 누구 아느냐고?"

"두 숟가락." 펙스가 용기를 내어 보았다.

"일곱이야!" 티드필이 뺵 소리를 질렀다. "일곱. 세 시 이후에 이걸 먹느니 엉덩이에 차라리 설탕 펌프를 꽂아 넣는 게 낫다고."

"이거 왜 이래, 루이스."

"손등으로 땅 짚고 팔굽혀펴기 오십 번 실시. 당장."

펙스는 험하게 인상을 썼다. "배가 고팠어. 나무에서 열매 따먹는 건 신물이 난다고. 뭔가 방금 구워지거나 요리된 음식이 필요해."

"그래서 우리가 여기 이러고 있잖아. 어서 가서 팔굽혀펴기나 해."

펙스는 호감을 품게 된 네일 아티스트와 눈길이 마주쳤다. 그녀의 손톱들은 일단 피에 담갔다가 다이아몬드에 다시 담근 것 같았다. 그녀 앞에서 창피를 당하다니, 별로 기분 좋은 일은 아니었다.

"싫어, 티드필. 너나 가서 운동해. 누구 맘대로 네가 대장이야?"

루이스 티드필은 똑바로 일어서서 몸을 쭉 펴고, 한쪽 무릎을 굽혀 정강이 근육을 과시했다. "자격 조건이 충분하니까 스스로 대장으로 임하셨지."

"나도 자격 있어."

"너는 **피트니스 강사**잖아." 티드필은 보통 살인을 일삼는 독재자, 연쇄살인범, 혹은 옛날 여자 친구의 핸섬한 남자친구를 연상시키는 말투로 말했다. "일주일만 빌어먹을 헬스클럽에서 살면 세상 어떤 바보라도 '피트니스 강사'가 될 수 있다고."

"나는 졸업장이 있어."

"난 학위가 있어." 티드필이 우레처럼 말했다.

"난 케틀벨(무게별로 구분되어 있는 주전자 모양의 덤벨─옮긴이주) 전공이야."

티드필은 다시 그의 기를 팍 죽였다. "나는 키네시스 월(재활 물리치료에 쓰이는 피트니스 장비─옮긴이주) 전문이고 주치의 처방도 받을 수 있어."

펙스는 반바지춤에서 돌돌 만 잡지를 하나 꺼냈다. 네일 아티스트에게는 약간 실망스러운 행동이었다.

"나는 《맨즈헬스》 잡지에도 나왔어. 이거 봐. 커버에 여기 이게 나야."

티드필이 경쟁자의 관에 마지막 못을 두드려 박았다. "나는 리얼리티쇼의 피트니스 자문이었어. 소프오페라 스타들도 나왔단 말이야!"

이건 회복 불가능한 타격이었다. 펙스는 손등으로 땅을 짚고 팔굽혀펴기를 열 번씩 한 세트로 세기 시작했다.

"좋아." 티드필이 말했다. "이제, 나머지 너희들, 수분 공급 잘 하고 스트레칭을 해. 곧 그들이 나타날 테니까." 그는 동지들 몇 명을 확인했다. "여기 화장이 지워지고 있어. 위장 좀 해줘."

등에 스프레이 태닝 로션을 끈으로 묶은 미용 관리사 두 명이 트레이너의 팔다리에 줄무늬를 칠해줬다.

나무 사이에서 파워 워킹을 하는 사람이 하나 나타났다.

"고속도로를 따라 오고 있어. 장 클로드는 마지막 카트를 타고 있고."

"좋아, 다들." 루이스 티드필이 말했다. "이거야. 우리가 장 클로드를 납치하기만 하면, 모두들 통밀 크레페를 먹을 수 있다고. 슬로 조깅으로 워밍업한 다음에 내가 신호를 하면 공격해."

"신호가 뭐야?" 팔굽혀펴기 중 팔을 편 상태에서 펙스가 물었다.

"스타팅을 알리는 권총으로 네 머리를 쏠 거야."

"뭐라고?"

"아니면 그냥 '공격'이라고 하지 뭐. 질문 더 있어?"

펙스의 턱이 땅바닥에 바짝 붙었다. "아니. 알았어."

티드필의 미소는 환하고 완벽했다. "좋아. 이제, 힘내, 다들, 그 무릎을 높이 들라고. 꽉꽉 밀어."

개인 트레이너들은 홀연 어디선가 나타나서, 마지막 골프 카트를 맹습했다.

"이게 웬……." 벅아이가 날카로운 비명을 올렸다. "저거 봤소? 다들 방금 일어난 일을 봤느냐고?"

아무도 대답이 없었다. 아스팔트에서 펼쳐지는 한 편의 드라마에 너무 몰입하고 있었던 것이다. 공격은 정교하지 않았으나, 번개처럼 빠르고 맹렬했다. 가무잡잡하게 살을 태우고 완벽한 근육을 가꾼 일단의 운동선수들이 식물을 심어놓은 경계선 쪽에서 터져 나오더니, 장 클로드를 태운 카트 주위로 우글우글 몰려들었다. 이두박근들의 일진광풍 속에서 그들은 카트를 연석으로 밀어, 길 밖으로 전복시켰다. 그리고 레깅스와 헤어젤이 섬광처럼 번득이더니, 어느새 자취를 감추었다. 운전사는 목걸이로 만들어 건 비상지원 요청 버튼을 누를 기회도 없었다. 공격의 증거라고는 가라앉고 있는 흙먼지와 제대로 준비운동을 하지 않은 땅딸막한 트레이너가 여운처럼 남긴 욕설뿐이었다. 나머지 차량마저 몇 분이 지나서야 후미의 차량 하나가 사라졌다는 걸 깨달았을 정도니까.

"제이수스." 힐먼이 속삭였다. 이번에는 처음으로 진심을 담아서. "저건……도저히 믿기지가 않는데. 인간들이 그렇게 빨리 움직일 수 있는 줄 몰랐어."

한 번 개인 트레이닝 상담을 받은 적이 있는 버프가 현명하게 고개를 끄덕였다. "그래. 당신네 트레이너들이 저런 사람들이라니까. 수분 공급이 지극히 잘 되어 있지."

"야만인들이 됐잖아." 벽아이가 꾸륵거렸다. "아무도 안전하지 않아. 저런 것들을 스트리머로 막을 수 있다고 생각하쇼? 우리는 망했어! 망했다고!"

지도자의 능력이 좀 필요한 순간이었다. "다들 진정해요, 이런 겁쟁이들 같으니." 힐먼이 쌀쌀맞게 쏘아붙였다. "아직 우리는 타이로맨서들하고 맞서야 한다고요."

사실이었다. 타이로맨서들은 후퇴하지 않았다. 오히려 나나이트들의 복합시설 쪽으로 접근하는 속도를 더 높인 것 같았다. 아무래도 십중팔구 트레이너들이 다시 공격해올까 두려워 매복 현장에서 도망치고 있는 게 틀림없었다.

"언덕 아래로 달려 내려가야 할까?"

"빌어먹을 언덕은 이제 잊어버려." 힐먼은 명령을 내렸다가, 기술적으로 볼 때 벽아이가 자기 고객이라는 걸 기억해냈다. "언덕은 걱정 마세요. 그냥 저만 따라오시면 됩니다."

"그리고 저 뒤질 대갈통을 박살 내고?"

"뒤진다니, 버프? 뒤지는 게 대체 뭐야?"

"그냥 우주 공항에서 어떤 상인한테 들은 말인데."

"그냥 제발 혼자 알고 말아. 특히 숙녀분들 앞에서는."

버프는 어깨를 으쓱했다. "그러지 뭐. 지금 내 손에 장검이 있으면 좋겠군. 아주 커다랗고 뒤질……미안……손잡이에 양가죽이 대어져 있는 두 손으로 드는 커다란 검. 그런 검이 하나 있으면 행복하게 죽어서 곧장 하늘나라로 갈 거 같아."

벅아이가 그의 소매를 잡아당기며 불안하게 말했다. "이게 다 끝나면, 당신 아무래도 우리 마누라하고 얘기를 좀 해야 되겠소. 이 도시 정신과 의사인데. 하긴 그 여자를 해변에서 꼬여낼 수 있다면 말이지만. 젊은 인명구조원하고 동거를 하고 있거든요. 마누라 말로는, 이건 역 오이디푸스 증후군의 명료한 증후라더군. 난 정말 별별 걸 다 해봤어요. 심지어 마누라가 착한 남자, 나쁜 남자 중에서 고를 수 있게 개자식 알약도 먹어봤단 말이요."

"나는 오늘 이 영광스러운 전투 이후까지 살아남고 싶은 마음이 없다오." 버프는 명랑하게 벅아이의 신세 한탄을 묵살했다.

타이로맨서의 골프 카트들은 나노의 유일한 이중 마찻길——미래 방지 과잉 디자인의 명료한 사례——을 따라, 꾸준히 복합시설을 향해 올라오고 있었다.

"그편이 낫겠구먼." 벅아이가 내뱉었다.

훗날 자신은 우연이었다고 주장했지만, 바로 그 정확한 순간 버프의 골프화는 벅아이 브라운의 로퍼를 꾹 눌러 비볐고, 덕분에 로퍼 가죽은 심하게 까지고 말았다.

《안내서》 주석 : 이 상대적으로 무해한 사건은 복수가 복수를 낳는 일련의 사태로 이어져서 세기를 거듭하며 악화되었고, 결국은 세 개 행성과 열여덟

개 로퍼급 배틀 크루저와 중립세계의 호텔 한 채가 파괴되며 절정으로 치달았다. 긍정적으로 보면, 가문의 젊은 일원 두 명이 금지된 연애 행각을 하게 되어 훗날 영화, 책 시리즈, 그리고 중간 정도 성공을 거둔 무대 연극으로 각색되었다는 정도다.

관련 서적 :
《브라운 & 오르핑턴 : 신인류》, 반데라 브라운 오르핑턴 저

타이로맨서들은 상당히 쿨한 반원 대형으로 언덕을 올라왔지만, 사 번 운전사가 브레이크 밟는 일을 소홀히 하다가 슬로프를 도로 굴러 내려가 밴탈리 나무 아래 처박히면서 대형이 엉망이 되어버렸다. 운전사가 운이 좋았는지 밴탈리 나무는 그나마 동면하고 있었는데, 안 그랬으면 틀림없이 그에게 사악한 마법을 걸어버렸으리라.

"괜찮은 등장이시고." 버프가 비웃으면서, 구 번 아이언을 무심하게 스윙했다.

아시드 프리플룩스는 첫 번째 카트에서 내려, 한순간 '네놈은 바보야' 안광을 처박힌 운전사에게 쏘아준 다음, 돌아서서 다시 나나이트에게 집중했다.

그는 힐먼과 얼마나 닮았는지 보는 사람 마음이 불편할 정도였다. 지옥의 레프러콘(아일랜드 신화에 나오는 사악한 꼬마 요정—옮긴이주)처럼 생긴 이마의 V자 헤어라인부터 뾰족한 턱까지, 전부 다

말이다. 사실 나나이트들이 숙적들의 얼굴을 자세히 봤다면, 도플갱어가 몇 사람 더 된다는 걸 깨달았을 것이다.

"치즈님이, 네놈이 우리의 등장에 대해 그렇게 말할 거라고 내게 말씀해주셨다." 아시드가 말했다.

"그 '치즈' 놈이 길에 숨어 있던 매복자들에 대해서는 아무 말도 안 해주신 게 안타깝구먼, 안 그래?" 힐먼이 재빨리 말했다. 그의 부하들은 이에 대해 일부터 십까지의 평점 중 육 정도에 상당하는 웃음으로 대답했다. 일은 나직하게 킬킬 웃는 소리고, 십은 배를 쥐고 웃어대는 통제 불능의 웃음이다. 사실 힐먼의 농담을 평점으로 매기면 사 이상은 줄 수 없었다.

"치즈님을 조롱하지 마라!" 격분한 아시드가 말했다. "우리 모두의 머리에 에담의 심판이 내린단 말이다!"

버프는 구 번 아이언으로 아시드의 이마에 맺힌 땀방울을 겨냥했다. "넌 이제 크림치즈 신세야."

더 큰 웃음. 이번에는 제대로 팔 점짜리.

빨간 점들이 아시드 프리플룩스의 뺨에 피어났다. "그래, 어디 맘대로 해봐. 치즈 농담을 하고 싶은 대로 다 해봐. 아주 쉽지, 안 그래?"

"쉬운 싱글즈(한 장씩 따로 포장해 판매하는 슬라이스 치즈—옮긴이 주)지." 벅아이가 내뱉었다.

"그러게. 그런 것도 있네. 치즈 농담을 있는 대로 다 해봐. 그러고 나서 용건으로 들어가게."

아시드의 부하들이 위협적으로 그의 뒤에 모여 섰다. 치즈와 관련된 도구들로 중무장한 사람들치고는 최대한 전투적으로 보이려고 애쓰면서.

"저건 뭐야?" 힐먼이 나무 도구 하나를 손으로 가리키며 말했다. "하수구 청소할 때 쓰는 거냐?"

"이건 막힌 교유기 뚫는 기계야! 너도 잘 알잖아!"

"내가 그걸 어떻게 아냐? 내 비스킷에 얹어 먹을 치즈는 다른 사람이 만들어주는데."

"신성모독자!" 아시드가 새된 목소리로 비명을 지르자, 그의 친구들도 소리를 지르기 시작했다.

"저 딩딩거리는 소리 하고는." 버프가 말했다. "오, 딩."(오딘과 음이 비슷하다―옮긴이주)

"뭐라고?"

"아무것도 아니야, 힐먼. 내가 가서 저 계집애 같은 놈들을 확 쓸어버리면 안 돼? 겨우 여덟 명밖에 안 남았는데."

"아직 아니야, 버프. 어쩌면 우리 친구들이 싸움을 원치 않을지도 모르잖아. 어쩌면 장 클로드를 우리에게 돌려주려고 왔는지도 몰라."

"아니야!" 아시드가 소리쳤다. 그러더니 갑자기 더 이상 부릴 허세가 떨어지고 말았다. "솔직히 말해서, 이제 장 클로드는 없어. 그 트레이너들이, 아무래도 저 해변 정착지로 데리고 간 것 같아."

"우리도 봤어. 그래서 충실한 신도 한 명을 처박아놓고 왔군."

아시드는 검지와 엄지로 삼각형을 만들더니, 이마에 갖다댔다. "치즈님은 희생을 요구하신다." 그가 말했다.

다른 사람들도 다 그가 하는 대로 따라 했다.

"치즈님의 분노를 잠재워라." 그들이 중얼거리는 얼굴이 어찌나 경건한지 블램-오-브레인, 전 가족을 위한 항우울제 광고에 '사용 이전' 사진들로 쓰라고 해도 될 정도였다.

힐먼과 나나이트들은 재빨리 '사용 이후' 표정을 하며, 배를 쥐고 웃어대는 바람에 두 명이나 방귀를 뀌었다.

"치즈님의 분노를 잠재우래." 힐먼이 침을 튀기며 말했다. "아까만 해도 이 이상 더 미친놈은 없을 줄 알았는데."

아시드는 한숨을 쉬었다. "그러니까, 너는 우리 종교에 입교할 생각이 없는 거지?"

"전혀. 싫어. 너희가 우리 편이 되지 그래, 프리플룩스? 치즈 문제에만 좀 누그러지면 되잖아. 우리는 이렇게 다들 마음이 편한데. 우리가 함께 힘을 합치면 직원들을 능가할 지략을 짤 수 있을 거야."

"싫어. 모두 치즈님께 경배해야 해."

"치즈님의 분노를 잠재워라."

이제 힐먼이 한숨을 쉴 차례였다. "그러면 우리는 싸우는 수밖에 없겠다."

"그게 유일한 길이야. 하지만 얼굴은 때리기 없기."

"당연히 안 되지. 우리가 짐승도 아니고. 그리고 거시기도 때리면 안 돼."

"우리는 불신도들의 거시기와 접촉이 금지되어 있다. 커드로 된 장갑을 끼면 되지만, 아직 제조하지 못했어."

"그러면 얼굴 안 되고, 거시기도 안 된다."

버프는 보이지 않는 번지점프 줄이 잡아당기고 있는 꼬락서니였다. "이게 뭐냐, 그냥 싸우자."

"한 가지 더." 아시드가 말했다. "나도 그렇고, 우리 사도들도 그렇고, 교유하는 손은 주머니에 넣고 싸울 거야. 그러니까 페어플레이 정신으로……."

"그러면 한 손만 쓰고, 얼굴 안 되고, 거시기 안 되고."

"좋았어. 우리가 이기면, 너희들이 우리 행복한 집단에 입회하는 거야. 너희가 이기면, 우리가 이길 때까지 다시 돌아오겠어."

힐먼은 눈을 감고 그의 나노 목소리에 귀를 기울였다.

저 어떻게 해야 돼요, 나노?

대답은 즉각적으로 돌아왔다. 저 정신 나간 놈들을 흠씬 두들겨 패줘라, 힐러즈. 절대 잊을 수 없도록 때려줘.

좋았어요, 나노. 알겠어요.

그는 큰 소리로 말했다. "좋아, 버프. 최악으로 싸워봐."

버프 오르핑턴의 미소는 보통 인간의 입에서 볼 수 있는 것보다 훨씬 많은 수의 치아를 드러내는 것 같았다.

"아아아아르르흐!" 그는 곰처럼 자기 가슴을 내려치면서 외쳤다. 불타는 수도원들의 심상이 눈앞을 스쳐갔다. "타이로맨서들에게 죽음을!"

"아니면 최소한 흠씬 뭇매라도!" 힐먼은 스트리머의 전원 버튼을 엄지로 누르며 말했다.

"거시기는 안 돼." 아시드는 매머드 같은 버프 오르핑턴이 그의 앞을 막아서자 꽥 비명을 질렀다. "거시이기이는 아아안 돼애애애애."

그때 거대한 둥근 치즈 바퀴가 하늘에 나타나더니, 불길한 웅웅 소리를 내면서 전투 참가자들의 머리 위에서 회전했다. 이 급작스럽고도 전혀 예상치 못한 환영의 등장은, '금요일은 공짜'라는 선전 문구가 박힌 형광 티셔츠를 입고 금요일에 열리는 동정 괴짜남 총회장에 나타난 엑센트리카 갈룸비츠가 모인 사람들의 주목을 끄는 것보다 더 빨리 사람들의 이목을 끌었다. 심지어 버프 오르핑턴의 전투 발작증마저 두개골에서 싹 빠져나가고, 안개 같은 불신만 뒤에 남겼다.

"설마!" 그가 말했다. "못 믿겠어!"

아시드 프리플룩스는 더블크림 체더치즈 한 조각보다 더 창백해졌다.

"에담의 심판이다!" 그는 손가락으로 이마를 만지며 울부짖었다. "네놈이 심판을 불러왔어, 힐먼 헌터!"

힐먼은 스트리머의 전원을 내렸다. "뭐라고? 설마. 아니겠지. 그럴 리가 있나. 진짜?"

아시드와 타이로맨서 무리는 미친 듯이 삼각형을 만들며, 복합 시설 벽에서 물러났다.

"우리가 네놈의 벌을 받아 같이 죽을 수는 없다, 헌터. 치즈 바퀴의 분노는 너 혼자 받아라."

타이로맨서들은 빙글 돌아 도망쳤다. 쉬운 일은 아니었다. 절을 하면서 치즈의 징표를 그으며 달려가려니 말이다. 그렇지만 적어도 절반가량은 웃자란 경계선 식물들 쪽으로 넘어지고 자빠지고 하면서 간신히 골프 카트까지 달려가서 징징거리며 전기 모터가 허락하는 한 최대한 빨리 왔던 길을 되돌아갔다. 개인 트레이너들이 던진 도전장을 받을 각오를 하면서. 그러나 치즈는 나나이트 머리 위에 위풍당당하게 떠 있는 정도로 만족하는 눈치였다.

"어떻게 생각해?" 힐먼이 입가로 버프를 겨냥해 단어들을 쏘며 말했다.

버프는 투실한 어깨를 으쓱했다. "잘 모르겠는데. 고다치즈 같기도 하고, 체더 같기도 하고."

치즈는 이만하면 치즈 노릇은 됐다고 판단하고, 기분전환 상 굴리는 눈으로 변신했다. 제일 좋아하는 모습 중 하나였다.

힐먼은 엄청난 한숨을 토했다. 몸 전체의 긴장이 풀려서 뼈가 젤리가 되는 것 같았다. "그럼 그렇지. 미리 알아봤어야 되는 건데."

거대한 눈알은 미친 듯이 구르더니 핑키라는 비히모스를 주연으로 하는 리얼리티쇼를 방송하는 뷰스크린으로 변했다. 핑키가 몇 초 동안 무차별한 파괴 행각을 일삼자 스크린이 이빨이 달린 작은 털공들의 구름으로 폭발했다. 이빨들이 제 털을 다 잡아먹자 그 밑에서 빛나는 하얀 우주선이 모습을 드러냈다. 그것은 쿨하고 또 쿨한 나머지 시리우스 올-스페이스 오프-윌들러 같은 다른 쿨한 우주선들을, '하수도관을 뚫는 더 효율적인 방법' 같은 프레젠테이션을 하는 동안 사무실에서 안정기를 달고 자전거를 타는 마흔 살 중년 남자의 여드름만큼이나 안 쿨하게 만들어버리는 우주선이었다.

《안내서》주석 : 이 비유는 어디서나 몹시 잘 먹히지만, 단 한 군데 유명한 알로시마니우스 사이네카의 무한 실패 근처에 있는 생크라는 마을에서는 좀 곤란하다. 생크의 거주민들은 프쇼리안들인데, 이들은 아기 때부터 예측을 불허하라고 교육받는다. 사실, 예측에 부합하는 사람은 세 번의 기회를 부여받고, 실패하면 문클리프 절벽의 손가락 모양 봉우리에서 밀어 떨어뜨리는 벌을 받는다. 사실, 사람들은 세 번의 기회도 제대로 받지 못하는데, 왜냐하면 그게 예측에 부합하기 때문이다. 생크에서는, 안정기가 달린 자전거를 타는 여드름 난 마흔 살 남자는 예상치 못한 쿨함의 상징이 될 수 있다. 프레젠테이션이 하수도관에 대한 것이라는 사실도 썩 훌륭한 부분이다. 알로시마니우스 사이네카의 중력은 평방 초당 1.2미터밖에 되지 않아 쓰레기들은 그냥 우주로 둥둥 떠서 날아가 버리기 때문이다.

빛나는 하얀 우주선은 잠시 일렁이더니 거대한 레몬이 거대한 황금 벽돌과 충돌하는 듯한 소리를 내면서 고체화되었다. 동체 일부가 소다 한 컵처럼 피시시 김이 빠지더니 완전히 사라지고, 그 속에서 키가 훤칠하고 헬멧을 쓴 사람의 형체가 나타났다. 후광에는 신성한 화음으로 '토르'를 부르는 천사들의 합창이 포함되어 있는 것 같았다.

"할렐루야." 힐먼이 속삭였다.

버프 오르핑턴은 흐느끼면서 무릎을 꿇었다.

9

탕그리스니르 호

바워릭 와우배거의 갤리선은 모래톱 깊은 그늘에서 나타나는 장어 한 마리처럼 유유히 어둠의 공간에서 미끄러져 나왔다. 엔진이 분사하는 이국적인 푸른 불길들은 현실의 공간을 만나자 결정화되었다. 탕그리스니르 호에 탄 승객들 중 이 여행으로 인해 본질적으로 변화하지 않은 이는 하나도 없었다.

이것은 부분적으로 공간 자체를 탓해야 한다. 어둠의 물질로 된 커버는 대체로 정서적인 구조물이기 때문에, 여느 때라면 몇 년에 걸쳐 발전하는 감정에 촉진제로 작용할 수 있다. 빛의 존재에게는, 한순간이나마 어둠의 공간 핵심을 들여다보는 일은 열두 번의 빈사 경험과 맞먹는 효과를 지닌다. 이것은 우주 나름대로 네 삶이나 계속 잘 살라고 말하는 방식이다. 당사자의 심장에 싹트고 있던 감정이 좋은 감정이라면, 뭐 좋은 일이다.

우주선이 나노 행성의 대기권으로 후진해서 두 개의 정착지 중 더 큰 쪽을 향해 게으르게 선회하며 행성의 원자 하나하나를 스캔하는 사이, 그 부정형 동체 속에 타고 있는 승객들은 심장을 갈비뼈까지 밀어내고 두뇌를 터질 듯 부풀게 만드는 상충된 감정으로 어지러워하고 있었다.

트릴리언

내가 그를 사랑하는 게 말이 돼? 그럴 수 있을까? 그 모든 세월을 다 지내고 이제 와서 행성 파멸의 와중에 한 남자를 만나 그에게 빠진다는 게 가능할까?

하지만 그는 남자가 아니잖아, 안 그래? 예수인지, 소녀인지, 그가 뭔지도 너는 모르잖아. 이 와우배거라는 남자와 그의 생리에 대해서도 아는 게 하나도 없어. 신혼 초야 대단하겠지. 새신랑이 자기가 수정할 테니까 카펫 위에 알을 몇 개 낳으라고 하면 엄마의 유령이 웃지 않을까?

어휴. 안 돼, 그건 너무해. 못할 거 같아. 못해.

왜 못해? 자포드를 위해서 모든 걸 포기했으면서. 그를 사랑하지도 않았잖아. 그래, 흥미로운 사람이었지. 하지만 사랑하진 않았어. 그런데 이제 행복할 수 있는 기회가 오니까 콧대를 세우고 돌아서

시겠다 이거지.

내 코. 아서는 내 코를 정말 좋아했어. 어쩌면 아직 아서와 나 사이도 희망이 있을지 몰라……. 그러면 확실히 관계가 깔끔하긴 할 거야.

아서를 사랑하지 않잖아. 한 번도 사랑한 적 없잖아. 게다가 어쨌든 아서는 속속들이 펜처치에게 빠져 있고.

그리고 랜덤은 어떻게 해? 이제 그 애는 너를 필요로 해. 전에도 한 번 그 애를 떠났잖아, 기억해? 이번 삶은 딸을 위해서 살겠다고 약속했잖아.

하지만 내 행복을 부인하는 게 과연 내 자식을 행복하게 만들까?

보통은 다 그렇게 돌아가는 거지, 안 그래?

하지만 나는 그이를 사랑해. 그이를 사랑해요, 엄마!

누구를 엄마라고 부르는 거야? 정신 차려, 이 계집애야.

두 사람을 사랑할 수도 있잖아, 안 그래? 그런 게 금지된 건 아니잖아.

어쩌면, 하지만 랜덤이 먼저야.

랜덤

나를 빌어먹을 튜브에 집어넣겠다 이거지? 본때를 보여주겠어. 불사신 씨께서 자기가 불사의 몸이라 생각하신다고? 서브-에서를 좀 더 찾아보시지 그러셔. 어쩌면 말이야, 그 컴퓨터가 우리 아빠한 테 추파를 던지느라 그렇게 바쁘지만 않았어도, 손가락 여섯 개 달 린 산트라기누스의 불사신 핀톨라가의 사연을 담은 아주 까마득한 사이트의 아주 까마득한 기사를 찾아냈을지도 모르니까. 그 기사 에는 방사성 전자 근육-강화 다이어트 벨트로 인해 불멸의 저주를 받았던 그가 결국 어떻게 죽었는지 나와 있다고.

그러니까, 바워릭 와우배거가 죽고 싶어 하신다? 뭐, 가시는 길을 도와드리지 않으면 얼마나 배은망덕한 인간이 되겠어?

작은 목소리 : 너는 정치가였어. 사랑받는 아내였고. 은하계 대통령이 었잖아……. 그런데 이제 이 사람의 자살이나 돕겠다고?

나는 남편도 잃고 직업도 잃고 미래도 잃었어. 이젠 내 생각을 해 야 할 때야.

작은 목소리 : 그것도 그렇군. 그럼 죽어버려.

바워릭 와우배거

사랑일까? 설마?

정신 차려, 바우와우. 이건 어둠의 물질이 하는 말이야.

아니야. 어둠의 물질은 내가 조절할 수 있어. 몇 년 동안이나 이 우주선 속에서 살아왔잖아. 아무래도 이 여자를 사랑하는 것 같아. 날이면 날마다 보는 거잖아. 이제까지 내가 본 거의 모든 영화 속에 나왔던 거야. 사람들은 즉각적으로 유대를 맺지. 첫눈에, 벼락같은 사랑에 빠지고.

이건 영화가 아니야. 가끔은 뉴스 채널에 주파수를 맞춰보라고. 얼마나 많은 사랑의 벼락이 나오는지.

사랑이야. 그럴 수도 있는 거야. 왜 그러면 안 되는데? 이 오랜 세월을 보낸 지금, 나도 뭔가를 누릴 자격이 있잖아?

너는 죽어 마땅해. 그 오랜 세월 동안 늘 바라던 거 아니야?

그래. 하지만 그건 내게 아무것도 없기 때문이었어. 훔친 우주선에, 컴퓨터 하나밖에 없었다고. 이제는 뭔가가 있어. 누군가가 있어.

여기서 초점을 잃으면 안 돼. 이제야 죽을 수 있는 진짜 가능성이 보인단 말이야. 필사의 존재 때문에 다 망치면 안 된다고.

나도 한때는 필사의 존재였어. 그렇게 나쁘지는 않아.

오, 진짜? 넌 누구인데? 진짜 바우 와우배거를 어떻게 만들었는데? 내가 틀렸다면 고쳐줘도 좋은데, 우리는 지난 몇천 년 동안 필사의 존재들을 욕보이며 다니지 않았던가?《완전한 욕쟁이의 동의어 사전》전 권을 구비하고 있는 게 너 아니야?

그건 그래. 하지만…….

그리고……그리고 전에도 사랑에 빠졌다고 주장한 적이 있지 않아?

그래, 하지만 그건 달랐어. 그게 사랑인 줄 알았지만, 이제 보니 그저 혐오의 부재였어. 트릴리언에게는 특별한 자질이 있어.

트릴리언. 그게 진짜 이름이거나 한가.

이제 별것도 아닌 걸 꼬투리 잡는구나.

나는 그저 얼마나 오래됐는지 기억도 안 날 정도로 오랜만에 죽을 기회를 잡았다는 사실밖에 몰라. 그래, 대단하게 높은 확률도 아니야. 하지만 그 바보, 비블브락스가 제대로 해내면, 적어도 '가능성'이라는 게 있기는 있어. 필사의 존재한테 호감이 생겼다고 그 모두 잃는 걸 감수하겠다고?

그래. 그녀가 날 받아주기만 한다면. 그 모든 걸 잃어도 좋아. 하지만 안 해주면, 계획 A로 돌아가면 되지.

그게 뭔데?

행성에 사는 존재 모두를 욕보이고 누가 날 죽여달라고 발버둥치는 거.

아멘이다.

아서

이건 정말 말도 안 돼. 이 믿을 수 없는 여행을 하면서 거의 대부분의 시간을 하드웨어한테 말을 걸며 보냈어.

사실, 너는 너 자신한테 말을 한 거야. 컴퓨터가 네 기억에 들어가서 예전의 대화에서 적절한 대답들을 조합한 거니까. 자세히 들어보면, 문장들이 한데 붙여진 부분에서 작은 삑 소리가 들려.

알아. 안다고. 하지만 나 자신도 몸이 떨어지지가 않아. 펜처치를

그런데 한 가지 더 323

한 번 잃었고, 그 때문에 거의 죽을 뻔했어. 그 오랜 시간이 지난 지금도 여전히 나는 끊임없이 그녀를 생각해.

오랜 시간? 그렇게 오래되지도 않았어.

내 가상의 삶까지 계산하는 거야. 그 해변에서 펜처치의 그림을 그리면서 내가 얼마나 오랜 시간을 보냈는데.

보고인들이 이 새 행성을 파괴하기 전까지 말이야?

아니면 내가 그 행성을 구하기 전까지. 전에는 행성들을 구한 적이 있단 말이야, 알잖아.

내 생각엔 우리가 마지막 삶을 살고 있는 거 같아, 친구. 얼마나 더 많은 파괴된 세계들을 보고 살아남아야 할까? 더 이상은 절대 못 견뎌.

와우배거는 보고인들을 쫓아버릴 수 있어. 아니면 토르도. 누가 이기든. 저밖에 우주 전체가 펼쳐져 있고, 우리는 그 일부야. 남은 우리 평생을 콘덴서와 칩들로 된 상자하고 정신적인 축구나 하면서 보내고 싶지는 않다고.

알아. 네 말이 맞아. 하지만 여기는 안전해. 절대로 아무도 우리를 찾을 수 없어. 열핵무기로 우리를 위협하는 일은 절대 없을 거야.

그러니까 여기 영원히 있을 거구나.

아니……그렇지는 않을걸.

그러면 어떻게 할 건데?

잊고 살아가야지.

그러고 싶지 않아.

잊고 살아야 한다니까!

알았어. 펜처치는 까맣게 잊고?

그래. 당연하지. 누구-처치?

착하다, 우리 아서.

아주 작은 목소리 : 펜처치. 절대 잊지 마.

포드

팔 분 동안이나 눈을 깜박이지 않고 견딜 수 있다. 팔 분. 그 정도면 확실히 무슨 기록일 거 같은데. 눈을 깜박이지 않으니까 나른하니 긴장이 다 풀리네. 이 우주선에 승선하기 전에도 좀 느긋한 편이었지만, 지금은 완전히 코마토즈(comatose, 혼수상태라는 뜻―옮긴이주)야, 아니 콤마 토즈(comma toes, 쉼표와 발가락―옮긴이주)인가? 그러면 말이 될 거 같기도 한 게 내 발가락이 작은 쉼표같이 생기기는 했어. 왠지 모르겠지만 좀 무서운 생각인데.

맥주, 맥주, 환상적인 맥주. 많이 마시면 마실수록 무서운 맥주.

구즈나르흐! 나는 그간 정말 바보처럼 살았어. 이제 뭘 해야 할지 알겠어. 출판사들이 만에 하나 저 보고인들을 쫓아버리는 데 성공할 경우를 대비해서 이 우주선에 대한 뭔가를 써서 《안내서》에 기고할 필요가 있어. 이런 세상에, 굉장한 화제가 될 거야. 탕그리스니르 호에 승선해서 여행해본 필사의 존재가 몇이나 되겠어? 장담하지만, 많지는 않을 거야. 그리고 어떻게든 다음에 타는 사람은 《안내서》에서 안심할 수 있는 정보들로 가득한 항목을 보고 마음을 놓게 될 거야. 좋아. 뭘 기고해야 할까. 간결한 게 좋을 텐데. 개자식들 같은 편집자들이 이것저것 갖고 놀 게 별로 없도록. 하지만 문체가 세련되어야 해. 포드 프리펙트의 특징이 처음부터 끝까지 배어 있는 글, 그러면서도 이렇게 쿨한 황금 우주선의 본질을 잘 잡아내는 글. 내가 마지막으로 기고한 글은 좀 너무 장황했어. 그러니까 확 줄이고, 본론으로 곧장 들어가야지. 즉시 눈앞에 있는 문제를 파고들고, 직설적으로 용건만 말하는 거야. 지평선에 시의적절성이 보입니다, 선장.

아아아! 제대로 잡았어. 내 영혼과 이 멋진 우주선의 영혼을 표현할 수 있는 단어는 단 하나뿐이지. 단 하나의 소중한 단어. 늙은 꼰대들과 싱글거리는 젊은이들이 하나같이 좋아하는 말. 쓸모 있는 만큼이나 아름다운 음절들의 집합.

프루디하다.

그들은 조종실에 모여 우주선이 새로운 푸른 행성으로 하강하는 걸 지켜보았다.

포드가 곡면의 벽에 바짝 다가서자 벽이 보글거리며 투명해졌다.

"벽이 그렇게 되었으면 좋겠다고 생각했거든." 포드가 씩 웃으며 말했다. "생각만 했는데 우주선이 그렇게 해주네."

전망은 부인할 수 없는 장관이었고, 심지어 와우배거마저도 트릴리언의 옆모습만 바라보던 눈길을 잠시 돌려 황금빛 햇살을 받아 반짝이며, 뱃머리 아래로 스쳐 지나가는, 망망한 파도들을 감상했다.

"그거……괜찮네." 그는 마치 이십 년간 스트레칭을 한 끝에 방금 미각세포를 회복한 블라슬레시안의 가석방 죄수 같은 말투로 말했다. "그래. 괜찮아."

트릴리언은 그의 이두박근을 두 팔로 감싸 안았다. "괜찮다고요? 환상적인데요. 장관이에요. 당신이 언어를 자유자재로 구사하는 줄 알았는데요."

"좋은 말들은 잘 못 씁니다." 와우배거가 미소를 지으며 말했다. "한동안은 그런 말들이 전혀 필요가 없었거든요. 말 오줌 냄새가 펄펄 풍기는('말 오줌 냄새가 나는'이라는 뜻의 형용사 jumentous는 웬만한 사전에도 등재되어 있지 않은 희귀한 욕이다—옮긴이주) 필사의 존재들 때문에. 물론 현재의 동행들은 제외입니다만."

랜덤이 스쳐 지나가면서, '우연히' 와우배거를 팔꿈치로 퍽 쳤다.

"대부분의 현재 동행들은 제외입니다."

랜덤이 상냥하게 웃었다. "그저 제가 드리고 싶은 말은요, 와우배거 씨. 원하시는 대로 오늘 꼭 죽으시기를 바란다는 것뿐이에요."

"랜덤!" 트릴리언은 충격을 받았다. "그게 무슨 끔찍한 소리니. 그리고 어쨌든 그런 일은 일어나지 않을 거야. 자포드 비블브락스는 위협이건 약속이건 평생 끝까지 책임지고 끝낸 적이 없는 위인이니까."

와우배거가 그녀를 내려다보며 미소를 지었다. "걱정 말아요. 어둠의 공간 때문에 사람들의 감정이 증폭되어서, 진심이 아닌 말을 하게 되지요. 저 애도 곧 차분해질 거요."

"너무 믿지는 마세요." 험상궂은 얼굴로 랜덤이 말했다.

하지만 트릴리언은 듣고 있지 않았다. 사람들의 감정이 증폭되어서, 그녀는 생각했다. 진심이 아닌 말들을 하게 된다고.

"어머나, 세상에." 컴퓨터가 갑자기 십대 아이돌 팬클럽 소녀 같은 소리를 내면서, 흥분에 차 말했다. "토르예요. 섬 반대편에 있어요. 토르의 신호를 잡고 있다니, 믿을 수가 없어요. 그분이 저를 기억하실까요?"

와우배거의 미간이 팽팽해졌다. "확실해?"

"당연하죠. 바보 같기는. 얼굴 인식 소프트웨어에서 백만 번 이상 대조해 봤는데요."

"장난치지 말고. 컴퓨터, 우리를 그냥 착륙시켜줘."

"어디에요? 천둥신 옆에요?"

와우배거는 트릴리언에게서 등을 돌리고 돌아섰다. "아니. 여기 내려줘. 생각할 시간이 필요해."

잘 됐어. 트릴리언이 생각했다. 나도 생각할 시간이 필요해.

잘 됐다. 랜덤이 생각했다. 특별 택배가 도착할 시간이 필요했는데.

콩 시

"자포드 비블브락스." 힐먼이 말했다. 그 말투는 마치 그 이름이 욕설이나 되는 듯했는데, 사실 몇몇 행성에서는 실제로 욕설이었다. "자포드 지랄 비블브락스."

자포드는 장화 두 짝을 다 벗어던지고 세 팔의 소매들을 다 걷어붙이고는, 플라자의 뒤로 넘어가는 선 라운지 의자에 누워 있었다.

"계속 그 말만 하시네, 힐먼. 내가 여기 있는 게 무슨 나쁜 일이라도 되는 것처럼. 사실은 당신의 모든 문제에 대한 해답이잖아."

"무슨 모든 문제에 대한 해답?"

"무슨 문제들이 있는데?" 자포드가 평온하게 물었다.

힐먼은 식탁을 손가락으로 드럼 치듯 두드리고 있었다. 웨이트리스가 좀 눈치를 채고 제발 와서 주문을 받아줬으면 싶었다. 그는 드럼 중간에 뚝 끊었다.

"뭐, 일단 웨이트리스부터 없고. 다들 개인 트레이너들과 해변 정착지로 내려갔다고. 그리고 그 친구들이 술도 다 가져갔어."

자포드는 장화에 손을 뻗었다. "뭐, 오랜만에 수다를 떠니 즐거웠어, 힐먼. 그 해변 정착지가 어딘지 길만 좀 가르쳐주면 고맙겠는데."

"이건 다 빌어먹을 네 탓이야, 자포드. 서쪽 도시가 나타나기 전까지는 모든 게 좋았다고. 타이로폴리스라니, 그런 이름이 믿겨져? 그쪽 직원들은 심지어 우리 쪽보다 먼저 반란을 일으켰다니까." 그는 자포드를 손가락으로 쿡 찔렀다. "여기 사는 이 좋은 사람들 중에는 제 손으로 결장 세척을 하는 이도 있다니까? 무슨 놈의 문명 사회가 이 모양이냐고?"

"새로운 사회는 어디나 성장통이 있기 마련이지. 외교와 알코올로 그 문제들을 해결해 나가야 해."

"성장통? 저 미친놈 프리플룩스는 성장통 이상이라고."

자포드는 낄낄 웃음이 나오는 걸 참았지만, 결국 코 밖으로 터져 나오고 말았다.

"뭐가 그렇게 웃겨, 비블브락스?"

"아, 아무것도 아니야."

"아니, 말해봐. 꼭 듣고 싶어."

"방금 자네가 아시드 프리플룩스를 미친놈이라고 불러서."

"그러면 어때. 완전히 미친놈인데."

"그 친구가 미친놈이면, 자네도 미친놈이야."

힐먼이 얼굴을 찌푸렸다. "그게 대체 무슨 뜻으로 하는 소리야?"

"뭐, 그 친구는 자네고 자네는 그 친구다 그런 말이지. 설마 전혀 몰랐다고 하지는 않겠지."

"그건 말똥더미 같은 소리군." 힐먼이 말했다. 하지만 뱃속에 자리 잡은 서늘한 두려움은 그게 사실이라는 걸 알고 있었다.

"서쪽 도시? 타이로폴리스? 그건 다른 차원에서 본 자네들 아니야. 처음에 내가 자네들 일을 하면서 서비스 패키지를 만들었잖아. 그래서 나도 생각했다고. '어이, 이거 한 번 더 하는 건 어때? 그러고 나서 세 번째 집단을 만들어보려고 하는데 **콰쾅**, 보고인들이 찾아온 거야."

"그래서 지구는 사라졌어?'

"철저히 영원히. 심지어 아클 슈마클과 그의 친구들도 그 행성을 다시 조립하지는 못했어."

"뭐라고?"

"오래된 베텔게우스 동요에 나오잖아. 아클 슈마클은 벽에서 떨어진 달걀들을 풀로 붙였던 꼬마야. 비극적인 결말이지."

"알겠어. 어쨌든, 이 행성 얘기로 돌아가서. 내가 아시드 프리플룩스라고? 내가 그 허세덩어리 과대망상 바보란 말이야? 자네가 하는 말이 지금 그거잖아."

자포드는 세 번째 손에 달린 손가락들을 딱 소리 나게 튕겼다. 터득하는 데 몇 달이 걸린 재주였다. "바다빙고. 뭐, 엄밀하게 자네가 그 친구와 똑같은 건 아니지. 자네는 축을 따라 이삼백만 개의 우주 너머에 있는 그 친구의 판본이야. 그래서 이런저런 소소한 차이들이 있는 거고. 물론 이름도 다르고. 자네한테는 뱃살이 있지만, 그 친구는 없잖아. 자네는 머리를 염색했지만, 그 친구는 타고난 빨간 머리고. 그런 거지."

힐먼은 머리 염색에 관한 비방마저 반박할 기운이 없었다. 무한한 수의 대안적 힐먼 헌터들이 있다는 사실을 알고 있는 것과, 그중한 사람과 전쟁을 벌이고 있다는 건 완전히 얘기가 달랐다.

"믿을 수가 없어." 그는 마침내 한 마디를 뱉었다. "자네가 날 함정에 빠뜨렸어, 비블브락스. 나를 나 자신과 싸우게 만들었다고."

자포드는 자기 뺨을 철썩 치면서 짐짓 공포에 질린 시늉을 했다. "내가 널 함정에 빠뜨렸다고? 내가? 그런 황당한 소리가 있나. 난 그저 돈 몇 푼 벌어보고 싶었을 뿐이야. 자네도 다른 정착민들이 있을 줄은 알았잖나, 힐먼. 자네 원숭이 후손들이 아무하거나, 심지어 또 다른 자아와도 싸움을 하는 건 내 탓이 아니야." 자포드는 느닷없이 벌떡 일어나 똑바로 앉았다. "이런 정강이 소시지 같은! 내 말이 맞지, 그렇지? 내가 일리 있는 주장을 했어!"

힐먼은 자기 염소수염을 잡아당기면서 조용히 치미는 부아를 삭이고 있었다. 비블브락스의 말은 정말로 일리가 있었다. 그는 그들의 목숨을 구하고 새로운 에덴으로 트랜스포트 해주었다. 인류가 또다시 모든 걸 망쳐버린다 해도 그건 비블브락스의 잘못이 아니었다. 힐먼은 광장 건너편을 바라보았다. 버프 오르핑턴이 설탕에 취한 아이처럼 헛바닥을 빼고 골프채를 손으로 돌리며 토르 주위를 빙빙 돌고 있었다.

"이 정착지는 와해되고 있어, 자포드." 힐먼이 인정했다. "신이 절실하게 필요해."

자포드는 놀란척 해보려고 애를 썼다. 이런 대화를 하고 싶지는 않았다는 것처럼 보이려고. "뭐, 신이 있긴 하지."

"저분이 진짜 토르야? 진짜, 진짜로?"

"정말로 토르고, 내가 매니저야."

힐먼이 입술을 비죽 내밀었다. "뭐라고? 요즘은 심지어 신을 모시는 데도 돈이 들어?"

"정신 차려, 힐먼. 신들한테는 항상 돈이 들어. 하지만 내가 싸게 해줄게."

"우리가 독점권을 가질 수 있을까?"

"그건 약속할 수 없어. 토르는 초특급이야. A급 신이라고. 그를 숭배하고 싶어 하는 다른 문화들도 많아."

"그러면 온 세상에 편재할 수 있어?"

"아니. 하지만 상당히 빠르긴 하지."

힐먼은 생각해보았다. 토르 급의 신을 갖고 있으면, 행성을 다시 곧고 좁은 길로 인도할 수 있었다. 아시드 프리플룩스의 치즈 바퀴는 토르가 가진 것 같은 거대한 망치 앞에서 오래 버티지 못하리라. 그리고 천둥신을 상대해야 한다고 하면, 직원들도 책임을 소홀히 하지 못할 것이다.

"언제부터 일할 수 있어?"

뭔가 자포드의 주머니에서 삑 소리를 냈고, 그는 온몸을 더듬다가 마침내 와우배거가 준 아주 작은 컴퓨터 카드를 찾아냈다.

"지금 당장이나 마찬가지지." 그는 스크린을 읽으면서 말했다. "토르가 처리해야 할 소소한 신의 응징이 하나 있거든. 자네들도 구경하면 좋겠네. 구매한 상품을 시험가동 해보는 셈치고. 대단한 구경거리일 거야." 그는 광장 건너편의 신을 불렀다. "어이, 토르. 한판 하러 갈 준비됐어? 그 불사자가 착륙했어."

"확실해?" 토르는 묠니르를 들어보려 애쓰고 있는 버프 오르핑턴을 수상쩍은 눈길로 바라보며 말했다. "준비가 된 건지 모르겠어. 이 친구 봤어? 지금 나를 놀리는 거야, 아니면 진짜 내가 위대하다고 생각하는 거야? 사제가 되고 싶다는데. 긴 예복이 입고 싶대. 그게 네가 원하는 거지, 안 그래?"

버프는 볼살이 통통한 고개를 끄덕이며 풀밭을 발로 굴렀다.

"예." 그는 숨을 헐떡거렸다. "예, 예, 예."

타이로폴리스

와우배거의 갤리선은 정착지 밖으로 아름답게 펼쳐져 있는 초원에 착륙했고, 곧 잔디의 형상과 같은 질감으로 바뀌었다. 아메글리안 메이저 암소 떼는 새로 온 사람들에게 누가 희생할지를 놓고 말다툼을 벌이다가 불운을 탓하며, 그들을 먹지 않겠다고 선언한 타이로맨서들의 조치에 꼬리로 쓴 플래카드를 들고 항의하는 시위로 다시 돌아갔다.

와우배거가 해치를 녹이자 승객들이 감사의 마음을 담은 발로 단단한 땅을 밟았다.

"여긴 정말 좋군요." 트릴리언이 말했다. "평화로워요." 바로 이때 히스테리 발작을 일으킨 암소 한 마리가 초원을 우레같이 가로질러 달려오더니 그녀의 가슴을 받으며 울부짖었다. "날 먹어요! 먹어줘요!"

트릴리언은 축축한 털투성이 주둥이에서 펄쩍 뛰어 물러섰다. "안 돼. 어, 나는…… 채식주의자야."

"야채!" 암소가 내뱉었다. "걔네들이 뭐가 그렇게 특별해요? 왜 재미는 그쪽이 다 보는 거죠? 섬유질과 비타민들. 그래서 망할, 뭐가 어쨌다는 겁니까? 나는 똥구멍에서 단백질이 줄줄 흘러나온다고요. 말 그대로."

탕그리스니르의 승객들은 채 한 발짝도 더 딛기 전에 성나서 난동을 피우는 소 떼에 에워싸였다.

"우리는 미친 소다!" 그들은 합창했다. "우리는 미친 소다!"

아서는 웃음을 터뜨렸다. "있잖아, 웃긴다. 왜냐하면 지구에는 옛날에 어떤 병이 있었는데……."

갈색 소 한 마리가 슬금슬금 옆걸음으로 아서에게 다가왔다. "채식주의자는 아니시죠, 설마?"

"어, 아니, 사실은 아니야."

"선생님이라면 알감자 몇 개하고 와인 반병과 함께 사랑스러운 설로인 스테이크를 한 덩어리 해치우시리라 믿습니다만."

아서는 배를 두드렸다. "그럴 거 같네. 듣기만 해도 맛있겠어. 진짜 스테이크라니. 복제 느낌도 전혀 안 나고. 원하는 대로 얻는 고기라. 속속들이 정직한 고기."

어둠의 물질. 그는 생각했다. **아직 끝나지 않았군.**

"내 마음을 읽은 거 아니야, 아서 이 친구." 포드가 말했다. "보통은 지각 있는 존재들을 먹어치우는 걸 좋아하지 않지만, 이 친구들

끈질기네."

소는 한쪽 앞다리로 아서와 포드를 나무로 태우는 바비큐로 안내했다.

"스테이크는 어떻게 드시겠습니까?"

"레어." 포드가 말했다. "수의사가 전기충격기로 살려낼 수 있을 정도의 레어로 부탁해."

"난 미디움이 좋겠어."

소는 어떻게 했는지 앞다리에 냅킨을 두르기까지 했다. "훌륭합니다. 그리고 와인은요?"

아서는 이 새로운 행성의 와인 상황이 어떤지 전혀 몰랐다. 빈티지 와인이 나올 만한 시간은 없었던 것 같아 보였다. "뜻밖에 괜찮은 와인을 마셔보고 싶군."

와우배거는 다른 소들 때문에 약간 옴짝달싹 못하게 갇힌 느낌이 들었다. 그는 옛날부터 말하는 네발짐승을 그렇게 좋아하지 않았다. 그가 애써 극복해야 할 공포증이었다.

"네놈들 진짜로 약간 물러서지 않으면, 에너지 피스톨로 너희를 튀겨버릴 수밖에 없단 말이다."

"드디어!" 한 소가 외쳤다.

"최고 화력으로 부탁해요!" 또 다른 소가 애원했다.

트릴리언이 그의 팔을 잡았다. "이 종족은 내가 알아요. 제발 먹어달라고 안달하잖아요."

"저놈들을 먹지는 않겠지만, 쏠 수는 있잖아요."

랜덤은 아직도 여행 때문에 감정적으로 북받쳐 있었다. "전부 다 쏴버리지 그래요, 외계인? 우리 엄마한테 당신의 진짜 정체를 보여 줘야지."

와우배거는 트릴리언이 자신의 팔을 잡고 있던 손에 힘을 꼭 주는 걸 느꼈고, 그러자 불안감이 싹 사라져버렸다.

그는 그녀를 바라보았다. 어떻게 이런 일이 가능하지? 당신 어떻게 한 거야?

앞에서 이미 말했듯이, 우주는 달콤한 관계에 반감을 품고 있어서 이런 순간이 오래 지속되게 내버려두지 않는다. 사랑에 찬 눈길이 한 번 오갈 때마다 우주 어딘가에서 짧고 날카로운 충격으로 균형을 맞춰야 하기 때문이다. 가끔은 그렇게 짧지 않을 수도 있고.

《안내서》 주석 : 바워릭 와우배거, 혹은 《안내서》의 묘사에 따르면 "고리 같은 우주선을 타고 다니며 사람들을 모욕하고 돌아다니는 초록색 프루드"는 이 시점까지 현실 공간에서 트릴리언 아스트라, 또는 《우후》지가 붙인 별칭대로 "배거를 백에 넣은 운 좋은 그녀"와 세 번의 다정한 순간을 나누었다. 그리고 이때마다 우주 정반대 지점에서 다른 불행한 개인들이 대가를 치러야 했다. 알파 켄타우리 행성의 기획 서무관 글램 포더는 한 달에 한 번 받는 도시락의 갈색 봉투 속에 기어들어온 피그미 밭쥐에게 손가락을 물리는 봉변을 당했다. 봉투를 기증한 사람이, 먹던 샌드위치 봉투를 재활용하기로 결정했기 때문이었다. 슈퍼-핫한 하스트로밀 성단에서 결혼 상담사로 일하는 우르술 다이퍼는 세 시에 예약된 부부가 자신이 어릴 때 양육권을 포기하고 입양 보낸 아들과 딸이라는 걸 알고 엄청난 심리적 충격을 받았다. 훌루부족의 슈퍼 그룹인 비저블 스펙트럼의 리드 싱어인 모티 그림은 조명 기사가 우연히 솔로 스포트라이트에 푸른 젤을 바르는 바람에 삼 도 난반사를 당했다.

이 다정한 순간은 골프 카트 차량대의 도착으로 갈가리 찢겼다. 선도 차량이 박살 난 널의 파편들에 얽혀 오도 가도 못하게 되지 않았다면, 그래서 목초지 문을 실제로 돌파하는 데 성공했더라면 꽤 극적인 등장이 될 뻔했다.

아서의 소 친구는 되새김질하던 풀을 한입 퉤 뱉었다. "병신들. 저런 것들이 지휘자랍시고."

"채식주의자들이야?" 아서가 거들었다.

"아니요. 돼지들을 좋아하지요. 돼지들이 좋아 죽어요. 하지만 우리 불쌍한 소들은, 무슨 이유에서인지 메뉴에도 오르지 못했어요. 그러니 선생님이 계셔서 정말 다행입니다. 선생님들이 계셔서 다행이에요."

아시드 프리플룩스는 만신창이가 된 울타리와 골프 카트에서 기어 나왔다.

"어이, 아서." 포드가 말했다. "카트로 울타리를 넘으면 어떻게 되나?"

아서는 감히 추정을 해볼 시간도 없이 타이로맨서들에게 포위되고 말았다.

"그 바비큐에서 물러나라." 아시드가 새된 목소리로 명령했다.

"그 소들은 우리가 접수한다."

포드가 아서의 귀에 대고 씩씩대며 속삭였다. "내가 시간을 끌어볼게. 너는 바비큐에 있는 베시(소에게 흔히 붙이는 이름—옮긴이주)를 데리고 가."

소가 엿들었다. "그 말은 기분이 좋지 않네요. 우리가 모두 베시라는 이름을 가진 건 아니랍니다. 사실, '베시'는 세련된 사람들 사이에서는 한물간 이름이에요. 트리스잼과 폴리그리노가 이번 시즌에 인기 있지요."

아시드는 모여든 소떼들을 어깨로 밀며 헤쳐 나오느라, 신참들 앞에 다다랐을 때는 숨도 차고 기진맥진해 있었다.

"여기 책임자가 누구요?" 그는 따져 물었다.

와우배거가, 철벅거리거나 김이 나는 건 무조건 조심스럽게 피하면서 앞으로 나섰다.

"나요. 이 우주선 선장 바워릭 와우배거요."

"무슨 우주선이요? 우주선 같은 건 안 보이는데."

"위장하고 있으니까 그렇지. 이 두루뭉청종기 같은 닌컴똥 같으니라고!"

아시드는 얼굴을 새빨갛게 붉혔다. "뭐라고? 그렇게까지 심한 말을 할 필요는 없었잖아. 감히 누구한테!"

"자, 이제 좀 낫군." 와우배거는 만족스럽게 말했다. "경악과 분노. 옛날에 왜 이 짓을 했는지 기억이 좀 나."

"옛날에?" 트릴리언이 말했다.

와우배거는 자기 구두를 슬쩍 내려다보았다. 아직 그럭저럭 깨끗했다. "요즘은, 왠지 전처럼 재미가 없더군요."

온갖 소동이 다 무슨 영문인지 궁금해하는 다른 정착민들이 나타나기 시작하면서 아시드의 용기가 꽃을 피웠다.

"두 사람의 다정한 순간을 방해해서 미안하지만……."

(바나즈 스타 근처의 크루즈 유람선에서, 유람선 주치의가 재채기를 하는 바람에 모톡스 피하주사를 자기 무릎에 꽂고 말았다. 무릎은 끙끙 앓으면서 이틀이나 엄격한 물 다이어트를 해야만 했다.)

"……여기 무슨 볼일이 있는 거요, 와우배거?"

"이 인간들을 자기네 종족이 있는 곳에 내려주고 한 사람씩 다 모욕을 주려고 했지만, 이젠 별로 그러고 싶은 마음이 없어졌소."

아시드는 약간 기운을 차렸다. "이 사람들이 우리 종족이라고요? 타이로맨서들입니까?"

와우배거의 턱이 움찔했다. "타이로맨서라고? 당신네가 타이로맨서요? 믿을 수가 없군!"

한참 올라가던 아시드의 기세가 밋밋하게 주저앉았다. "말 안 해도 알겠소. 치즈를 안 믿는다 이거지. 다 내 머릿속에서 꾸며낸 거라고 말하겠지."

"아니. 사실 나는 치즈를 알아요. 치지(치즈의 애칭—옮긴이주) 녀석을 본 지 영겁은 된 것 같군."

프리플룩스는 털썩 무릎을 꿇었다. 무언가가 철벅거렸고, 또 다른 뭔가가 갈라지면서 김이 올라왔다. "치-치즈님을 아신다고요?

340

고고하신 그분의 현전을 뵈었단 말이요?"

"고고? 누가 그따위 소리를 했어요?"

"우리 치즈님께서 직접 하셨지요. 제가 본 비전 속에서."

와우배거는 고개를 끄덕거렸다. "요즘도 그 친구 꿈을 갖고 그러는군. 아무튼 절대 안 변하는 것들도 있단 말이야. 텅 빈 두뇌를 찾아서 쓱 들어가는 게, 항상 치지가 일하는 방식이었지. 전에도 신을 찾는 이런 짓을 해본 적이 있거든. 아주 오래전에 치지를 고용해서 나를 죽여달라고 했었지. 그 친구는 무슨 치즈 딥 같은 걸로 시도했었는데. 당연히 효과가 없었다니까. 하지만 그 후의 젖당은 도저히 못 참아주겠더라고."

"우리 머리에 에담의 심판을 불러온 게 당신이요?"

"에담의 심판? 그거 진짜 웃기는데. 진짜로? 설마, 아니겠지. 신학적 용어를 그런 식으로 쓰면서 사람들이 웃지 않기를 바랄 순 없다고. 다른 정착지 위에 나타난 커다란 치즈 덩어리 얘기를 하는 거라면, 내 생각엔 그게 정상구역으로 진입하는 다른 우주선일 거 같은데."

"에담의 심판이 아니고?"

"아니라고 봐. 객관적으로 봐서, 치지가 신참 신이기는 하지만, 투사에 능하지는 못하거든. 마지막으로 소식을 들었을 때는 중등신 고사를 준비하고 있다고 했는데, 홀리 치즈 달력들이 안 보이는 걸로 봐서는 아무래도 떨어졌지 싶어."

"나도 그렇게 생각해." 암소 한 마리가 말했다. "그 친구는 한심한 실패자니까. 바로 너처럼 말이야, 프리플룩스."

"입 닥쳐, 암소, 아니면……."

암소가 침을 뱉었다. "어쩔 건데? 날 안 먹을 거야?"('Eat me'는 '어디 한번 해봐라'라는 의미를 가진 속어이기 때문에, 이를 뒤집어서 쓰고 있다—옮긴이주)

"그래. 절대 안 먹을 거고, 너희 가족들도 절대 안 먹을 거야. 어디로 숨어버리든 꼭 찾아내서 절대 한 입도 안 먹을 거야."

암소는 이 말에 좀 겁을 먹었다(cow에는 '으르다, 협박하다'라는 뜻이 있다—옮긴이주). "이걸로 끝인 줄 알면 오산이야, 프리플룩스." 소가 중얼거렸다.

아시드의 전화가 울렸고, 그는 터널을 향해 길 쪽을 뒤돌아 흘낏 바라보며 짤막하게 통화를 했다. 통화를 마친 그는 돌아서서 말했다. "그러니까, 당신이 치즈님의 대변인이라 이 말이군요, 와우배거?"

와우배거는 얼굴을 찌푸렸다. "대변인이라고 말하기는 좀 그런데. 그냥 좀 알뿐이오. 맥주를 몇 잔 같이 했고."

아시드는 고집을 부렸다. "그럼 친구이시군요. 말하자면, 치즈님의 사도로군요."

"잘해봤자 지인 정도지."

"그저 내가 안에 심어 놓은 사람 말이, 헌터가 진짜 신을 구했다기에."

"아."

"그리고 그 신이 이리 오는 길이랍니다."

"그렇군. 그래서 내가 치즈를 대변해주길 바란다 이거지."

"해주실래요? 그러면 진짜 멋질 텐데." 아시드는 삼각형 표시를 만들어 보였다.

"그게 뭐야?"

"치즈의 삼각형이요. 치즈님의 분노를 잠재워라. 내가 만든 구호 같은 거요."

와우배거는 웃음을 터뜨렸다. "가만히 있어. 사진을 찍어서 치지한테 보여줘야 되니까. 아주 신나할 거야."

아시드의 삼각형이 흔들렸다. "치즈님이 우리를 보실 수 없어요? 치즈님은 우리 주위에 항상 계시지 않습니까?"

"치지가? 끽해야 예쁜 여자한테 붙어서 유제품의 꿈을 보내는 정도가 다지 뭐. 그리고 또 다른 얘기를 하나 해줄게. 그 친구는 소고기하고 치즈를 아주 좋아해. 특히 소고기와 치즈를 섞어서 만든 식사를 즐기지."

아시드의 두 손이 풀려 허리춤으로 떨어졌다. "그런데 그동안 나는 치즈를 담는 성스러운 그릇들을 보호하고 있었다 이거군요……."

공기가 타닥타닥 소리를 냈고, 아서는 팔의 솜털이 쭈뼛 서는 느낌을 받았다.

"갑자기 도망쳐야 될 거 같은 기분이 드는데."

하늘에서, 동쪽으로, 작은 폭풍 구름이, 나무들이 웃자란 선 바로 위로 뭉게뭉게 일었다. 사진 잘 받는 번갯불이 정기적인 간격으로 배때기에서 번쩍거렸고, 뭔가 거대한 존재가 번갯불을 타고 있는 듯했다.

"비블브락스가 진짜 거물을 잡았네. 믿을 수가 없군."

"믿어요." 포드가 말했다. "뚱땡이 엉덩이라고 불렀잖아요, 기억 나쇼?"

트릴리언은 팔로 눈을 가리고도, 천둥신의 모습을 살짝이나마 보려고 곁눈질을 했다.

"아마 그냥 커다란 조명 쇼일 거야. 싸울 의사는 없을 거야."

이런 말은 실질적으로 항상 반대의 결과를 보장하다시피 하며, 연루된 등장인물들을 고려해 보면 멜로드라마 같은 사건이 일어날 수밖에 없었으니, 트릴리언이 기자였다는 걸 생각하면 이런 말을 입 밖으로 내는 바보짓은 하지 말았어야 했다.

《안내서》주석 : 프리-텔레파스 카크라푼 카파 출신의 논쟁적인 정형외과 의사 쉭 브릿하우스가 주장한 이론이 있다. 이 이론에 따르면 우주의 토대는 불확실성이기 때문에, 결정적인 진술이나 행동은 순간적인 에너지 진공을 창출해서 그 속으로 완전히 정반대되는 진술이나 행동이 흘러들게 되어 있다. 유명한 진공 유도 진술 중에는 다음과 같은 것들이 있다.

확실히 그게 거기 들어갈 리가 없어.

그리고,

나는 매주 똑같은 숫자에 돈을 거는 게 지겨워. 절대 나오지 않을 텐데.

그리고,

우리는 평화를 사랑하는 사람들이야. 스트리테락스의 갑옷 악마들이라도 우리와 분쟁을 일으키고 싶어 하지는 않을 거야.

그리고,

그 스웨터를 입으니까 정말 멋져 보인다, 펠릭스. 너를 돌연변이라고 부르면서 덤플 퇴비 제조기에 넣어버릴 사람은 아무도 없을 거야.

그리고,

아마 그냥 커다란 조명 쇼일 거야. 싸울 의사는 없을 거야.

서브-아톰 존재들이 에너지가 흡입되는 쉬익 소리를 듣고, 진공으로 거대한 번갯불이 흘러들어와 엄청난 넓이의 초원을 그을려 태워버렸고, 남은 건 구워져버린 소 시체들과 정중앙에 거대한 X 자뿐이었다.

"운 좋은 녀석들 같으니." 살아남은 소들이 중얼거렸다.

와우배거의 중앙두뇌와 다양한 신경절에 상충되는 감정들이 밀물처럼 쏟아져 들어왔다. 수천 년 동안 절실히 진심으로 바라왔던 소원은 바로 죽음이었는데, 이제 암흑 속에 한 줄기 빛이 비추었던 것이다. 그가 죽음을 찾아 헤매던 원칙에 사실상 결함이 있었을 가능성 말이다. 그의 딜레마는 이러했다. 이 이미 죽어가고 있는 여자와 겨우 짤막한 수십 년의 행복을 누릴 수 있을지도 모른다는 터무니없는 가능성에 희망을 걸고, 죽을 수 있는 황금 같은 기회를 그냥 지나치는 게 현명할 것인가?

"X가 그 지점을 표시하는 거 같아." 포드가 말했다. 손에, 그을린 고기 한 점을 들고 있었다. 그는 제일 가까운 소 쪽으로 돌아섰다. "소스 있어? 이건 좀 뻑뻑한데."

아서는 예전처럼 자기가 이런 식의 행동에 기함하지 않는다는 걸 깨달았다. 포드 프리펙트의 가열찬 식도락 행각에 반복적으로 노출되다 보니, 그의 행동 관념까지 잠식된 모양이었다.

"누군가 와인 얘기를 했던 거 같은데." 그는 너무 대놓고 열렬히 좋아하지 않는 것처럼 보이려 애쓰며 말했다.

랜덤이 험악한 표정을 지었다. 워낙 그게 그녀의 정상적인 단 두 가지 표정 중 하나라서 아무도 눈치 채지 못하긴 했지만 말이다. 또 한 가지 표정은 경멸적으로 입술을 말아 올리는 것이었다.

"역겨워." 그녀는 매끈하게 두 번째 표정으로 넘어가면서 말했다. "두 사람은 돼지야."

"돼지라니." 암소가 말했다. "우리한테 돼지 얘기는 꺼내지도 마세요."

10

타이로폴리스에서 곧 대형 무력충돌이 시작될 테
니 지각의 흔들림이 멈출 때까지 멀찌감치 피해 있는 게 좋을 거라
는 이야기가 나노의 지각 있는 존재들에게 전달되었다. 이 말은 물
론 강제 해독 처방을 받고 콩 시의 치료실에 갇혀 있는 전 뉴욕 시
장 니클스 어데어만 빼고 모두가 빠짐없이 도시 외곽의 불에 그슬
린 풀밭으로 달려 나왔다는 뜻이다.

제일 먼저 현장에 도착한 건 푸틀팅크 새들이었다. 지도자인 페
르코 세인트 워링 스페클이 빌린 미니버스를 운전하는 데 사용한
민감한 원초적 깃털들의 덕을 톡톡히 보았던 것이다. 페르코는 버
스를 도랑에 빠뜨려 세운 후에 새떼 중 두 마리를 미리 보내 울타리
에 자리를 잡아놓게 시켰고, 그사이 나머지 새들은 유제품이 들지
않은 카푸치노를 찾아 나섰다.

다음으로는 개인 트레이너들이 도착했다. 다이아몬드 대형으로

들판을 가로질러 달려온 그들은, 겉보기에는 오후의 땡볕에도 전혀 아랑곳하지 않는 것 같았다. 들판 횡단을 완수한 그들은 모두 한쪽 어깨에는 자전거를, 다른 쪽 어깨에는 미용 관리사들을 하나씩 짊어지고 길을 따라 조깅을 했다.

"이 물건은 원래 타는 거 아닌가요?" 아서는 바로 옆에서 마무리 운동을 하고 있던 울끈불끈한 젊은이에게 한마디 했다.

"오, 철 좀 들어요." 트레이너는 쌀쌀맞게 한마디 던지고는 성큼성큼 가버렸고, 남은 아서는 그저 어리둥절하기만 했다.

토르는 이런저런 몇 가지 형상들을 갖춰보고 레깅스가 잘 걸쳐져 있는지 확인하며, 불탄 초원에서 몸을 풀고 있었다. 그는 초조한 기분이었다. 진실을 말하자면——물론 절대 말하지 않겠지만, 특히 자포드에게는 절대로——그는 잔뜩 겁에 질려 있었다. 이건 그 저주받을 비디오가 방송된 이후 첫 공식 출연이었다. 다행히도 여기 있는 사람들은 아무도 그 비디오를 못 본 눈치였다. 이 사람들의 눈에 그는, 록 스타 노릇이나 사생활 비디오를 한 번도 건드려보지 않은 특급 신이었다. 여기서는 좋은 인상을 남길 가능성이 있었다. 새 출발의 토대 말이다.

오늘 잘만 하면, 하고 토르는 생각했다. 내 명성을 회복하는 데 큰 힘이 될 수 있겠어. 정말이지 이 불사자가 제발 잘 따라와 줘서, 너무 빨리 죽어버리지는 않았으면 좋겠군. 제대로 하지 않으면, 신이 신이 아닌 존재를 죽이는 건 좀 너무 냉혹하게 보일 수 있으니까.

엄청난 군중이 모여들어 있었고, 분위기는 축제처럼 함빡 들떠 있었다. 어린 푸틀팅크 새들은 죽은 꼬리털을 뽑아서 들판 위로 헬리콥터처럼 빙빙 돌며 낙하하게 했고, 카페인에 잔뜩 힘을 받은 참전용사 일개 대대는 싱크로나이즈드 360도 회전과 스턴트 낙하까지 일체를 완벽 구비한 비행 쇼를 펼쳤다.

트레이너들은 파삭파삭한 벌판 가장자리에서 인간 피라미드를 쌓았으며, 친절한 마음을 가진 미용 관리사들은 혼자 힘으로 미모를 가꾸는 법을 오래전에 까맣게 잊어 절망에 빠진 대다수 타이로폴리스와 콩의 주민들을 위로하고 있었다.

"이게 내 머리카락이야." 한 나이 지긋한 숙녀분이 탄식을 했다. "뜨겁고 바람 부는 걸 머리에 갖다 댔는데, 그래도 색깔이 바뀌지를 않아."

"그리고 이 손톱들도." 또 다른 이가 말했다. "아무리 해도 계속 자라. 날마다 똑같아. 돌아와, 재스민. 제발 돌아와줘."

벅아이 브라운은 독기 오른 시선의 삼각형을 만들고 있었다. 처음에는 자기 구두를 내려다보고, 다음에는 버프 오르핑턴을, 그리고 마지막으로, 빨간 사각팬티에 끈 샌들을 신고 비상용 호루라기를 물고 있는 키 크고 가무잡잡한 남자를 바라보았다.

이런 사람들보다 까마득하게 높이, 훤칠하게, 천둥신이 서 있었다.

나는 이 인간들을 연대하게 만들 수 있어. 토르는 생각했다. 하나의 신. 하나의 신앙. 나를 믿는 사람들이 많아지면 더 강력하게 돌진할 수 있지. 이 중에는 멋지게 수염을 땋을 줄 아는 여자도 있겠지. 이런 행복감이 마음

속에 뭉게뭉게 떠오르자마자 예의 불안감이 다시 북받쳤다. 대재앙
이 될 거야. 서브—에서 사람들이 날 미워할 거야. 이 불사의 친구를 아무리
예민하게 죽여주려 해봤자, 그 사람들 눈에는 부정적인 면만 보일 텐데 뭘.
토르는 어깨를 으쓱했다. 수염을 몇 가닥 땋아봐야겠군, 기분이라도 좋아
질지 모르니까.

    불에 탄 동그라미 저편에서, 와우배거는 어지럽고 울렁거리는 기
분이었다. 이 육체의 영역에 작별의 키스를 하고 속 시원하게 끝내
버릴 수 있는 순간이 마침내 당도한 것이었다. 몇 평생에 걸친 고행
이 이제 끝을 바라보고 있었다.
    저 친구라면 해낼 수 있을 거 같아. 와우배거는 생각했다. 잘 고른 최상
급 욕설 몇 마디로 약간 화를 북돋워주면 저 거대한 망치로 나를 치겠지.
    토르는 확실히 이 일에 적임자로 보였다. 그에게서는 물결처럼
파워가 나오고 있었고, 매애애우 움직이는 목표물을 자처하는 한
무리의 자원봉사 소들을 상대로 연습용 번갯불을 쏘아대고 있었다.
    바로 이 친구야. 느낌으로 알 수 있어.
    그러나 바워릭 와우배거가 축배를 드는 순간에는 불편한 가시가
하나 있었다. 지구 여자, 트릴리언 아스트라가 그를 변화시켰던 것
이다.
    내 심장 피스톤이 미친 듯이 펌프질을 하고 있군. 음식도 제대로 먹지 못
했어. 사람들을 모욕하는 일에는 흥미가 제로로 떨어졌고. 마치 바이러스에
걸린 거 같은데, 나는 바이러스에 걸리는 체질이 아니잖아.

와우배거는 무슨 일이 벌어진 건지 알고 있었다. 어둠의 공간이 한 점의 매혹을 포착해서 증폭시켰기 때문에, 마치 자신이 사랑에 빠진 것처럼 보이는 거였다.

정말, 그게 사건의 진실인가? 내가 그냥 어쩌다 굉장히 운이 좋았던 건 아닐까? 어쩌다 한 번쯤은 그럴 수도 있잖아?

설마.

문제의 숙녀는 울타리 옆에 서서 자기 딸과 언쟁을 하고 있었다. 또, 기억해, 바워릭 이 친구야. 여자를 가지려면, 저 아이도 가져야 한다고.

그리고 놀랍게도, 그 사실마저 그렇게까지 신경 쓰이지 않았다.

여차하면 튜브가 있잖아. 지난번에는 그 해결책에 트릴리언이 별로 감명을 받은 것 같지 않았지만.

와우배거가 초원 너머로 손을 흔들자 트릴리언이 손을 흔들어 답례했다.

손을 흔들다니. 마지막으로 누군가한테 손을 흔들어본 게 언제인지 기억도 안 나네.

트릴리언은 랜덤에게 등을 돌리고 쿵쾅거리며 들판을 건너오는 것으로 언쟁을 끝냈다. 그녀의 하이힐이 한 발 디딜 때마다 땅에 구멍을 뽕뽕 냈다.

"저 계집애는," 그녀는 와우배거의 팔을 치면서 말했다. "어떻게 해야 나를 자극하는지 알아요."

"지금 뭐라고 하는데요?"

두 뺨의 사과 같이 붉은 반점 두 개만 남기고 트릴리언의 얼굴이 창백해졌다.

"자기가 알고 있는 사실 중에 내가 절대 듣고 싶지 않은 것들."

"어둠의 공간이 하는 얘기예요. 시간이 지나면 괜찮아질 겁니다."

"안 그럴 거 같아요. 랜덤은 나도, 내가 사랑하는 것도, 전부 다 증오해요. 내가 아서를 사랑한 적이 한 번이라도 있었다면, 아마 아서도 미워했을 거예요."

"한 번도 사랑하지 않았어요?"

"네. 그저 나이는 들어가는데, 수정 가능한 인간 정자가 그 사람 것밖에 없다고 생각했을 뿐."

"알겠어요."

"전에도 그 애를 두고 떠난 적이 있어요. 그럴 의도는 아니었지만, 결국 그렇게 되었어요. 그러니까 나를 미워하는 거죠."

"당신을 미워할 리가 없어요."

트릴리언은 세차게 고개를 저었다. "미워해요. 나 때문에 자기가 불행해졌다고 말해요. 그리고 자기는 남편을 가질 수 없는데 왜 나만……."

그리고 트릴리언은 그만 말하기로 했지만, 이미 반 문장 정도 너무 늦어버린 후였다.

와우배거의 첫 기침은 너무 놀라서였지만, 나중에는 마음을 숨기려고 몇 번 더 헛기침을 했다.

"내가 겁을 준 거예요?"

"아니, 아닙니다. 그 말은, 나를 잠재적인 남편감으로 생각하고 있다는 뜻으로 봐도 됩니까?"

트릴리언의 눈에 눈물이 맺혔다. "그래요, 하지만 그냥 말뿐이죠. 당신은 이 순간을 그토록 오래도록 꿈꿔왔는데 나는 당신한테 줄 게 생고생뿐이니까요. 이 삶은 랜덤을 위한 거라고, 나는 약속을 했어요. 당신은 가서 죽어버리기나 하고 내 걱정은 하지 말아요."

"그런 식으로 말하니까 내가 이기적인 것 같군요."

트릴리언은 뺨을 닦았다. "아니, 전적으로 이해해요. 당신은 그 환상적인 우주선에서 죽지 못해서 끔찍한 시간을 보냈잖아요. 맥주를 마시고 사람들을 모욕주고, 믿기지 않을 정도로 핸섬하고 매력적인 건 말할 것도 없고요. 당신에게는 다 지옥 같았겠죠, 알아요."

"당신 말을 들으니까 화려한 일 같은데."

"안 그랬나요? 당신이 몇몇 신인 배우와 관계가 있었다는 얘기를 들은 것 같은데요."

"그건 단순한 육체 관계였어요. 그 여자들은 내게 아무 의미도 없소."

이건 종족을 막론하고, 여자에게 던진 역사상 세 번째로 최악의 발언이었다.

"아무 의미도 없었다고요? 왜요?"

와우배거는 두 팔을 활짝 벌렸다. "어떻게 의미가 있겠소? 우리가 짝짓기를 하는 순간에도, 그 여자들은 늙어가고 있었는데."

이게 이등으로 나쁜 발언이었다.

트릴리언의 눈이 섬광을 발했다. "늙어간다……. 우리 모두 늙어가요, 바워릭. 믿든 말든 나도 늙어가고 있다고요."

와우배거는 오랜 세월에 걸친 친밀한 소통의 결여가 눈앞에 닥친 미래에 외롭게 죽어갈 가능성을 높이는 데 기적적인 공헌을 하고 있다는 걸 깨달았다.

"당신은 늙어가고 있을지 몰라도," 그는 절박하게 말했다. "너무 늙어서 재생산을 못하게 되기 전까지는 아직 몇 년이나 세월이 남아 있잖아요."

그리고 그게 일등이었다. 바다빙고. 초록 구멍에 초록 막대기.

자포드와 포드는 소란스러운 베텔게우스의 의례적인 악수들을 정신없이 교환하며 재회했지만, 둘 중 누구도 두 번째 겨드랑이를 철썩 치는 것 이후로는 제대로 기억하지 못했다.

포드는 배낭에서 해룡의 알을 한두 개 꺼내서 아브라카다브라 주문을 외우며 칵테일을 한 잔씩 만들었다.

"난 오페라를 사랑해." 그는 효과가 좀 찾아들자 이렇게 말했다. "술이랑 너무 잘 어울려. 안주로 먹을 블러드 슬러지가 없는 게 아쉽다."

자포드는 입술을 쪽 빨았다. "블러드 슬러지. 옛날 생각난다. 그 기구 기억나?"

"당연히 기억나지."

"그리고 끝이 휘어져 있던 그 물건도?"

"와. 그건 정말 기가 막히게 프루디한 피정이었어. 수도사들이라니. 누가 알았겠어."

푸틀팅크 새들이 머리 위로 솟구쳐 날아오르는 모습을 지켜보며, 그들은 토르가 과시했던 번갯불 쇼에서 간신히 살아남은 보송보송한 풀밭에 앉았다.

"원래 허공에 알을 낳게 되어 있어?" 자포드가 궁금해했다. "약간 누가-신경이나-쓰시나 싶은 분위긴데."

"저 새들은 알을 굉장히 많이 낳아. 그냥 인구를 조절하려고 하는 것뿐이야."

아서는 뭔가 적절한 정보를 갖고 야회를 방해할 생각에만 몰두해 초원을 성큼성큼 걸어가고 있었다. 행여 기분을 망칠까 봐, 베텔게우스인들은 일상적으로 처리하고 싶어 하지 않는 일이었다.

《안내서》 주석 : 베텔게우스인들은 현실을 전적으로 묵살하는 것으로 유명하다. 특히 알코올 종류의 음료를 들고, 최면을 걸 듯 짤랑거릴 수 있는 신기한 얼음 조각들이 있어서 눈앞에 임박한 재앙을 최대한 하찮게 느껴지게 할 수 있다면 더욱더 그렇다. 베텔게우스 7호 행성의 프록시베텔 사회가 진짜 흐룽 대참사가 실제로 일어나고 있던 당시, 초감각 판테오 오페라 〈흐룽 대참사〉를 즐기고 있었다는 건 아는 사람만 아는 우주적 아이러니다. 오로지 포드 프리펙트의 아버지만 살아남았는데, 이는 그가 《안내서》로 신호를 더 잘 받아서 〈최후의 생존자 비히모스〉의 최근 에피소드를 보려고 함께 갔던 직장 동료들 몰래 빠져나왔기 때문이었다. 문제의 흐룽은, 자신은 자신의 붕괴에 할 말이 없다면서, 그저 해석적인 댄스를 포기하기로 했었던 거라며, 불편을 초래해서 죄송하다고만 했다.

"보고인들." 아서가 한 손을 막연히 하늘에 대고 퍼덕거리며 말했다. "보고인들이 오고 있어."

자포드는 버그블래터 비스트가 버그블래터 비스트를 보는 것만큼도 보고인들 걱정을 하지 않는 분위기였다.

"그런 걱정은 하지 마, 원숭이 인간. 이 순간을 즐겨."

"걱정하지 말라고?" 아서가 침을 튀겼다. "놈들이 지구에 무슨 짓을 했는지 알아? 그 살인 광선들이 기억 안 나?"

자포드가 지독하게 잘난 척 생색을 내며 미소를 지었는데, 정말이지 아쇼우비아 감옥에서 오 년은 너끈히 복역할 만큼 가증스러웠다.

《안내서》주석 : 아쇼우비아 대륙의 주민들은 모두 신경이 몹시 날카로워서, 표정과 말투가 규제 대상이었다. 이십 년에 걸친 코우토우 경계 분쟁은 치켜든 눈썹 하나로 촉발되었는데, 훗날 그 눈썹이 원래 그런 식으로 뽑아서 손질한 거라는 사실이 밝혀졌다. 그리하여 '뽑기 전에 생각하라'든가 '무책임한 눈썹 뽑기는 인명의 손실을 초래한다'든가 '하나를 뽑으면 전부 다 뽑힌다' 등등의 아쇼우비아 속담이 생겨났다.

"지구를 파괴한 건 그레불론인들이야." 자포드가 말했다. "보고인들이 아니야. 복잡한 일이라, 네가 이해할 거라 기대하진 않지만."

"복잡하다고? 어떻게 복잡한데?"

"원숭이한테는 복잡해. 진화한 존재한테는 안 그렇지만."

아서는 손가락을 꼬물거렸다. "나는 진화했어. 엄지가 있잖아, 보여?"

"엄지?" 자포드는 코웃음을 쳤다. "그게 진화의 증거면 엄지쥐들이 은하계를 지배하겠다."

"엄지쥐들." 포드가 말했다. "엄지가 여덟 개 있어. 병뚜껑 따는 데는 아주 훌륭하지만, 뇌세포가 블러드 슬러지 정도밖에 안 될걸."

"그 블러드 슬러지 기억나? 나는 보리 맛을 먹었고, 마늘도 들어 있었던 거 같아."

"나도 그렇게 생각해. 확실히 보리 맛이었어."

아서가 보이지 않는 아코디언을 연주하듯 그들 앞에서 손을 흔들었다.

"보고인들이라고! 여보세요? 보고인들이 오고 있단 말이야!"

"그래, 우리도 알아." 자포드가 말했다. "하지만 여기까지 오려면 무슨 상당히 휘어진 공간들을 점프해야 한다고. 내 계산으로는 혹시 오는 데 성공하더라도, 한 이삼 세기 전에는 절대 못 와."

"세기? 확실해?"

"당연하지. 긴장 풀어, 아서."

포드가 술을 마시고 있지 않더라면, 자포드의 이 특별한 머리에 달린 입에서 나온 '내 계산으로는'이라는 표현에 경고등 몇 개쯤 깜박깜박 들어왔겠지만, 햇볕도 따뜻하고, 사방에 예쁜 여자애들이 널려 있었기에, 포드는 침을 줄줄 흘리는 보고인들의 심상이 머릿속에 떠올라 이 좋은 기분을 망치는 걸 원치 않았다.

반면 아서는 그 어떤 좋은 기분을 만나도 피식 바람을 빼버릴 자신이 있었다.

"기분이 아주 거나해 보이네, 자포드. 화를 내고 있어야 되는 거 아니야?"

"왜 내가 화를 내? 토르가 다시 돈을 벌기 시작했고, 나도 그 친구를 다시 띄워 줘야 되는데. 상황이 이렇게 근사하게 돌아가고 있으니, 나도 냉동 광선이나 쐬고 후세를 위해 내 프루디함을 보전하는 게 좋겠어."

"뚱땡이 엉덩이 건은 어떻게 하고?"

"무슨 뚱땡이 엉덩이?"

"와우배거가 널 뚱땡이 엉덩이라고 불렀잖아, 기억나? 그래서 우리가 이 모든 일을 시작하게 된 거 아냐."

자포드가 과거를 생각하려 애쓰자, 안구 속의 눈이 말랑말랑해졌다.

"아니. 전혀 생각 안 나. 뚱땡이 엉덩이라고 했어? 그런 적 없는데."

자포드를 그렇게 오래 겪어 보았음에도 불구하고, 아서는 경악하고 말았다.

"기억 못해, 자포드? 여기서 대체 뭘 하고 있는 거야?"

자포드는 아서의 어깨를 툭툭 쳤다. "그때그때 사는 거야." 그가 말했다. 다른 사람의 인생에서 특별한 순간이라 느껴질 때 쓰려고 아껴뒀던 현명한 말투로. "나를 이해하려 하지 말고, 그저 자포드 비블브락스의 아우라가 경이로움에 말을 잃은 그대 얼굴에 던져주는 온기를 느꼈다는 사실에 감사해."

아서의 얼굴은 그리 경이로움에 말을 잃은 표정은 아니었다. "뭐, 그렇다 치고, 자포드. 하지만 그가 자네를 뚱땡이 엉덩이라고 불렀어. 장담해도 좋아."

"한 번? 한 번 이상?"

"여러 번."

자포드가 벌떡 일어섰다. "좋아. 파티를 시작할 시간이 왔어. 여덟 번 이상 돼?"

"아마 열두 번쯤. 적어도 열 번 이상."

자포드는 그슬린 땅을 가로질러 성큼성큼 걸어갔다. "토르. 토르, 이 친구야. 새 비디오를 찍을 때가 됐어."

담배를 피웠어야 했는데. 와우배거가 생각했다. 왜 안 피웠지? 죽여달라고 줄줄이 바보들을 고용하면서, 몸매를 유지하려고 애써왔다니. 바워릭 이 친구야, 그거 좀 모순인 거 같지 않아? 어쩌면 마음 한구석에서는 살고 싶었는지도 몰라.

바워릭은 갑자기 간질거리는 코끝을 비비며, 아사 신족과 죽음의 결투를 벌이기 전에 이런 깨달음이 찾아왔더라면 좋았을 거라는 생각을 했다.

와우배거는 그슬린 X자의 정반대편에 혼자 서서, 토르가 매니저, 일단의 정치가들, 찬탄하는 몇몇 트레이너들, 그리고 수염을 땋아주고 있는 듯한 여자애한테서 빠져나오기를 기다리고 있었다.

"이봐." 그가 불렀다. "나라고 하루 종일 시간이 나는 건 아니야."

"안 될 건 뭐요?" 푸틀팅크 새 한 마리가 울타리에서 외쳤다. "불사의 몸인 줄 알았는데."

이 말에 사람들이 왁자하게 웃음을 터뜨리자, 와우배거는 아예 싹을 잘라버리기로 작정했다.

야유하는 것들은 심오하게 사적인 문제를 건드려라가 늘 그의 모토였다.

"거기 꼬리 깃털에 얼룩이 좀 있군, 새 친구. 잘 때 오줌 싸나?"

다른 새들은 심하게 웃다 못해 즉흥적으로 알까지 낳았고, 저격당한 새는 어찌나 표독한 눈길로 노려보는지 와우배거는 몇 분 내에 죽는다는 사실이 차라리 다행이다 싶을 정도였다.

마침내, 토르가 링사이드의 볼일을 끝내고 그동안 깔고 앉아 있던 묠니르의 머리에서 몸을 일으켰다.

이제 시작이야. 때가 되기도 했지.

천둥신은 와우배거의 네 배는 되는 거대한 덩치였지만, 결코 느리거나 볼품없지 않았다. 토르는 마치 누군가 뒤에서 자기를 잡고 있는 것처럼, 그래서 붙잡는 힘이 놓아주기만 하면 그대로 액션으로 폭발할 것처럼 움직였다.

여기서 이 친구를 두려워하지 않는 사람은 아마 나밖에 없을 거야. 와우배거는 이렇게 생각했다가, 곧 이 생각을 다음과 같이 수정했다. 비블브락스만 빼면 내가 아마 이 친구를 두려워하지 않는 유일한 사람일 거야. 비블브락스라면 자기가 이 싸움에서 이길 수 있을 거라 생각할 테니.

그런데, 이상한 일이 벌어졌다. 토르가 불탄 땅을 한 발자국 디딜 때마다 점점 작아지는 듯 보였던 것이다.

열기 때문에 아지랑이가 피었겠지. 와우배거가 생각했다. **틀림없어.**

그게 아니었다. 토르는 실제로 줄어들고 있었고, X의 교차점에 도달하는 순간 천둥신은 웬만한 놀이공원 기구도 못 탈 정도로 줄어들어 있었다.

"어이," 그가 말했다. "무슨 일 있어?"

와우배거는 눈을 끔벅거렸다. "내가 왔잖아. 자네 시각에서 보면."(What's up?은 그냥 의례적인 인사말이지만 말 그대로 뜻을 따지면 '무슨 일이야?' 정도가 되겠다. 와우배거는 직설적으로 해석해서 대답하고 있다—옮긴이주)

토르는 자신의 작은 몸을 툭툭 쳤다. "이건 미안해." 창피해하면서 그가 말했다. "자포드의 생각이야. 내가 그냥 나와서 그쪽을 뭉개버리면, 모양새가 어떻겠어? 약자를 윽박지르는 깡패 같을 거 아니야. 이런 식으로 하면, 카메라가 어느 쪽에서 찍든, 내가 거인 사냥꾼 같아 보이지 않으니까, 자포드 말로는 이게 훨씬 앵글이 좋대. 그 친구는 미디어의 생리를 잘 알거든." 신이 얼굴을 찌푸렸다. "가끔 실수를 하긴 하지만."

와우배거는 눈빛 너머 윙윙 기대감이 고조되는 걸 느꼈다. "그러면 어떻게 되는데? 내가 무릎을 꿇고, 자네가 날 치는 건가?"

토르는 거의 모욕당한 얼굴이었다. "뭐라고? 아니, 아니지. 절대 안 돼. 그건 사형집행이잖아. 우리는 이 사람들한테 쇼를 보여줘야 된단 말이야. 단순히 이 사람들뿐 아니라고. 결국은 전 서브-에서를 통해 퍼져 나갈 테니까."

"서브-에서. 나는 절대 안 봐."

"절대?"

"그래. 순 쓰레기들이거든. 차라리 고전 영화를 보지."

"다들 자네 같으면 얼마나 좋겠나. 하지만 그렇지가 않다니까. 요즘 이 우주에서는, 서브-에서가 사람 경력을 띄웠다가 뭉갰다가 그래."

"하지만 자네는 신이잖아. 경력이 무슨 필요가 있어?"

토르는 땋은 수염 가닥을 어루만졌다. 그 속에 구슬 몇 알도 같이 꿰어져 있다는 걸 십중팔구 모를 터였다. "좋은 질문이야. 하지만 나는 대답을 알아. 신경쇠약 발작 직후에 서클 타임에서 다룬 적이 있거든. 신들은 신의 크기에 걸맞은 자아가 있어서, 건강한 정신을 유지하려면 아주 많은 사랑이 필요해. 왜 곡식을 모두 시들게 하고 강물을 모두 말라버리게 만들면서 돌아다니는 신들 있잖아? 그런 친구들은 사랑을 못 받는 거지. 돌고 도는 순환 같은 거야. 신들이 얼마나 우울해질 수 있는지 아마 자네는 모를걸. 한순간 찬양받다가 다음 순간에는 경멸당하고. 나도 그 짓은 해봐서 알아, 내 말을 믿어."

《안내서》주석 : 장난꾸러기 로키는 한때 최면술로 아사 신족들을 홀려 그가 개과천선하고 신들의 두뇌학자로 개업하기로 했다고 믿게 만들었다. 과거 역행 최면을 통해, 대체 자기가 왜 유니콘이며 이런 것들에 이토록 끌리는 것인지 알고 싶어 하던 신들이 마음 놓고 홍수처럼 밀려들자 고객 목록은 순식간에 불어났다. 토르 자신도 사실 기분이 상당히 나아져 진정한 형제애를 좀 느끼기 시작하려는 찰나, 로키가 《우후》지와 거래를 해서 치료 과정이 잡지에 연재된다는 사실을 알게 되었다. 설상가상으로, 로키는 토르 부분이 약간 지루하다고 생각해서 울고 짜는 걸 훨씬 더 강조하고, 요실금 팬티에 엑센트리카 갈룸비츠 도착증까지 집어넣었다.

와우배거는 사려 깊게 고개를 끄덕였다. 공감한다는 인상을 주려던 의도였지만, 그는 그저 고개를 끄덕이는 이상 나아갈 생각이 전혀 없었다.

"그거 훌륭하군. 이제 다 이해가 돼. 순환이다 이거지. 좋아. 그러면 한동안 씨름을 하는 거야?"

토르는 대결이 다 짜여 있는 각본대로 돌아간다는 걸 누군가 눈치챌까 봐 두려워 어깨 너머를 흘끔거리며 보았다. "처음에는 대화를 좀 하는 거야. 자네가 내 우주선을 훔쳐갔고 어쩌고저쩌고. 그리고 나서 자네가 처음 일격을 가해. 내가 다친 척하고, 약간 다리를 절기도 할게. 그리고 서로 주거니 받거니 좀 하고. 그러다가 관자놀이에 쾅! 하면 뚱뚱한 여자가 신나게 노래를 잘 부른 거지, 내 친구."

"어떤 뚱뚱한 여자?"

"아, 아무것도 아니야. 그냥 발퀴레들이 쓰는 표현이야."

와우배거는 옆에 늘어선 구경꾼들을 흘낏 쳐다보았다. 트릴리언의 눈에는 눈물이 비쳤지만, 사태를 막기 위해 한 발자국도 나서지 않았다.

"좋아, 꼬마. 내가 그랬어. 내가 자네 우주선을 훔쳤다고."

토르는 날카롭게 숨을 몰아쉬며, 작은 가슴을 부풀렸다. 그리고 자기가 꼭 따라야 하는 각본에 낙담하지 않으려고 애썼다. "네놈이! 우리 아버지가 그 항성 간 갤리선을 내게 주셨는데. 그래서 사랑하는 염소의 이름을 따서 이름을 붙인 우주선인데!" (그러나 방송되는 동안, 생각은 다음과 같았다. 나는 그 더러운 점액질 깡통이 싫었어. 그래서 술집에서 어떤 친구한테 팔았지.)

"그래, 내가 훔쳤고 또 그렇게 할 거다."

"아, 그래, 그런단 말이지? 사악한 거인, 나는 자애로운 신일지 몰라도, 이 이상 용서는 없다."

이 한심한 캐비노테이지는 이제 좀 그만하지. 와우배거는 생각했다. (캐비노테이지란 소프오페라 행성 '햇살 비추는 전망'을 전 행성적으로 모욕할 때 고른 단어였다. 햇살 비추는 전망 행성은 텔레비전 세트로서, 삼교대로 대낮 촬영을 하기 위해 열여덟 개의 위성 태양을 구비하고 있었다.) 진행에 약간 속도를 붙여볼까.

"버펄로 비스킷 같은 소리는 집어치워, 이 황당무계한 꼬마 바이킹 같으니. 너희 아빠는 널 미워하고 네 어미는 자식 취급도 안 해주잖아."

토르는 자기도 모르게 일 인치나 줄어들었다. 이건 각본에 없었
는데.

"뭐라고? 방금 뭐라고 했어?"

와우배거는 거침없이 밀어붙였다. "다 아는 사실인데 뭐. 주정뱅
이 토르라고 한다고. 차라리 술집에 그냥 처박혀 있지 뭐 하러 나왔
어."

머리 위에 갑자기 작은 천둥구름이 나타나, 하얀 번갯불을 토했
다.

"네가 나의 갤리선을 훔쳤어, 사악한 거인." 토르는 흥분해서 어
버버 말을 뱉었다. 그러면서 생각하길. 내가 어버버거리고 있어. 신은
이러면 안 되는데. 이건 재앙이야. 사람들이 날 싫어할 거야.

"암. 아무렴 그렇겠지. 그리고 다들 아는 사실이 하나 더 있는데
말이야. 너는 필사의 존재들을 혐오하지."

"아니, 그렇지 않……뭐라고? 그건 우리 아버지의 갤리선이었
어. 갤리선 기억나?"

"필사의 존재들이 이류 종자라고 생각하잖아. 필사의 존재하고
는 함께 장화도 닦지 않을걸."

토르의 키가 훨씬, 훨씬 더 커졌다. "당연히 한다."

"필사의 존재하고 같이 장화를 닦을 거라고?"

군중이 야유를 보냈다. 어쩌면 씩씩거리는 분노의 숨소리였는지
도 모르고.

"그래. 아니, 아니야. 모르겠어. 장화가 더러우면 또 모르겠는데."

와우배거는 턱을 톡톡 두드렸다. "그리고 무슨 비디오 얘기를 들었는데……."

그는 거기까지밖에 말을 잇지 못했다. 왜냐하면 느닷없이 토르가 몰니르를 당장에라도 내려칠 듯 들고 그를 굽어보았던 것이다.

주거니 받거니는 어떻게 된 거야? 와우배거가 이런 생각을 하는데, 망치가 너무 빨리 떨어지는 바람에 생각이 다 번져버렸다. 망치는 유성이 빙원에 충돌하는 것 같은 굉음을 내며 그의 머리를 가격했다.

안녕, 트릴리언. 와우배거가 생각했고, 그의 몸은 그대로 오십 피트 아래 땅 밑 무덤으로 파고들어갔다.

토르는 자기 연기에 대해 어떻게 생각해야 할지 몰라 갈등했다. 한번 치켜들면 그대로 끝이라는 망치 스윙은 언제나 텔레비전 화면으로는 훌륭한 그림이 나오지만, 좀 더 오래 끌 수 없었던 게 안타깝기도 했다. 그가 무슨 다른 선택을 할 수 있었겠는가? 녹색 사나이가 비디오 얘기를 꺼내려 했는데, 그랬다가는 각종 브라우저들이 다 그 말에 태그를 달았을 터이며, 미처 깨닫기도 전에 모두가 옛날 그 사이트로 링크될 것이다.

매니저의 반응을 보려고 자포드에게 돌아서는데, 바로 그때 발밑 오십 피트 아래에서 희미한 생각이 잡혔다. 그 생각은,

샤크 눈알 아둔패기.

아니면,

제기랄. 나 안 죽었네.

둘 중 하나였다.

자포드는 〈베이박스의 블링코〉 첫 번째 소절을 휘파람으로 불었다. 가시 돋친 연체동물이 포로 생활을 하면서 보낸 시간에 대한 오래된 베텔게우스 서사시 뱃노래였다.

"어떻게 생각해, 포드? 저 정도면 충분히 다 한 거 같아?"

포드는 두 번째 소절을 답례로 불러주었다. "몰라. 애초에 위협이 있었던 거 같지도 않은데. 드라마가 없잖아."

"맞아. 너무 빨리 끝났어." 자포드는 주위를 둘러보았다. "머리에 망치를 맞을 사람이 시장에 또 나올까 모르겠네."

토르는 들판을 조깅하듯 뛰어왔다. "어떻게 생각해? 멋지게 한 방에 끝냈지, 안 그래? 그래도 약간 냉정함을 잃어서, 녹색 사내가 부추기는 데 끌려다녔어. 걱정 마, 자프. 다음엔 절대 안 그럴게."

"다음?"

"그래, 다음. 녹색 사내는 죽지 않았어."

"뭐? 확실해?"

"그래, 확실해. 지저분한 생각을 하면서 이제 구멍에서 기어 나오고 있어."

"타격이 얼마쯤 됐는데?"

"몰라. 한 오십 퍼센트, 그쯤 되려나."

자포드는 〈블링코〉의 처음 몇 음을 휘파람으로 불었다. "오십 퍼센트? 정말? 예전에 그렇게 하고도 살아남은 사람이 있어?"

"신의 원탁에 자리 잡은 사람 아니면 없지."

자포드는 고객에게 약간 크기를 줄이라고 손짓했다. "말해봐, 토르. 솔직히 와우배거를 끝장낼 수 있어? 할 수 있는 거야?"

토르는 몸을 움츠렸다. "자프, 칠십오 퍼센트만 되면 이 행성 전체를 날려버릴 수 있어." 그는 회전근(回轉筋)을 스트레칭 했다. "하지만 다들 좀 뒤로 물러나라고 하는 게 좋겠군."

와우배거는 땅바닥이 갈라진 틈새에서 한쪽 팔꿈치를 억지로 잡아 뽑았다.

양복이 엉망이 됐잖아, 하고 그는 생각했다. 그런데 저 거대한 원숭이는 찰과상도 입지 않았다니.

트릴리언은 가슴이 무너져 내리는 느낌이 들었다. 망치의 일격에 그녀의 영혼이 쪼개져서 다시는 예전의 그녀로 돌아갈 수 없을 것만 같았다.

우리는 단 하루를 함께 보냈는데, 그 하루가 내 인생에서 가장 중요한 날이었어.

올바른 결정을 한 걸까? 트릴리언은 자문했다. 자기가 옳은 결정을 내렸다는 시늉이라도 할 수 있을까?

그녀 옆에서, 랜덤은 울타리에 자리 잡고 앉아서, 분주하게 어머니의 희생을 전혀 알아주지 않고 있었다.

"흐으으음, 푸." 그녀가 갑자기 투덜거렸다. "빌어먹을 그 인간 아직도 살아 있네. 그럴 줄 알았어."

그녀 평생 겨우 세 번째로, 트릴리언 아스트라는 혼절하고 말았다.

거대한 원추 모양의 하얀 합금 우주선이 성운을 뚫고 들어왔다. 한때 매끈하던 동체는 이 세기에 걸쳐 우주 파편과 충돌한 나머지 마마 자국처럼 우둘투둘해졌다. 팔백 개의 삼중추진 로켓 중에 십분의 일밖에 작동하지 않았으며, 생명 유지 장치는 간신히 승무원들이 숨 쉴 정도에 불과했다. 신선한 음식 보급품은 완전히 고갈되어, 겨우 몇 달 마실 만큼의 재활용 식수뿐 아무것도 없었다.

전 승무원이 피로에 찌든 기아 상태였다. 사기는 떨어지고, 임무가 마침내 완수될 때까지 항해를 계속하기로 계약했기 때문에 이 거함 외에 따로 고향을 가진 사람이 하나도 없었다.

한때 튼실한 거인이었던 선장은 허수아비 수준으로 쭈그러들었지만, 부하들에게는 영웅이었다. 하루 일과가 끝나면 그의 눈에서는 녹색 불빛이 번득였고, 임무를 게을리하거나 장교가 부하를 잘못 다루면 심적색으로 변했다. 승무원들은 그를 사랑했고, 필요하다면 지옥까지 그를 쫓아갈 태세였다.

그의 이름은 에던 초였다. 그리고 오늘은 그가 마침내 아버지가 내린 임무를 완수하고, 조금쯤은 자신의 삶을 살 수 있을 만한 날이었다.

"항해사, 한 번 더 말해줘." 그는 조종실 건너편의 젊은 비슈널 리

센즈에게 고함을 쳤다. 아직 열일곱이었지만, 그는 이미 훌륭한 조종사였다.

"도착했습니다, 선장님. 의심의 여지가 없습니다. 궤도가 약간 이상합니다만 대기가 호흡할 수 있을 만합니다."

초는 고개를 끄덕였다. 어차피 아무래도 좋았다. 일단 착륙하면, 영영, 다시는 이륙하지 않을 테니까.

"아주 좋아. 하강하라. 보상기 조심하고 남는 불꽃 하나라도 동력이 있으면 '확인기'로 돌린다."

리 센즈가 침을 꿀꺽 삼켰다. "확인기요? 세상에. 확신이 있으십니까, 선장님?"

"확실하다." 에던 초는 우울하게 대답했다. "우리에게 기회는 단 한 번밖에 없다. 이제 우주선을 착륙시켜."

리 센즈는 손뼈를 우두둑 꺾더니, 수동 조정 계기판을 손가락으로 거머쥐었다.

"'절대 파손 방지 보증'이 우리를 보우하시기를." 그가 말했다.

우주선을 둘러싸고, 그의 기도가 이천여 영혼에 메아리쳤다.

*

나노 행성 지표에 모인 군중은 약간 속은 듯한 느낌이었다. 페르코 세인트 워링 스페클은 커피 몇 잔을 거푸 마시고 부푼-기대-오-산이 날개에 축적되자 새로우면서도 딱히 매력적이라고 할 수는 없는 성격의 측면을 드러내고 있었다.

"고작 저거야?" 그가 소리쳤다. "쇼가 저게 다야? 후-지다. 한-
심하다."

힐먼 헌터도 그리 큰 감명을 받지는 못한 눈치였다.

"멋진 일격이긴 했는데요, 위로 치켜들었다가 한 방에 끝내는 액
션이요. 하지만 치즈교 친구가 다시 일어나잖아요. 그걸로 내가 무
슨 덕을 보겠느냐고요?"

버프 오르핑턴은 눈물을 줄줄 흘리고 있었다. "제대로 잘하실 거
야. 그저 다들 기다리고 지켜보거나 해. 토르님은 그냥 몸을 풀고
계시는 거니까. 근육 뭉친 걸 풀고 계신 거라고."

"빨리 좀 풀지 않으면, 우리 모두 거대한 치즈를 찬양하게 생겼잖
아."

지표면의 수다가 갑자기 뚝 끊겼다. 대기권으로 하강하는 거의
백여 개의 나선형 빛의 고리가 보였던 것이다. 점점 형체를 드러낸
고리들은, 지표를 향해 스르륵 미끄러지듯 내려오며 방호벽을 벗
어던진 어마어마하게 큰 우주선의 후면 엔진이었다. 엔진 몇 개가
불꽃을 튀기며 전소했고, 우주선은 불규칙하게 펄떡펄떡 흔들리다
가 간신히 근처의 호수에 착륙했고, 순간 가열된 호숫물이 안개 수
의로 우주선을 감쌌다.

"우우우." 포드 프리펙트가 말했다. "으스스하다."

몇 초간 거의 완벽한 침묵이 깔리더니, 근육 대신 파워 케이블이
달린 늘씬한 로봇의 팔이 이상한 우주선에 달린 해치에서 툭 튀어

나왔다. 팔 끝에는 반짝거리는 센서가 달려 있어, 재빨리 군중 사이를 헤치며 육식을 하는 사람들을 찾아 펄쩍거릴 소들을 민첩하게 피했다.

멀리 더 멀리, 우주선 동체에서 망원경이 펼쳐지듯 팔이 뻗어나갔다. 와우배거의 머리 위로, 토르의 다리 사이로, 그걸 잡아 보려고 다리를 쫙 뻗어 덤벼든 자포드를 피했다. 그리고 마침내 랜덤 앞에서 멈췄다.

"랜덤 덴트?" 그 물체는 진짜 로봇 같은 목소리로 물었다. 진짜 로봇, 그러니까 자기만의 성격을 갖지 않았던 옛날 로봇의 목소리였다.

랜덤은 한 걸음도 물러서지 않았다. "어……맞아. 그런데요."

움푹 팬 작은 구멍이 검침 끝에 열렸다. "침을 뱉어주십시오."

랜덤이 거품이 보글보글한 타액 한 방울을 구멍에 뱉자, 즉각 레이저들이 한바탕 침을 에워쌌다. 몇 초쯤 지난 후, 초록색 빛이 깜박거리며 들어왔다.

"신원 확인되었습니다. 여기 택배 받으시고, 유비드에서 구매해주셔서 감사합니다."

작은 봉투가 로봇의 팔에서, 기다리고 있던 랜덤의 손바닥 위로 떨어졌다.

"고마워요." 그녀는 죄책감에 시달리는 조그만 목소리로 말했다.

"즐겁게 사용하시기 바랍니다." 검침이 말했다. "그리고 불만이 있으시다면, 범피 로그에 글을 올려주시고 청각 도관에 상기한 로

그를 박아주시기 바랍니다."

검침은 우주선을 향해 빙글 돌았다. "임무 완수." 검침이 말했다.
"그것이 마지막 배달이다."

거대한 배 안에서 숨죽인 환호성이 들렸다. 그러더니 배의 구조
가 푹 꺼지며 서서히 와해작업이 시작되었다.

랜덤은 어린데다가 폐에는 응축된 어둠의 물질이 가득 쌓여 있어
서 온갖 가능한 결과를 생각해보지도 않았다. 그녀는 봉투를 찢자
마자 울타리를 따라 토르가 참을성 있게 힐먼 헌터와 한담을 주고
받는 현장으로 달려갔다.

"이걸 망치에 달아요." 그녀는 나나이트 지도자의 말을 뚝 자르
고 말했다.

천둥신이 얼굴을 찌푸렸다. "무슨 소리가 들린 거 같은데. 끽 꺅
꺅 끽하는 소리 같은 거."

"여기 밑에요!" 랜덤이 소리를 질렀다.

토르가 팔꿈치를 무릎에 대고 쭈그리고 앉았다. "오, 이거 봐. 작
은 여자애네. 아니 이럴 수가, 너 내 팬이니? 사인 받고 싶어서 그
래? 보통 나는 학교에 잘 나타나지 않지만, 예외를 만들어줄 수도
있어."

랜덤은 씩씩대고 분통을 터뜨리느라 일 초를 허비하고 나서, 이
렇게 말했다. "내 말 들어요, 일기예보 아저씨. 서브-에서 불사
자들을 찾아봤는데요. 그 주제와 관련해 수천 개 게시물을 찾아봐

도 불사자를 죽이는 확실하고 검증된 방법은 없었다고요."

자포드는 킬킬 웃었다. "하지만 이분은 토르 신이셔, 애야. 신을 검증하고 보증할 수는 없다고. 이분은 특급이셔. 마음먹는 대로 뭐든 할 수 있는 거물이시라고."

"으으음, 좋아요. 뭐, 저 많은 사람 앞에서 초록색 인간을 죽이지 못하면 그때는 진짜 특급 머저리로 보이겠지만요."

"그런 일은 없을 거야." 토르가 별 확신 없이 말했다.

"망치 머리에 이걸 끼우면 그런 일 없을 거예요."

"망치에는 아무것도 대면 안 돼, 애야. 묠니르는 순수하게 남아야 한다."

랜덤은 천둥신이 상황을 알아듣게 천천히 말했다. "별 주목을 못 받는 세계에 사는 무명의 과학자가 구축한 이론을 하나 찾아냈어요. 불사자는 변형되던 사건 당시와 똑같은 재질의 물건으로만 죽일 수 있다는 겁니다."

심지어 자포드도 그 말은 알아들을 수 있었다. "그러면 와우배거는 뭐로 변형된 거야?"

"그는 고무줄 몇 개를 구하려다가 입자 가속기에 떨어졌어요. 와우배거 사원의 대사제에게서 유비드를 통해 구입한 이 고무줄 말이에요."

토르는 엄지와 검지를 내밀었다.

"그럼 망치에다 이걸 좀 달아볼까." 그가 말했다.

무한정 수명이 늘어난 바워릭 와우배거는 약간 어지러운 느낌이 들었는데, 어쩐지 필사의 존재였던 때를 상기시켜서 좋기도 했다. 그는 땅의 갈라진 틈새에서 몸을 일으켜, 바로 뒤에 박살 나 추락한 유비드 우주선 때문에 파삭파삭 타서 돌돌 말린 풀밭에 숨을 몰아쉬며 드러누웠다.

점점 더 흥미롭군. 그는 생각했다. 오늘이 재미없는 날이었다고는 말 못 하겠는데.

흙먼지 속에 쭉 뻗어 누워 있으면서, 늘 그렇듯 자기 자신과 이젠 아득한 죽음을 생각하고 있는데, 땅바닥에 또 한 사람이 쓰러져 있다는 걸 알았다.

트릴리언.

그리고 바로 그 순간 와우배거는 자기가 사랑에 빠졌다는 걸 확실히 알았다. 그 순간 트릴리언이 자기와 어떤 관계인가를 더 이상 생각지 않고, 오직 트릴리언만 생각하기 시작했던 것이다.

다친 건가? 무슨 일이 있었지?

와우배거는 어지럼증을 털어버리고 벌떡 일어났다.

"내가 갈게!" 그는 달리려고 몸을 앞으로 숙이며 말했다. "지금 가!"

그림자 하나가 와우배거의 얼굴 앞으로 떨어졌다. 뭔가 태산 같은 게 눈앞에 보이는 트릴리언을 가렸다.

"큰 거 한 방 날릴 시간이시다." 토르가 허리를 굽히면서 말하자, 그의 얼굴이 기괴하게 뒤집혀 보였다.

어떻게 헬멧이 안 벗겨지고 붙어 있지? 하고 와우배거는 생각했다.

다음 순간 폴니르가 엄청난 상해를 입힐 기세로 그를 치는 바람에, 그는 그대로 성층권까지 날아가고 말았다.

아서는 푸틀팅크 새와의 대화에 푹 빠져 있다가 트릴리언이 그대로 넘어져 쓰러지는 모습을 보았다.

"아니." 그는 설명하고 있었다. "그 게임의 이름은 '크리켓'이야. '위킷'[크리켓에서, 경기장 중앙에 세워 놓은 삼주문(三柱門)—옮긴이 주]은 기둥인 스텀프하고 업라이트로 만들어져 있다고……아, 맙소사."

"너무 그러지 마요." 새가 말했다. "아주 헛갈린단 말이에요. 그러니까 사람이 뛰면, 그걸 '런'이라고 그래요?"

하지만 '아, 맙소사'는 새를 보고 한 말이 아니었다. 트릴리언이 죽어 넘어가듯 쓰러지자 본의 아니게 터져 나온 말이었다. 아서는 맛있게 먹고 있던 두유 요구르트를 떨어뜨리고 울타리를 따라 트릴리언이 미동도 없이 누워 있는 곳으로 달려갔다.

이건 치욕적인 일이야. 그는 분노로 치를 떨었다. 그녀의 친딸이, 우리 딸이 외면하고 가버리고 있어. 랜덤한테 무슨 일이 생긴 거지? 저 아이한테 단단히 본때를 보여줄 때가 됐어.

이 마지막 말은 아서가 어렸을 때 덴트 가문에서 자주 되풀이되던 말이다. 아서의 아버지는 아서가 미미하게나마 금지된 행동을 할라치면, 기회는 이때다 싶게 이 말을 하곤 하셨다. 본때를 보여준다는 건 보통 엄격한 훈계를 수반했고, 이 훈계에는 어김없이 2차 대전, 정원 헛간, 우표수집, 그리고 빳빳한 윗입술이 연루되었다. 매번 설교가 끝날 때마다, 어린 아서는 가슴에 털이 빨리 자라라고 아버지의 브랜디 술병에서 한 모금 빨아도 좋다는 허락을 받았다. 그래서 아서는 이런 교육적 대화를 생각할 때마다 슬펐다가, 신이 났다가, 졸리다가, 두통과 함께 잠이 깼던 느낌이 떠올랐다.

아서는 트릴리언의 옆에 무릎을 꿇고 앉아 어색하게 한쪽 팔꿈치로 머리를 받쳐 안았다.

"자, 자." 그가 말했다. "내 말 들리면 말이야, 트릴리언. 네가 정말 멋져 보인다는 얘기를 해주고 싶어. 자동차 사고나 그런 거 났을 때, 여자들은 자기 의상이나 외모가 어떤지부터 걱정한다고 들었거든."

여자를 위로해주는 건 아서 덴트의 전문 분야가 결코 아니었다. 사실 '위로하는 사람'이 실제로 구인 광고를 낸 일자리라면, 아서는 1차 면접도 통과하지 못했을 터였다. 특히나 실기 시험이 있었다면 말이다.

《안내서》 주석 : 실시간으로 지난 삼십 년간, 인간 아서 덴트는 잘못된 시간에 올바른 말을 하는 천재적인 재능을 과시함으로써, 꼭 필요한 이상으로 자기 인생을 무한히 더 비참하게 만들었다. 아서 덴트의 절친한 대학 동창 제이슨 킹슬리가 삼 년간 사귄 일생의 연인 스테이시 햄튼한테 차였을 때, 아서는 그리 오래 외롭지는 않을 거라고, 스테이시 같은 헤픈 여자는 아무 디스코텍에나 가도 다 있다고 말했다. 아일랜드 숙모님 마에드ᄒᄇᄒᄃᄒᄇ (힐다라고 발음함)가 추락한 교회 괴물 상에 맞아 치명상을 입었을 때, 아서는 숙모님 귀에 "적어도 담배 때문에 돌아가시지는 않겠네요. 그렇죠, 숙모님?"이라고 속삭였다. 아서의 눈치 없음을 능가하는 사람은 오로지 은하계 대통령 자포드 비블브락스뿐이다. 그는 오싹오싹 시의 젤라틴 성분의 왕인 피비 앤제이에게 생일 선물로 호피무늬 샌들을 선물했던 적이 있다.

아서는 트릴리언의 뺨을 손가락으로 쿡쿡 찔렀다.

"트릴리언." 그가 말했다. 나직하면서도 급박한 말투였다. "어서. 일어나." 그녀는 반응이 없었다. 그래서 아서는 BBC 다닐 때 필수로 들어야 했던 응급조치 오후반 수업을 돌이켜 생각해냈다. 기억 나는 한, 오후반 수업은 대체로 커피 메이커의 플러그를 교체하는 일로 시간을 다 보냈지만, 폐 대신 풍선이 들어 있는 플라스틱 사람 모형에다 무슨 시범을 보여주지 않았던가? 인공호흡?

아서는 자기가 서투르게 시도하려는 일이 정확한 행동지침에 따른 것인지 전혀 몰랐지만, 그래도 뭔가 시도해 볼 만한 일이 있다는 사실 자체에 기분이 좀 나아졌다.

그는 트릴리언의 머리를 부드러운 풀밭에 뉘이고 그 위에 허리를 굽혔다.

"코를 쥐고 머리를 뒤로 젖혀야 해요." 어깨 뒤에서 목소리가 말했다. 그와 대화하던 새였다.

다운타운에서 나는 이 새를 만났지. 아서는 이런 생각을 하며 히스테

378

리 섞인 웃음을 억눌렀다.

그는 트릴리언의 입술을 엄지로 벌리고 숨을 깊게 들이쉬었다.

불안해. 왜 내가 이렇게 초조하지?

"계속해요, 어서요. 해요!"

이 새, 정말 사람을 굉장히 몰아붙이네.

아서는 고개를 약간 위아래로 까닥거리다, 몸을 푹 숙였다. 두 사람의 입술이 맞닿자 아서는 엄지로 입가를 막은 후 공기를 불어넣었다. 처음엔 아무 반응이 없었다. 아서는 마치 터널로 바람을 불어넣는 기분이었다. 그런데 트릴리언의 두 팔이 아서의 목을 감더니 열정적으로 키스를 하는 것이었다.

뭐지? 뜻밖이네. 일 년 전만 해도 이 키스는 꿈이 현실이 된 것 같았을 텐데.

아서는 뒤로 물러서서 트릴리언이 눈을 뜨고 그 눈이 눈물에 젖어 일렁이는 걸 지켜보았다.

"아서……나는 또……."

그리고 아서는 즉시 이해했다. "와우배거 때문이구나. 그를 사랑해서."

옛날 옛적이라면, 이런 깨달음은 아서의 세계를——박살 날 세계가 있었다면——아마 박살 냈을 것이다. 하지만 이제 그저, 자기가 사랑을 잃었듯 곧 사랑을 잃게 될 트릴리언에 대한 깊은 연민만 느껴질 뿐이었다.

"그래, 그이를 사랑해." 트릴리언이 고개를 끄덕이며 말하자, 그

움직임에 눈물방울이 또르르 뺨을 타고 굴러 내렸다. "어둠의 공간 속에서 뭔가 '사랑에 빠지는' 과정을 촉진하는 일이 일어난 거야…… . 그이는 어디 있어?"

아서가 불탄 초원을 흘끗 바라보는데, 때마침 와우배거가 성층권으로 도약을 시작하고 있었다.

워낙 눈치 없는 소리를 많이 했던 전력이 있음을 잘 알고 있던 아서는, 뭔가 애매모호한 말을 하려고 애썼다. "어…… 근처에 있어. 넌 여기서 쉬고 있어. 내가 가서 데리고 올게."

랜덤은 와우배거가 하늘로 발사되는 모습을 구경했지만, 그 광경은 생각했던 것만큼 승리감으로 온몸을 채워주지 못했다. 오히려, 아주 조금은 자기가 두 사람 사이의 갈등에 약간 책임이 있지 않을까 싶은 느낌이 들었다. 하지만 이런 감정은 곧 사라지고 승리감이 밀려들었다.

좋았어, 이 녹색 괴물. 저승으로 얼른 가버리셔.

아주 작은 목소리 : 어떻게 그럴 수가 있니? 녹색 괴물? 은하계 전역을 통해 모든 종의 평등을 위해 싸웠던 너잖아. 그렇게 쉽게 얄팍한 가장을 벗어던지다니.

입 닥쳐. 랜덤이 생각했다. **현실도 아닌 주제에. 너 같은 건 실제 일어나지도 않았지만, 어쨌든 녹색 괴물은 우리 엄마한테 키스했어.**

위로 위로, 와우배거는 두 팔을 내내 휘저으며 계속 올라가서 아예 자취를 감추고 말았다.

랜덤 덴트를 튜브에 가두면 저런 꼴을 당하는 거야.

아서가 팔짱을 끼고 랜덤 앞에 나타났다. 몸짓으로 '나 정말 기분이 나쁘다'라고 외치면서.

"무슨 짓을 한 거야, 랜덤?"

랜덤도 팔짱을 꼈다. "아무것도 안 했어요. 무슨 얘기예요?"

"토르한테 뭔가를 줬잖니, 내가 봤어. 그리고 갑자기 토르가 와우배거에게 상처를 입힐 수 있게 됐잖아. 그러니까 다시 묻겠어. 너 무슨 짓을 한 거야?"

랜덤이 그렇게 쉽게 길들여질 리가 없다. "그럼 저도 다시 말씀드리죠. 아무것도 안 했다니까요."

"왜 이러니, 랜덤? 어머니를 벌주고 싶은 거야, 그래서 이래?"

"아니에요."

"왜 엄마한테 이런 짓을 해? 저 와우배거라는 사람을 사랑하는 게 안 보여? 넌 마음에 들지 않을지 모르는데, 그건 원래 다 그래."

"맞아요. 전 싫어요."

"그래서 토르를 돕는다 이거구나."

랜덤의 얼굴이 돌처럼 굳었다. "나는 여기서 볼일 다 봤어요. 내가 어떻게 토르를 도울 수 있겠느냐고요?"

아서는 다른 전술을 시도해보았다. "너도 사랑을 해봤잖아, 랜덤? 그게 어떤 기분이었는지 기억 안 나?"

랜덤이 뺨을 한 대 맞은 것처럼 뒤로 물러서더니, 두 손이 본능적으로 가슴께로, 사랑하는 퍼틀이 앉아 있던 자리로 올라갔다.

"그래, 사랑을 기억해요. 내 사랑은 사라져버렸는데, 어째서 엄마
만 행복해야 해요?"

"트릴리언이 널 떠났기 때문에 이런 짓을 하는 거니?"

"그래, 날 떠났어요. 하지만 엄마가 떠나도 나는 성공했어요. 그
오랜 세월 동안 서무직원으로 일하면서, 죽도록 일해서 출세했다
고요. 나는 해냈어요."

아서는 딸의 어깨를 움켜쥐고 눈을 똑바로 깊이 들여다보았다.
어둠의 공간이 울리는 메아리를 지나, 변덕스럽고 동정심 많은 소
녀의 마음까지 꿰뚫어 보았다.

"네가 해낸 게 아니야. 서무실 직원도 없었어. 그리고 트릴리언은
수십 년 동안 너를 버린 게 아니라, 일이 있어서 일주일 동안 너를
떠났던 거야. 그것밖에 안 했어. 그보다 나쁜 일은 하지도 않았단
말이야. 네가 우리 모두를 지구로 데려왔고, 네가 악에 받친 지금
네 모습을 만들어낸 장본인이야. 다 너 때문이라고, 랜덤. 그러니까
그따위로 지독하게 이기적으로 굴지 말고 어떻게 하면 저 불쌍한
친구를 구할 수 있는지 나한테 털어놔."

이건 상당히 훌륭한 논점이었다. 랜덤은 자기가 아버지를 과소평
가했다는 걸 깨달았다.

"하지만……."

"하지만이 어디 있어!" 아서가 진짜 아버지처럼 천둥소리를 냈
다. "말을 해, 이 꼬마 아가씨야."

갑자기 어둠의 안개가 걷히고 랜덤은 자기가 한 짓의 진실을 보

게 되었다. 어린 심장에 감정이 복받쳤고, 그녀는 쯧쯧 혀를 차고 눈을 굴리며 죄책감을 인정했다. 대다수 청소년한테서는 사실 이 정도도 기대하기 힘들다.

"진정해요, 아서. 그렇게까지 드라마를 쓸 필요는 없잖아요. 좋아요, 토르한테, 와우배거가 알레르기를 일으키는 고무줄을 몇 개 주긴 했어요, 내가. 그랬을 거예요. 이 정도 고백이면 마음에 들겠어요? 아니면 내가 무릎을 꿇고 용서까지 꼭 빌어야 되겠어요?"

아서는 이 급작스럽게 충천하는 아버지의 힘을 상당히 만끽하고 있었다. "너, 꼬마 아가씨," 그가 말했다. "나를 아버지라고 불러도 좋다. 적어도 앞으로 십 년 동안은 더."

성공으로 기세등등해진 아서는 남자답게 불탄 초원의 X자 한가운데로 성큼성큼 나아갔다. 그곳에서는 자포드가 토르의 어깨를 안마하고 있었다.

"누굴 진짜로 때려본 게 정말 얼마만인지." 토르가 이런 말을 하고 있었다. "연습을 해야 되는 건 알겠는데, 게으름을 피우게 된단 말이야. 그래도 스윙의 궤적은 괜찮았지. 슬로모션으로 봐도 근사할 거야."

"죽었어?"

토르는 고개를 꼬고 하늘로 한 귀를 댔다. "아니. 그 친구 기침 소리가 들려. 하지만 중상이야, 심해. 확실히 전과 같은 몸은 아니야. 한 번만 더 제대로 맞으면 확실히 끝날 거야."

포드는 아서와 동시에 X의 중앙에 다다랐다.

"어이, 친구들. 이게 더 이상 재미가 없다는 거 알지."

토르가 한숨을 쉬었다. "있잖아, 나도 그 생각을 하고 있었어. 싸움 같은 거, 영웅적 투쟁 같은 거면 몰라도, 이건 그냥 내가, 덩치 큰 놈이 작은 놈을 두들겨 패는 거잖아."

아서는 팔짱을 끼고 자포드에게 '아빠 표정'을 지어보였다. "그 말이 맞아. 그러니까 당장 이 모든 일을 그만둬야 해."

자포드도 지지 않고 노려보았다. "우리 눈싸움 같은 거 하는 거야? 눈 깜박이지 않기, 그래?"

"아니, 자포드. 이건 게임이 아니야. 두 사람 다 재미는 볼 만큼 봤잖아. 이제 끝낼 때가 됐어."

"나도 그러고 싶어." 자포드가 말했다. "진심으로 그러고 싶은데, 이 싸움에 걸린 게 워낙 많아야. 토르의 경력이 통째로 걸렸고, 내 십오 퍼센트 커미션도. 안타깝지만 와우배거는 죽어야겠어."

"뚱땡이 엉덩이 건도 잊지 마."

아서는 충격을 받았다. "포드! 어떻게 지금 그 얘기를 꺼낼 수가 있어?"

"아, 미안해. 그건 별 도움이 안 됐지?"

아서는 토르의 음경 가리개가 그에게 그림자를 드리우자 좀 기가 질리는 느낌이 들었지만, 그래도 끈질기게 우겼다.

"문제는 뭐냐 하면 말이야, 자포드, 토르 씨. 문제는 트릴리언이 와우배거를 좋아하게, 아니 좋아하는 것 이상의 감정을 갖게 되었다는 거예요, 사실. 그러니 그 친구를 위해 뛰어들지 않으면 내가 딸한테 어떤 아빠가 되겠느냐고요?"

토르는 얼굴을 찌푸렸다. "어째서 당신 얼굴이 자꾸 어디서 막연하게 본 것 같지? 나한테는 보통 막연하게 친숙한 일이 없는데. 알거나 모르거나 둘 중 하나인데."

아서의 다리는 굉장히 통제력을 되찾고, 예전에 《블루 피터》 연간 특별판에서 잘라낸 사진들로 만든 특별 노트를 엄마가 못 보게 막으러 단거리 질주를 할 때보다 더 빨리 달려 도망치고 싶었다.

"우리 전에 얘기했던 적이 있어요. 언젠가 비행 파티에서. 당신이 내 친구를 픽업(여자를 유혹한다는 뜻이 있다―옮긴이주)하려 했었죠."

"픽업? 어떤 종류의 픽업?"

"땅에서 뭘 들어 올리는 류 알죠?"

"그럼."

"뭐, 그런 종류는 아니었어요."

토르는 아직 숙취에 시달리는 것처럼 앞이마를 문질렀다. "그러니까 설명이 되네. 그 파티에서 나는 제국 정부에 일 세기 동력을 제공하고도 남을 만큼 뇌세포를 잃어버렸다니까."

토르는 하늘을 흘끔 곁눈질했다. "그 친구가 내려오고 있어."

"너는 최선을 다했어, 지구인. 너에게 박수갈채를 보내." 자포드가 쏘아붙였다. "이제 우리 고객이 제일 뛰어난 재주를 부릴 수 있게 꺼져줘."

"이렇게 그냥 갈 수 없어, 자포드." 아서가 고집스럽게 말했다. "절대 트릴리언의 눈을 똑바로 볼 수 없을 거야. 그리고 너도 이 일을 계속 진행하면 밤에 잠 잘 자기는 틀렸어."

"내 양심은 깨끗해."

"내가 걱정하는 건 네 양심이 아니야."

자포드는 얼굴을 찌푸렸다. "그럼 무슨 걱정을 해야 하는데? 대놓고 똑바로 말해보라고. 행간을 읽는 일 같은 거 내가 못하는 거 알잖아."

"트릴리언이 끝까지 추적해서 네 쇄골 사이에 스파이크를 박는 걸 걱정하는 거야."

자포드는 부르르 떨었다. "우우. 그 여자는 그러고도 남을 거야, 그치? 눈에 선하다."

그는 구경꾼 대열에 선 힐먼 헌터를 흘낏 쳐다보았다. "저 친구한테 죽음을 약속했는데. 저 사람 지구 출신이라고. 그 사람들 어떤지 잘 알잖아. 그저 유혈사태만 좋아해서."

"절대 사실이 아니야, 자포드. 우리가 모두 다 피에 굶주린 괴물들은 아니라고."

자포드는 콧방귀를 뀌었다. "오, 아니라고? 어쩌다가 행성 전체를 날렸는데?"

"우리가 우리 행성을 폭파한 게 아니야! 너희가 그랬지. 너희 '외계인들'이!"

"자, 이제야 슬슬 진심이 나오네. 이제 자네 문제의 핵심이 나와."

"내 문제? 너야말로 누가 뚱땡이 엉덩이라고 불렀다고, 그 사람을 살해할 태세가 된 인간이잖아."

자포드의 얼굴이 창백해졌다. "그 친구가 '뭐라고' 했다고?"

아서는 돌아서서 토르의 무릎을 보았다. "그리고 당신은 취직하겠다고 사람을 죽일 수 있는 위인이고."

"나한테 얘기해봤자 소용없어." 토르가 땋은 수염을 잡아당겼다. "나는 필사의 존재가 죽든 말든 아무 관심이 없으니까. 내 입장에서 보면, 당신네 사람들은 개미 정도의 중요성이 있을 뿐이지. 그것도 커다란 돌연변이 개미도 아니고, 그냥 작은 보통 개미만큼. 솔직히 말해서 나는 내 직업적인 컴백이 너무 걱정돼서 개개인의 목숨을 걱정할 여유도 없고."

"그리고 어쨌든 실제로 살인은 아니잖아, 안 그래?" 자포드의 말투는 어찌나 자기 확신에 차 있는지 허세 감지기에 든 엑토플라스마 공들을 펄쩍펄쩍 뛰게 만들고도 남을 정도였다. "그 친구는 우리가 자기를 죽여주길 바라고 있잖아."

"이젠 안 그래." 아서가 말했다.

"정말? 확실해?"

토르가 한 걸음 물러섰다. "그럼 당사자한테 물어보자고."

와우배거가 땅바닥에 너무 심하게 충돌하는 바람에, 불멸은 심령 사진처럼 몸에서 튀어나가 버리고, 땅바닥의 얕은 구멍에는 찌그러져 처박혀 만신창이가 된 필사의 존재만 남았다.

"아우," 그가 말했다. "이건……아우……. 누구 진통제 가진 사람 없어?"

포드는 배낭에서 타월을 꺼냈다. "한쪽 귀퉁이를 빨아요." 그는 타월을 주며 충고했다. "그 파란 줄무늬가 상처의 통증을 덜어줄 거예요."

토르가 묠니르를 들어 올렸다. "최후의 말 남길 것 없나?"

와우배거가 수건을 뱉었다. "거래는 무효야. 나는 살아야겠어."

"아하, 저것 봐." 아서가 말했다. "살고 싶다고 하잖아. 그냥 죽이면 안 돼."

토르는 킬킬 웃었는데, 그 소리는 거대한 곰이 목청, 그것도 최근 몇 마리 잘 먹고 살진 사람들을 꿀꺽 삼킨 목청을 다듬으려고 침을 삼키는 소리와 굉장히 비슷했다.

"못해? 누가 못한대? 네가?"

트릴리언이 느닷없이 나타나더니, 남자들 사이를 밀치고 뛰어 들어와, 와우배거가 만든 운석공 옆에 무릎을 털썩 꿇었다.

"아니. 내가 못한다고 할 거야. 이 커다란 괴물아. 난 이 남자, 아니 외계인, 아니 뭐든지 무조건 사랑해. 그러니까 당신이 내게서 빼앗아갈 수 없어."

토르는 망가진 남자를 죽이려고 무방비의 여자를 망치로 치는 일이 미디어에서 얼마나 부정적으로 보이는지 깨달을 만큼은 명민했다.

"제기랄, 자프." 그는 끄응, 하고 투덜거렸다. "이건 결정타야. 나도 꽤 기대를 했는데."

자포드는 이를 갈았다. 이 상황에서 보잘것없는 승리라도 거둘 만한 게 있다면 거둬야 했다. "뭐, 최소한 치즈라도 부인해줘."

와우배거는 기침을 하며 신음했다. "문제없어. 나는 치즈를 증오해."

얻을 수 있는 걸로 만족하겠어. 자포드는 생각했다. 그러고는 사제처럼 높이 팔을 치켜들고 군중에게 돌아섰다.

"와우배거가 패배했다." 그가 외쳤다. "그는 치즈를 부인하고 토르를 자신의 신으로 맞아들였다."

힐먼 헌터는 허공을 주먹으로 쳤고, 버프 오르핑턴은 타이로맨서 무리로 뛰어들어가 주먹으로 칠 수 있는 사람들은 다 때렸다.

자포드는 즉시 긴장을 풀었다. **좋아, 난동이야. 난동은 항상 내게 유리하지. 나는 혼돈의 대리인이야.** 그는 생각했다. **그리고 파괴의 대리인이고. 이 두 신들은 삼중 폼폼 오징어들 이후로 최고의 근접화음 가수들이야. 어쩌면 토르를 지원해달라고 저 두 신들을 예약해야 할 것 같아.**

트릴리언은 와우배거의 미간에 키스를 했고, 입에서 파랗게 빛나는 피를 닦아냈다.

"나와 함께 있어줄 거죠?"

와우배거는 미소를 지었지만, 미소는 대가를 치러야 했다. "할 수 있는 한 오래 같이 있을게요. 저 망치에 맞는 바람에 불멸의 힘이 그대로 없어져버렸거든요. 수명이 반평생 정도도 남지 않았을지 몰라요."

"그 정도면 충분할 거 같아요." 트릴리언이 이렇게 말하고는, 자기 딸의 아버지에게 손짓해서 자기 딸의 새아버지가 될 사람을 충돌 운석공에서 꺼내는 걸 도와달라고 했다.

랜덤은 이 모든 일을 구경꾼 대열에서 지켜보았지만, 아직은 그렇게 다정하게 껴안고 어쩌고 할 준비가 미처 되지 않았다.

어둠의 물질 때문일까? 그녀는 궁금했다. 아니면 내가 원래 그런 사람인가?

이 생각에 한동안 걱정이 되었지만, 곧 이런 상황을 이용해서 아서를 협박해 아주 좋은 선물을 받아낼 수도 있겠다는 생각이 그 자리를 차지했다.

아서. 확실히 아버지는 아니야. 하지만 아빠 정도는 괜찮겠다.

트릴리언과 와우배거가 몇 번인가 작별 인사를 하고 나서, 토르가 전 불사의 존재를 다시 탕그리스니르 호까지 데려다주었고, 덕분에 우주선 컴퓨터가 몹시 즐거워했다.

"이것 봐요, 토르. 나 기억해요? 정말 보고 싶었어요."

"저 컴퓨터가 하는 말은 신경 쓰지 마, 친구들." 토르는 자기 팔에 들려 있는 반쯤 죽은 남자와 반쯤 죽은 남자의 손을 꼭 잡고 있는 젊은 숙녀에게 수줍게 말했다. "아버지가 우주선이 나를 사랑하도록 프로그래밍하고는 마법의 눈으로 프로그램을 봉인해버려서, 도저히 지울 수가 없었어. 저 깡통을 갖다버린 주된 이유가 그거였고. 아무튼, 나한테 무슨 우주선이 필요하겠어? 묠니르가 있는데."

"저 바로 여기 있어요." 컴퓨터가 말했다. "하시는 말씀 다 들리지만, 그래도 용서할게요, 자기."

"좋아." 토르가 이렇게 말하더니, 그를 맞아 마룻바닥에서 솟아나온 침상에 와우배거를 황급하게 눕혔다. "일주일 동안 플라스마 침대에 눕혀두면 원래 상태대로 돌아갈 거야."

"원래 상태." 와우배거가 꾸르륵거리며 말했다. "확실히 그걸 원하는 거 맞아요, 트릴리언?"

트릴리언은 훌쩍거렸다. "어떻게든 되겠죠 뭐."

"그거 잘됐군." 갑자기 폐소공포증이 덮치는 기분에, 토르가 황급히 말했다. "나는 그냥 갈게. 가야 할 연회가 있어서. 누가 바비큐에다 소고기를 잔뜩 굽고 있나 보더라고. 그럼 둘이 재미 많이 봐."

"안 돼요!" 우주선이 흐느꼈다. "날 두고 가지 마세요!"

"빨리 가야겠다." 천둥신이 말하더니, 우주선에서 번개같이 튀어나가 버렸다.

"안 돼요오오오오오." 컴퓨터가 통곡을 했다. "안 돼애애애애. 두 번은 안 돼요."

트릴리언은 천체물리학 학위와 순수한 마음 호에서 보낸 시간을 잘 이용해서 탕그리스니르 호를 재빨리 성층권으로 튕겨 올렸다.

와우배거는 치료 플라스마 고치 속에서 벌써 기분이 훨씬 나아졌다.

"우리 어디로 갈까요?" 그가 물었다.

대답은 간단했다. "어디든 함께 가요."

와우배거는 괴로웠지만 그래도 웃었다. "그거 상당히 낭만적인데요. 항상 이런 식인가요?"

"살다보면 알겠죠, 뭐. 안 그래요?" 트릴리언이 대답했다. "세상모든 시간이 우리 건데요."

"아니, 사실 그렇지는 않아요. 하지만 우리가 갖고 있는 시간은 값지고 값지죠."

트릴리언이 눈을 굴렸다. "맙소사, 이런 달콤한 대화들에 벌써부터 신물이 나려고 해요."

"나도 그래요." 와우배거가 말했다. "어디 가서 누구한테 욕하고싶어요?"

"언제 물어보나 했네요."

"스트리크 리콤브단 칭의 일렁이는 웜홀(블랙홀과 화이트홀의 연결―옮긴이주)에 가본 적 있어요?"

"아니요. 거기 사는 존재들은 어때요?"

"병신들이죠. 완전히 싸가지들이고."

트릴리언은 갤럭트-오-맵에서 검색을 해봤다. "그렇다면, 뭘 기다리고 있는 거죠?"

그녀는 디스플레이에 나타난 빛나는 점을 선택했고, 탕그리스니르 호는 밤하늘과 하나가 되었다.

11

보고 뷰로크루저 클래스 초공간 우주선
비즈니스 엔드 호

초공간은 목청을 다듬더니 보고 뷰로크루저를 나노의 열권 너머 0.01파섹의 깔끔한 한 폭 비단 같은 우주공간에 가래 뱉듯 뱉어냈다. 비즈니스 엔드 호에서는, 관료 여단의 삼천 대원들이 초공간 요람에서 펄떡거리며 튀어나와 배에 난 안전벨트 자국을 손으로 문질렀다.

프로스테트닉 엘츠가 제일 먼저 자리를 잡고, 짝퉁 진화의 어딘가 불편하고 멍한 기분을 쫓아버리려고 버튼을 쾅쾅 치고 태만한 부하들에게 고함을 쳤다.

"게으름 작작 피워, 이 쓸데없는 갤리랭글러들." 그가 독촉했다. "크룸프스트를 좀 보여봐. 정시에 맞춰야 하는데, 이 시계는 일 초도 놓치지 않는 원자시계란 말이다."

선원들은 '크룸프스트'라고 으르렁거리고 끙끙거리며 각자 자기 자리로 가서, 녹초가 된 몸으로 그들의 적의를 저 아래 보이는 행성으로 재조정했다.

"초공간은 그저 휴일에 불과해." 옐츠가 말했다. "살 만한 곳이 못 되지. 그러니까 거짓 위안은 다 잊으라고."

거짓이든 뭐든, 비즈니스 엔드 호에 승선해 있노라면 위안이랄 게 별로 없었다. 푹신푹신한 가구는 날카로운 긴장을 풀어버린다는 이유로, 종류를 막론하고 금지되어 있었다. 적의 섞인 긴장이 없는 보고인은 바틀 망치기 경연대회에서의 똥 막대기만큼이나 쓸모가 없었다.

《안내서》 주석 : 나이 든 콘스턴트 한 명이 법규를 묵살하고 괜찮은 쿠션 두 개를 엉덩이에 이식했다. 불행하게도 그의 몸에 리이스 부로의 밀림 도시에서 바람을 타고 돌아다니는 미세 기생충이 들어갔고, 기생충은 쿠션의 스티로폼을 먼저 먹은 후 그를 산 채로 먹어버렸다. 기생충은 보고 크루저의 여섯 개 갑판을 싹 쓸어버린 후에 지저분한 집단 급식을 먹고 죽어버렸다.

옐츠는 턱을 강제로 돌려 열어서 모운을 큰 소리로 부르려 했으나, 곁눈질해 보니 어린 콘스턴트는 이미 팔꿈치 밑에서 까닥까닥 고개를 흔들고 있었다.

그르르으으으음. 그는 생각했다. (보고인들은 생각할 때도 신음 소리를 낸다.) 저 녀석은 우리 일족치고는 뒤지게 몸이 잰데. 좋은 건가, 나쁜 건가?

그건, 그는 마음을 정했다. 나중에 생각하자. 최우선 과제는 지구인들을 몰살하는 것이었다. 옐츠는 특히 이 종족을 놓고 악의 주머니를 상당히 많이 채웠고, 초공간 몽환을 통해 참담한 살육전의 각본을 짰다. 이번에는 생존자를 남기지 않을 것이다.

"이번에는 생존자를 남겨두지 않겠다." 아들이 행여 아빠의 크룸프스트가 새어나가고 있다고 생각할까 봐 그는 모운에게 확언을 했다.

"바다빙고." 콘스턴트 모운이 말했다.

옐츠는 얼굴을 찌푸렸다. 미간에 워낙 살덩어리가 많아서, 아주 친한 친척이 아니면 표정을 읽을 수가 없었겠지만. "방금 뭐라고 했냐?"

"바다빙고요. 흔히 쓰는 표현입니다. 블라굴론 카파 행성에서 쓰인다고 알고 있습니다."

"표현이라고!" 옐츠가 새된 소리를 빽 질렀다. 보통때 내는 소리보다 한 옥타브는 족히 높았다. "우리는 표현 같은 거 안 써!"

모운은 재빨리 두 번 뒤로 물러섰으나, 자빠지진 않았다.

"물론 그렇습니다. 야단쳐주셔서 감사합니다. 아, 프로스테트닉. 이렇게 좋은 롤모델을 둔 저는 참 운이 좋습니다."

그 말에 옐츠는 누그러져서, 한풀 기가 꺾였다. "표현들, 사실 전반적인 구호라는 것들은, 오로지 시적이거나 아이러니한 상황에서

만 허용된다. 예를 들어, 에코 행성 폴리아빈투스에 유도탄들을 발사했을 때, 나는 '전자 제품들을 잊지 말고 재활용하라'고 말하지."

"지독하게 사악하십니다, 프로스테트닉."

보고인들의 유머에 대한 인식은 워낙 빈약하기 때문에, 옐츠는 자기 농담에 설명까지 덧붙였다. "'전자 제품들을 잊지 말고 재활용하라'가 폴리아빈투스의 정부 선전구호 비슷한 것이었기 때문에 못된 방식으로 웃기는 거야."

"아, 알겠습니다."

"그리고 또한, 이 유도탄이라는 폭파 전용 전자 제품들은 재활용이 안 되잖아. 뭐 사실, 전자 제품들이 다시는 재활용할 수 없게 되는 거지."

"바다······, 훌륭하십니다."

"이게 다가 아니야." 옐츠는 뺨으로 담즙을 물고 있다가 삼켰다. "아주 현실적인 면에서 볼 때, 내 유도탄들은 전 행성을 재활용하고 있지. 알겠느냐?"

모운의 피부가 에메랄드처럼 창백해졌다. "예. 모든 차원의 유머를 이해하겠습니다."

옐츠는 실험적으로 고개를 까닥거려보고는, 초 행복의 푸가가 완전히 사라졌다는 걸 확인하고 기분이 좋아졌다.

"억울한 생각들을 해봐." 그는 함대원들에게 인터콤으로 말했다. "미워할 걸 찾으면 곧 자기 자신을 찾게 될 거야. 그 대상으로는 우리 아래 저 작은 행성에 사는 지구인들을 추천한다. 몰살 명령이 이렇게 귀찮은 일들을 많이 초래했으니, 이제 그들은 자네들의 분노를 떠안을 자격이 더 많이 생겼겠지."

정말 그런 것 같아서, 머지않아 비즈니스 엔드 호는 유도탄 튜브가 장착되고 플라스마 대포들이 운반되어 오는 불길한 소리로 철컹거리고 카-청크거렸다.

"반짝반짝." 옐츠가 읊조렸다. "작은 플래니토이드."

그는 모운을 흘끗 내려다보았다.

"노랫말의 각운을 맞춰보지?"

각운을 생각해내느라 모운의 이빨이 딱딱거렸다. 그는 아버지가 어떤 기대를 거는지 잘 알고 있었다.

"아홉……곧 보내버리겠다. 진공 속으로."

"탁월하구나, 내 아들." 옐츠가 주절거렸다. "가끔은 너 때문에 자칫 행복해질 것 같다니까."

나노 행성, 이니스프리의 콩 시

연회장에서 토르와 자포드는 축하 뷔페에 겨드랑이까지 파묻혀서, 비교적 하늘에서 내려오고 있는 궁극의 말살은 까맣게 잊고 있었다. 여기서 '비교적'이라는 단어는 '하늘에서'에 걸리는 표현이다. 말살은 어디에 비교하든 궁극적일 테니까.

"정말 훌륭하셨습니다, 선생님." 아메글리안 메이저 소가 한쪽 발굽에 연육용 망치를 묶어 자기 엉덩잇살을 부드럽게 두드리면서 말했다. "그 커다란 망치를 다루시는 솜씨 말입니다." 소는 연육용 망치로 토르의 죽음의 가격을 흉내냈다. "진심으로 소름이 돋았어요."

토르는 땋은 수염을 잡아당겼다. "정말? 지나치게 과했다고 생각지 않아? 어떻게 보면 현대의 신은 과장된 신파는 좀 자제하는 게 좋을 거 같기도 하고……."

자포드는 가글 블래스터 한 주전자에 처박혀 있다가 일어났다. "헛소리 말아, 토르 이 친구. 자네는 그 초록색 친구를 납작하게 두드려줬다고. 그리고 마지막에 자비를 베풀고. 완전히 천재야. 교과서적인 신의 행동이라고."

토르는 입 주위에 손을 대고 가리더니 혹시 주위에 마이크가 있을까 걱정하며 속삭였다. "솔직히 인정하는데, 자프. 네가 옳아. 이 많은 사람들이 나를 사랑하고 숭배하니까, 나 자신이 실재하는 느낌을 더 받아. 음악 하던 시절보다 더 살아 있는 느낌이라니까. 진심으로 방탕하던 과거를 털고 일어설 수 있을 것 같다고."

"우리는 컴백한 거야, 베이비. 종교는 이제 불가지론처럼 쿨해졌어. 일단 모든 정착민들을 신앙으로 유대시키고 나면, 저 밖에 전 우주가 펼쳐져 있다고. 얼마나 많은 미니 망치들을 팔 수 있을지 생각해봐."

"아스가르트에 내가 아는 친구가 있어. 그의 대장간에는 엘프들이 바글바글하다고. 내가 전화만 한 통 하면 작은 묠니르들을 줄줄이 만들어줄걸."

자포드가 그릇에 팔을 쑥 넣었는데, 그건 두유를 넣은 수프이거나 반쯤 찬 침 뱉는 그릇이거나 둘 중 하나였다. 어느 쪽이었는지 모르지만 그는 손가락들을 힘차게 쭉쭉 빨았다.

"이제야 말이 통하네, 토르. 시간은 바퀴와 같아서 좋았던 옛날이 다시 돌아온 거야."

"속담을 멋지게 뒤섞으셨네요, 선생님." 암소가 말했다. "아주 적절합니다. 훌륭한 스테이크로 마무리하시는 건 어떨까요? 씹는 걸 싫어하시면 간 고기로도 해 드릴 수 있는데."

자포드는 동물의 말을 무시했다. "대형 이벤트를 기획해야 해. 와우배거를 쓰러뜨린 건 정착지 한두 개에는 효과가 있겠지만, 은하계 몇 개에 걸쳐 자네 경력을 다시 되살리려면 뭔가 배꼽 규모의 사건이 필요해……." (무식한 자포드가 '성경적인' '어마어마한'이라는 뜻의 biblical을 '배꼽'이라는 뜻의 umbilical로 잘못 쓴 것—옮긴이주)

"제 생각에는 하시고 싶었던 말씀이……." 소는 말을 꺼냈다가, 뚝 그쳤다. 식사하는 손님의 말을 고쳐주는 건 먹히기 위한 좋은 전략이 아니라는 걸 본능적으로 깨달은 것이다.

자포드는 완전히 사업가 노릇에 물이 올랐다. "모르겠어. 예를 들어 역병 같은 것도 있고."

토르는 별로 믿음이 서지 않았다. "에이, 자프. 역병을 망치로 어떻게 멈추나."

"좋아. 가뭄은 어때. 단단한 암반을 망치로 뚫어 지하수가 쏟아지게 하면."

토르는 암소를 집어 들고 바로 입안에 털어 넣어, 동물이 기쁨에 찬 감사를 표할 시간도 제대로 주지 않았다.

"몰라. 사람들은 요즘 상당히 괜찮은 지리학자들을 데리고 있어서, 지하수 같은 건 찾기 어렵지도 않잖아."

"그럼 뭔가 메뚜기 떼 같은 게 나오게 하면 어떨까. 화산이나." 자포드는 토르의 눈을 똑바로 볼 수 있도록 테이블로 영차영차 기어 올라갔다. "우리가 그토록 기다려 오던 전환점이라고. 그 어느 때보다도 대형 거물이 될 거야. 느낌이 와."

"그렇게 생각해? 정말?"

"당연하지."

연회장 문이 열리고 힐먼 헌터가 야외의 공기 한 점 사이로 머리를 쑥 들이밀었다.

"안-녕-하슈, 우리 뱃심 좋은 은인들께서는." 그가 경쾌하게 말했다. "눈깔까지 술이 찰랑거리는데, 사업하실 준비는 되셨고? 여기 공식 신 계약서 가지고 왔습니다."

자포드는 고객을 안심시키려는 듯 고개를 끄덕였다. "괜찮아, 내가 미리 한 번 봤어. 표준적인 신의 의무들이야. 휴가는 한 달이고 일주일에 하루 쉬고."

"성스러운 날들은?"

"삼십이 일. 그리고 필사의 존재와의 사이에서 아이를 낳으면 아이당 이틀 더."

토르는 감명 받았다. "그거 훌륭한 거래인데."

자포드는 신의 거대한 어깨에 손을 얹었다. "이 친구들한테도 훌륭한 거래니까 잊지 마."

힐먼은 옆걸음으로 요리조리 빠져나오면서 앞으로 나왔다. 종종 관자놀이도 만져주면서.

"보통 사람이 신한테 어떻게 접근하는 거더라?" 그는 큰 소리로 자문했다. "그냥 몇 가지 동작들을 한 번 시험해보는 거예요."

"머리 만지는 건 좋은데." 토르가 말했다. "몸을 낭창낭창 흔드는 건 하지 마."

"하고 싶으면 낭창낭창 흔드는 것도 해도 돼." 자포드가 말했다. "확실히 나도 좀 숭배를 받아 마땅하지 않아?"

힐먼은 테이블 위로 제 몸을 밀어 올려, 계약서를 건네주었다.

"당신도 썩 괜찮은 친구요, 비블브락스 씨. 우리가 원하는 건 뭐든, 그 멋진 우주선으로 가져다주니까. 가끔은 당신이 아예 안 오면, 우리도 필요한 게 아예 없을 거 같기도 하다니까."

심지어 자포드마저도 그 발언에 숨은 가시를 놓칠 리 없었지만, 그는 못 들은 척하기로 했다.

"어이, 힐리. 이 페이지 맨 밑에 연필로 쓴 건 뭐야? 방금 써넣은 거야?"

힐먼은 레프러콘 모사 1번 재주를 선보였다. "아 그럼요, 비제이수스. 그건 걱정 안 해도 돼요. 그냥 보호 조항 같은 거니까. 단순히, 행성을 관장하는 신이, 이 경우에는 토르가, 외계인의 공격에서 행성을 보호할 책임이 있다는 거요. 있잖아요, 커다란 레이저랑 핵무기랑 그런 거."

"문제없지." 자포드가 하해 같은 가슴으로 말했다. "행성이 이렇게 변두리에 있는데, 이삼백 년은 행성 보호 같은 거 안 해도 되지 않겠어?"

힐먼은 손가락들을 갑자기 춤추듯 꼬물거리더니, 눈을 굴려 하늘을 바라보았다.

"오, 그거야 모를 일이죠." 그가 말했다.

비즈니스 엔드 호

프로스테트닉 옐츠는 엉덩이를 잘 감싸도록 의자를 윈치로 올리고, 수압 물기둥에 몸무게를 맡겼다. 뒤로 기대앉자 씩씩 소리가 났는데, 그는 항상 의자에서 그 소리가 난다고 주장했다.

"좌석이 좀 축축한데." 그가 투덜거렸다.

"정말 죄송합니다, 프로스테트닉." 콘스턴트 모운이 옐츠의 팔꿈치에 달린 장치뿐 아니라, 아예 옐츠의 팔꿈치를 조정하며 말했다. 사실, 모운이 그의 신장 높이에서 돌아다니지 않을 때면, 옐츠는 머리 옆쪽으로 부재의 진공상태를 느끼곤 했다.

저 녀석한테 내가 너무 의지하게 되는데. 그는 생각했다. **어디 불쾌한 데로 녀석을 보내버려야 할 때가 됐어.**

"내 의자는 원래 지독하게 축축해야 되는 거다. 아예 철벅거리지는 않더라도 말이야. 씩씩거리는 소리를 내가 얼마나 싫어하는지 알지?"

"당장 처리하겠습니다."

옐츠는 손가락을 치켜들어 그를 막았다. "정지. 일이 먼저고, 축축한 의자가 다음이다. 이 일을 끝내기 위해서는 얼마든지 고생할 각오가 되어 있으니까."

"훌륭한 정신이십니다. 역시 크룸프스터다우십니다."

보고인들이 볼품없는 신체가 허락하는 한 빨리 볼일을 처리하려 분주한 가운데 조종석이 서서히 경련하듯 뒤틀리며 보글거렸다.

《안내서》주석 : 최근 맥시메갈론의 여론조사는 보고인의 민첩성을 면도날 머리 4호 행성의 아르드너프들과 동급으로 평가했다. 보고인들은 어떤 생물이든 동급이라는 사실에 기뻐하다가, 아르드너프들이 우주로 '포고'되어 나가는 걸 간신히 막을 정도의 중력밖에 없는 달에 사는 거대한 대지족(앵무새처럼 한 쌍의 발가락이 앞뒤를 향하는 조류—옮긴이주)류라는 걸 알게 되었다. 보고인들을 달래기 위해 두 개의 다른 맥시메갈론 여론조사 결과가 발표되었는데, 하나는 가장 여행을 많이 하는 종족 부문에서 오 위 이내, 그리고 가장 쉽게 알아볼 수 있는 실루엣 부문에서 부동의 일 위를 차지한 것이었다.

관련 서적 :

《맥시메갈론 통계 전집》Vol.1–15,000

옐츠는 메인스크린에 한 눈을 고정하고, 다른 눈으로 조종실을 이리저리 훑어보았다. 함대원들을 감시하기 위해 그가 계발한 눈 굴리는 재주였다. 그의 눈앞 우주에 작고 푸른 세계가, 꿈틀거리는 가느다란 구름에 휩싸여 떠 있었다. 아마도 이 재해 없는 플래니토이드에서 소박한 삶을 살게 되었다는 사실에 지고의 행복감을 누리는 건강한 생물들로 넘치고 있으리라.

'재해가 없다'라……. 그리 오래가진 않겠지만.

"마침내." 옐츠가 중얼거렸다. "마침내 드디어 그리고 궁극적이고 필연적으로."

"마침내." 콘스턴트 모운이 메아리처럼 되풀이해 말했다. 그건 정말 메아리처럼, 희미했고 떨리고 있었다.

"우주선이 어떤 말을 하고 있나, 콘스턴트?"

보고 뷰로크루저는 안에서 일할 경우에는, 아주 기적적인 우주선이었다. 그러나, 패널 스크레이퍼라든가 엔진 플런저로서 밖에서 일한다고 하면, 우주선의 지독한 균형 공포증 때문에 눈이 멀어버리거나 심지어 미쳐버릴 수도 있었다. 대부분의 우주선은, 아무리 짧은 순간이라도, 아무리 탐탁지 않아도, 어느 정도 아름다움에 순응하는 경향이 있다. 그러나 보고인의 우주선들은 절대 아름다움에 순응하지 않았다. 그들은 스키 마스크를 쓰고, 어두운 골목에서 아름다움을 갈취했다. 그들은 아름다움의 눈에 침을 뱉고, 미학과 공기역학이라는 관념을 때려눕히며 전진했다. 보고 크루저들은 우주를 여행한다기보다 우주를 더럽히고 버려버렸다. 하지만 그 안에 있으면, 보고인의 우주선은 보통 첨단기술 장비 연구 시설에서 볼 수 있는 것보다 더 많은 첨단기술 장비들로 가득 차 있었다. 심지어 장비 일습을 잘 갖춘 사일라스틱 갑옷 악마의 전투 버스도, 보고 크루저가 지나가는 길에서는 얌전히 비켜설 정도였다. 그리고 비즈니스 엔드 호는 동급 최고, 그 부류에서 가장 멋진 우주선이었다. 미인대회에서 우승할 미모는 아니었지만, 우주 반대편에서 얼마나 많은 늪돼지들이 서로 허벅지를 물어뜯는지는 말해줄 수 있었다. 그리고 또한 그 돼지들이 등에 진드기 몇 마리를 짊어지고 다니는지도. 그리고 아마 진드기들의 혈액형도. 그리고 진드기들을 마이크로-스마트 폭탄으로 죽일 수도 있었다.

콘스턴트 모운은 남들이 부러워하는 프로스테트닉의 팔꿈치 자리에서 몸을 질질 끌고 나와 메인 기기 디스플레이 패널 쪽으로 비틀거리며 걸어갔다. 비틀거리지 않고 백조처럼 우아하게 미끄러져 갈 수도 있었지만, 모운은 보고인들이 감히 당돌하게 진화 따위를 하는 종에게 날마다 어떤 짓을 하는지 상기해야 했다.

비틀거리면서 모운은 행여 다른 콘스턴트 중 누군가가, 다들 부러워하는 최고비굴자의 자리를 넘볼까 봐 조심스럽게 망을 봤다. 상사를 밟고 올라서는 건 군단에서 용인된 일이었다. 프로테스트닉한테 맛있는 정보를 침 발라 넘기면 그만이었고, 모운은 짓밟혀 플런저 분대로 좌천될 수 있었다. 모운은 바깥에서 이 우주선을 바라보는, 산통과 복통으로 점철된 삶을 견뎌낼 수 있을 거 같지가 않았다.

패널은 우주선의 포트 쪽 벽 전체를 뒤덮고 있었고, 꾸준히 업데이트되는 스캔 정보들을 디스플레이하는 수십 개의 겹쳐진 가스 스크린으로 되어 있었다. 모운은 지구인들을 살릴 수 있는 무언가를, 무엇이든, 찾아내려고 스크린을 검색했다. 대부분의 정보는 대체로 백치 방지 처리가 되어 있었기 때문에, 거짓말을 해봤자 소용이 없었다. 백치 방지 처리는 설계사의 신중한 고안이었다. 함대원 상당수가 백치였기 때문이다. 보고인으로 살려면 백치인 편이 훨씬 편했다.

뭔가 있을 거야. 모운이 생각했다. 이 사람들을 죽이고 싶지 않아. 그들에게 컨트리 음악에 대해 물어보고 싶어. 그리고 어쩌면 오스트레일리아인 숙녀와 포옹할지도 몰라. 그들은 워낙 야외 생활을 즐기잖아.

그는 정보를 흘끗 훔쳐보았다. 지구인들은 나노에 있었다. 의심의 여지가 없었다. 컴퓨터는 지표면에 이천 명 이상의 휴머노이드를 표시하고 있었고, 최소한 십 분의 일은 지구인이었다. DNA와 뇌파 감지기로 출신을 확인했다.

"어때?" 엘츠가 호통을 쳤다. "좋은 소식을 좀 전해줘, 콘스턴트."

"지구인들. 이백 명 이상. 태내에 다섯 명."

"반짝반짝." 프로스테트닉이 구성진 가락을 뽑았다. "유도탄 발사를 계획해주게, 포병장교."

"기다려!"

모운은 미처 자제할 겨를도 없이 소리치고 말았다.

거의 희극적인 침묵이 조종실에 깔렸다. 모운의 눈에는 기기들마저 숨죽여 삑삑거리고 철벅거리는 것 같았다. 곁눈질로 보니, 행성마저 움직임을 멈춘 것 같았다.

"기다리라고? 방금 '기다려'라고 했나, 콘스턴트?" 옐츠의 목소리는 유리처럼 반들거리는 바다보다 매끄럽고, 스패너헤드 상어들이 한두 마리 수면 아래 숨어 있는 유리처럼 반들거리는 바다보다 더 위험했다. 상어도 그냥 상어가 아니라 그들의 서식지에 숨어드는 육지인들에게 원한이 맺힌 진짜 굶주린 상어들 말이다.

옐츠의 눈은 이제 두 개 다, 모운을 드릴로 뚫고 들어가고 있었다. "대체 왜 '기다리라'고 말한 거지? 우리가 임무를 완수하는 걸 바라지 않나?"

모운은 뱃속에서 산(酸)이 휘저어지는 것 같았는데, 절대 좋은 느낌이 아니었다.

한마디. 그 녀석은 한마디를 했는데 그의 경력, 인생이 다 끝장났어.

"기다리라는 말을 그 뜻 그대로 한 게 아닙니다."

"그러면 기다리라고 말한 게 아니란 말이냐?"

"아니, 아니요. 그 말은 했습니다."

"그러면 기다리라고 말했는데, 그런 뜻이 아니었다는 말이냐?"

"네, 프로스테트닉. 바로 그겁니다."

"이거 심기가 불편하군, 콘스턴트. 함대원들의 말은 말뜻 그대로를 의미할 거라 기대한다."

"저도 말할 때는 뜻 그대로를 의미합니다." 모운은 비참하게 말했다.

"그러면 '기다리라'는 뜻이었단 말인가?"

"아뇨, 아빠! 그게 아니에요."

궁극적인 위반! 온정을 요구하며 가족관계에 매달리다니. 보고인들의 충성심은 단 한 가지에 걸려 있었다. 바로 '일'이다.

프로스테트닉 옐츠의 몸통은 꾹 눌러 삼킨 분노로 보글보글 끓었고, 귀에서는 실제로 뚜뚜 경적 소리가 났다.

"뭐, 좋다, 내 아들. 네가 하는 말이 말뜻 그대로가 아니고, 앞으로도 말뜻 그대로의 말을 하지 않겠다면, 이 우주선에서는 별로 쓸모가 없겠구나. 적어도 안쪽에서는."

모운은 털썩 무릎을 꿇고 애원했다. "한 번의 기회는요, 프로스테트닉? 전통적으로 한 번의 기회는 주잖아요."

옐츠의 아랫입술이 배를 깔고 누운 태양 물개처럼 툭 튀어나왔다. 한 번의 기회는 전통이었다. 옐츠 역시 스승인 필드 프로스테트닉 터지드 라울즈에게서 실수를 만회할 기회를 한 번 허락받았다.

《안내서》주석 : 팔꿈치 위치에서 첫 항해를 했을 때, 옐츠는 터지드 라울즈의 엄지 지문을 BD140664에 받아야 하는 걸 실수로 BD140565에 받은 적이 있었다. 이로 인해 기대했던 것보다 훨씬 더 큰 난리법석이 초래되었다. BD140565는 대기 압류 명령이었고, BD140664는 영화 대여 연체료였기 때문이다. 본질적으로, 블라굴론 감마 행성의 한 학생이 철야 농성을 하고 와서 〈반딧불 군벌의 왕 II〉를 돌려주는 걸 깜박 잊었는데, 다음에 정신을 차려보니, 그는 죽어가는 행성에서 겨우 삼십 초의 여생을 남겨두고 있었던 셈이다.

터지드 라울즈 영감은 내게 그렇게 심하게 굴지 않았지. 옐츠는 생각했다. 사실, 우리는 이 모든 일을 두고 아주 신나게 한판 웃었어.

"아주 좋아, 모운. 한 번의 기회."

모운의 피가 펌프질을 하다가, 분당 몇 번 철벅거리는 정도로 속도가 느려졌다. "자격시험이요?"

"그래. '격렬한 집착violent obsession'에 각운이 필요해. 끝에만 운을 붙이는 게 아니라 안에도 붙이도록 해."

모운은 보이지 않는 말들을 허공에서 찾아 헤맸다. "아……두유 장광설……헤센의…….. "

"빨리, 이 녀석. 빨리."

"자, 격렬한 집착violent obsession……. 어, 크리오 식물 모사cryo plant impression."

"설명을 해봐라."

"브레퀸다의 예술 형식입니다. 예술가가 얼어붙은 나무덤불들을 흉내 내는 일종의 팬터마임이죠."

"설마 진짜? 너 혹시……, 정말?"

"정말입니다. 찾아보십시오……원하신다면. 프로스테트닉."

《안내서》주석 : 크리오 식물 모사는 브레퀸다 예술제의 공식 경쟁 부문이었다. 이 부문의 연승 기록 보유자인 젊은 배우 E. 모우트는, 우승의 비결을 겨울 내내 숲 속에서 잠을 자는 거라고 주장했다. 그는, 밀렵꾼들이 우연히 그를 땔감인 줄 알고 분쇄기에 넣는 바람에 여덟 번째 우승에 실패했다.

엘츠는 알짜정보를 소화한 후 마음속에서 시를 지어보았다. 그럴 싸해질 것 같았다. 버펄로 비스킷 같을지는 몰라도, 어차피 이 시는 부조리를 지향하고 있었으니까.

"아주 좋아, 콘스턴트. 일어서라. 한 번의 기회를 주겠다. 이제 그 기회를 써서 어째서 내 포병한테 유도탄 발사를 지연하라고 명령했는지 말해."

모운의 피가 다시 펌프질을 시작했고, 그는 휘청거리며 송신된 정보 앞으로 갔다. 그 정보는 철썩거리는 파도처럼 머리 위에 걸려 있었다. 그는 본의 아니게 내려버린 명령을 정당화시킬 수 있는 무언가를, 무엇이든, 찾았다.

스크린에는 맥박과 혈압과 종양과 칼슘 결핍 같은 것밖에 없었다. 평범함을 벗어난 건 하나도 없었다. 그때 그는 어느 구조물 속에서 이상할 정도로 파악 불가능한 레이저 영상을 발견했다. 모운은 그 영상을 확대해서 생명 징후들을 확인해보았으나, 그가 보내는 레이저는 광선에 정보 한 점 기록하지 못하고 그대로 반사되어 돌아오는 것이었다.

구원이야.

모운은 자신감을 되찾고 팔꿈치 아래로 황급히 돌아왔다.

"프로스테트닉."

"그럴싸해야 신상에 좋을 거야. 내 옆구리에 앉으려고 살인을 불사할 만큼 열의에 찬 그리버들이 여남은 명은 족히 되니까. '네놈'을 죽인다는 뜻이야, 덧붙여 말하자면."

"이건 훌륭합니다, 프로스테트닉. 제 행동을 설명할 수 있습니다."

"그러면 좋고, 모운. 그러니까 네가 내 포병한테 불필요하게 고통스러운 느릿느릿한 죽음 유도탄 발사를 유보하라고 지시한 건……."

"유도탄들이 충분치 않기 때문입니다."

"기회를 우려먹고 있군, 모운."

"지표에 불사자가 있다면, 이 유도탄들로는 불충분합니다. 그것도 일급 불사신."

"확실한가?"

"물론입니다. 착오는 있을 수 없습니다. 스캔이 그의 몸에 부딪혀 그대로 반사되어 나오고 있거든요."

우리는 후퇴해야 할 거야. 모운은 즐거워서 폴짝폴짝 뛰고 싶은 충동을 꾹 눌렀다. 즐거움이야말로 비즈니스 엔드에서 공공연히 금지되어 있었고, 폴짝폴짝 뛰는 건 대체적으로 불가능했다. **우리는 신을 상대하는 방어 기제가 없어.**

"신이라." 박수를 치면서 옐츠가 말했다.

공포에 질려서 박수를 치는 건가. 모운의 희망사항이었다.

"이건 우리가 이제까지 기다려왔던 기회다!

추진기를 가동하는 대로 무조건 빨리 도망칠 수 있는 기회겠지,라고 낙관적인 모운은 생각했다.

"포병, 저 불사신을 대충 겨냥하고 멋대로 발사하라."

모운은 침을 꿀꺽 삼켰다. "우리 유도탄들은 신을 다치게 할 수 없습니다."

옐츠는 교활한 웃음을 시도해 보았는데, 그 과정에서 그만 모운이 반 주전자는 족히 넘을 침으로 범벅이 되고 말았다.

"상해를 입힐 수는 없겠지만, 주의를 돌릴 수는 있겠지."

"주의를 돌려요?"

옐츠는 앵무새처럼 따라하는 그의 말을 은근히 즐겼다. "그래, 아들아. 누군지 몰라도 이 신의 주의를 돌리는 거다. 우리가 조심스럽게 튜브에 장전하려 하는 실험적 비밀 병기를 알아채지 못하도록."

"실험 병기요?" 모운이 찍찍 우는 소리를 냈다.

옐츠가 윙크를 했다. "실험적 비밀 병기." 그가 말했다.

나노

아서 덴트는 '누 톱 맨'에서 괜찮은 옷을 골라, 교복이 아닌 옷을 입는 소박한 즐거움을 상당히 만끽하고 있었다. 랜덤이 바로 옆에 있으니 그 소박한 즐거움을 누리는 것도 오래가지 못할 거라는 확신이 들긴 했지만.

"별로 대단한 걸 바라는 것도 아니야." 그는 랜덤에게 말했다. "적어도 뛰어다니고 소리 지르는 일은 없잖아."

"아직은 없죠." 딸이 대답했다. "머지않아 아빠가 우리 모두의 머리에 운명의 저주를 불러올 거라 확신해요. 우주의 요나가 되는 게 아빠의 운명이잖아요."

아서는 굳이 반박하지 않았다. 반박할 논리가 없었다.

랜덤과 아서는 존 웨인 광장 벤치에 앉아, 권투선수 선의 포즈를 취하고 있는 존 웨인 동상 그늘 아래에서 홈메이드 아이스크림을 먹고 있었다.

"우리는 여기 정착할 수 있어. 너는 나하고 살 수도 있고, 너만 좋으면 트릴리언이 신혼여행에서 돌아오고 난 후에 엄마랑 같이 살아도 돼. 아니면 우리 모두 다 같이 살 수도 있어. 어느 쪽이든 너 좋은 대로 해. 이제는 너도 선택권이 있어."

랜덤은 가슴을 따뜻하게 데워주며 은은히 빛나는 만족감을 느낄 수 있었지만, 억지로 저항했다.

"아이스크림을 먹고 있어도 되는지 모르겠어요." 그녀가 말했다. "유제품이잖아요, 네? 치즈에 좀 가까운 거 아닌가요. 타이로맨서들이 싫어할지도 모르잖아요. 나는 그들의 신앙을 존중한다고요."

"그래서, 유제품은 아무것도 안 먹는다고? 그건 힘들겠는데. 소들의 충격과 비탄이 너무 클 거야."

랜덤은 먹던 걸 멈추지는 않았다. "무슨 목록 같은 걸 작성해야 할 거 같아요. 밀크셰이크는 포기할 수 없다고요. 방금 찾아낸 건데."

아서는 뒤로 기대앉아서, 해를 향해 고개를 젖혔다. "오늘 아침에 아시드 프리플룩스가 네 가지 종류의 치즈가 들어간 키시를 사가지고 빵집에서 나오는 걸 봤어."

랜덤은 먹고 있던 허니콤 바닐라를 뿜었다. "뭐라고요? 그렇게 싸워서 지킨 명분을 묵살하고요? 위선자 같으니라고!"

"누구 다른 사람 거를 맡아주는 거라고 하던데. 자기 거 아니래."

"그 사람하고 내가 담판을 지어야겠어."

"랜덤. 이 말을 해주고 싶지는 않지만, 너는 십대야. 행성을 장악할 때까지 아직 몇 년은 더 남았을 거 같은데."

이건 좋은 지적이었고, 랜덤의 기억에 남은 전 은하계 대통령도 이 사실을 인정했다. 십대는 여전히 인정하기 싫어했지만.

"아직은 아닐지도 모르죠. 하지만 꼭 되고 말 거예요. 내 말 믿으세요."

"믿어."

광장은 점심 식사를 하러 나온 사람들로 꽉꽉 메워지고 있었다. 겉보기에 행복해 보이는 사람들의 집단, 단 한 사람도 서로 죽이려는 시도를 하지 않았다.

이게 얼마나 오래갈까? 아서는 생각했다. 이러다가 누군가 버섯이 사실은 신성한 거라며, 이제 버섯 다지는 일을 그만두어야 한다고 나서겠지.

그때 포드가 광장 반대편에서 나타나 날카로운 팔꿈치를 아주 효과적으로 사용해서 웅성거리는 군중을 뚫고 다가왔다. 그가 가까워지자 아서는 친구의 얼굴에 떠오른 표정을 알아보았다.

"못 믿겠어." 그는 아이스크림을 땅에 내던지면서 말했다.

"아빠!" 랜덤은 충격을 받았다. "바로 저기 재활용 쓰레기통이 있잖아요."

아서는 반성하지 않았다. 그는 일어서서 종이 포장을 발로 쿵쿵 밟았다.

"그런 건 중요하지 않아. 이 행성이 곧 파괴될 거라는 느낌이 드니까. 안 그래, 포드?"

포드는 헐떡거리고 있었다. 그는 글을 쓰는 사람이어서 몸을 움직이는 데는 익숙하지 않았다.

《안내서》주석 : 포드 프리펙트의 신체 활동의 일반적 한계는 양동이에 남은 마지막 클리퍼조개를 사냥해서 조개 족집게로 껍데기에서 살을 끄집어내는 것이다. 포드가 평생 가장 운동을 많이 했을 때는 후니안 힐즈 리조트에서 묵을 당시 왕도 격투기에서 얼티미트 수프리모 평점을 받았을 때다. 불행하게도 후니안 힐즈는 정신 서핑을 하는 리조트였기 때문에, 포드는 이 운동을 머릿속에서만 해야 했다. 이 사실은 전자제품 관련 잡지 《큰 물건들》 다섯 권을 가지고 자글란 베타의 술집에서 시비가 붙었을 때, 포드가 고통스럽게 실감하게 된다.

"타월 가져와, 아서. 우린 떠나야 해."

아서는 실제로 한 발을 쾅 굴렀다. "이럴 줄 알았어. 내가 한번 맞춰볼게. 보고인들이 일찍 왔지?"

포드는 《안내서》를 배낭에서 꺼내 서브-에서 이미저를 확인해 보았다. "보고인이거나, 아니면 아주 큰 토블레로네(삼각기둥 모양으로 생긴 스위스 초콜릿바—옮긴이주)야."

"절대 끝나지 않는 거구나?" 아서는 탄식했다. "그 녹색 사디스트들은 우리가 모두 죽을 때까지 멈추지 않을 거야."

포드가 턱을 톡톡 두드렸다. "있잖아, 그놈들이 내 뒤를 쫓는 거 같지는 않아. 그냥 너희 인간들만 찾지."

랜덤은 태양빛이 눈부셔 눈을 가렸다. "아무것도 안 보이는데요."

"저 위에 있어, 확실히. 《안내서》는 절대 거짓말 안 해."

"그 빌어먹을 《안내서》는 날마다 거짓말이잖아요. 진실보다 거짓말이 더 많던데."

포드는 표준 대사를 읊었다. "《안내서》는 백 퍼센트 정확하다. 그러나 현실은 그만큼 믿을 만하지 못하다."

아서가 보기에 자기는 눈을 뜨고 살아가는 한평생의 상당 분량을, 이 세계 아니면 저 세계가 종말이 임박한 마당에, 자기 친구들이 지껄이는 헛소리에 귀를 기울이는 데 보내는 것 같았다.

"좋아, 포드." 그는 급박하게 말했다. "우리 뭘 해야 해?"

이 질문에, 베텔게우스인은 어리둥절한 기색이었다. "뭘 해?"

"보고인들에 대해서 말이야. 어떻게 살아남지?"

"아, 그래. 그 얘기를 하려고 온 거지. 내가 광장을 가로질러 오는 거 봤어? 기운이 뻗쳐 있었잖아. 누구를 때려눕히든 상관도 안 하고."

"봤어. 그런데, 우리 무슨 일을 해야 하느냐고? 히치하이크 할 수 있나?"

포드가 웃음을 터뜨렸다. "농담해? 보고인들은 같은 수에 두 번 속지 않아. 심지어 방호벽에도 방호벽이 달려 있는걸."

"그럼 이제 어떻게 돼?"

"우주 공항까지 아주 빨리 뛰어갈 필요가 있지. 순수한 마음 호에 탑승할 수 있는 시간이 아직 남아 있을지 몰라."

"뭐가 보여요." 랜덤이 말했다. 그들 쪽으로 몰려오는 한 무리 별 똥별처럼 보이는 무언가를 가리키면서. 그것들은 대기권을 뚫고 동조화된 동그라미를 그리며 낙하하고 있었다.

"아닐 수도 있고." 포드가 말했다.

그는 랜덤의 아이스크림을 쥐고 있는 손에서 빼앗더니, 한 방울 한 방울 음미하며 천천히 핥았다.

비즈니스 엔드 호

"미사일 홀로그래프?" 옐츠가 말했다. "어떻게 생각해, 포병?"

포병이 반박할 리 만무했다. "해봅시다, 프로스테트닉."

옐츠는 거의 유쾌하다시피 한 얼굴이었다. "물론 해봐야지. 나는 말들은 근사할 거야."

"나는 말들로 갑니다." 포병이 말하더니 프로그램을 조작했다.

"반짝반짝." 옐츠가 신이 나서 중얼거렸다.

나노

토르는 엄청난 트림을 하고 튜닉에 묻은 빵가루들을 털었다. 그가 두 손가락을 튕기자 묠니르가 삐 소리를 내더니 벽의 충전기에서 벌떡 일어나 신속히 그의 손으로 들어왔다.

"이 침략자들이 누구야?" 신이 힐먼에게 물었다.

"보고인들입니다. 우주선 인식 소프트웨어에 의하면요. 아주 터프한 치들이에요. 행성 파괴를 전문으로 하고요."

자포드는 잔뜩 들떴다. "보고인들이 벌써 왔다고! 이거 근사하겠는데. 서사시처럼 굉장할 거야. 네가 이 개자식들의 십 분의 일 정도는 싹 쓸어줘야겠다."

토르는 몇 번인가 연습 삼아 빙글빙글 돌아보았다. "싹 쓸어? 글쎄, 내가 정말 그래야 할까, 자프? 진짜 말해두지만, 나도 더 이상 심판대에 가만히 앉아 있지는 않을 거야, 그리고 불사자를 두들겨 팬 게 서브-에서에서 어떤 반응을 얻었는지 아직 확실히 모르잖아."

힐먼은 상냥하게 웃었다. "시험은 더 이상 없습니다. 그저 자신의 행성을 보호하셨을 뿐인걸요. 계약서에 있는 조항이고요."

"바로 그거야." 자포드가 말했다. "이건 기막힌 홍보야. 보고 뷰 로크루저를 하나 처치하는 거야말로 거대 방송망을 자네 이름으로 도배할 만한 그런 사건이라니까. BBS, 오비트, 노바, 심지어 파르티잔 방송인 리바이어던까지도 말이야. 대형 릴리지콤(religion과 communication을 합성한 조어. 종교 커뮤니케이션─옮긴이주)은 순교자만큼이나 약자를 위협하는 놈들을 처단하는 걸 좋아한다니까."

토르는 비행 전 준비운동을 몇 번 하면서 근육을 풀었다. "이번에는 쇼를 좀 제대로 할 수 있으면 좋겠는데. 시청자들한테 드라마를 좀 제공하면서. 좀 더 아버지처럼. 왜 있잖아⋯⋯신답게. 솔직히 좀 더 신 같은 기분이 들기는 한다."

자포드는 손바닥으로 그의 허벅지를 철썩 쳐주었다. "그거 좋았어. 하지만 이 경우에는 우리 아니면 놈들이 사생결단이니까, 자세 똑바로 잡아."

토르는 허벅지 대근육 스트레칭을 하다가 얼어붙었다. "자세 똑바로 잡으라고? 그건 명령처럼 들리는데, 자프. 신들은 필사의 존재한테 명령 따위 받지 않아."

자포드는 자존심이 상했다. "제가 어떻게 명령 따위를 내리겠어요, 권능자님께. 그런 건 꿈도 못 꾸죠. 그저 신님이 잘되시라고, 좀 꼬드겨서 좌지우지할 뿐이죠."

《안내서》 주석 : 자포드 비블브락스한테 꼬드김을 당해 좌지우지된다는 건 좌지우지당하는 사람의 유약한 자존감에 대해 시사하는 바가 크다. 특히 비블브락스 대통령이 "꼬드겨서 좌지우지하다manipulate"라는 단어를 불과 한 달 전 자기계발을 위해 〈일주일에 한 단어〉 프로그램을 다니면서 처음 찾아봤기에 더욱 그러하다. 그는 동사원형 외에는 배우지 않은 게 분명했다.

토르는 콧수염 끝을 잘근잘근 씹었다. "그거……."

"그거 좋은 거야, 빅보이. 긍정적이고 존중받을 만한 일이라고."

"확실해?"

"제기랄 맞게 확실하다."

"아주 좋아, 필사의 존재. 내가 이 행성을 악에서 구하지."

자포드는 주먹으로 허공을 쳤다. "저 말 들었어, 힐먼? 자, 이거야말로 멋진 음원이네. 누가 이 친구를 비디오로 녹화해야 하는데."

토르는 망치 기둥에서 무스-오-메뉴를 선택해 〈우리 망치로 늘씬하게 두들겨 맞자〉까지 스크롤했다. 애국가 같은 강력한 화음이 식당을 뚫고 메아리쳤다.

"우리, 모두, 망치로 두들겨 맞자!" 그는 목청껏 노래를 부르더니 초고속 수직 이륙해 날아갔고, 탄소섬유 에너지 흡수 천장 패널에 주먹으로 별 모양의 구멍을 뚫어놓았다.

"가자!" 자포드는 고객을 따라 소리치며, 토르가 십오 퍼센트와 이십 퍼센트의 차이를 알아차릴 수 있을지 생각하다가, 자기 자신은 차액을 계산할 능력이 있을지 또 자신이 없어졌다. 그건 왼쪽 두뇌한테 시켜야겠다.

힐먼 헌터도 돈 생각을 하고 있었다.

"제이수스, 자포드. 저기 자네 신하고 얘기 좀 해봐. 저 빌어먹을 패널들은 비싸단 말이야. 저 멀쩡한 문, 저 문으로 나갈 수는 없대? 망치로 복잡한 절차를 밟고 어쩌고 하는 건 사유재산을 파손하지 않고 밖에서 하면 안 되냐고?"

자포드는 하나밖에 없는 머리를 꼬았다. "이러지 마, 힐먼. 그는 신이야. 신들은 원래 일을 거창하게 하는 거야. 누가 성스러운 책을 쓰게 되면 더 얘기가 나아 보인다고."

"이걸로 몇 장정도 되는 책 한 권 나오겠네." 힐먼이 사려 깊게 말했다.

자포드는 아일랜드인의 어깨에 팔을 둘렀다. "독점권을 자네한테 줄 수 있어."

힐먼은 계약서를 가슴에 꼭 안았다. "벌써 줬잖아, 이 돈벌레야."

토르는 머리카락을 스치는 바람과 이빨 사이에 끼는 벌레들을 느꼈다.

"면갑." 그가 말하자, 작은 푸른 자기장이 헬멧 끝에서 타닥거리며 나왔다.

신 노릇이라는 게 원래 이런 부류의 일들이다. 중력을 무시하고, 머리카락을 휘날리고, 거대한 근육이 불끈거리는 다리에⋯⋯. 다 멋진 신 놀음이다. 토르는 바로 이런 것들로 성하는 신이었다. 날아다니고 두들겨 패고, 기본적으로 그런 거.

나도 사랑받는 게 좋아. 그는 생각했지만, 이런 생각을 입 밖에 내지는 않았다.

옛날에는 신이 산봉우리에 다리를 떡 걸치고 서서 아무거나 낡은 헛소리를 포효하면, 저 아래 필사의 존재들이 왜곡된 메아리들을 전지전능에 근거한 슈퍼-지혜라고 해석하던 때가 있었다. 홀에서 오딘이 제일 떠들기 좋아하던 이야기들 중에는, 그가 어떤 필사의 존재의 아내를 납치하고, 안 그래도 심한 상처를 받은 불행한 남자에게 특유의 무례함으로 고래고래 소리를 질러 욕을 하는 바람에 그 남자가 알아서 나사못에 박혔다는 게 있었다('엿 먹어' 정도에 상응하는 Go screw yourself라는 욕을 직역한 것―옮긴이주).

그러니 내가 얼마나 놀랐겠나. 오딘은 몹시 좋아하는 올림포스보다-내가-더-잘나신-말투로 이렇게 말하곤 했다. 다음에 가보니까 바로 그 자리에 '그대 자신을 뚫고 지나가라'는 글자가 새겨진 사원이 지어져 있는 거야. 그게 지혜와 행복으로 향하는 길이라나.

그러고는 물론 모두들 왁자하게 웃어댔다. 남편이 불륜에 대해 공공연히 떠들어대는 게 못마땅했던 프리가만 제외하고 말이다.

그러나 요즘에는 사방에 녹화 장치들이 널려 있다. 신이 한 말은 뭐든지 전 우주에 액면 그대로 보고된다. 의심의 여지가 없기 때문에, 의심의 덕을 볼 수도 없다. 신이 '똥구멍'이라고 하면 모두가 '똥구멍'이라는 소리를 듣게 된다. 주위 소음까지 다 제거해서 깨끗한 음질로. 그리고 신이 '잘 모르겠네'라고 하면, 그 말도 모두 듣게 된다. 주말에 아스가르트를 몰래 빠져나와 필사의 존재들이랑 몇 잔

걸치는 걸 즐겼던 로키는, 술에 취해 그날 저녁 내내 시끄럽게 발기 부전 문제에 대해 투덜거리고 나서 아디아포리즘(독일 개신교의 희귀한 종파—옮긴이주) 신도들에게 이런저런 좋은 것들이 선물 포장된 바구니를 건네받았다. 아니, 로키의 섬세한 표현에 의하면 문제는 다음과 같았다. "내 번개지팡이의 번개가 없어졌어. 솔직히 말해서, 지팡이도 없어졌다니까."

이 일이 있은 후로, 근육뿐 아니라 머리가 있는 신들은 우주 밖에 나갈 때는 입을 꼭 다물고 망치만 흔들라는 충고대로 행동했다. 유성 하나를 가루로 만들어버리면, 말 몇 마디보다 훨씬 더 많은 이야기를 해줄 수 있으니 말이다.

그러니 내가 이 보고 녀석들을 박살 내면, 하고 토르는 생각했다. 그거야말로 아무리 입만 산 기자 나부랭이들이라도 나쁜 모양새로 만들 수 없는 그림이 되겠지.

그리고 토르는 이런 생각도 했다. 어딘가에 있는 누군가가 실제로 보고인들을 좋아한다면 얘기가 다르지만.

이런 사실의 결과와 그의 유명인사 평점에 미칠 수 있는 여러 가능한 효과들을 미처 고려해 보기도 전에, 첫 번째 미사일 한 무더기가 그를 향해 날아왔는데, 겉보기에는 말하고 아주 비슷해 보였다.

비즈니스 엔드 호

콘스턴트 모운은 갈가리 찢기고 있었지만, 겉으로 봐서는 알 수 없었다. 겉으로 보면 그는 나머지 다른 승무원들과 마찬가지로 열심히 헐떡거리며 침을 줄줄 흘리고 있었으니까.

"신의 상태는?" 옐츠가 물었다.

"뭐?"

"방금 뭐라고 했나?"

"뭐라고요?"

옐츠의 눈꺼풀이 파르르 떨리고, 콧구멍 사이에 늘어져 있는 살점들도 같이 떨렸다. "신의 상태는 어떤가?"

모운은 안구에서 튀어나오려는 눈을 억지로 누르고, 눈앞의 수신 정보들을 읽었다.

"비상하고 있습니다. 아주 빠릅니다. 우리를 맞으러 올라옵니다, 프로스테트닉."

"훌륭해. 마침내 퀘스트QUEST를 굴려볼 정당한 기회가 왔다."

보통 모운은 훌륭한 약자를 아주 좋아했지만, 오늘은 글자 하나하나가 다 '절망desperation'을 뜻하는 D나 마찬가지였다. 또 죽음death도, 그리고 저주damnation도 가능성이 적지 않았다.

"자, 아들아. 네가 궁금해서 안달이 나 있다는 건 안다."

"저도 궁금해 죽겠습니다!" 포병이 밝은 목소리로 말했다.

"퀘스트QUEST는 '대단히 거추장스러운 실험적 승화용 유도탄

424

Quite Unwieldy Experimental Sublimation Torpedo'이라는 뜻이다."

모운은 무기 이름에 '실험적'이라는 단어가 들어간다는 걸 그렇게 희망적으로 볼 수가 없었다.

모운은 절망의 진창에서 한 가지 아이디어를 낚는 데 성공했다.

그들은 신을 죽이려 했어. 신을.

"프로스테트닉. 선전포고를 해야 하지 않습니까?"

"지구인들한테는 이미 포고를 했잖나. 이 뜨내기들이 그 자리에 없어서 못 들었다고 해서, 서류를 재발급하느라 소중한 보그 초를 낭비할 수는 없어."

"하지만 불사신은요. 〈비정상적 조우에 대한 특별 지령〉을 보면 불사신에게 발포하기 전에는 교신을 시도해야 한다고 똑똑히 쓰여 있습니다."

옐츠는 이런 도전에 기분이 좋아졌다. '교과서대로' 하자고 결투를 신청하는 이런 젊은 애송이들은 호되게 본때를 보여줘야 하는 법이다.

"그렇지만 이 신은 공격자다." 그가 선언했다. "그러니 특별 지령을 무효화하지."

마음속으로 모운은 깊이 낙심했지만, 인정한다는 뜻으로 어쩔 수 없이 고개를 끄덕일 수밖에 없었다.

"지당하신 말씀입니다. 훌륭한 지적이십니다, 프로스테트닉."

"훌륭한 도전이었다, 콘스턴트." 옐츠는 우아하게 인정하고는 어깨 너머로 말했다. "포병, 퀘스트 발사 좌표를 입력하라."

"어려울지도 모르겠습니다." 포병이 시인했다. "이 존재가 무엇으로 만들어져 있는지 알 수가 없습니다만, 레이저가 미끄러져 지나가버립니다."

옐츠는 의자에서 앉은 자세를 바꾸었다. "아니, 아니야. 지구인들을 목표로 해. 이 신이 자기 백성을 얼마나 사랑하는지 보자고."

영악하다. 모운은 비참하게 생각했다. **정말 영리해.**

토르는 평생 최고로 신나는 시간을 즐기고 있었다. 말 미사일들은 서로 딱 붙어서 행성의 표면을 향해 말 같은 사운드 이펙트와 기타 등등을 다 갖추고 우레처럼 돌진하고 있었다.

토르는 큰 소리로 힝힝거리며 말 울음소리를 내다가, **빌어먹을, 위성 카메라**라는 생각이 나서 입을 억지로 꾹 닫았다.

하루우우우움프. 그는 왠지 약간 전복적인 느낌을 즐기며 머릿속으로 생각했다.

그는 트랙을 〈우리 망치로 늘씬하게 두들겨 맞자〉에서 클래식 음악인 〈빈들스워센의 회합〉으로 바꾸고, 묠니르의 범위 안에 있는 모든 네트워크 방송으로 송신했다. 토르는 늘 전투 시나리오에 〈빈들스워센〉을 넣는 것을 좋아했지만, 최근 그 효과는 약간 희석된 감이 있었다. 어느 탄산음료 회사가 '빕조 블래스터 한 파우치를 마시면서 태양-서핑을 하고 줄줄 따라다니며 그를 숭배하는 여자들을 유혹하는 남자'에 대한 광고 배경 음악으로 이 음악을 사용했던 것이다.

상당수 젊은 신들은 일단의 미사일과 대결할 때는 소프트웨어를 목표물로 잡기를 좋아했다. 귀찮은 일을 컴퓨터한테 다 시킬 수 있기 때문이었다. 그러나 토르는 구식으로 일을 처리하는 걸 좋아했다.

불끈거리는 근육을 과시하는 것만큼 필사의 존재들한테 깊은 인상을 남기는 건 없지. 오딘이 즐겨 하던 말이었다. **부술 수 있는 건 다 때려 부숴.**

오딘의 설교에 귀를 기울이는 건 정강이에 칼날이 박히는 데 비견할 정도로 재미없는 일이었지만, 가끔은 아주 쓸모 있는 충고를 하기도 했다.

부술 수 있는 건 다 때려 부숴. 토르는 이렇게 생각하고 우현으로 돌며 넓은 궤적으로 묠니르를 휘둘러 처음으로 몰려오는 미사일 한 무리를 아래에서 가격했다.

와우. 이거 굉장한 홀로그램인데.

말들은 고개를 젖히고 심지어 발굽으로 흙먼지까지 일으키면서, 우레처럼 나노 지표를 향해 돌진했다. 그 투명한 가죽 속으로 핵분열로 인한 임박한 죽음을 품은 빨간 눈과 강철의 번득임이 아주 희미하게 보일락 말락 했다.

토르는 점점 뜨거워지는 열의를 품고 그 속으로 들어갔다. 맨손으로 그들의 유도 시스템을 박살 내고, 하나하나에 엄청난 안도와 구원을 내리며, 탄피를 산산조각 냈다. 유도탄들은 엄청난 속도로 이동하고 있었지만, 아사 신족에게는 지푸라기에 묶여 허공에 걸려 있는 설탕 절임 배나 다를 바가 없었다. 토르는 활기차게 미사일 사이를 누비며 맨손으로 날카롭게 단타를 날려 폭발을 유도했고,

그가 지나간 자리에는 트레이드마크인 천둥소리가 웅웅 울렸다. 말들은 얼어붙고, 깜박거리다가, 사라져 갔으며, 픽셀들이 전자 눈송이처럼 산산이 날렸다.

토르는 한 탄두 속에서 피식하는 기폭음을 듣고는 뱃속에 집어넣어 핵폭발을 흡수하고, 그의 미토콘드리아에게 먹이를 주어 자라게 했다. 땅에서 보면 마치 토르가 태양을 삼킨 것 같았다. 전 행성이 격하게 진동했고, 어슴푸레한 빛이 신의 네모반듯한 치아 사이에서 번득였다.

나노

힐먼은 감동했다. "자, 이런 게 빌어먹을 신이지 뭐야. 이 친구한테는 '죽었지만 꿈꾸고 있다' 따위의 잡소리는 통하지 않는단 말이야."

자포드는 그가 토르를 헐값에 팔았다는 생각이 들기 시작했다. "아무래도 우리 보너스 시스템에 대해 얘기를 좀 해야겠어. 그러니까, 저것 좀 보라고, 힐러즈. 저건 엄청나게 큰 유도탄이잖아."

힐먼은 눈길조차 주지 않았다. "첫째, 나를 힐러즈라고 부르지 마. 내 나……할머니가 부르던 애칭이니까. 자네하고, 자네 같은 친구 천 명을 모아줘도 우리 할머니가 삶아준 계란 반숙에 빵을 찍어 먹는 것과 바꿀 수 없다고. 그리고 둘째, 보너스 같은 개소리하고 앉았네."

비즈니스 엔드 호

엘츠는 한 손가락을 치켜들고 있었고, 전 함대원은 매료되어, 최면에 걸린 듯 그것을 쳐다보고 있었다.

아빠 손가락을 부러뜨릴 수도 있는데. 모운은 자살 충동에 가까운, 절박한 심정으로 생각했다. 그리고 입에 뭘 처넣는 거야. 내 다리 한 쪽을 처넣으면 어떨까. 그러면 어떻게 명령을 내리겠어?

아빠는 내 다리를 씹어 뱉을 사람이야. 그는 깨달았다. 그리고 스크린에 내 피로 명령을 쓰실 거야.

손가락이 흔들리자, 집단적으로 떨꺽거리며 숨을 몰아쉬는 소리가 났다.

손가락이 내려갔다. 명령이 하달되었다.

"저 신을 죽여라." 엘츠가 냉담하게 말했다.

그러자 모운의 손가락이 올라가, 전면의 카메라 디스플레이를 가리켰다.

"저것은 토르라고 생각됩니다. 바로 그 신 토르 말입니다. 진심으로 저 신을……."

"저 신을 죽여라." 낱말 하나하나를 씹어 뱉으며, 프로스테트닉 엘츠가 말했다.

포병은 래치트를 세 번 돌렸고, 목소리 튜브를 따라 경적을 울렸다. "퀘스트 발진. 신은 곧 죽은 몸입니다." 그가 말했다.

나노

포드 프리펙트는 갈랙트-오-맵 서브-에서 사이트 몇 개를 해킹하는 데 성공해서, 《안내서》 스크린으로 십여 개의 다른 앵글들로 대폭발 장면을 보고 있었다.

"도박 주선하는 사람이 보고인들한테 십 대 일 확률을 준대." 그가 아서에게 말했다. "나는 붉은 수염 친구한테 몇천을 걸 거야." 그가 어깨를 으쓱했다. "그러는 게 좋겠어. 이기면 크게 이기고, 지면 내 불평을 들어줄 자네들이 주위에 아무도 없을 테니까."

"폭탄 방지 타월 안 갖고 있지?" 아서가 말했다.

"당연히 있지. 폭탄 방지 타월뿐 아니라 물질변환 베갯잇도 있어."

아서는 실제로 미소를 지었다. "어이, 비꼬았네. 잘했어, 친구. 이제 좀 뭘 배우고 있구나."

포드의 《안내서》에 뭔가 나타나는 바람에, 그는 대화를 뚝 그쳤다. 그는 스크린 한 부분을 꼬집어 확대했다.

"빌어먹을, 이거 대체 뭐야?"

아서가 밀치고 들여다보았다. "또 말이야?"

"아니. 이 미인한테 홀로그램은 필요 없지. 저 유도탄의 크기 좀 봐. 난 저거보다 작은 유성도 봤다니까."

아서는 입지도 않은 목욕 가운 앞섶을 잡아당겨 여미려 했다.

"토르가 저걸 삼켜버리겠지, 안 그래, 친구? 그는 신이잖아. 문제 없지, 안 그래?"

"저건 토르를 향하고 있지 않아, 아서."

"맞춰볼게."

"됐어."

"맞아. 너 그 조이스틱 아직 가지고 있어?"

나노의 상층 대기권

진실을 말하자면, 토르는 황혼 속에서 약간 자기과시를 하고 있었다. 여느 때의 루틴에 피루엣을 추가하고, 아련한 야광운을 헤치고 자유낙하를 하고, 아가씨들이 다들 볼 수 있게 구릿빛으로 그을린 허벅지를 넉넉하게 보여주었다. 최고의 극적 효과를 확보하기 위해서 〈빈들스워셴의 회합〉에 맞춰 유도탄을 내리쳤다.

이건 너무 쉬운데. 그는 깨달았다. 이런 식으로 계속 가다 보면 시청률이 뚝 떨어지겠어.

그때 불사신의 고막이 전혀 다른 엔진 소리를 감지했다. 작은 제트엔진이 엄청난 중량의 화물을 싣고 가는 나지막한 칙칙폭폭 소리. 보고인들이 뭔가 그를 지나쳐 보내려 하고 있었다.

토르는 마지막 말/유도탄을 정확한 망치 가격으로 날려보내고, 어두워지는 하늘로 눈길을 내리깔았다. 그의 신-오-비전은, 퉁퉁한 뱃살 같은 곡선을 그리며 저 아래 필사의 존재들이 사는 도시로 낙하하는 날카로운 금속성 빛을 포착했다.

저 개자식들이 내 돈줄을 노리고 있군.

이 시점까지, 토르는 자기가 이 관료주의적 침략자들을 상당히 자애롭게 대해주고 있다고 판단했었다. 물론 하드웨어들을 잘게 찢어버리긴 했지만, 진공을 폐 가득 빨아마시며 우주를 떠도는 사람은 단 하나도 없었다. 상당히 무자비하게 이 교활한 신형 폭탄을 사정없이 두들겨 부순 다음에는, 아무래도 묠니르를 보내서 보고 우주선의 동체에 구멍을 몇 개 내줘야 되겠다.

토르는 가슴 앞으로 팔짱을 끼고 고압을 뚫으며 로켓추진 바위처럼 나노의 전리권 오로라를 뚫고 낙하했다. 동시에 두 군데에 존재할 수는 없었지만, 토르는 분명 한 지점에서 다른 지점까지 전 우주의 다른 어떤 존재보다 더 빨리 이동할 수 있었다.

《안내서》 주석(흐름을 끊지 않기 위한 짤막한 설명) : 토르는 사실 우주에서 다섯 번째로 빠른 존재였다. 평형을 유지해주는 묠니르가 없을 경우에는 팔등이었다. 일등은 헤르메스였는데, 그는 그 신성한 속도를 주로 아레스의 젖꼭지를 꼬집고 도망가는 일에 썼다.

토르는 공기 분자들이 턱수염 털끝을 휘게 만드는 마찰 반응을 느꼈다. 그는 대략 구십오 퍼센트 출력으로 날고 있었다. 탱크에는 연료가 약간 더 있었지만, 그 속도로 달려버리면 우주의 그 어떤 카메라로도 그의 사진을 찍을 수 없으리라.

새 유도탄이 그의 몸 아래에서 휘어져 들어가고 있었다. 거대하고 덩치 큰 조잡한 일련의 실린더들에 추진을 전담하는 작은 제트 엔진이 달려 있었다. 토르는 쿵쿵 냄새를 맡아봤지만, 이게 어떤 종류의 폭발물인지 도저히 알아낼 수가 없었다. 냄새는, 블랙홀의 사상 지평선을 넘어갈 정도로 만취해서 하룻밤을 보낸 후에 자기 옷에서 나는 악취와 약간 비슷한 데가 있었지만, 완전히 같지는 않았다.

이 물건은 대체 뭐야?

그건 중요하지 않았다. 안에 폭발물이 한 방울도 들어 있지 않더라도, 충돌로 생길 분화구 하나가 도시보다 훨씬 더 클 것이고 충격 변성으로 대륙의 상당 부분이 액화되어버릴 테니까. 그래서 행여 폭발에서 살아남는 필사의 존재가 있다 해도, 금세 용암에 휩싸여 여생을 마감할 터였다.

토르는 유도탄의 동체에 착륙해 몸체를 타고 노즈 콘(로켓이나 유도탄의 원추형 첨단—옮긴이주) 쪽으로 기어올랐다. 충돌까지는 아직 몇 초 남아 있었기 때문에 그리 급박하지는 않았다. 그 정도 능력을 가진 신에게는 영겁이나 마찬가지의 시간이었다.

탄두를 우주로 던져버릴까? 그는 바람에 몸을 기대며 자문했다. 아니면 슬슬 밀어서 궤도를 벗어나 바다에 추락하게 할까? 뭐가 카메라에 제일 근사하게 잡힐까?

토르는 자포드가 했던 어떤 말을 기억하고 콧수염 끝을 빨았다. 아니면……

비즈니스 엔드 호

"퀘스트를 폭파하라." 옐츠가 명령했다.

"예, 프로테스트닉." 포병이 말했다.

우리를 용서하소서. 모운은 전 우주로 방송했다. 우리는 보고인입니다.

나노

매머드 같은 유도탄은 이제 맨눈으로도 뚜렷하게 보였다. 무자비하게 이니스프리를 향해 낙하하는 유도탄 뒤로 힘에 부쳐 굼뜬 제트기 연기가 모스부호처럼 뿜어져 나왔다.

"점 줄, 점 줄 점." 포드가 말했다. "전부 합쳐서 읽어보면 '아서 필립 덴트는 병신이고 구제불능성 머저리다'가 되는 거 같다."

아서는 너무 지쳐서 짜증에 힘을 실을 수도 없었다. "지금이 농담할 때야, 포드? 진짜 그러냐?"

마치 나노의 전 인구가 존 웨인 광장에 북적이며 모여 있는 것 같았다. 인간 영혼이라는 이름의 무엇 때문인지, 똥물의 골짜기에 빠져 노도 없이 허우적거리고 있는 상태 때문인지 몰라도, 종교와 국적을 막론하고 하나로 단결한 채로.

랜덤은 아버지 옆으로 슬금슬금 걸어가 팔짱을 꼈다. "이 행성에는 미래라는 게 있을 수도 있었는데." 그녀가 말했다. "내가 민중의 대변자가 되려고 했는데."

아서는 그들이 있는 곳으로 웅웅 몰려오는 거대한 파멸의 기둥을 흘끗 곁눈질했다.

"네 엄마가 나를 죽이려고 들겠다." 한숨을 내쉰 그는, 군중이 입을 모아 '우-우-우' 소리를 내자 눈길을 들었다.

자, 이거야말로 날이면 날마다 오는 광경이 아니군. 그는 경악한 와중에서도 진부하기 짝이 없는 표현에 의존했다.

토르가 거대한 로켓을 따라 걷고 있었다. 그것도 밑에서.

랜덤이 그의 어깨에 고개를 묻었다. 처음으로, 그리고 아마 마지막으로. "우리는 구원받은 건가요, 아빠? 한 무리의 사람들이 대체 몇 번이나 구원받을 수 있는 거죠? 분명히 전 우주에서 덴트 가족들에게 남은 기회는 별로 없을 거 같아요."

포드가 두 사람 사이를 비집고 들어왔다. "적어도 한 번은 더 있어. 내가 아는 한, 아무것도 신을 죽일 수 없어."

그때 퀘스트가 폭발했다……고 말할 수 있었다.

이건 기존에 알던 폭발이 아니었다. 그러니까 전 우주를 통틀어 영화감독들과 RPG 작가들이 선호하는 전통적인 파열, 즉 펑, 쿠콰쾅, 이런 걸 기대했다면 약간 속은 느낌이 들 거라는 뜻이다. 폭풍 파도 없었고, 불길도 없었고, 날아가는 파편들도 없었다. 그저 시끄러운 '푸푹' 소리와 함께 완벽한 입방형의 녹색 물질이 풍선처럼 부풀었다. 그 물질은 따닥따닥 소리를 내고 수축했다가, 몇 초간 지역 위성 방송에서 나오는 만화의 전파를 받아 보여주더니, 열여섯 개의 작은 입방체로 갈라졌다.

포드는 대부분의 사람들이 생각하고 있는 걸 입 밖에 내어 말했다. "저 입방체들은 아주 작네. 토르보다 훨씬 작아."

입방체들은 급속히 하나씩 터졌고, 그 속에 남은 파편들은 회색 재처럼 땅 위에 비 오듯 쏟아졌다. 토르는 사라졌다.

"나 여기 그 조이스틱이 있는 거 같은데." 포드가 자기 배낭을 뒤지며 말했다. "그리고 해룡 알도 한두 개 있을 거야. 차라리 나가서 노래나 부르는 게 좋겠다."

자포드의 머리 위 하늘에서 뭔가 반짝거렸다.

"저것 봐! 저거 보여?"

힐먼은 대답하지 않았다. 자포드 망할 비블브락스하고는 말을 섞지 않기로 작심했기 때문이었다.

자포드는 시티 센터 주차장을 가로질러 달려갔다.

"기념품!" 그는 어깨 너머로 소리쳤다. "기념품이야."

자포드는 낙하하는 물건 아래 서서, 왔다 갔다 하면서 자리를 잡았다.

설마 내가? 그는 생각했다. 그게 가능한 일이야?

"카메라!" 그는 혹시 몰라서 소리를 쳤다. "누가 이거 좀 찍어봐."

그렇지, 이러다간 죽겠다.

하지만 만약 내가 살아남으면, 이 비디오는 몇 표나 가치가 있을까? 그의 서브-에서 사이트에 구독자가 얼마나 늘어날까?

그 물건은 보통 물체처럼 떨어지지 않았다.

당연히 그럴 리가 없지. 자포드가 생각했다. 그건 아스가르트의 금속을 얻어내는 광산에서 채굴된 신의 물질로 만들어진 신성한 부적이니까.

그것은 둥둥 떠다니고 부풀어 올랐다가, 뒤집어졌다가 폴짝폴짝 뛰기도 했다. 크기를 선택하는가 하면, 다음 순간 마음을 바꿨다.

자포드는 손쓸 생각을 아예 미연에 방지하기 위해 주머니에 손을 넣었다. 이건 엄격하게 손을 대서는 안 되는 기술이었다.

그 물체는 불규칙하게 내려왔고, 자포드는 종횡무진인 움직임에 장단을 맞추기 위해 예의 굽 없는 장화를 신고 이리저리 춤을 추었다. 그리고 마침내, 믿기지 않게, 토르의 헬멧이 자포드 비블브락스의 머리에 정확하게 내려앉아, 머리에 꼭 맞게 줄어드는 것이었다.

"좋았어!" 자포드는 허공에 주먹질을 하며 환호성을 질렀다. "그거 봤어, 힐러즈? 빌어먹을 바로 그거 봤느냐고! 나는 얼마 전까지만 해도 머리가 두 개 있던 사람이라, 보기보다 훨씬 더 기교를 많이 써야 했다고……내가 특별한 사람이 아니라고 어디 한 번 말해봐! 말해보라고!"

힐먼은 묵계를 깨뜨리고 주차장 너머에서 소리를 질렀다. "내가 힐러즈라고 부르지 말라고 했잖아, 이 똥덩어리야. 그리고 특별한 걸로 말하자면, 네놈이 판 신한테는 특별한 점이 하나도 없었어."

자포드는 갑자기 심각해졌다. "토르를 욕하는 말은 한마디도 용서할 수 없어." 그가 말했다. "너희를 구하려다 돌아가신 분이야."

힐먼이 엄지를 홱 치켜들어 도시 위에 떠 있는 보고 뷰로크루저를 가리키며 말했다.

"그렇게 잘해낸 거 같지 않은데, 안 그래?"

비즈니스 엔드 호

프로스테트닉 옐츠의 겨드랑이는 기쁨으로 촉촉이 젖었다. 그는 감정이라는 게 낯설어서, 한순간 우주선이 다시 초공간으로 후진해 들어간 게 아닐까 생각했다. 아니었다. 창밖에 보이는 세계는 초점이 잘 맞아 있었고, 파멸할 준비가 잘 되어 있었다.

"저런 유도탄을 열 개 이상 더 주문해!" 그는 특별히 누구를 지칭하지 않고 외쳤다.

지구인들은 주체적인 무기고를 갖고 있는 기색이 아니었고, 이제 신이 황천길로 간 이상 무방비 상태였다.

옐츠는 아랫입술의 도톰한 살을 씹었다. 이미 천국에 살고 있는 신들은, 대체 죽어서 어디로 가는 걸까? 신들은 스스로를 숭배하는 자아도취자들이었을까? 아니면 그들끼리 섬기는 신들의 신이 있어서 죽고 나면 더 높은 차원의 천국으로 가는 걸까?

내가 신종 수수께끼를 만들어낸 거야. 이런 생각을 하자 그는 몹시 기뻤다.

"이제 네 아비를 어떻게 생각하느냐?" 그는 팔꿈치에서 까닥거리고 있는 부하에게 말했다.

모운은 대답하기 전에 잠시 망설였고, 승리의 군침이 그의 입가에 빛나는 게 보이지 않았다. 아무리 합법적인 일이라고는 하지만, 콘스턴트가 이런 전투에서 열렬히 기뻐하는 모습을 보이지 않으면 프로스테트닉은 하는 수 없이 생각을 해야 한다는 유혹에 빠지게 된다. 엘츠는 신들이 항의할 거라 믿어 의심치 않았지만, 은하계 정부 무기고에 퀘스트가 있는 한 강력한 표현으로 탄원서를 제출하는 이상의 단계까지 나아갈 거라고는 생각지 않았다. 사실 생각해보면, 신들도 세금을 좀 낼 때가 되지 않았나? 이 아사 신족들은 시간의 창생 바로 직후에 제일 좋은 최고급 부동산을 꿰차고 앉아서, 국고에는 다 쓴 배터리 이상의 보탬도 되지 못했다.

"그래, 모운? 네 생각은 어떠냐?"

모운은 젤리 같은 존재의 핵심까지 흔들리는 걸 느꼈다. 그들은 방금 신을 죽였다. 우주에서 불사신을 하나 제거했다. 감당해야 할 후폭풍이 없을 리 없었다. 우주의 파이프를 타고 동등한 규모의 반작용이 이리로 향하고 있을 터였다. 그리고 아무 후유증이 없다 해도, 지독하게 슬픈 일이었다.

모운은 안 그래도 두 개인 턱을 이중으로 주름잡았다가, 머리를 꼿꼿이 들었다.

"아연합니다, 프로스테트닉. 다른 누구도 하지 못하는 일을 하신 겁니다."

"으으음." 옐츠가 중얼거렸다. 만족스러운 '음' 소리로 끝마무리를 해가면서. "그렇지, 응? 옛날에 메가브랜티스에서는 나더러 완전히 돌았다고들 속삭였지. 상상을 해봐. 교과서적 옐츠. 완전히 돌다."

"교과서적이라고요?"

"내 새 호다. 마음에 들어?"

"지독한 개자식은 어떻게 하시고요?"

옐츠는 뼈가 없다시피 한 손을 아들의 어깨에 올려놓았다. "나는 어서 네가 지독한 개자식이 되길 바라고 있단다."

모운은 고개를 푹 떨어뜨렸다. "이미 그런 걸요. 우리 모두가 그래요."

이 하마터면 다정할 뻔할 순간을 포병이 끊었다. 뭐, 다정까지 가지 않더라도 최소한 함축된 폭력으로 무겁게 내리깔린 순간은 아니었으니까.

"지구인들입니다. 표류하고 있습니다."

옐츠는 갑자기 이 지구인들을 상대하는 게 몹시 싫어졌다. 지독한 안티 클라이맥스처럼 느껴졌지만, 사업은 유혈이니까, 그러니까⋯⋯스크린을 향해 왼쪽 눈을 굴려보니 아니나 다를까 비즈니스 엔드 호가 정말로 행성의 주도 위 지정학적 위치를 벗어나고 있었다.

"그렇게 중요한 것도 아니지." 그는 중얼거렸다. "내 유도탄들은 모퉁이를 돌아서도 발사할 수 있으니." 그는 포병에게 한 손을 퍼덕거렸다. "말살하라. '저항은 아무 소용없고' 그런 거 다 하고⋯⋯."

"예, 알겠습니다." 포병은 보기 흉하게 기뻐하며 말했다. 보고인이라는 것은 일을 제대로 처리한다는 뜻이지, 다른 종족을 말살하는 일에 대놓고 환호성을 질러댄다는 뜻은 아니었다. 그러면 함대원들이 정신병자로 찍어서 자기 딸과 저놈을 데이트하게 허락해주느니 차라리 다른 성단으로 딸내미를 보내버리겠다고 말하게 될 테니까. "저강도 핵무기 대여섯 개만으로도 지구인들을 증발시키기에 충분합니다. 제안을 하나 드리자면, 이 사람들이 구매한 행성을 압류하는 것도 우리 임무 내용에 있을지 모릅니다. 범죄 자산국이 몹시 흥미를 가질 거라 생각하는데요⋯⋯."

옐츠는 감명을 받았다. "이런, 그거 썩 훌륭한 제안이야. 의자를 좀 더 이리로 가까이 당겨 앉지 그러나? 자네 머리를 문질러주고 싶구먼."

"제 기름기 낀 정수리의 영광입니다. 잠시 저 인간들을 터뜨리는 동안 조금만 기다려 주시겠습니까."

"자, 초록색-콧질은 이렇게 하는 거야." 옐츠는 아들에게 말했으나, 모운은 듣고 있지 않았다. 한 가지 아이디어가 떠올랐는데, 그게 워낙 대담무쌍한지라 아예 그를 벌러덩 쓰러뜨리고 뇌 수액을 모조리 증발시켜버리려고 최선의 노력을 경주하고 있었던 탓이다.

콘스턴트 모운은 목에 두른 침받이 컵을 풀고, 조종실을 가로질러 전력 질주하더니, 발사 버튼을 살짝 건드리려는 바로 그 순간 포병의 턱이 돌아가도록 주먹을 날렸다. 금속 용기는 지방층 밑으로 가라앉아 두개골과 연결되었다. 포병의 두 눈이 몰렸다가, 퍼졌다가, 감겼다.

또 한 번 전 함대원은 얼어붙은 채 모운의 운명이 어떻게 될지 이목을 집중했다. 일상적으로 일어나는 폭력이야 보고인의 우주선에서 이상한 게 아니었지만, 프로스테트닉의 명령 수행을 방해한다는 건 분명 보기 힘든 일이었다.

옐츠가 뒤로 몸을 기대자 복부 체액이 출렁이고 의자가 씩씩 소리를 냈다.

"콘스턴트 모운. 오늘만 두 번째군. 아주 흐으으으으으응미로운데."

이 마지막 단어를 길게 발음한 데에는, 모운의 해명이 미친 짓처럼 보이는 행동에 대한 해명의 역사상 최상급을 확보해야 한다는 함축적 의미가 들어 있었다. 잠결에 우연히 도장을 새긴 반지로 아내의 두뇌를 박살 내고 조상들의 뼈가 자기한테 시켜서 저지른 일이라고 주장한 크리스티아의 혈액 괴물 자무아 토탈의 변명보다 더 나아야 했다. 그는 심지어 다른 행성에서 뼈를 운송해 와, 인공적으로 부식 처리를 해서 왕고팡고 나무뿌리 밑에 놓아두기까지 했다.

모운의 피부는 안에서 땀을 흘리고 있었다. 불안감이나 집먼지 진드기로 인해 악화되는 보고인의 희귀한 만성질환으로서, 모공을 열어 주변 공기에서 수분을 거머리처럼 빨아들이게 만들고 피부 기저의 케라티노사이트를 살찌우는 병이다.

　"그 문제를 잘 통제하고 있는 줄 알았는데, 모운." 아들이 눈앞에서 팅팅 붓자 옐츠가 실망감을 적나라하게 드러내며 말했다. "가서 동종요법이나 하라고, 네 어머니가 말하기에, 귀 기울여 들은 내가 잘못이지. 다음에는 곧장 거머리 웅덩이 차례야, 이놈아. 자, 아까 하던 말, 흐으으으으으응미로워."

　"이건 옳지 않습니다!" 모운이 내뱉었다.

　"어떤 의미냐?" 옐츠는 어리둥절해져서 물었다. "윤리적으로? 옳냐 그르냐 하는 의미로? 제발 그 잰발과 어울리는 발전된 윤리를 가지게 되었다는 얘기는 하지 마라."

　옐츠는 공포에 질려 헉, 하고 숨을 내쉬었다. "우리 아들이 설마 '진화'했다는 얘기는 아니겠지."

　모운은 작은 주먹을 꽉 쥐고 버텼다. "첫째, 여기 먼지 필터는 아무래도 고장 난 것 같습니다, 프로스테트닉. 모공이 마구 막히고 있어요. 둘째로, 교과서적이 아니므로 이 사건은 옳지 않습니다."

　옐츠의 목젖이 꿈틀거렸다. "교과서적이 아니라는 거냐? 교과서적이 아니⋯⋯."

　그는 휘청거리며 커뮤니케이션 포스트로 갔다. "이걸 녹화해, 알았어? 형 집행을 저 녀석 어머니에게 해명해야 할지도 모르니까."

모운은 해명을 밀고 나갔다. 그러지 않는다면 그에게 남은 대안은 드러누워 자기 종족의 상태를 슬피 흐느껴 탄식하는 것밖에 없었기 때문이다. "우리 명령은 지구인들을 말살하라는 것이었습니다."

"네 논리가 앞으로는 좀 나아지기를 바란다. 지금까지는 영……."

"이 사람들은 마그라테아인들에게 행성을 구매했습니다."

"아. 무슨 얘기를 하려는지 알겠지만, 은하계 정부는 마그라테아인들을 지배하지 않는다. 그들은 자기만의 공화국이 있어서, 정착지들에 아주 끔찍한 본보기가 되고 있지."

"옳습니다, 프로스테트닉. 지당하신 말씀입니다. 그러나 마그라테아인들은 정부에 사업 등록을 하고 있습니다. 무역 협정을 맺고 있고요."

"그렇겠지."

모운은 자신의 민첩성을 제대로 위장하지도 않고, 제일 가까운 계기판으로 뛰어갔다. "보십시오!" 그는 메가브랜티스의 신세계 사무국으로부터 승인된 계획 신청서를 재빨리 꺼냈다. "나노 행성이 중앙 계획국에 의해 승인을 받았습니다."

"보고인이 서류 작업에 짜증이 나기도 쉽지 않은데, 반짝이 발가락 녀석……" 하고 옐츠가 무미건조하게 말했다. "솔직히 네가 곧 본론을 말하지 않으면……."

"곧 본론이 나옵니다, 프로스테트닉. 중앙 계획국은 나노를, 은하계 정부의 지배를 받고 납세의 의무가 있는 행성 연합의 회원으로 승인했습니다."

"똑같은 얘기를 다른 식으로 하고 있는 거 아니냐? 내가 널 대학에 보낸 이유가 이거냐?" 엘츠는 마이크를 집어 들고 PA(개인적으로 용무를 돕는 부하 직원을 뜻하는 Personal Assistant의 약자—옮긴이 주)에게 소리를 쳤다. "우리는 여전히 지구인들을 말살해야 한다."

"여기 아래를 보세요, 마지막 단락 말입니다. 루틴상('사실'보다 '루틴'을 중시하는 보고인의 말버릇을 보여준다—옮긴이주) 메가브랜티스는 행성 소유자들의 시민권 신청을 전면 허가했습니다." 모운은 부기가 가라앉고 뜨거운 김이 모공에서 부드러운 휘파람 소리를 내며 아지랑이처럼 빠져나가는 걸 느꼈다. 그는 이제 법을 말하고 있었고, 보고인이라면 법령 앞에 논쟁이 있을 수 없었다. "법적으로 볼 때, 지구인들은 더 이상 지구인이 아닙니다. 그들은 나노이트들입니다. 아니면 나노시안이나 나놀링이라고 해야 할까요? 그건 잘 모르겠습니다만. 확실한 건 이 사람들을 태워 없애버리면, 세금 환급 요청도 한 번 하지 않은 훌륭한 일단의 고급 납세자들을 태워 없애는 거라는 뜻입니다. 생각해보십시오. 교과서적 엘츠가 환급금을 줘야 할 시민들을 튀겨버리다니요. 크룸프스트의 전당 동기이신 순환달리기 왕 홉즈가 이 말을 듣고 얼마나 좋아하겠습니까?"

이 시점에서 모운에게 남아 있던 크룸프스트가 완전히 소진되었고, 그는 뒤로 벌렁 나자빠져 모니터에 처박혔다. 그의 체온은 열 반응 가스 스크린을 따라 번득이는 무지갯빛 아크를 그리고 있었다.

"와우," 엘츠가 말했다. 이건 그가 가볍게 쓰지도, 흔히 날리지도 않는 말이었다. 그는 의자 윈치를 감아올려 일어서서 올챙이 배 같은 몸통을 끌고 질질 전진했다. "콘스턴트 모운, 너는 이 임무를 좌초시켰다." 프로테스트닉은 그의 뛰어난 아들을 굽어보며 서서, 모운의 올리브처럼 창백한 얼굴에 부정형의 그림자를 드리웠다.

"해야 할 일을 했을 뿐입니다."

엘츠는 손을 뻗었다. 그러나 이건 실제로 붙잡는 용도가 아니라 제스처로 봐야 했다. 차라리 유제품으로 만든 스프레드가 잔뜩 묻은 고무장갑에 매달리는 게 나았으니까. "너는 지령의 진실을 파악했다. 그리고 지령을 통해 질서가 오는 법이다. 일어서라, 내 아들. 와서 내 팔꿈치에 서라."

다음번 임무 발령 때는 선체 긁는 스플랫 스크레이퍼가 될 줄 알았던 모운은 휘청거리는 다리를 딛고 일어서서 기침을 하다가 타액 일 쿼트는 물론 모든 보고인들이 응고를 방지하기 위해 담액낭에 넣어 다니는 털 없는 기생 플레이부즈 두 마리를 토해내고 말았다.

"아, 안 돼. 불쌍한 행키와 스팽키."

엘츠는 발 옆으로 흠뻑 젖은 공들을 밀어 치워버렸다. "저 기생체들은 잊어버려. 쓰레기 재활용기 속에 수백만 마리가 있으니까."

그는 조종실 천장에서 번지점프용 도르래를 작동시켰다. 바로 이렇게 보고인들이 뒤로 나자빠지는 응급상황을 위해 기중기에 설치된 세트 중 하나였다. 모운은 아직 그래도 일말의 지략은 남아 있어, 똑바로 일으켜 세워줄 기중기가 꼭 필요한 시늉을 했다.

"홉즈는 아마 이 일을 끝까지 따지고 들었을 거야." 엘츠가 아들에게 고백했다. "그 녀석이 메가브랜티스에서 교신을 전부 감시하면서 내가 이 임무를 늪돼지 귀로 만들어버리기만 기다렸다 해도 놀랄 일이 아니지. 세상에 최악의 일이 바로……."

"잘못된 사람들을 말살하는 겁니까?" 모운이 거들었다.

엘츠는 부하의 소소한 농에 축축하게 킬킬 웃었다. "잘못된 '납세자'들이야, 콘스턴트. 그 유머 감각은 좀 조심해야겠구나. 다른 대원들은 우리처럼 다층의 유머감각을 갖고 있지 못해. 네 풍자는 진짜 연민으로 오해받을 소지가 있어."

"오." 모운이 말했다. 지금 어떤 감정인지 단서도 잡히지 않을 때 아주 유용하게 쓸 수 있는, 입장이 불분명한 감탄사였다.

엘츠는 뒤로 털썩 기대며 자리에 앉았다. "홉즈 영감은 내가 커다란 포대 가득 혼란만 담아 본부에 귀대할 거라 기대했겠지. 그 대신, 네 덕분에, 우리는 영웅으로 돌아간다. 신의 두피를 전리품으로 꿰차고, 세무국에 알려줄 정보를 찾아서 말이야."

"모두에게 잘된 일입니다…… 토르만 빼고."

"내가 뭐라고 했느냐, 아들아?"

"아니요…… 음…… 농담입니다."

"맞았어. 이제 내 옆의 의자에 구겨 앉아서 함께 초공간의 거짓 희망을 즐기자꾸나."

모운의 머리는 핑핑 돌았고 손은 떨렸다. 그는 지구인들을 보호해주러 나섰는데, 어쩌다 보니 그게 좋은 일이 되었다.

법이었어. 그는 깨달았다. 법이 우리를 살렸어. 지금부터, 나는 법의 단어만 쓰겠어.

그는 심리적 외상에 시달리며 두 팔을 치켜들고 일어섰지만, 두 명의 갑판닦이가 기름을 철철 흘리며 그를 의자에 앉혔다.

엘츠는 스스로 일 년에 두 번만 허락하는, 절반쯤 애틋한 순간을 즐겼다. 내 아들을 봐. 대장의 무릎에서 처음 항해하며 저렇게 눈을 크게 뜨고 천진난만하다니. 저 애를 보내버리는 게 나을 거라고 생각했었는데, 오늘 일 처리를 보니 저 녀석을 내 팔꿈치 밑에 둬야겠군. 이 녀석은 위인이 될 거야. 세계의 파괴자. 탄원서를 제출하는 사람들의 숙적. 언젠가 내 아들은 진정 지독한 개자식이 되고 말 거야.

나노

공중에 떠 있는 외계 우주선의 파괴 위협을 받는 지각 있는 종족에 대한 전형적인 묘사는 보통 그들이 공황상태에 빠져, 가장 소중한 가전제품 따위를 가슴에 꼭 안고 여기저기 뛰어다니면서 자동차들로 다리를 아주 깨끗하게 막아버리는 것이다. (단 흐라프-흐라프의 영화 〈붉은 플롱의 두우싱〉의 경우는 예외다. 이 영화에서는 완전 절멸을 앞두고 모두가 안심한다. 그들의 수명은 시간을 거

슬러 역행하기 때문에, 흐라프-흐라프의 관점에서 보면 방금 거대한 두우싱에서 무사히 살아남은 셈이 되기 때문이다.)

나노에서 여기저기 뛰어다니는 사람은 하나도 없었고, 가전제품도 거의 등장하지 않았다. 주민들은 존 웨인 광장에 서서 갈대처럼 살짝 흔들리며 입을 멍하니 벌리고 하늘에서 내려올 죽음을 힘없이 기다리고 있었다.

단 한 사람 아시드 프리플룩스는 예외였다. 그는 벤치에 앉아 코티지치즈 한 통을 게걸스럽게 먹어치우고 있었다.

"나는 정말 잘못 생각했어." 그는 한 주먹씩 집어삼키면서 간간이 흐느꼈다. "끔찍하게 틀렸어. 치즈를 이해하려면, 실습자들은 치즈를 '소비'해야 해."

힐먼 헌터는 동상 그늘에 서서, 사람들의 이목을 자기한테 집중시키지 않으려 애썼다. 이 모든 고통을 불러온 장본인으로 비난을 받을까 봐 두려워서였다. 어떤 건 언덕을 타고 아래로 흐를지 몰라도, 비난은 항상 맨 꼭대기로 올라가기 마련이다. 그리고 힐먼은 큰 고통이 닥치기 전에 미리 고통을 겪고 싶지는 않았다. 그는 큰 고통은, 비교적 고통이 없기를 열렬히 바라고 있었다.

"금방 다시 봐요, 나노." 그가 속삭였다.

아직은 아니란다. 머릿속 나노의 목소리가 말했다.

힐먼이 이 신비하고 예언이기를 바라게 되는 유령의 목소리를 생각하고 있는 사이, 어디선가 누가 던진 코티지치즈 덩어리가 그의 얼굴을 철벅하고 때리더니, 한쪽 귓구멍을 막고 옷깃 아래로 뚝뚝 흘러내렸다.

"신 하나 잘 데려왔다, 이 멍청아." 광장 건너편에서 아시드 프리 플룩스가 외쳤다.

이거 상황이 추해지겠는데. 힐먼이 생각했다.

장미 가위 한두 개가 이미 나왔고, 힐먼은 확실히 편지봉투 뜯는 칼도 본 것 같았다.

대체 왜 꼭 칼날을 갖고 있는 사람이 있는 거야?

다행히 보고 뷰로크루저는 파란 하이퍼엔진 불꽃놀이를 매혹적으로 과시하면서 현실의 공간에서 사라지기로 결정한 모양이었다. 한순간 있나 했더니, 다음 순간 쒸 뽕 펑 하는 소리와 함께 자취를 감춰버렸다. 우주선이 지나간 자리에 남은 건 명 짧은 배기 플라스마 구름뿐이었다.

"오오오오." 군중이 합창했다.

본능적으로 연극적인 것에 대한 센스를 타고난 자포드는 이 순간을 선택해 동상 대좌 위로 기어올라갔다.

"보고인들이 패퇴했다." 그는 존 웨인의 팔꿈치가 구부러진 자리에서 외쳤다. "토르가 그대들을 살렸다."

"토르가 우리를 살렸다고?" 힐먼은 어리둥절해서 물었다. "어느 토르? 죽어서 사라진 그 토르?"

자포드는 힐먼에게 넌 도대체 얼마나 멍청이냐고 묻는 표정을 흘 끗 던졌는데, 자포드 비블브락스가 멍청하다고 생각하는 사람이라 면, 함축된 의미에 따라 그 사람은 자포드 자신보다 더 멍청하다는 얘기가 된다. 자포드는 정말로 멍청했지만, 너무 멍청해서 그런 표정을 해독하거나 해독한다 해도 모욕을 모욕으로 느끼지 못했다.

힐먼은 멍청하지 않았다. 그저 순간적으로 치매가 왔을 뿐이고, 그 순간은 지나갔다.

"물론이야!" 그는 소리 높여 외쳤다. 첫 번째 음절은 갈라져서 새된 소리가 났다. "토르가 우리를 구하셨어."

자포드는 눈에 고글을 썼다. "그래. 때가 됐지. 토르가 우리 모두를 구했어."

힐먼은 대좌에 올라갔다. "우리가 그를 필요로 하면 언제든지 다시 올 것이다."

"이제 좀 감을 잡았구나." 자포드가 말했다.

"우리 주 토르는 오로지 나를 통해서만 백성과 교신할 것이다!"

"그건 웬만하면 보장해줄 수 있어. 힐러즈가 뭐라고 말하든, 그건 우리를 구하신 토르가 우리 모두가 하도록 원하시는 바야.

"우리가 안 하면?" 아시드가 말했다.

자포드는 그런 생각 자체가 말도 안 된다는 듯이 얼굴을 찌푸리고 뺨을 부풀렸다. "그러면 토르가 몹시 불행해 하겠지. 그리고 그의 망치도."

힐먼은 이런 종교 잡소리의 횡설수설 단지를 덜컥 믿을 사람이 있을지 감히 희망할 용기도 없이, 군중을 슬며시 흘겨보았다. 원예나 가사일에 쓰이는 칼날이 하나도 이쪽을 향하지 않았다는 건 놀라운 사실이었다. 아시드는 치즈 양동이에 손을 넣고 있었지만, 그마저도 지금은 자제하고 생각에 잠겨 있었다.

　사람들이 나를 죽이지는 않겠구나. 힐먼은 깨달았다. "하나님, 감사합니다."

　"하나님이 아니야." 자포드가 가시 돋친 소리로 말했다. "토르님 감사합니다, 지."

　힐먼은 미소를 짓고 화려한 마무리에 들어갔다.

　"나노가 제물을 요구하셨다." 그는 대좌에서 균형을 잡고 서서 말했다. "나노가 빌어먹을 순교자를 요구하……."

　'빌어먹을'이라는 말은 훗날 이 짧은 연설에서 삑 소리로 처리되었다. 왜냐하면 힐먼의 순교 이후, 그가 첫 번째 인생에서 했던 모든 말들이 갑자기 무한히 중요하고 지혜로 가득 찬 말들이 되어버렸기 때문이다.

　그다음에 힐먼이 했던 말은 이것이다. "후르르크크카아르르크 슈흐흐흐흐." 다만 마지막의 "슈흐흐흐흐"는 배출되는 가스 소리였는지도 모르는 것이, 바로 그 순간 토르가 놓친 게 분명한 유도탄 파편 노즈 콘이 하늘에서 굴러 떨어져, 권투선수 션의 동상이 들고 있는 술잔에 일격을 가하고, 두 부분으로 나뉘어 있는 동상의 허리 둘레 나사못을 풀어, 왼쪽 글러브가 시계방향으로 빙글빙글 돌며 날아가 치명적인 훅을 날리는 바람에, 힐먼을 말 그대로 둘로 쪼개 버렸던 것이다.

　"아, 거시기야." 힐먼은 신음 소리를 냈다. 이번 삶의 수명에서 마지막 말을 남기고 난 다음에 한 말이었다. 마지막 말은 바로 "가요

Coming, 나노"(coming은 '사정한다'는 뜻도 있다——옮긴이주)였다.

역사가들은 첫 구절은 지워버렸지만 두 번째 구절은 남겨두었고, 이 말은 너무나 많이 잘못 이해되어서, 일만 오천 년이 지난 후에 어느 삼학년 학생이 스펠링을 잘못 쓰는 바람에 우연히 올바른 의미에 다다르게 되었다.

12

해피엔딩이란 건 없다. 모든 문화에는 바로 이 점을 지적하는 경구가 있으며, 우주 어느 곳에도 "그는 자기 삶의 모든 걸 사랑했으며, 특히 마지막에 죽는 부분을 가장 사랑했다"라고 쓰인 묘비는 찾아볼 수 없다. 덴트라시스의 독립영화 감독 겸 요리사인 롤릿 클렛은 회고록인 《생선이든 영화든 : 첫 컷은 내 거!》에서 "당신이 해피엔딩이라고 생각하는 것은 죽었다고 생각했던 연쇄살인범이 되돌아와 가슴이 제일 큰 여자애만 빼고 다 죽이기 전에 잠시 갖는 짧은 휴지기에 불과하다. 게다가 그 여자애는 다음 해에 나오는 속편에서 제일 먼저 죽는다"라고 말한다. 혹은 스콘셀러스 제타 행성의 젬이 짤막하게 요약하듯, "매트리스는 건조한 상태를 절대 오래 유지하지 못한다". 그러나 해피든 뭐든, 엔딩이라는 주제에 대해 가장 과용되는 일등 발언은 하와리우스의 극점에 살았던 어느 노인의 입에서 나왔다. 그는 단순히 "엔딩이라는 건 없다. 그렇게 따지면 시작도 없다. 모든 건 중간이다"라고만 말했다. 이 발언은 좀 더 횡설수설하는 분위기로 끝을 맺는다. "중간은 똥 같다. 나는 중간이 싫다. 중간은 모두 과거를 후회하며 뭔가 흥미로운 일들이 일어나기만 기다린다. 나로 말하자면, 중간들은 죄다 가서 엿이나 처먹으시길 바란다." 일반적으로 팸플릿 만드는 사람들은 보통 첫 번째 문장만 인쇄하는 경향이 있다. 배경에 괜찮은 고래-두꺼비나 일몰 사진 한두 개를 끼워 넣어서.

보고인의 공격이 무산되고 나서 일주일도 채 지나지 않았을 무렵, 사람들은 목숨을 부지한 게 얼마나 운 좋은 일인지 벌써 잊어버리고, 바다에서 표류해 들어온 늦은 오후의 아지랑이는 어떻게 처리할 방법이 없는지, 왜 지구에서 땅콩버터를 더 많이 가져올 생각을 한 사람이 없는지, 탁아소 밖에서 나는 저 코를 찌르는 냄새는 뭔지, 인공 중력 때문에 앓아눕는 노인들이 있으니까 행성이 더 컸으면 참 좋겠다든지, 그런 하루하루 닥치는 대단한 문제들을 걱정하는 일로 돌아가 있었다.

힐먼 헌터는 책상에 앉아서 그날의 민원들을 훑어보며, 애초에 왜 귀찮게 신을 고용했는지 모르겠다고 생각하고 있었다. 이 쓰레기통이나 채우는 서류들은 사건이 무엇이든 불길과 유황, 혹은 망치로 해결해야 할 일이었다. 대변인을 통해서만 교신하는, 부재하는 신을 모시는 일의 아주 현실적인 이득들을 힐먼도 파악할 수 있었다. 그러나 토르가 그렇게 빨리 순직해야 했을까? 공무집행 의무를 몇 주 더 수행하고 나서 궁극의 희생을 했으면 좋지 않았을까?

순교의 이점이 없는 건 아니다. 힐먼이 순수한 마음 호의 메디-병동에서 살아 돌아온 이후로, 나노 행성 사람들은 힐먼이 토르를 대변하는 인물이라는 점을 훨씬 쉽게 납득하는 눈치였다. 새로 단 다리들도 도움이 되었다.

힐먼은 경건하고 지혜로우려 최선의 노력을 경주했지만, 빌어먹을 날이면 날마다 매 순간 공무행정을 처리하려니 미쳐버릴 지경이었다. 게다가 허리둘레의 흉터 조직은 황소 엉덩짝보다 더 가려웠다.

나는 힐먼 헌터야, 나노. 나는 정착지를 건설하고 기타 등등, 크리스토퍼 콜럼버스 같은 인물이라고. 서류에 결재나 하고 온갖 문제나 처리하고 살 수는 없다고.

그의 인터콤이 울리고 비서의 홀로그램이 책상 위에 풍선처럼 부풀어 올랐다.

"그래, 매릴린. 용건은 뭐지?"

"용건은, 첫 번째 약속하신 분이 도착하셨다는 거예요."

힐먼은 안심이 되다시피 했다. 진짜 사람들하고 말다툼을 하는 건 종이 몇 장과 씨름하는 것보다 그래도 조금은 나았다.

삽으로 김 나는 똥을 치우는 게 차라리 낫지.

"좋아, 나노. 들여보내."

매릴린은 얼굴을 찌푸렸다. "미안한데요, 힐먼. 지금 저를 뭐라고 부르셨어요?"

지랄.

"나노를 위해!" 그는 황급히 말했다. "그게 공식 슬로건이야. 어떻게 생각해?"

"좋아요. 네, 괜찮네요." 매릴린의 말투가 철저하게 절연된 권태를 풍겨, 힐먼은 애초에 그녀가 자기 말실수를 어떻게 알아챘는지 그게 더 신기했다.

일주일에 사람들을 두 번이나 속여 넘겼군. 처음에는 토르 문제, 이번엔 이거.

아서 덴트와 그의 딸 랜덤이 사무실로 들어왔고, 당연히 소녀는 말도 안 했는데 혼자 자리를 잡고 앉았다.

저 애는 앉을 때도 뿌루퉁해. 힐먼이 생각했다. 하지만 똑똑한 애지.

"앉아요, 아서. 어서."

"고마워요."

"나노를 위해!" 힐먼은 대화 중에 가끔 한 번씩 말해주는 게 좋을 거 같아서 불쑥 부르짖었다.

순 거짓말이란 게 원래 그런 거야. 그의 나노가 하시던 말씀이다. 점점 더 높이 쌓아야 되는 법이지.

"뭐라고요?" 아서가 어리둥절해하며 물었다.

"아, 그건 우리……아……새 슬로건이에요. 사람들을 연대시키고 그런 거죠. 나노를 위해!"

"언제 쓰는 겁니까?"

"사실은 잘 모르겠어요." 힐먼은 이렇게 말하며 헐떡거렸다. "추수할 때, 바다를 가로질러 갈 때, 그럴 때 하는 거죠. 영웅적인 거. 어떻게 생각하세요?"

"짧네요." 아서는 솔직하게 말했다.

"짧고도 강력하지 않습니까? 이 슬로건 하나에 얼마나 많은 서브-위원회 회의가 들어갔는지 모르실 겁니다. 내년 이맘때쯤에는 교육과정에 들어가 있을 거예요."

랜덤은 책상 위를 팔꿈치로 짚었다. "나노라는 게 아저씨가 아저씨 할머니를 부르던 애칭이라면서요."

힐먼은 당황했다. "그래? 기억이 나지 않는데. 사실, 네 말이 맞는 거 같기도 하구나. 이런 세상에, 몇 년 동안 그런 생각은 전혀 못 했는데. 비제이수스."

"됐어요."

"뭐라고?"

"항상 곤란한 상황에 처하면, 레프러콘 패디 흉내를 내면서 귀여운 척 '오일랜드' 억양을 쓰잖아요."

"무슨 그런 말도 안 되는 소리를!" 힐먼은 마구 침을 튀기며, 전혀 다른 차원의 당황으로 올라섰다. "나는 아일랜드인이야."

"그 아일랜드 말고요. 사실을 말하자면, 이 행성을 할머니 이름을 따서 지었잖아요."

"행성의 크기가 그 이름의 '일차적인' 이유야." 힐먼은 이렇게 말하고, 이제 공격을 할 때가 되었다고 판단했다. "아무, 아무튼. 그래, 내가 이름을 그렇게 지었으면 어쩔래? 돈도 내가 거의 다 냈을 뿐 아니라 제안이랍시고 들어온 이름들 목록 한번 볼래?" 그는 코르크판에서 종이를 한 장 꺼냈다. "'오크 트리 라이즈.' '조조 숙모, 세계에서 가장 위대한 숙모님.' '프랭크.' 프랭크 행성이라니! 이것 봐라, 애야. 나노는 이런 거에 비하면 진짜 훌륭한 거야."

랜덤의 아래턱이 툭 튀어나왔다. "그럴지도 모르죠. 하지만 행성의 이름을 짓고 선동적인 슬로건을 고안하는 데에서 독재의 씨앗이 보이는 거 같아요."

"여기서는 토르가 주인이야." 힐먼이 경건하게 말했다. "내가 아니라."

아서는 랜덤이 그 말을 물고 늘어지기 전에 재빨리 끼어들었다. "새로 붙인 다리들은 어때요?"

힐먼은 책상 밑에서 발굽들을 달가닥거렸다. "관절들이 좀 다르지만, 익숙해지고 있습니다. 한밤중에 계단을 올라가는 제 모습을 한번 보셔야 하는데. 빌어먹을 총알 같다니까요."

랜덤은 낄낄 웃었다. "토르는 염소들을 아주 총애하는 거 같으니까, 사람들이 그걸 계시로 받아들이고 있는 거예요."

힐먼은 그 통통한 손가락으로 연필을 딱 튕겼다. "무슨 계시? 자포드 비블브락스가 멍청이라는 계시?"

"적어도 다시 살아나셨잖아요." 아서가 지적했다. "그리고 어……발굽……으로 딛고 일어서셨고. 자포드는 수술할 마음이 나기만 하면 언제든 휴머노이드의 다리를 달아주겠다고 약속했잖아요. 냉장고 안쪽에서 꽤 괜찮은 걸 찾아냈대요."

"죽었던 시간이 겨우 이십 분밖에 안 되는 걸요." 랜덤이 다정하게 말했다. "그러니까 IQ의 절반 정도밖에 잃지 않은 거예요. 그렇다고 누가 눈치 채지도 못할 거고."

아서는 다시 화제를 바꾸는 편이 좋겠다고 생각했다.

"우리 시민권 신청은 진척이 없습니까?"

"조금요." 힐먼은 염소 다리 얘기에서 벗어났다는 게 그저 행복할 뿐이었다. 사실은 두 번째 수술은 하고 싶지 않았다. 반신이 염소라는 것도 꽤 득이 있었다. 지역사회의 일부는 그를 진심으로 존경하며, 그가 지나갈 때면 절을 했다. 그리고 젊고, 더 당돌한 아가씨들 몇 명은 새로 생긴 사지에 대해 아주 개인적인 질문들을 했다. 아주 개인적인 질문 말이다.

"그냥 몇 가지 질문이 있는데요." 그는 갑자기 붉어진 얼굴을 데스크톱 스크린 뒤에 감추며 말했다. "아서 필립 덴트. 어쩌고 저쩌고. 괜찮고 괜찮고 괜찮고. 아, 직업은 뭐라고 적어야 할까요?"

아서는 턱을 문질렀다. "한참 됐네요. 옛날에는 라디오 방송국에서 일했는데. 그리고 샌드위치 장사도 했고요. 꽤 괜찮은 샌드위치를 만들 수 있어요."

"그러니까, 언론과 출장요리. 발전하는 세계에서는 좋은 기술들이군요. 신청은 별문제가 없어 보입니다."

"제 건요?" 랜덤이 물었다. 듣기에는 질문보다 협박처럼 들렸지만.

힐먼은 의자에 뒤로 기대앉았다. "그건 너한테 달렸다, 랜덤. 너는 그저 타이로맨서들을 선동하려고 여기 있는 거니?"

"타이로맨서들은 모두 해산했어요." 랜덤이 험악하게 인상을 쓰며 말했다. "소들은 흩어져서 복합시설로 다 들어갔고요(이 문장은 '소들이 부분부분 해체되어 혼합육이 되었다'고도 해석할 수 있다—옮긴이주). 그리고 아시드는 요구르트를 발견했어요. 그들은 이제 케이크를 이용하나 봐요. 크리토맨시라나. 아마 아시드가 달걀에 알레르기가 있어서 그럴걸요."

"그래서 그 새로운 대의와 연대할 생각은 없나?"

"없어요. 더 숭고한 목표가 있으니까."

"정말? 괜찮은 남자애를 찾아서, 정착하고 그런 거?"

"대통령이 되고 싶어요."

힐먼이 뭔가 먹고 있었으면, 아마 목에 걸렸을 것이다. "대통령? 나노의?"

"은하계요. 전에도 해본 적 있어요."

"얘기가 길어요." 아서가 말했다. "일단 학교에 가야 합니다."

"저는 석사학위 여덟 개에 박사학위가 두 개나 있다고요!" 딸이 항의했다.

"가상 학위죠." 아서가 차분하게 말했다. "그게 실효성이 있다고 생각지 않아요."

"당연히 실효가 있죠, 아빠. 그렇게 크로마뇽인처럼 무식하게 굴지 말아요."

"그 규칙을 내가 만든 거니?"

"그건 정말 진부한 말이에요. 진부한 표현들을 벽돌처럼 차곡차곡 쌓아서 사람을 만들면 그게 아빠일 거예요."

"그거 아주 멋진 심상이구나, 얘야. 예술 쪽 학위도 가지고 있나 보지?"

힐먼은 이런 대화가 오가는 사이 서브-에서를 서핑하고 있었다. "여기 네가 관심을 가질 만한 게 있는 거 같다, 랜덤."

랜덤은 '뭐 재밌는 게 없으면 지옥에서도 추운 날이 될 거야' 표정을 사전에서 골라 힐먼에게 최대출력으로 쏘아주었다.

"못 믿겠는데요."

힐먼은 '오, 그럼 말고' 표정을 환한 웃음으로 되받아 쏘아주고, 입술을 앙다문 후, 셀릴리 행성의 빨간 머리보다 더 도도한 체했다.

아서가 먼저 침묵을 깼다. "뭔데요?"

"아닙니다. 랜덤이 옳아요. 관심 없을 겁니다."

"이러지 말아요, 힐먼. 어른답게 굴어요."

힐먼은 스크린을 빙글 돌렸다. "여기 보십시오. 크룩스완 대학은 자격시험을 통과하면 가상 학위를 인정해주는군요. 로봇 낙지 같은 걸로 기억을 추출할 수 있다고 합니다."

"그건 은근히 흥미롭군요." 랜덤은 스크린을 찬찬히 살펴보며 시인했다. "그리고 위성 통신 프로그램도 있네요."

"지원서는 내가 넣어줄 수 있지." 힐먼이 말했다.

랜덤은 다년간에 걸친 가상 협상 이력으로 그 말투를 감지할 수 있었다. "대가는 뭐죠?"

"약간의 후원이지. 솔직히 말하겠다, 랜덤. 나는 중요한 사람이야. 작은 감자들을 다루느라 내 소중한 시간을 모두 낭비할 수는 없어. 여기 김이 펄펄 나는 똥이 산더미처럼 쌓이고 있어, 랜덤. 건강과 안전 위반, 거주지를 찾고 있는 무수한 유비드 사람들, 메가브랜티스에서 온 세금 양식들. 네 아버지가 네 정치적 배경을 말해준 적이 있는데……."

"그러니까 사무 보조가 필요한 거네요?"

"바로 그거야. 그런데 너만 한 자격을 갖춘 사람이 또 어디 있겠니?"

랜덤이 쯧쯧 혀를 찼다. "아저씨보다야 낫죠, 그건 확실해요. 내가 이 일을 하면 무슨 이득이 있는데요?"

"현실 세계에서의 경험이지. 마을에 괜찮은 아파트 한 채, 그리고 초봉은 3호봉으로 주마."

"5호봉." 랜덤이 원칙적으로 말했다.

"좋았어, 5호봉." 힐먼이 손을 불쑥 내밀며 재빨리 말했다.

"손은 넣어두세요." 랜덤이 말했다. "계약서에 사인하고 나서 악수는 나중에 해도 되니까."

힐먼은 의자를 뒤로 밀었다. "앞으로 내게 미소천사가 되어줄 게 눈에 선하구나. 좋아, 꼬마 아가씨. 매일 아침 여덟 시 정각에 출근하고, 열 시 반에 나를 맞아. 홍차를 미리 준비해놔도 좋아."

아서는 한쪽 어깨에는 안심의 유령이, 또 다른 어깨에는 불길한 징조의 유령이 걸터앉아 맥주를 한잔하며 엉덩이를 긁고 있는 느낌이 들었다.

긍정적으로 생각하자. 그는 스스로에게 말했다. 잘될 수도 있어. 서로 죽이지 않을지도 몰라.

"점심 만들어줄게." 그는 랜덤에게 말했다. "샌드위치 괜찮지?"

서로 죽이지 않을지도 몰라.

힐먼은 책상 아래에 손을 넣어 허벅지의 거친 털을 긁었다.

"오, 그리고 새 신체 부위를 위해서 특별 샴푸가 필요해. 그리고 내 발굽 손질도 좀 해줘야겠다."

아서는 마지막 생각을 적어도 한 달 정도는 서로 죽이지 않을지도 몰라로 수정하고 나서 랜덤의 눈이 이글거리며 불타오르는 걸 보고는, 자기가 한 이 주일 정도 너무 낙관적으로 보았다는 걸 깨달았다.

자포드 비블브락스는 별별 재미있는 일들이 다 일어났던 지난 몇 주일 동안 워낙 눈엣가시 같은 존재가 되어서, 그날 밤중에 몰래 불가능성 확률로 도망치기로 결심했다. 그를 기리는 퍼레이드에서 흩뿌리는 꽃종이를 한 몸에 받으며 퇴장하고 싶었지만, 토르의 희생에 대한 대가로 힐먼의 금고에서 해방시킨 황금이라는 문제가 있었다. 게다가 이것저것 여러 가지를 약속한 대여섯 명의 아가씨들 문제도 있었다. 예를 들어 영원한 사랑이라든가, 별들로의 여행이라든가, 비밀번호라든가.

여기 한 달도 안 있었는데. 그는 순수한 마음 호의 트랩을 살금살금 오르며 생각했다. 일 년 동안 내가 끼칠 손해를 상상해보라고.

자포드 비블브락스. 빅뱅 이후 최고의 뱅. 프루디.

포드 프리펙트는 자포드가 멋진 퍼레이드를 얼마나 좋아하는지 잘 알고 있었기 때문에 주머니에 쌀을 한가득 넣어 와서 사촌에게 작별인사를 고했다.

"안녕, 대통령." 그는 자포드의 머리 위 허공에 쌀을 한 줌 뿌리며 외쳤다. "자네를 그리워할 아가씨가 한두 명쯤은 있을 거야."

자포드의 얼굴 근육이 아주 복잡한 작업을 수행해 그의 표정을 근엄과 고통 사이 어디쯤으로 만들었다.

"송별은 고마워, 사촌. 하지만 나는 지금 살금살금 빠져나가려 하고 있다고."

"살금살금? 그게 이번 주의 단어냐?"

"바로 그거야. 네가 날 보고 고래고래 악쓰게 만들지 않고 어떻게 이 가방을 질질 끌고 가보려고 하는 것만도 충분히 야단법석이라고."

포드는 어깨를 으쓱했다. "어이, 자네는 자포드 비블브락스야. 빅 B. 사람들은 자네를 보면 소리치게 되어 있어. 나 같으면 소리 없는 퇴장 같은 건 아예 탈출 계획에 넣지도 않았을 거라고."

자포드는 쭈그리고 앉았다. "제기랄. 자네 말이 맞아. 브론티털 사건 전에 누가 그런 소리를 해줬으면 좋았을 텐데. 그러면 얼굴에 그 많은 계란을 맞지 않아도 좋았잖아."

《안내서》주석 : 아직 일어나지 않은 그전의 모험에서, 자포드는 조류 인간들이 다시 주된 종으로 등장했던(등장하게 될 : 앞으로 나오는 동사들은 알아서 적절하게 바꿔주길 바란다. 동사 활용, 특히 미래완료는 《안내서》의 작동을 멈추는 경향이 있다) 브론티털 행성으로 시간 여행을 했다. 자포드는 그들의 신성한 아서 덴트 동상(묻지도 마시라)을 성공적으로 축소해서 훔친 후, 부화장을 통과하는 지름길로 가서 우주 공항을 통해 몰래 돌아가려고 시도했다. 불행하게도, 부화장은 레이저 눈, 동작 감지기, 태어나지도 않은 달걀의 불만스러운 영혼 몇 개, 그리고 미니맥 자동 목표 조준 무기들로 보호되고 있었다. 자포드의 머리카락이 부상을 입었으며, 쓰러지면서 자포드는 조류 인간 한 세대를 완전히 절멸시키고 말았다. 재판 과정에서, 새로 파마를 한 자포드는 외교관 면책 특권을 주장했을 뿐만 아니라 과잉 보안 조치를 취한 조류 정부를 맞고소하기까지 했다.

"브론티털 건은 전혀 기억이 안 나는데." 포드가 말했다. "설마 나 없이 모험을 다닌 건 아니겠지."

"아니야. 너 없이는 아무것도 안 해, 포드. 내가 믿는 사람은 너밖에 없다고. 비밀을 털어놓을 수 있는 유일한 사람."

"가방에는 뭐가 들었는데?"

"기념품들. 크리토맨서들이 원치 않았던 케이크 약간. 작은 전기 오븐 한 대."

"프루디한데. 뜨거운 케이크를 먹을 수 있겠다."

"그럴 계획이야."

자포드는 케이크가 쩔렁거리는 가방을 진입로 안으로 밀어넣었다.

"정말 히치하이크할 생각 없어?" 그는 사촌에게 물었다.

"아니, 사양이야, 자포드. 해야 할 일이 있어. 이 행성은《안내서》에 항목 하나 실리지 않았다고. 이삼 주 머물면서 글을 써야겠어. 연구도 좀 하고, 햇볕도 좀 쬐고."

"좋겠네." 자포드는 아련하게 말했다.

"너는 왜 더 안 머물러?"

자포드는 이동 통로 위에서 포즈를 취했다. 한쪽 다리를 굽히고 팔을 무릎에 걸치고. 어디선가 유기체 전구가 반짝거리며 켜지더니, 주홍빛으로 그의 턱 선을 선명하게 강조했다.

"내 운명이 그렇지가 않아, 포드." 그가 말하자, 돌연 산들바람이 불어와 그의 머리카락을 휘날렸다. "우주가 자포드 비블브락스에 다른 계획을 예비해두었어. 외로운 여인들이 있는 곳이라면, 어디든 그곳에 내가 있을 거야. 저명인사들에게 공짜 칵테일을 나눠주는 곳이라면, 그곳에서 나를 찾아. 무슨 진짜 나쁜 일들이, 알잖아, 우울한 문제를 가진 사람들에게 일어난다면, 자포드 퀸투스 비블브락스가 최선을 다해 시간을 내어볼 거야."

"퀸투스?"

"한번 시험 삼아 써보고 있어. 어떻게 생각해?"

"좋아. 아주 영웅적이네. 지난번 것보다 나아."

"알아." 자포드가 서글프게 말했다. "프룬티펜즈(이와 발음이 비슷한 fruity pants는 영국 영어에서 여자 같은 동성애자를 폄하하는 말이다―옮긴이주)라니. 누군가는 좀 귀띔해줬어야 되는 거 아니야."

그들은 어린 시절의 악수를 했다. 엉덩이 엉덩이 장화 팔꿈치 하이파이브 팔꿈치…….

"좋아. 또 보자, 포드." 자포드가 문의 자장 안으로 들어가며 말했다.

"한 가지 더." 포드가 말했다. "아서가 이 행성에 있으니까, 너도 알다시피 조만간……."

"누군가 폭파시키려 할 거라 이거지. 걱정 마. 서브-에서에 귀를 쫑긋 세우고 있을 테니까. 보고인들이 조금이라도 보이면 확대해보지."

"너만 믿을게."

순수한 마음 호는 조용히 우주 공항 콘크리트 위로 날아올랐다.

"비상사태에 대비한 계획을 세워두는 건 나쁠 게 없으니까." 자포드는 이렇게 말하더니, 사라졌다.

약간 오래 플라스마에 꽂혀 있었던 탓인지, 왼쪽 두뇌는 상당히 기분이 들떠 있었다.

"이게 누구신가, 위대한 은하계 대통령께서 황공하게도 왕림해주셨네."

자포드는 황금 한 포대를 로커에 힘겹게 갖다 넣었다. "어이, 왼두. 빛이며, 바람 기계며 아주 잘했어."

왼두는 유리로 자포드를 툭 쳤다. "자네의 특별효과 팀으로 쓰이는 건 별로야. 자네는 은하계 대통령으로 선출되었던 사람이잖아,

자포드. 품위 같은 건 안 가지고 있나?"

자포드는 정수리를 문질렀다. "질문을 이해 못 하겠네."

그는 몇 개의 자동문을 지나 조종실로 성큼성큼 걸어갔다. 문들은 그를 알아보도록 프로그램되어 있었고, 지나칠 때마다 적절한 찬양의 말을 하게 되어 있었다.

"우우, 몸매가 늘씬한데." 서비스 회랑의 문이 신나게 외쳤다.

"머리 멋져요, 재피." 늘 살짝 짓궂은 데가 있는 중앙 엘리베이터가 명랑하게 말했다.

"당신을 보면 나도 유기체가 되고 싶어요." 선체 중앙 조종실 문이 말했다.

발걸음도 가볍게 조종실에 들어가며, 자존감이 십오 에스티미터쯤 높아진 자포드는 메인스크린에서 빙글빙글 돌고 있는 망치 아이콘을 발견했다.

"이거 언제 들어왔지?" 그는 왼쪽 두뇌에게 물었다. 왼쪽 두뇌는 물론 그의 어깨 위에 둥둥 떠 있었다. 좀 수상할 정도로 옛날에 붙어 있던 자리 가까이에 딱 붙은 채로.

"몇 시간 전쯤. 아무래도 나 분리불안이 있나 봐." 왼쪽 두뇌가 말했다. "목이 그리워."

"문제없어." 자포드가 선장 의자에 자리 잡고 앉으면서 말했다. "언제든 원하면 다시 붙여줄 수 있으니까."

"고맙지만 사양할래." 왼쪽 두뇌가 말했다. "불안증은 약 몇 알 먹으면 돼. 아니 홀로-트렁크를 하나 사거나. 너처럼 나귀스러운 촌뜨기 옆에서 눈을 뜨는 것보다 못한 게 어디 있겠냐.”

자포드는 '나귀스러운'이라는 단어를 몇 번인가 생각해보다가 금세 잊어버렸다.

“메시지를 들어봐.”

“배경 음악도?”

“아니, 그냥 들어온 거 그대로. 그리고 누가 엿듣는 거 싫어.”

“좋아. 방호벽을 치지.”

스크린의 망치 아이콘이 뱅글뱅글 돌더니 비디오 상자가 되었다. 토르의 텁수룩한 얼굴이 스크린을 가득 채웠다.

“어이, 자프. 안녕, 안녕. 이건……어 이건 뭐……. 좋아, 좋아, 이제 알겠다. 이제 됐어.” 신이 마음을 가라앉혔다. “어이, 자포드, 자네 고객 천둥신 토르야. 나는 죽지 않았어. 아마 짐작했을지 모르지만.”

“짐작했었지.” 자포드는 허공을 주먹으로 치면서 기쁨의 환호성을 올렸다.

《안내서》 주석 : 순교의 개념은 타르폰 7호 행성에 상주하는 신 '교활한 레이먼'이 누가 어느 아기를 소유했느냐 하는 문제에 판결을 내리기 싫어 오르가슴 과용에 의한 죽음을 가장했던 어느 날 아침부터 효과가 좋았다. 레이먼은, 그가 죽고 나자 사람들이 그를 훨씬 더 좋아하면서 동굴 속 눈먼 나병 환자에게 숨죽여 속삭였을 가능성이 있는 말을 근거로 이런저런 결정을 내린다는 걸 알게 되었다.

레이먼의 수표는 여전히 계좌로 직접 송금되었고, 이제 그는 시커멓고 흐릿한 형상으로 몇천 년마다 한 번씩 처녀에게 나타나 "조약돌이 우리 모두를 구할 것이다. 조약돌을 반드시 탐하도록 하라" 같은 수수께끼를 던져주기만 하면 되었다. 레이먼 메소드는 너무나 성공적인 모델이 되어, 은하계 전역의 신들은 죽음을 가장하고는 오르가슴 과용에 의한 죽음에 대한 저작권을 가진 레이먼을 저주하게 되었다.

토르는 카메라에 바싹 다가붙었다. "그 순교자의 말 때문에 그런 거야. 자네가 말한 것처럼. 그 커다란 폭탄 위를 걷고 있다 보니, 이 폭탄이 나를 죽이게 하면 인간들이 내가 그들을 위해 죽었다고 생각할 거 같더라고. 그래서 기폭장치에 불꽃이 튀자 추진력 백 퍼센트로 보고인 우주선으로 올라가서 한 일 분 정도 숨어 있었지. 묠니르로 우주선을 두들겨주고 파편 한 조각이 해치운 것처럼 보이게 할까 생각했는데, 그냥 초공간으로 떠나버리더라고. 왜 그랬는지는 나도 몰라. 별로 개의치도 않았고. 아무튼, 그렇게 된 거야. 이제 나는 아스가르트로 돌아왔어. 필요하면 부활할 준비도 다 되어 있고. 그런데 허리를 좀 삔 것 같으니까, 체력을 회복할 시간을 좀 줘. 연락해. 순교자 건이 효과가 있었는지도 알려주고. 그리고 황금 좀 갖다줘. 하도 쪼들려서 웃기지도 않을 지경이라니까. 마지막으로, 헬멧 좀 찾아봐 줘. 폭발할 때 잃어버린 거 같은데, 내가 제일 좋아하는 거란 말이야. 이제 끊어야겠다. 다른 전화가 들어오는 거 같아." 토르는 한 주먹으로 가슴을 쿵쿵 치더니 카메라를 보고 씩 웃었다. "잘했어, 매니저."

자포드는 아연실색해서 비디오 창을 닫았다. "와우." 그가 말했다. "순교자 아이디어가 먹히다니 믿을 수가 없군. 게다가 토르가 그렇게 미묘한 걸 알아챘다는 것도 놀라워. 내 전략은 보통 숨겨진 의미가 많아서, 보통 사람들은 몇 번 들어야 알아채는데."

왼쪽 두뇌가 자포드의 눈앞에서 출렁출렁 떠다녔다. "순교자 얘기를 한 기억은 전혀 없지, 안 그래?"

"어." 자포드가 대답했다. "그렇다고 내가 그런 말을 안 했다는 건 아니지."

"그러니까 넌 정말 너의 유일한 고객이 죽은 줄 알았던 거야?"

"그럴 리가 있나. 신을 죽일 수는 없다고. 심지어 화이트홀로 들어간 그 친구도 아직 살아 있어. 파편들이 여러 차원에 걸쳐 흩어져 있기는 하지만."

"그 특별한 폭탄은 어떻게 된 거야?"

자포드는 코웃음을 쳤다. "퀘스트? 그걸 보고인한테 판 게 누구라고 생각해? 하늘에서 와해되지 않은 게 신기하더라. 그 물건에다 내가 잔디 깎는 기계 엔진을 달았단 말이야."

왼쪽 두뇌는 잠시 말이 없었다. 궤도 안쪽 곡선에서 농축액을 모으는 스파이더봇의 짤깍거리는 소리만 들릴 뿐.

"다시 우리 둘만 남았네. 뭐하고 싶어?"

자포드는 콘솔 위에서 장화 신은 발목을 꼬았다. "모르겠어. 토르의 순교 비디오가 퍼지려면 어느 정도 시간이 걸리니까, 시간이 좀 있지. 이런 일들이 일어나기 전에는 뭐했지?"

"자네 재선을 위한 선거 운동 자금을 모으고 있었지."

자포드는 놀랐다. "우리가? 하지만 난 벌써 대통령인데."

"대통령이었지." 왼쪽 두뇌가 물감이 풀린 물을 마시는 게 어째서 좋은 생각이 아닌지 수천 번 설명하고 또 설명하는 유치원 선생처럼 참을성 있는 말투로 말했다. "일급 중죄로 기소당하기 전까지는."

"하지만 다들 아직도 나를 대통령님이라고 부르잖아."

"모든 전 대통령들은 다 대통령님이라고 불려."

"그거 헷갈리지 않아?"

"두뇌가 반만 있으면, 반 초도 안 헷갈려."

자포드가 얼굴을 찌푸렸다.

"그 반들을 곱해야 해?"

왼쪽 두뇌의 유리단지 안에서 김이 나고 있었다. "반쪽은 그냥 잊어. 너는 대통령이었고, 이제는 아니야. 그 정도면 알아들을 만큼 분명하냐?"

"그러니까 누가 진짜 대통령이야?"

"지금?"

"그래. 그리고 지금 이 순간."

왼쪽 두뇌에겐 잠시 데이터를 참조하는 시간도 필요 없었다. 은하계 대통령이 누군지는 세상 모두가 다 알고 있는 사실이었다. 물론 이 우주선에 정기적으로 승선하는 손님들은 모두 예외였고, 가능하지만 확실히 확실하지는 않은 예외인 포드 프리펙트도 있었다.

"자글란 베타의 머리 없는 기수 족의 스피날레 트룬코야."

자포드는 벌떡 일어났는데, 계기판을 딛고 선 상태에서 쉬운 일은 아니었다. 성이 나서 발을 구르자 뒷굽 그루터기에서 불꽃이 튀겼다.

"뭐라고? 트룬코라고? 하지만 그 친구는 머리가 없잖아. 머리가 한 개도 없어. 어깨에 빵 개 달렸다고."

"우리 이 얘기는 끝났잖아, 자포드."

"지난 이십 분 동안은 하지 않았어. 하지 않았다고. 그리고 내 장기기억이 어떤지 알잖아."

"네가 장기기억을 기억했다는 게 놀랍다."

"왜 아니겠어. 맞아, 왼두. 내 선거구의 좌표를 넣어봐."

"선거구가 어디 있어. 그리고 있다면 전 은하계일걸."

"음, 그렇다면 은하계 중앙으로 데려다줘. 자포드 비블브락스가 돌아왔다면, 사람들이 알아야지. 클럽에서 토하기도 하고, 화장실에서 밀회도 갖고. 부동산 리얼리티쇼(realty reality show, 음이 비슷한 단어로 말장난을 하고 있다―옮긴이주)에 나갈 수도 있지."

"첫 순서로 처리해야 할 일은 일급 중죄를 이급으로 내리는 거야. 그러면 공직에 나갈 수 있으니까."

"좋은 생각이야. 그러면 누구한테 돈을 줘야 하지?"

이번에 왼쪽 두뇌는 데이터 뱅크를 참조했다. "불가능하게도, 스피날레 트룬코야."

"트룬코 영감. 뭔가 특이한 게 있었는데⋯⋯."

"머리가 없어."

"전혀 없지. 나쁜 자식."

왼쪽 두뇌가 대통령 보안의 세부적 스케줄을 해킹하는 데까지 몇 초가 걸렸다.

"트룬코는 현재 자글란 베타 행성의 복합 마사(馬舍)에서 푹 쉬고 있어."

"그럼 우리 자글란 베타로 가자."

왼쪽 두뇌는 불가능 확률 추진기에 좌표를 쏘아 넣으면서 곁눈질 했다. "너도 알다시피 트룬코는 너를 싫어해, 자포드. 아까 스캔할 때 있던 황금 포대 같은 거 보다는 좀 더 유혹적인 게 필요할지도 몰라."

자포드는 왼쪽 두뇌에게 엄지손가락을 치켜들어 보였고, 몸에서 분리된 머리는 잠시 후에야 엄지손가락 한 쪽에 뭔가 다른 물건이 있었다는 걸 깨달았다. 아주 작은 뿔 달린 헬멧이었다.

"거래를 할 때 쓸 게 있어야 할 거 같아서." 자포드가 말했다.

우주

토르는 자포드와 연락을 해보려고 어떤 유성에 착륙했고, 걸려오는 전화를 받으려 할 때는 지표의 작은 산소 에어포켓 속에 앉아 있

었다. 호흡할 수 있는 대기가 필요하진 않았지만 편두통을 쫓는 데
는 효과가 있었고, 덧붙여 우주에서 목소리가 들리게 하려고 마법
의 우물을 파지 않아도 되기 때문에 전화기에 대고 통화하는 걸 훨
씬 쉽게 해주었다.

"천둥신이요." 그는 묠니르의 손잡이에 대고 말했다. "말을 하시
오."

작은 금색 머리가 망치 머리에 나타났다. "어이, 천둥신, 어떻게
지내?"

"비숍. 반갑군. 사실 굉장히 일이 많았어. 이제 추종자 무리들이
생겼다니까. 진짜 신도들 말이야. 그 무리 중에 전사자는 아직 한
명뿐인 것 같지만, 이제 시작이니까."

체스 말은 담배를 꺼냈다. "그거 잘됐다, 토르. 그리고 우리도 좋
은 소식을 전해주려고 전화했어."

"정말? 뭔데?"

"비디오 얘긴데." 비숍이 말했다. "이삼십 억 조회 수를 기록해서
일등에 올랐어. 완전히 서브-에서가 뒤집혔지 뭐야."

토르의 심장이 툭 떨어졌다. "대체 언제가 되어야 좀 그만들 할
까? 내가 딱 한 번 뷔스티에를 입었더니 전 우주가 잊지를 않네."

"아니, 그거 말고. 자네가 세상 사람들을 모욕주고 다니는 녹색
친구를 때려눕히는 거 있잖아. 그 친구가 응징당하는 걸 보고 신나
하는 사람들이 꽤나 많은가 봐."

"일등? 정말? 그거 환상적인데."

"그래. 아무튼 망치 액션이 멋지던데. 아까 말한 것처럼 자네를 톱기사로 다루고 있다니까. 자네는 다시 일류로 올라선 거야, 친구."

토르는 함빡 웃음을 지었다. "이건 멋진데. 아빠 엄마한테 다 전화해. 다들 불러. 오늘 밤 내 홀에서 한턱 크게 쏠 테니까. 꿀술과 돼지고기, 소고기와 처녀들이면 좋겠군."

"오징어는?"

"아니, 오징어는 말고. 하지만 구할 수 있는 다른 건 다 구해. 그리고 발퀴레들한테도 초청장 꼭 보내고."

비숍이 허공에 주먹을 날렸다. "천둥이 돌아왔다." 그가 말했다.

"맞았어." 토르가 말했다. "천둥이 돌아온 거야."

그는 전화를 끊고 이륙했다가, 빙글 돌더니 순전히 기쁨에 찬 기분에 유성을 박살 내버렸다.

어이. 펜리르의 혼이 말했다. 그건 내 이빨이었단 말이야.

비즈니스 엔드 호

콘스턴트 모운은 침상에 누워, 바비 거울에 비친 자기 얼굴을 바라보고 있었다.

"너는 옳은 일을 했어." 그는 자기 자신에게 되풀이해 말하고 또 말해주었다. 잠재의식이 뭔가 새로운 소리를 듣고 있다고 착각하게 만들기 위해서 문장 구조를 조금씩 바꾸긴 했지만 말이다.

"네가 한 일은 좋은 일이었어. 옳은 일."

그리고.

"네가 아까 거기서 한 일. 그건 완전히 올바른 일이었어. 좋은 일이야."

분홍색 플라스틱 테두리 속 거울에 비친 얼굴은 친절하지만 수심이 가득했다. 그가 지구인을 구한 건 사실이었지만, '멸종 위기' 목록에 오른 종은 무수하게 많았고, '납세하는 시민' 전략은 합법적일 때만 먹힐 터였다. 프로스테트닉 엘츠가 한 번 경험한 이상, 앞으로는 그런 일이 있을 리가 없었다.

지금부터는 그것부터 제일 먼저 확인할 거야. 우리가 말살하려는 사람들이 대체 누구인가부터.

"방법을 찾을 수 있을 거야." 거울 속의 얼굴이 말했다. 침받이 컵이 없을 때는 거의 다정하게까지 보이는 얼굴이었다.

모운은 이제 침받이 컵 없이는 아무 데도 가지 않았다. 다정하게 보이는 건 그가 절대로 원치 않는 일이었다. 진화의 증후로 간주될 수 있기 때문이었다. 사실, 모운은 조종석에서 트윙클토즈가 한 말 이후로 옷장에 전족도 추가했다. 보고의 갑판에서 너무 활기차 보이다니 안 될 말이었다.

"언젠가 우리는 춤을 출 거야." 그는 자기 영상에 대고 말했다.

"언젠가 우리는 노래를 할 거야." 거울의 얼굴이 말했다. 그러고 나서 "그건 꼭 해야 할 올바른 일이었어. 네가 아까 거기서 했던 일.

올바르고 좋은 일이었어."

아버지의 목소리가 모운의 침대 위 스피커에서 분출했다.

"콘스턴트! 무슨 행성 위원회인지 뭔지가 전화를 걸어서, 자기네 도약 연도 체제 때문에 우리가 그들한테 강제 파괴에 대해서 충분히 고지를 하지 않았다고 주장하는구나. 네가 좀 와서 보면 좋겠다."

"당장 갑니다, 아빠." 모운은 발가락을 가로질러 전족을 묶으며 말했다. "지금 가요."

"그래야 내 착한, 지독한 개자식이지." 옐츠는 이렇게 말하고는 끊었다.

아직은 아니에요. 문 쪽으로 절뚝절뚝 걸어가면서 모운이 생각했다. **아직은 그래도 아니에요.**

나노

아서 덴트는 딸이 느끼는 고립감을 이해하기 시작했다.

"이제 네가 무슨 말을 하는지 좀 알겠다." 그는 어느 날 아침 출근하기 전에 이렇게 말했다. "우리는 어디에도 전적으로 소속되어 있지 않아. 지구가 우리 행성이었지만, 사라져버렸지. 그리고 우리가 고향이라고 부르긴 했지만, 지구는 수십 년 동안 우리가 사는 집이 아니었어. 우리는 둘 다 지표면에서 떨어져서 한평생을 보냈다.

나는 내 섬에서, 너는 메가브랜티스에서. 우리는 우주의 유목민이야——그나저나 이 말은 밴드 이름으로 쓰면 멋지겠다——영원히 전치(轉致) 상태로 오로지 서로뿐, 그 무엇도 붙잡을 수 없는 항성 간 표류자들이지."

그러자 랜덤이 말했다. "오늘은 샌드위치에 뭘 넣어줄 거예요, 아빠? 요즘 저는 채식주의자가 되려고 애쓰는데, 고기는 채식이 아니라는 것만 명심하세요."

"그 고기는 몰래 샌드위치 안에 들어갔어." 아서는 한심한 변명을 하며, 랜덤이 전처럼 그렇게 무자비하게 불행하지 않다는 걸 깨달았다. 어쩌면 힐먼 헌터의 사무실에서 날마다 겪는 마찰 덕분에 딸의 분노가 응집할 초점을 갖게 됐는지도 모른다. 그리고 어쩌면 아서는 상처받은 자기 마음에서 흐르는 고름으로 그녀를 질질 끌고 들어갈 게 아니라, 대부분 아침에 식사 테이블에 모습을 나타내는 상대적으로 기분 좋은 십대에 감사해야 할 터였다.

"코울슬로?"

랜덤은 그의 뺨에 키스를 해주었다. "너무 좋아요. 빵 껍데기는 싫어요."

"껍데기? 안 될 말이지. 우리가 무슨 야만인들이니? 그러고서야 내가 어떻게 샌드위치 만드는 사람이라고 하겠니?"

그렇게 기타 등등 기타 등등. 아서가 항의를 끝내고 간신히 샌드위치 장수로서의 자기 이력을 읊기 시작했을 무렵, 랜덤은 점심식사를 포드가 빌려준 배낭에 꾹꾹 쑤셔 넣고 직장으로 출근했다.

아서는 이삼 주 동안 집에 머무르는 아빠 노릇을 충실히 이행하고 있다가, 여행을 떠날 만한 변명을 찾던 중이었다.

"그냥 너와 나 단둘이서." 그는 포드에게 말했다. "폭발하는 행성들이며 옛날에 함께했던 친구들이 없을 뿐이지, 딱 옛날 같겠다."

"못 하겠는데, 친구." 포드는 아쉬운 기색을 보이려 최선을 다했으나, 화산 진흙이 얼굴을 덮고 두 명의 어여쁜 마사지사들이 허벅지 근육을 꼬집고 있어서 쉽지 않았다. "이 작은 행성에는 부적절할 정도로 많은 스파가 있는데, 난 그걸 다 체험해봐야 한단 말이야. 전 우주의 히치하이커들을 위해서 그 정도는 해야지."

아서는 가격 목록을 슬쩍 곁눈질했다. "하루에 삼십 알타이리아 달러로 살아야 하는 거 아니야?"

"알타이리아 증시는 상당히 변동이 심해." 포드가 말했다. 진흙 밑에서 약간 얼굴을 붉혔는지도 모른다. "하루 삼십 달러면 교외에 애 둘을 키울 만한 차고에 아내 3, 4명이 딸린 집 한 채를 살 수 있을 만한 돈이 됐다가, 바로 다음 날엔 숙취 제거 거머리 한 튜브나 사도 다행인 액수가 된다니까. 나는 혹시나 해서 고급과 하급 관광을 다 다루려고 해."

그리하여 아서는 홀로 탐험을 떠날 수밖에 없었다.

혼자라니. 그토록 두려워하던 단어였다. 그, 아서 덴트는 외로운 사람이었다. 외롭고 혼자였다. 다른 차원에서 대출된 존재였다. 아무도 기댈 곳이 없는 미천하고 하잘 것 없는 인간이었다.

이런 말들은 심지어 최근 '나노 행성의 자기 생각에만 몰입된 비관주의자 앞'으로 배달되어온 꾸러미를 받은 사람이 듣기에도 너무 비관적이고 자기중심적으로 들렸다. 그래서 아서는 자신의 여행을 아버지의 의무인 것처럼 꾸며보기로 결정했다.

"너를 위해서, 크룩스완에 가서 대학을 살펴보려고 해." 그는 랜덤에게 말했다. 랜덤은 반박하려고 했지만, 그는 아예 그녀의 논점을 미연에 꺾어버릴 작정이었다. "나도 네가 무슨 말을 하려고 하는지 알지만, 한번 살펴보지도 않고 외동딸을 대학에 풀어놓으면 내가 어떤 아빠가 되겠니? 네 어머니와 와우배거가 며칠만 있으면 크루즈 여행에서 돌아올 거야. 또, 내가 돌아올 때까지 포드가 너하고 함께 지낼 거다. 열두 번만 점프하면 되는 거리니까, 일주일 이상 걸리지는 않을 거야. 길어봤자 이 주일이겠지. 아무튼, 가상현실까지 치면 너는 백 살이니까, 며칠 정도는 내가 없어도 힘들지 않겠지. 연락처하고 냉동 샌드위치를 먹을 만큼 남겨놓고 가니까, 다 괜찮을 거야. 질문 있어?"

랜덤은 잠시 생각하더니 물었다. "어떤 샌드위치요?"

그래서 이제 아서는 초공간 여객선의 멋지게 온몸을 감싸는 젤 좌석에 앉아 있었다. 밖에서 보면 걱정스러울 정도로 남성 성기와 비슷하게 보였지만, 일단 안에 들어가 두 개의 초공간 부스터와 승객이 앉아 있는 튜브에 대한 기억만 쫓아내고 나면 상당히 쾌적했다. 그의 좌석은 라무엘라 행성 시절 이전에 개설했던 계좌에 쌓인 스페이스 포인트로 구매한 것이었다.

펜처치 시절이었지.

이거 좋군. 그는 스스로에게 말했다. 집에서 랜덤을 간섭하며 우울하게 앉아 있는 대신 뭔가 긍정적인 일을 하려 하고 있어. 이제는 대신 그 녀석 교육에 간섭하면 되겠군.

아서는 몸에 딱 붙는 비행용 레오타드만 입고 옷을 다 벗은 후, 오일을 바르고, 의자로 미끄러져 들어갔다. 젤 좌석이 접혀 몸을 감싸 덮자, 그는 터치 메뉴에서 《안내서》를 선택했다.

아서는 작은 아이콘으로 크룩스완으로 향하는 링크를 문질렀다. 삼천 개의 항목들이 있었다.

여행 내내 심심하지 않게 해줄 만큼 충분하군. 그가 생각했다.

승객이 모두 탑승하자 공기 문들이 쉭 소리를 내며 닫혔고, 아서는 자기 줄에 자기밖에 없다는 사실을 알고 안심했다. 비행에 관한 한 속물은 아니었지만, 비행용 레오타드를 입고 오일을 바른 남자는 가끔 아무도 안 보는 틈을 타 좌석에서 일어나 나오고 싶을 때가 생기는 법이다.

그들은 이륙했고, 아서는 좌석에 달린 쉽-오-캠 상자를 통해 나노가 우주로 멀어져 가는 걸 지켜보았다. 곧 전 성운이 별들의 네트워크 위에 덮인 우주적 거즈로 된 얇은 숄과 다를 바 없는 모양이 될 터였다.

우주적인 거즈의 숄이라. 아서는 생각했다. **포드의 글재주가 이 정도만 되어도, 실제로 돈을 좀 벌지도 모르는데.**

작은 블루 엔진 아이콘이 쿠션 한쪽 구석에 나타나자, 아서는 진정제 스트로를 깊이 빨았다.

초공간. 네가 그리웠어.

점프는 기억했던 것보다 더 매끈했다.

이 새로운 좌석 때문인가 보군.

이런 감각은 춥지 않을 뿐, 소년 시절 그가 즐기던, 썰매를 탄 채 눈 더미에 충돌할 때의 부드러운 느낌을 연상시켰다. 따뜻하고 환영받는 기분이었다. 아서는 좋은 기분 한편으로 아릿한 상실감을 느꼈다. 초공간은 빼앗아갈 수도 있었다. 특히나 복수 구역에 있을 때는.

아서 덴트는 긴장을 풀고 주변의 우주가 펼쳐지는 광경을 지켜보았다. 고치 같은 의자 밖으로 유성들, 우주 괴물들, 그리고 수백만 다른 여행자들의 얼굴이 헤엄쳐 갔다. 《안내서》는 그들 하나하나의 신원을 색깔별로 표시한 작은 V자 꼬리표로 알려주었으나, 아서가 채 한 단어도 읽기 전에 여행자들은 사라지고 새로운 여행자들이 그 자리를 차지했다.

꿈같은 첫 번째 점프 후에, 우주선은 초공간에서 밀려나와 호수에서 수제비 뜨기 하는 돌멩이처럼 옆구리로 톡톡 튀겼다. 좌석벨트 불이 몇 초쯤 깜박이더니 윙크를 하며 꺼져갔다.

화장실에나 좀 갔다 와야겠다. 아서가 생각했다. 다음 점프 들어가기 전에.

그가 배출하는 재활용품은 의자가 알아서 재활용할 수 있었지만, 아서는 사람들 보는 앞에서 미화된 비닐 가방 안에다 해서는 안 될 일들이 다소 있다고 생각했다.

그는 의자에 바람을 약간 빼고 얼근하게 취한 듯 똑바로 앉아, 옆자리에 사람이 있다는 사실을 깨닫고 놀랐다. 새로 온 승객은 마치 전에 그와 만나기라도 한 듯, 상당히 친숙하게 이야기를 하고 있었다. 아서의 눈은 아직 흐릿했지만, 목소리는 그가 아는 목소리였고, 고개를 꼬는 동작과 한쪽 귀 뒤로 넘긴 머리카락도 확실했다.

펜처치?

아서는 눈을 비벼 하이퍼도즈를 씻고 다시 보았다. 마치 헤어진 적이 한 번도 없다는 듯이 활기차게 수다를 떨고 있는 펜처치였다.

그럴 리가 없어. 내가 꿈을 꾸고 있는 거야.

그러나 그건 아니었다. 분명히 그에게 다시 돌려보내진 펜처치였다. 오른쪽 눈썹 위의 푸른 반점과 앞이마 한가운데 뼈의 능선만 빼고 그녀는 정확히 예전과 똑같았다.

거의 똑같구나. 아마 이차원 정도 차이가 나나보다. 그녀의 아서는 사라졌고, 내 펜처치도 사라지고 없어.

펜처치는 하던 이야기를 마치고 특유의 짤랑짤랑하는 웃음을 터뜨리고는 독특하게 숨을 들이쉬었다. 이걸 보면 아서는 늘 어머니의 진공청소기가 생각났다.

내가 아는 펜처치라면, 아직 말이 다 끝나지 않았을 텐데. 아서는 아직도 몽롱한 가사 상태에서 벗어나려고 안간힘을 쓰고 있었다. 할 얘기가 아직 많이 남아 있어.

그가 옳았다. 펜처치는 그의 팔을 톡톡 두드리더니, 삐져나온 머리카락 한 가닥을 귀 뒤로 넘기며 입을 열었다.

"그런데 한 가지 더……." 그녀가 말했다.

무슨 다른 얘기? 아서는 묻고 싶었다. 그리고 무슨 얘기가 그 다른 얘기 앞에 나왔었는데? 모든 얘기를 순서대로 내게 말해줘.

그는 낯설면서도 친숙한 이 펜처치에게 이런 말들을 하고 싶었지만, 두 손을 뻗어 그녀 얼굴을 감싸려 하는 순간 자기 손가락들이 투명하다는 걸 깨달았다.

뭐라고? 아, 안 돼, 안 돼.

구역질이 속에서 치밀어 올랐고, 가시 돋친 정전기 충격이 사지를 따라 흘러 그의 두뇌를 안개로 포장해버렸다.

복수 구역. 그는 깨달았다. 복수 구역에서 온 사람들은 절대 초공간에서 여행하면 안 돼. 어디로 가버릴지 모르니까.

아서는 펜처치가 자기에게 손을 뻗는 모습을 보았다. 그녀의 아름다운 입술이 그의 이름 형상을 만들더니, 다음 순간 그녀는 형형색색 탄성 터널 속으로, 줌으로 멀어져가는 게 아닌가.

그녀가 멀어져 가는 게 아니야. 아서는 깨달았다. 내가 가는 거야. 멀어져 가는 건 나야.

은하계가 주위에서 빙글빙글 소용돌이쳤고, 그는 은하 속에서 추위와 방사능에 대한 방호도 없이 벌거벗고 있었지만, 죽지도 않고 괴롭지도 않았다. 초공간의 이형이 그의 삶으로부터 점점 더 멀리 그를 끌어당겨 가는 데 그저 부아가 치밀었을 뿐이다. 결국 모든 것들의 규모가 엄청나게 커졌고 시야가 너무 무서워져서, 아서는 눈꺼풀을 감았지만, 그는 투명했기 때문에 아무런 차이가 없었고, 그래서 참다운 평화를 알아왔던 한 장소에 초점을 맞추려 애를 써보았다. 그는 정신력을 집중해서, 통나무집의 대나무 하나, 모래사장에서 바다를 향해 숨 쉬는 하얀 암석들 하나하나까지 다 떠올렸다. 소용돌이치며 지나치는 성운들이나, 불길을 우주로 분출하는 붉은 별들은 생각하지 않았다. 어찌나 생각을 안 했는지 곧 그것들이 그가 생각할 수 없는 모든 게 되어버렸다.

초특급 디지털시계로도 잴 수 없는 시간이 흐른 후, 아서는 자기가 다시 고체화된 기분이라고 결심했다. 그가 귀에 힘을 주자 물결이 부딪히는 소리가 나서, 혓바닥을 내밀어 보니 소금 맛이 났다.

설마? 그가 생각했다.

아서 덴트가 눈을 떠보니 옛 가상의 삶과 아주 비슷한 해변에 앉아 있었다. 해안선 곡면에 차이가 있긴 했지만, 너무 근접해서 차이가 없다시피 했고 심지어 관목 숲 너머에는 작은 통나무집까지 있었다.

가능한 일이야? 그는 생각했다. 아니면 개연성이라도 있는 일일까? 그게 진짜 무슨 뜻일지 모르지만, 뭔가 의미가 있거나 하다면?

늦은 저녁 이글거리는 태양빛을 피해 곁눈질을 한 그는 저 멀리 수평선에 야트막한 노란 형체를 보지 않을 수 없었다.

뭐라고? 설마 아니겠지?

아서는 '그럴 리가 있나!'라고 덧붙일 뻔했지만, 그 특정한 표현은 자포드 비블브락스와 만난 이후 느낌표를 달 자격을 포기했다. 그럴 리가 없고, 일어나서는 안 될 일도, 보통 일어나곤 했다.

푸틀링크 새 한 마리가 그 옆에 다가붙었다.

"빌어먹을 보고인들." 부리 가장자리로 새가 말했다. "며칠 전에 여기 다녀갔어요. 누가 저 통나무집 개발 허락을 못 받은 모양이던데요."

"그럼 그렇지." 아서는 이렇게 말하고는, 눈을 감고 자기가 누군가 다른 사람과 함께 어딘가 다른 곳에 있었으면 하고 바랐다.

《안내서》주석 : 아서 덴트의 거의 믿기지 않는 불운은 우주 섭리에 진공을 창출해 우주 반대편의 손재에게 믿기지 않는 행운으로 이어졌다. A. 그라작이라는 사람은 운하이 성의 이름 없는 스포츠 캐스터였는데, 유비드 화물 우주선과 우주 충돌이 있은 후 육 개월에 걸쳐 모니터에 플랫라인을 그리다시피 하다가 성공적으로 재생되었다. 그가 일어나보니 수명이 다하기는커녕 행성 로또 위원회에서 당첨 기념 칵테일 리셉션을 하고 있었다. 그와 동시에, 출연했던 〈명사의 혼수상태〉에서 그라작 씨를 알아본 어린 시절의 첫사랑이 병실로 벌컥 뛰어들어와 오랫동안 키워온 진정한 사랑을 고백했다. 커플은 곧 결혼해서, 아버지를 따라 연예계로 진출하기 싫다면서 법과 의학을 전공한 두 명의 잘 자란 자식들을 두었다.

아서 덴트가 그라작 부부에 대해 알기만 했더라면, 기분이라도 나아졌을 것을.

별로 많이는 아니겠지만.

중간들 중 하나의 끝.

'히치하이커'의 세계에 던져진 뒤늦은 선물,
《그런데 한 가지 더》에 대한 짤막한 사용 설명서

김선형

'잘해야 본전치기'라고 애초부터 깔고 들어가는 멍청한 짓거리가 우주에 몇 가지 있다면, 그중에 틀림없이 자기 나름대로 명성을 쌓은 작가가 남이 쓴 책의 속편을 쓰겠다고 오지랖 넓게 나서는 일이 끼어 있겠지 싶다. 그것이 《은하수를 여행하는 히치하이커를 위한 안내서》처럼 무수한 열혈 팬들을 양산한 프랜차이즈라면 더더욱.

《안내서》 주석 : 보고인들의 서류 작업이 생각보다 지연되는 바람에 어쨌든 역사가 진척되고 있는 지구에서 문학사에 (절대 남을 수 없다는 의미에서) 길이 남을 속편의 대참사들은 무수히 많이 기록되어 있다. 무가치한 속편은 주로 캐릭터들을 노린다. 그중에서도 《바람과 함께 사라지다》의 속편 《스칼렛》은 캐릭터에게 남은 일말의 생명줄마저 끝끝내 끊어놓은 잔혹상으로 유명하다던가. 이러한 대규모 공격은 없었지만 《오만과 편견》의 다시 부부라든가 그 유명한 셜록 홈즈 같은 인기 있는 캐릭터들은 여전히 끊이지 않는 (덜 떨어진) 속편들의 공격에 버티며 품위를 지켜내느라 대체 편안히 쉴 날이 없다고.

　이오인 콜퍼Eoin Colfer라고 그런 생각이 없었을까. 더구나 '아르테미스 파울Artemis Fowl' 시리즈로 '히치하이커' 시리즈가 부럽지 않은 열혈 팬들을 거느리고 있는 만큼 누구보다 자존감 강한 작가일 텐데. 콜퍼 정도의 작가가 용기를 내어 애덤스의 '히치하이커'에 새로운 속편을 덧붙이겠다는 결심을 할 때, 그 동기는 오직 하나밖에 없다. 다른 작가가 창출해낸 허구의 세계에 철저히 매혹당했기 때문이다. 매혹만이 한 작가로 하여금 다른 작가가 창출한 프랜차이즈의 속편을 쓰게 만들 수 있다고 나는 믿는다. 그렇기에 이런 책은 그 무엇보다 아마, 뜨거운 팬 트리뷰트로 읽어야만, 그리고 뜨거운 팬 트리뷰트로서 진심을 품고 있을 때에만 의미가 있을 것이다. 이오인 콜퍼가 더글러스 애덤스의 문체에, 세계관에, 위트에, 그리고 애덤스가 창조해낸 생생하게 살아 움직이는 캐릭터들에 대해 바치는 러브레터여야만 이 책은 의미를 가질 수 있다.

　사실 그렇지 않은가. 생각만 해도 김빠진 맥주 같지 않은가. 더글러스 애덤스가 아닌 다른 작가가 쓴 '히치하이커' 시리즈라니. 그의 책들을 사랑했던 우리들이 불평하며 꼬투리를 잡기란 정말 얼마나 쉬운가. 그러나 우리가 마음을 열면 콜퍼의 속편은 뜻밖의 읽는 기쁨을 선사한다. 우리가 애덤스의 세계에 품고 있는 그 애정을 이용하려 하는 게 아니라 그 자신 신실하게 공유하고 시작하는 콜퍼의 한결같은 태도 때문이다. 시리즈의 6부를 자처하는 이 책의 재미는 상당 부분, '히치하이커' 시리즈 전작에 등장했던 주요 캐릭터들은 물론 무수한 외계생명체들이 등장하는 촘

촘한 교차인용에 근거한다. 이 책을 읽다보면, 무엇보다 콜퍼가 애덤스의 전작을 얼마나 성실하게 읽은 독자인가, 하는 사실에 감명을 받지 않을 수 없다. 페이지마다 배어나는 콜퍼의 겸손한 독자로서의 사랑이 이 속편을, 우리가 사랑했던 캐릭터를 난도질하는 상업적 기획이 아니라 어떤 차원에서든 의미 있는 문학적 시도로 승화시켜준다. 그리하여 나 역시 팬의 입장에서 감히 평하자면, 왠지 이 책의 작가를 감히 애덤스의 세계를 재창조하려 한 침입자가 아니라 함께 열광하는 팬덤의 동료애로 바라보게 되어, 이 껄끄러운 기획을 의외로 수월하게 포용하게 되는 느낌이었달까.

하지만 의도가 아무리 좋다 한들, 결과가 기대에 못 미치면 모든 건 의미가 없어지는 법. 누가 뭐래도 이오인 콜퍼가 더글러스 애덤스에 크게 뒤지지 않는 작가이기 때문에, 이런 시도가 꽤 흥미로운 텍스트를 만들어낸다. 겹쳐 쓴 양피지처럼, 다른 작가의 문체와 캐릭터를 빌려와, 그 층 위에 겹쳐 자신의 이야기를, 자신의 글을, 자신의 플롯을 펼쳐 보이는 흥미로운 문학적 실험의 멋진 결과. 콜퍼의 《그런데 한 가지 더》는 애덤스가 구축한 법칙대로 써낸 텍스트지만, 본질적으로 콜퍼다운 글이며 그 덕분에 재미가 배가된다. 훨씬 간명하면서도 여전히 위트 넘치는 문체, 타고난 말장난의 재주(번역자로서 이번에는 콜퍼가 지독하게 즐기는 말장난들을 옮기느라 지난번보다 더 '식겁 묵었'음을 밝혀둔다), 그리고 무엇보다 강렬하게 독자를 끌어들이는 플롯에는 콜퍼의 강점이 십분 발휘된다. 마지막 단 하나의 단초까지도——예를 들어 '펜리르의 이빨'이라든가——놓치지 않고 텍스트 속에 유기적으로 엮어 두는 치밀한 플롯의 힘이 자칫 여러 등장인물들을 섭렵하며 산만해지기 쉬웠을 텍스트를 하나로 엮어준다. 그리고 몇 가지 서브 플롯들은 어느 하나 팽팽한 긴장감을 잃지 않고 버티되, 모두 우리가 알고 있는 캐릭터의 특징에 끝까지 부합하며 돌아간다. 와우배거와 트릴리언의 뜻밖의 로맨스도, 펜처치를 잃은 아서의 운명도, 자포드와 아스가르트 신들의 대결도 '히치하이커'의 세계를 참으로 설득력 있게 재구축하되, 애덤스의 냉소가 희미해지는가 싶으면 그 자리에 훨씬 더 강력한 엔터테인먼트적 가치를 새긴다.

*

그러니까, 그저 말하자면 진심에 능력을 겸비한 사윗감 후보 같은 이 책에, 한 번쯤 마음을 열고 기회를 주어보는 건 어떨까, 라는 것. 그리 허무하게 후회하지는 않을 거라고 장담하고 싶은 마음이 든다.